KRISTEN CALLIHAN
Game On
Schon immer nur du

KRISTEN CALLIHAN

GAME ON

SCHON IMMER NUR DU

Roman

Ins Deutsche übertragen
von Wanda Martin

LYX in der Bastei Lübbe AG
Dieser Titel ist auch als E-Book erschienen.

MIX
Papier | Fördert
gute Waldnutzung
FSC
www.fsc.org
FSC® C014496

Vollständige Paperbackausgabe
des bei LYX erschienenen Werks »Game On – Schon immer nur du«.
Die Originalausgabe erschien 2015 unter dem Titel »The Game Plan«.
Copyright © 2015 by Kristen Callihan
Überarbeitete Neuausgabe.

Für die deutschsprachige Ausgabe:
Copyright © 2020 by Bastei Lübbe AG, Köln
Textredaktion: Melike Karamustafa
Umschlaggestaltung: © Zero Werbeagentur GmbH unter Verwendung
von Motiven von © oxygen / Getty Images
Satz: Greiner & Reichel, Köln
Gesetzt aus der New Caledonia
Druck und Verarbeitung: GGP Media GmbH, Pößneck
Printed in Germany
ISBN 978-3-7363-1338-5

3   5   7   6   4

Sie finden uns im Internet unter lyx-verlag.de
Bitte beachten Sie auch: luebbe.de und lesejury.de

Für alle Leser,
die sich die Geschichte des »klugen Typs«
gewünscht haben. Ich danke euch,
Dex dankt euch, und ich weiß, dass Fi
euch mit Sicherheit auch dankbar ist.

Prolog

Dex

Schweiß rinnt an meiner Wirbelsäule hinunter. Meine Knochen schmerzen und meine Beine fühlen sich an wie Wackelpudding, als ich langsam über den leuchtend grünen Rasen gehe, der jetzt von langen Scharten und tiefen Löchern durchzogen ist.

Um mich herum trotten die anderen Jungs Richtung Spielfeldrand, ihre Trikots sind mit Schweiß, Blut und Kreide beschmiert. Tausende jubelnde Zuschauer erzeugen ein dumpfes Grollen, das ich bis in meine Eingeweide spüre.

Willkommen zum Monday Night Football. Primetime-Sport vom Feinsten. Mein Team hat gerade gewonnen. Ich habe meinen Job gemacht und jetzt baut sich das Adrenalin ab, das Hochgefühl fällt langsam in sich zusammen. Ich möchte duschen, etwas Warmes essen und mich für ein paar Stunden in dem kleinen Atelier, das ich mir in meinem Stadtreihenhaus eingerichtet habe, dem Malen widmen. Aber daraus wird nichts, denn ich habe heute einen Hausgast, mit dem ich zum Abendessen verabredet bin.

Meine Mitspieler klopfen mir auf die Schulterpolster, loben: »Gutes Spiel«, während ich das Feld überquere. Einige Jungs aus dem anderen Team kommen zu mir, um mir die Hand zu schütteln. Aber ich halte Ausschau nach einem ganz bestimmten Typ.

Da entdecke ich ihn, sein Kopf überragt die meisten anderen. Er fängt meinen Blick auf und grinst. Doch sein Gesicht ist blass, dunkle Ringe liegen unter seinen Augen. Ich weiß, es liegt nicht daran, dass sein Team verloren hat.

Wir schlängeln uns durch die Menge aufeinander zu.

»Dex!« Gray Grayson, mein früherer Teamkollege und einer meiner besten Freunde, zieht mich in eine feste Umarmung. Sie ist ungelenk, da wir beide noch die Polster tragen und unsere Helme in der Hand halten. »Gutes Spiel, Mann. Wir werden euch nächstes Mal so was von fertigmachen.«

»Dann sagst du deinen Defense-Spielern besser mal, dass sie gefälligst die Köpfe aus ihren Ärschen ziehen sollen«, sage ich und tätschele ihm mitleidig den Kopf. »Schön, dich zu sehen, Gray-Gray.«

Ich vermisse es, mit ihm zu spielen. Er ist der beste Tight End, den ich seit Jahren gesehen habe. Unser Collegeteam lief wie eine richtig gut geölte Maschine. Die NFL ist nicht dasselbe. Von allem gibt es mehr – mehr Ego, mehr Geld, mehr zu verlieren. Footballspielen ist jetzt ein Beruf. Ich liebe ihn, aber der unbekümmerte Spaß ist weg.

Wir gehen zusammen Richtung Seitenlinie.

»Wie geht's Ivy und dem Baby?«, frage ich.

Gray und Ivy haben vor ungefähr einem Monat ein Kind bekommen und es Leo genannt. Nach Leonhard Euler, einem von Grays Lieblingsmathematikern.

»Mann«, sagt Gray mit einem langsamen Kopfschütteln und grinst dabei breit. »Ich muss in einem vorigen Leben was richtig Gutes gemacht haben.«

»So toll, ja?« Ich freue mich für ihn. Auch wenn mich seine überschäumende Glückseligkeit daran erinnert, dass zu Hause niemand auf mich wartet.

»Die beste Familie, die sich ein Mann wünschen kann.« Gray fährt sich mit einer Hand über den Hinterkopf. Trotz seiner euphorischen Worte klingt er erschöpft.

»Nicht dass ich dir nicht glaube, Gray, aber du siehst ziemlich fertig aus. Was ist los?«

Sein Lächeln wirkt angespannt. »So was fällt auch nur dir auf.«

Wir sind fast an der Seitenlinie angekommen, von wo aus er in die Kabine der Gastmannschaft muss, deswegen gehen wir ein wenig langsamer.

»Leo schläft nachts noch nicht durch. Das macht sich bei Ivy und mir bemerkbar.« Er schneidet eine Grimasse. »Leider hauptsächlich bei Ivy, weil ich so viel unterwegs bin.«

Wenn Gray eingesteht, dass er zu wenig Schlaf kriegt, dann muss es wirklich übel sein.

Ich lege ihm einen Arm um die Schultern. »Du hast jetzt erst mal eine Woche frei, oder?«

»Ja.«

»Ich auch. Was dagegen, wenn ich euch besuchen komme?«

Gray lebt in San Francisco, und obwohl ich längst vorhatte hinzufahren, habe ich es bis jetzt noch nicht geschafft. Ich freue mich darauf, Gray zu besuchen, und außerdem weiß ich, dass ich ihm helfen kann. Nicht dass ich ihm das sagen könnte, denn dann würde er steif und fest behaupten, er habe alles im Griff.

Gray lächelt breit. »Ich würde mich riesig freuen. Und Ivy auch, das weiß ich.«

»Bist du dir sicher? Könnte sein, dass Ivy jetzt, wo das Baby da ist, erst mal keine Besuche möchte.« Das muss einfach gesagt werden, denn Gray neigt dazu, nicht nachzudenken, bevor er etwas vorschlägt.

»Nein, das ist okay. Sie hat sich in letzter Zeit ganz schön einsam gefühlt.« Er zieht die Augenbrauen zusammen. »Wir sind beide nicht sonderlich gerne allein.«

Was du nicht sagst.

Ich klopfe ihm auf die Schulter. »Super. Lass uns gleich was essen gehen.«

Gray gibt ein tiefes Stöhnen von sich. »Oh Mann, darauf habe ich mich schon die ganze Zeit gefreut. Wir gehen ins Cochon, richtig?« Seine Augen leuchten bei der Aussicht darauf, in einem der besten Restaurants von New Orleans zu essen. Und ehrlich gesagt knurrt mir inzwischen auch der Magen.

»Jep. Ich habe Bescheid gesagt, dass wir kommen, und sie bereiten was richtig Gutes für uns vor. Ich glaube, ich habe gehört, dass sie von einem *ganzen Schwein* gesprochen haben.«

Gray stöhnt erneut. »Könnte sein, dass ich gleich losheule.«

Essen macht ihn öfter mal rührselig, deshalb zucke ich bei seinem Kommentar nicht mal mit einer Wimper. »Treffen wir uns in dreißig Minuten vor den Kabinen?«

Gray übernachtet heute bei mir, bevor er morgen mit seinem Team nach Hause fährt.

Er nickt und trottet los, dreht sich dann aber noch einmal um. »Da fällt mir ein, Fiona wird nächste Woche auch bei uns sein. Ist das okay für dich?«

Alles in mir stockt – mein Atem, mein Herzschlag –, bevor die Vitalfunktionen heftig und mit Nachdruck wieder einsetzen.

Fiona Mackenzie, Ivys kleine Schwester. Und mit klein meine ich *wirklich* klein. Höchstens eins sechzig, zierlich, aber mit Kurven. Sie ist mir schon aufgefallen, als ich sie vor zwei Jahren zum ersten Mal gesehen habe, und seitdem hat sie mich nicht mehr losgelassen. Leuchtend grüne Augen, wildes blondes Haar, fast immer ein Lächeln auf den vollen Lippen und ein melodiöses Lachen, von dem ich jedes Mal, wenn ich es höre, einen Steifen kriege. Das ist mein Bild von Fi, wenn ich mir selbst erlaube, sie mir nachts in einsamen Stunden vorzustellen. Allerdings habe ich es mir seit einer ganzen Weile nicht mehr erlaubt. Von Fi zu träumen ist eine spezielle Art der

Folter. Sicher, sie ist schön, aber sie ist auch einer der direktesten Menschen, die ich je kennengelernt habe. Als jemand, dessen Karriere sich darum dreht, Täuschungen und Irreführungen zu studieren, fühle ich mich in ihrer Nähe, als würde ich aus der erdrückenden Dunkelheit ins helle Sonnenlicht eines neuen Tags treten. In ihrer Gegenwart kann ich jedes Mal leichter atmen, klarer sehen. Und danach sehne ich mich mehr, als ich mir selbst eingestehen will.

Ich würde ja gerne behaupten, sie sei das Mädchen, das noch mal davongekommen ist, aber so nah sind wir uns nie gekommen. Fi hat mir nie viel Beachtung geschenkt, nicht mehr als Freundlichkeit gegenüber einem flüchtigen Bekannten.

Fiona Mackenzie. Im selben Haus. Für eine Woche. Gray wartet auf eine Antwort von mir.

Ich nicke ihm zu. »Freu mich drauf.«

Und plötzlich tue ich das auch. Ich kann es ehrlicherweise kaum erwarten.

1

Fiona

Die Wahrheit? Ich mag Männer. Nein, streicht das. Ich *liebe* Männer. Ich liebe ihre Stärke, ihre tiefen Stimmen, die einfache Art, auf die sie Probleme angehen. Ich liebe ihre Loyalität. Ich liebe ihre breiten, massiven Handgelenke und ihre geraden, schmalen Hüften. Verdammt, ich liebe es sogar zu beobachten, wie ihr Adamsapfel beim Schlucken auf und ab hüpft. Und ja, ich meine das ganz allgemein. Ich habe für meinen Teil schon genügend Scheißkerle kennengelernt, aber im Großen und Ganzen bin ich ein Riesenfan des männlichen Geschlechts. Weshalb es mich leicht deprimiert, dass ich gerade ohne Mann bin.

Auf dem College hatte ich einen tollen Freund. Jake. Er war sexy und locker drauf. Vielleicht zu locker. Er hat im Grunde jeden geliebt. Klar, ich war seine Freundin, aber wenn ich nicht in der Nähe gewesen bin, war das auch kein Problem für ihn. Dann gab es jede Menge anderer Leute, mit denen er abhängen konnte. Er hat mich nicht betrogen. Ich habe ihm bloß nicht genug bedeutet. Und nachdem ich gesehen habe, was meine Schwester Ivy und ihr Kerl haben, diese praktisch allumfassende »Ich muss mit dir zusammen sein«-Hingabe, will ich mehr als nur gelegentliche Treffen. Ich möchte jemanden, der nicht ohne mich leben kann, genauso wenig wie ich nicht ohne ihn.

Natürlich werde ich so jemanden auf keinen Fall an einem Dienstagabend in diesem winzigen Klub finden. Aber ich bin auch nicht wegen der Männer hier, von denen die meisten eindeutig auf eine schnelle Nummer aus sind, sondern wegen der Musik. Die Band hat einen funkigen Trip-Hop-Sound, der mir gefällt, und die Atmosphäre ist fröhlich und entspannt.

Nachdem ich mir den Hintern aufgerissen habe, um meinen Collegeabschluss zu machen, und inzwischen in einem Job arbeite, bei dem ich mit hinterhältigen, Ideen klauenden Kollegen geschlagen bin, die ich regelmäßig killen könnte, brauche ich etwas Entspannung.

Ich lümmele mich auf die Sitzbank in einer hinteren Ecke des Klubs, trinke meinen Manhattan und genieße den Augenblick.

Ich habe beschlossen, dass mir San Francisco, wo ich gerade meinen Urlaub verbringe, um meine Schwester und ihren Mann zu besuchen, gefällt. Leider hatten Ivy und Gray keine Lust, heute Abend mit mir wegzugehen, weil sie ein kleines Baby haben, das alle zwei Stunden wach wird. Die Schlafgewohnheiten der kleinen Quälgeister sind wirklich gewöhnungsbedürftig, egal, wie süß und toll die Babys sonst sind.

Ich unterdrücke ein Schaudern. Mein Leben mag im Moment frustrierend sein und eventuell einen Ticken einsam, aber wenigstens leide ich nicht unter Schlafentzug. Stattdessen höre ich einer Sängerin zu, die schmachtend und mit honigweicher Stimme über die Sterne singt. Der Cocktail schmeckt rauchig-süß und strömt warm durch meine Adern.

Ich bin so relaxt, dass ich den Mann zu meiner Rechten fast nicht bemerkt hätte. Ich habe keine Ahnung, was mich dazu bringt, den Kopf zu drehen und in seine Richtung zu schauen. Vielleicht liegt es daran, dass das Set der Band zu Ende ist und meine Aufmerksamkeit von der Bühne wegdriftet. Vielleicht habe ich aber auch einfach seinen Blick gespürt, denn er starrt mich geradezu an, ohne zu blinzeln.

Ich bin keine Frau, die schüchtern wegguckt, also starre ich zurück.

Er ist nicht mein Typ. Erstens ist er riesig, soll heißen hoch wie ein Haus, mit so breiten Schultern, dass ich mir ziemlich sicher bin, wenn ich mich auf einer Seite daraufsetzen würde, hätte neben mir noch jemand Platz. Er sitzt krumm auf seinem Stuhl, deshalb kann ich nicht sagen, wie groß er ist, aber ich schätze mindestens eins fünfundneunzig, womit er über dreißig Zentimeter größer wäre als ich. Ich hasse es, mir winzig vorzukommen. Das erlebe ich einfach zu oft. Außerdem hat er einen Bart. Keinen wilden, buschigen, aber einen dichten und vollen, der seinen kantigen Kiefer einrahmt. Das ist irgendwie heiß. Trotzdem stehe ich nicht auf Bärte. Ich mag glatte Haut, Grübchen, jungenhaftes Aussehen. An diesem Typ ist überhaupt nichts jungenhaft. Er ist eine seltsame Mischung aus Hipster und echtem, grüblerischem Kerl. Sein Haar ist im Stil eines Samurais am Hinterkopf zu einem Dutt zusammengenommen, was seine hohen Wangenknochen und die kantige Nase betont.

Er mag zwar nicht mein Typ sein, aber er hat umwerfende Augen. Keine Ahnung, welche Farbe sie haben, aber sie liegen tief unter breiten, dunklen Augenbrauen. Und sogar von hier aus kann ich seine dichten Wimpern erkennen, deren Länge fast schon etwas Feminines haben. Oh Gott, diese Augen sind wirklich wunderschön. Und sie haben eine mächtige Wirkung. Ich spüre seinen Blick zwischen den Beinen wie ein verführerisches zartes Kitzeln.

Er starrt mich an, als würde er mich kennen. Als müsste ich ihn ebenfalls kennen. Komischerweise kommt er mir tatsächlich bekannt vor. Aber ich habe einen Cocktail zu viel intus und bin zu benebelt, um darauf zu kommen, woher.

Offenbar bemerkt er meine Irritation, denn die Winkel seines breiten, vollen Munds zucken jetzt, als würde er sich über mich amüsieren. Oder es liegt daran, dass ich ihn ebenfalls anstarre. Er ist anscheinend einer von der dreisten Sorte, der ganz unverhohlen durchblicken lässt, dass er mich abcheckt.

Ich beschließe, ihn böse anzufunkeln, und ziehe eine Augenbraue hoch, wie es mein Dad immer dann macht, wenn ihm etwas missfällt. Da ich diesen Blick oft selbst geerntet habe, weiß ich, wie wirkungsvoll er ist. Zumindest bei den meisten Leuten. Aber bei diesem Typ? Seine Belustigung scheint nur noch zuzunehmen, obwohl er eigentlich nur mit den Augen lächelt und eine Braue hochzieht, als wollte er mich nachmachen.

In diesem Moment macht es Klick bei mir. Diesen leise amüsierten, leicht nachdenklichen Ausdruck habe ich schon mal gesehen. Ich habe *ihn* schon mal gesehen. Ich kenne ihn sogar. Er ist Grays Freund und sein ehemaliger Teamkollege vom College.

Als könnte er meine Gedanken lesen, nickt er mir langsam zu, als wollte er Hallo sagen.

Ich merke, wie ich über mich selbst schmunzeln muss. Er hat mich überhaupt nicht abgecheckt, sondern nur darauf gewartet, dass ich ihn erkenne. Mein umnebeltes Hirn sucht nach seinem Namen.

Dex. Er heißt Dex.

Ich erwidere sein Nicken, indem ich das Kinn leicht senke.

Daraufhin erhebt er sich, wird größer und größer. Und größer. Jep, er hat definitiv die Statur von einem Baum.

Mir fällt ein, dass er jetzt als Center in der NFL spielt. Auch wenn viele Spieler auf dieser Position eine mächtige Wampe vor sich hertragen, ist das bei Dex nicht der Fall. Er besteht nur aus festen Muskelpaketen, die unter dem engen schwarzen T-Shirt und der ausgewaschenen Jeans gut zu erkennen sind, und bewegt sich mit der natürlichen Anmut eines Profisportlers.

Er bleibt vor meinem Tisch stehen. »Fiona Mackenzie.« Seine Stimme klingt tief, fest und freundlich.

Ich weiß nicht, warum ich sie als freundlich empfinde, aber der Eindruck bleibt hängen und entspannt mich irgendwie, was normalerweise nicht der Fall ist, wenn ich allein in einem Klub unterwegs bin und ein Kerl auf mich zukommt, den ich kaum kenne.

»Hey, Dex. Sorry, ich habe einen Moment gebraucht. Normalerweise bin ich schneller.« Ich nicke in Richtung des Stuhls neben mir. »Magst du dich zu mir setzen?«

Er deutet auf mein fast leeres Glas. »Willst du erst noch was zu trinken?«

»Ja, gerne. Danke.« Schon allein, damit meine Hände was zu tun haben. Denn auch wenn er mich nicht einschüchtert, macht seine Präsenz doch mächtig Eindruck auf mich.

Mein Bauch zieht sich zusammen, als er sich zu mir vorbeugt, als wollte er mich umarmen, wobei seine massive Gestalt den kleinen Tisch überschattet. Aber er hält bloß die Nase in mein Glas und schnüffelt. Mit einem Nicken richtet er sich wieder auf und dreht sich zur Bar um.

Nein, ich bewundere *nicht* seinen Arsch, als er sich entfernt. Okay, vielleicht ein bisschen. Denn ich muss schon sagen, *wow!*

Ein paar Minuten später ist er mit einem Manhattan in der einen und einer Flasche Wasser in der anderen Hand zurück. Mir fällt wieder ein, dass er so gut wie nie Alkohol trinkt.

Ehe er sich hinsetzen kann, kommt ein Mädchen mit flehendem Blick an unseren Tisch. »Braucht ihr den?« Sie legt eine Hand auf den einzigen Stuhl am Tisch.

Technisch gesehen könnte Dex sich neben mich auf die Bank setzen. Eine Tatsache, die uns allen nur allzu bewusst ist.

Das Mädchen sieht zwischen uns hin und her, als wollte es uns genau das klarmachen.

Es wäre zickig von mir, Nein zu sagen. Also nicke ich, und das Mädchen zieht mit dem Stuhl ab, bevor ich meine Meinung ändern kann.

Dex trägt immer noch denselben amüsierten Gesichtsausdruck zur Schau, als er sich neben mich setzt. Sein Oberschenkel befindet sich so dicht neben meinem, dass ich seine Körperwärme spüren kann. Nicht dass ich glaube, er würde das mit Absicht machen. Er ist einfach groß und der Platz eben knapp.

Mit einem Lächeln nehme ich einen Schluck von meinem Drink. »Du hast allein am Geruch erkannt, dass ich Manhattan trinke?«

Dex stellt sein Wasser auf den Tisch und lenkt damit meine Aufmerksamkeit auf die Tattoos an seinen Armen. »Meinem Onkel gehört eine Bar. Ich habe ihm über die Jahre immer mal wieder ausgeholfen.« Er schaut auf mein Glas. »Der Geruch und die Kirsche haben dich verraten.«

Und dann habe ich plötzlich das Gefühl, dass sich mein Gehirn abschaltet, denn ich nehme die Kirsche aus dem Glas und stecke sie mir zwischen die Lippen, um daran zu lutschen. Wie irgend so ein verdammter Pornostar.

Sein Blick zuckt zu meinem Mund, seine Augen verengen sich.

Verdammt, ich spüre es schon wieder. Dieses verführerische zarte Kitzeln zwischen den Schenkeln. Bei diesem Kerl werde ich von einem einzigen Blick feucht. Während ich mich mit hochrotem Kopf innerlich dafür verfluche, dass ich so eine Show abziehe, reiße ich den Stiel von der Kirsche und kaue mit zielstrebiger Entschlossenheit, bevor ich hastig an meinem Cocktail nippe.

»Also, Dex«, sage ich schnell, als hätte ich nicht gerade versucht, die Aufmerksamkeit auf meinen Mund zu lenken. »Lange nicht gesehen.«

Er blinzelt und löst den Blick von meinen Lippen, um mir in die Augen zu sehen. »Ethan.«

»Was?«

»Mein Name«, sagt er. »Ich heiße Ethan.« Kleine Lachfältchen erscheinen um seine Augenwinkel. »Ethan Dexter.«

»Ah.« Ich nehme noch einen Schluck. »Dann darf ich dich also nicht Dex nennen? Gilt der Name nur für Freunde?«

Er lacht nicht oder windet sich, sondern sieht mich einfach weiter mit festem Blick an. »Das sollte keine Beleidigung sein. Du kannst mich Dex nennen, wenn du möchtest.«

Bevor ich ihn fragen kann, warum er dann auf Ethan bestanden hat, redet er weiter. »Ich habe dich seit der Hochzeit nicht mehr gesehen.«

Grays und Ivys Hochzeit. Also *das* war vielleicht ein Trunkenheitsrausch. Herrlich. Wirklich, ich trinke nicht oft. Aber wenn, dann … Äh, ja. Darum versuche ich, möglichst selten an den Punkt zu kommen, an dem ich absolut abdrehe.

Es fällt mir schwer, mir Einzelheiten von der Hochzeit ins Gedächtnis zu rufen, aber ich erinnere mich vage daran, mit Grays Jungs getanzt zu haben – Dex eingeschlossen. Ivy hat auch getanzt, was wie immer eine echte Show war. Meine Schwester, die ich über alles liebe, hat ein beängstigend schlechtes Rhythmusgefühl. Also habe ich mich hauptsächlich darauf konzentriert, Gray zu helfen und ihr den Rücken freizuhalten, damit sie nicht aus Versehen jemandem auf den Kopf haute, während sie herumzappelte.

»Ich weiß noch, dass du die meiste Zeit die Wand vorm Umkippen bewahrt hast«, sage ich zu Dex. Er hatte zwar bei ein paar Songs getanzt, sich dann aber ziemlich schnell eine Flasche Wasser geholt und gegen die Wand gelehnt dagestanden, um dem Rest von uns zuzugucken.

Er greift nach seiner aktuellen Wasserflasche. Es ist zu dunkel, um zu sehen, was für Tattoos er genau trägt, aber ich kann erkennen, dass sie bunt sind, im Retro-Stil gehalten. Und es sind mehr als noch vor einem Jahr.

»Manchmal macht es mehr Spaß zuzugucken.« Er löst den Blick nicht von meinem Gesicht, auch wenn es sich so anfühlt. Meine Brüste drücken gegen den BH, umso mehr, als er weiterspricht. »Du hast dir dein Kleid runtergerissen und es in einen Baum geschleudert.«

Hitze steigt mir in die Wangen. Die Hochzeit hat in einem Resort in den Tropen stattgefunden. Ich wollte schwimmen gehen – so wie alle anderen auch.

Ich beuge mich vor. »Willst du damit sagen, dir hat's gefallen, mir beim Ausziehen zuzusehen, Ethan Dexter?«

Ein heiseres Lachen löst sich aus seinem breiten Brustkorb. »Ich sage bloß, dass es sehr einprägsam war.« Er senkt den Blick, sodass die langen Wimpern seine Augen verbergen. »Und unterhaltsam.«

»Ich bemühe mich, stets zu gefallen.« Während ich die Beine übereinanderschlage, betrachte ich ihn. Ich habe Spaß. Das überrascht mich, denn ich hätte Dex nicht als einen Mann eingeschätzt, der sich groß unterhält.

»Was machst du in San Francisco? Soweit ich mich entsinne, spielst du doch gar nicht in Grays Team.«

»Ich habe eine Woche frei und Gray auch …« Er zuckt mit den breiten Schultern. »Ich dachte mir, ich besuche ihn und Ivy.«

»Moment mal.« Sofort werde ich misstrauisch. »Du bist auch bei den beiden zu Besuch?«

Er nickt, wobei ein wachsamer Ausdruck über sein Gesicht huscht.

»Haben sie dich etwa hergeschickt, damit du meinen Babysitter spielst?«, fahre ich ihn an. Ich kann nicht glauben, dass er nur zufällig im selben Klub gelandet ist wie ich. Nicht nachdem beide, Gray und Ivy, etwas dagegen hatten, dass ich heute Abend allein ausgehe.

»Ja und nein.« Dex trinkt einen großen Schluck aus seiner Wasserflasche. »Ja, sie haben gesagt, dass du heute Abend hier sein wirst. Ja, sie waren besorgt. Aber zufälligerweise mag ich auch diese Band, deshalb dachte ich mir, ich gehe sie mir anhören und sage dir bei der Gelegenheit Hallo.«

»Oh, sehr überzeugend«, sage ich gedehnt und lehne mich zurück.

»Nicht wahr?«, stimmt er mir trocken zu.

Ich schnaube. Die Versuchung, ihn mit dem Stiel der Kirsche zu bewerfen, ist groß. Allerdings glaube ich nicht, dass es ihn groß stören würde, wenn ich es tatsächlich tun würde. Dex scheint viel zu schwer aus der Ruhe zu bringen zu sein, als dass ihn fliegende Teile von Früchten aufregen würden.

»Du musst nicht bleiben«, verkünde ich. »Richte den Aufpassern aus, dass du mich gesehen hast und dass es mir gut geht. Du kannst dich dann jetzt vom Acker machen.«

Er zuckt nicht mal mit einer Wimper. »Ich möchte aber lieber bei dir sitzen bleiben.«

Okay. Klar. Der große Footballspieler möchte sich den ganzen Abend lang traurige Musik anhören. Sicher doch.

Mein Gesichtsausdruck muss ziemlich skeptisch sein, denn er schenkt mir ein Lächeln und drückt mir sein Handy in die Hand. »Sieh dir meine Musikauswahl an.«

Er hat keine Passwortsperre – ziemlich unklug –, deshalb kann ich ganz einfach nachsehen. Flunk, Goldfrapp, Massive Attack, Portishead, Groove Armada und sogar was von Morcheeba. Er hat eine richtige Trip-Hop-Bibliothek am Start.

Ich grinse ihn an. »Bis eben grade hätte ich dich noch für einen Hardrock- oder vielleicht sogar Bluegrass-Fan gehalten.«

»Das liegt am Bart, oder?«

»Und an dem Man Bun.«

Er stößt ein kurzes, polterndes Lachen aus. »Soll ich die Haare aufmachen?«

Ja. Vielleicht.

»Nicht nötig. Man Buns sind sexy. Meiner Meinung nach ist Jason Momoa daran schuld. Die weibliche Erdbevölkerung kann nur bis zu einem gewissen Grad dabei zugucken, wie er Khaleesi poppt, bis jede ihren eigenen Khal Drogo haben will.«

Mist, ich habe echt keine Ahnung, was verdammt noch mal ich da gerade rede. Das hört sich ziemlich stark nach Flirten an. Und mein Instinkt sagt mir, dass man nicht so leichtfertig mit Ethan Dexter flirten sollte. Außerdem lasse ich mich prinzipiell nicht mit Sportlern ein. Niemals. Vollkommen egal, wie durchtrainiert sie sind. Oder wie selbstsicher. Ich mag Sport nicht. Football langweilt mich. Oh, ich weiß jede Menge darüber – in meiner Familie kommt man da irgendwie nicht drumherum –, aber ich habe keine Lust, so zu tun, als würde es mich interessieren, wenn ich mich eigentlich lieber über was anderes unterhalten würde.

Wieder erscheinen die Lachfältchen um Dex' Augen und er dreht sich zu mir, wobei er einen Ellbogen auf den Tisch stützt. »Hat Momoa nicht einen Bart?«

Ich winke ab. »Wer hat denn Zeit, sich seinen Bart anzugucken, wenn seine Muskeln zur Schau gestellt werden?«

Ganz sicher sehe ich mir jetzt nicht Dex' phänomenale Arme an.

»Was hältst du von Bärten?« Sein Blick ist so durchdringend, dass ich ihn bis in die Zehenspitzen spüre.

Mein Atem geht schneller. »Ich mag sie nicht besonders.«

Das ist die Wahrheit. Und trotzdem kann ich nicht verhindern, dass mein Blick in diesem Moment zu seinem wandert.

Er ist dunkel und rahmt seine Lippen ein, was mich eigentlich abturnen müsste. Nur ist das genaue Gegenteil der Fall. Meine ganze Aufmerksamkeit wird auf die Form seines Munds gelenkt. Die Oberlippe ist sanft geschwungen, die Unterlippe voller, fast schon wie bei einem Schmollmund. Der Effekt hat etwas leicht Verbotenes.

Ich räuspere mich, schaue hoch und merke, dass er mich unter gesenkten Lidern hinweg ansieht. Meine Offenheit scheint ihn nicht sonderlich zu ärgern.

»Was stört dich denn an ihnen?«

Meint er das ernst?

Er starrt mich an.

Ich glaube schon.

Während ich schnell einen Schluck trinke, suche ich nach einer Antwort. »Sie sind einfach so ... fusselig. Und kratzig.«

Er kommt näher, ohne mich zu bedrängen, aber er befindet sich jetzt nur noch eine Armlänge von mir entfernt. Er riecht schwach nach Nelken und Orangen. Das muss sein Aftershave sein oder sein Parfum, und es verfehlt seine Wirkung bei mir nicht.

Ich bin so von seinem Geruch und seinem Aussehen gefangen, dass ich vor Schreck beinahe aufspringe, als er weiterredet. »Weißt du das aus Erfahrung oder vermutest du es nur?«

Ich kneife die Augen zu schmalen Schlitzen zusammen. »Was bist du nicht für ein Philosoph.«

»Du hast die Frage nicht beantwortet.«

»Na schön. Ich vermute es.«

Seine Lippen krümmen sich nach oben. »Du solltest erst mal überprüfen, ob du mit deiner Vermutung richtig liegst, bevor du Bärte im Allgemeinen aburteilst.«

»Ist das irgendein gruseliger Versuch, mich dazu zu bringen, deinen Bart anzufassen?«

Etwas Herausforderndes blitzt in seinen Augen auf. »Hier in der Bar sind einige Typen mit Bart. Du könntest sie fragen. Aber ich schätze, da wir uns kennen …«

»*So* gut jetzt auch wieder nicht.«

»Du würdest lieber den Bart eines Fremden anfassen?«

»Du gehst einfach so davon aus, dass es mir überhaupt wichtig genug ist, um zu fragen.«

Im Dämmerlicht des Klubs leuchten seine Zähne weiß auf. »Ich weiß, dass du neugierig bist. Es juckt dir in den Fingern, es herauszufinden.«

Ich lege meine Hände flach auf den Tisch und funkele ihn böse an. Kommt es mir nur so vor oder ist er noch näher herangerückt? So nah, dass ich sehen kann, dass seine Augen haselnussbraun sind und am äußeren Rand der Iris durch ein strahlenförmiges Muster heller.

Er sieht mich an. Geduldig. Berechnend. Verlockend.

»Die Ruhigen sind immer die Schlimmsten«, murmele ich, bevor ich tief Luft hole. »Okay, ich werde dein fusseliges Gesicht tätscheln.«

»Warte.« Ohne zu zögern, greift er nach meinem Drink und nimmt einen Schluck. »Ich muss mir Mut antrinken.«

Mir entweicht ein ersticktes Lachen. »Weil ich ja *sooo* Angst einflößend bin.«

»Du hast ja keine Ahnung, Kirsche.«

Ich glaube, ich habe gerade leise aufgestöhnt. Ich möchte definitiv gerne einmal fest an seinem heiß geliebten Bart ziehen.

Dex sieht mich mit hochgezogenen Augenbrauen an. »Na los!«

Dieser freche Mistkerl spielt mit mir. Und ich tappe ihm geradewegs in die Falle. Ich kann den Blick nicht mehr von seinem Bart abwenden. Genauer gesagt von seinen Lippen, die ganz leicht geöffnet sind. Eine Einladung. Eine Mutprobe. Verdammt, Mutproben konnte ich noch nie gut ignorieren.

Ich hasse es, dass meine Hand zittert, als ich sie an sein Gesicht hebe.

Er hält vollkommen still, einen Arm hat er lässig auf die Lehne hinter mir gelegt, sein Körper ist mir zugewandt. Mir ist allerdings nicht entgangen, dass sein Atem ein klein wenig schneller geht.

Ich zögere, fühle mich fast schon ein wenig schüchtern. Dabei will ich doch bloß ein bisschen Gesichtsbehaarung anfassen. Wieso fühlt es sich dann so an, als wären wir zwei Kinder, die sich in eine dunkle Ecke zwängen und »Ich zeig dir meins« spielen? Genervt von mir selbst überwinde ich schnell den restlichen Abstand zwischen uns.

Weich. Sein Bart ist weich. Und er gibt nach. Das hatte ich nicht erwartet. Sanft drücke ich die Fingerspitzen in diese elastische, weiche Fülle und streichle ein bisschen darüber.

Seine Nasenflügel beben, als er scharf die Luft einzieht.

Ich sehe zu ihm hoch, suche seinen Blick, doch er reagiert nicht. Also mache ich weiter, fahre mit den Fingern gegen die Wuchsrichtung der Haare an seinem Kiefer entlang. Jetzt kitzelt es, wie ich erwartet hatte. Doch es fühlt sich gut an, jagt mir ein erregendes, leichtes Kribbeln über die Haut, das meine Schenkel hinaufläuft. Ich schlucke schwer und presse die Beine zusammen. Merkt er es? Ich bin zu feige, es herauszufinden. Stattdessen halte ich den Blick auf sein Gesicht gerichtet, auf seine Lippen, die im Vergleich zu seinem Bart so nachgiebig aussehen.

Unwillkürlich teilen sich meine eigenen Lippen, mein Mund ist plötzlich wahnsinnig empfindsam. Ich beuge mich dichter zu ihm. Ich kann nicht anders. Mit dem Daumen fahre ich am Rand seiner Unterlippe entlang. Oh nein, das war ein Fehler. Der Kontrast zwischen seinem weichen, aber doch festen Mund und dem dichten Bart bewirkt, dass blitzartig pure Lust in meine Klitoris schießt.

Benommen streichle ich weiter, ziehe den sanft geschwungenen Bogen der Oberlippe nach und fahre dabei gleichzeitig weiter an seinem Bart entlang. Mist, ich kann nicht aufhören, mir vorzustellen, wie es wäre, wenn er mit diesem Mund über meine Haut streifen würde. Ob ich seinen Bart spüren könnte, wenn er an meinen Nippeln saugt? Es pulsiert in mir. Besagte Nippel sehnen sich schmerzhaft nach Erlösung.

Dex' Körperwärme strahlt wie von einem Felsen, der lange von der Sonne beschienen wurde, auf mich ab. Ohne es zu merken, habe ich mich vor ihm auf die Bank gekniet und halte ihn mit der freien Hand an der Schulter fest, als hätte ich Angst, er könnte zurückweichen.

Aber das wird er nicht. Nicht nachdem seine große, schwere Hand auf meiner Hüfte gelandet ist und er mich stützt, wobei er die Finger auf eine halb besitzergreifende, halb beschützende Art in meine Haut gräbt.

Ich sollte aufhören, rede ich mir selbst ein, während ich weiter seine Lippen nachfahre, die Mundwinkel, seine Kinnpartie.

Dex atmet flach durch den leicht geöffneten Mund, wobei jedes Mal ein zarter Schwall warme Luft über meine Fingerspitzen streicht.

Ich will – nein, ich *muss* – mehr spüren. Und dieser Drang folgt seinem eigenen Willen.

Ich spüre, wie Dex überrascht die Luft einzieht, kurz bevor meine Lippen seine streifen. Oh Gott, fühlt sich das gut an. Seidig fest, kitzlig weich. Ich wiederhole es, berühre seinen Mundwinkel, sodass sein Bart meine Lippen kitzelt.

Ein leises Wimmern steigt von irgendwoher zwischen uns

auf. Ich weiß nicht, ob er es ausgestoßen hat oder ich. Egal. Ich beschäftige mich jetzt wie besessen mit seinem Mund, hole mir Kuss um Kuss und gebe mich ganz der Empfindung hin. Bärte haben etwas geradezu Verruchtes. Total unanständig. Ich kann plötzlich nur noch an Sex denken und an andere Körperstellen mit weichen und zugleich drahtigen Haaren. In meinem Kopf dreht sich alles um die Vorstellung, wie er mit seinem dichten, vollen Bart über meine Klitoris fährt, wie es kitzeln und mich erregen würde. Und das macht mich wild.

Ich lasse die Zunge in seinen Mund schnellen – gierig, lüstern – und lege die Daumen an seine Mundwinkel, damit ich ihn fühlen kann, während ich ihn schmecke.

Dex' Stöhnen bringt seinen Körper zum Vibrieren. Eine schwere Hand umfasst meinen Hinterkopf, lange Finger schieben sich in mein Haar. Dann neigt er den Kopf und erwidert meinen Kuss voller Hingabe, als wäre er gerade aus einem langen Schlaf aufgewacht und vollkommen ausgehungert.

Lust durchströmt mich heftiger und schneller, als ich es je erlebt habe. Sie raubt mir den Atem und den Verstand. Ich kann nichts anderes tun, als seitlich über sein Gesicht zu streicheln, meinen weichen Busen gegen seine Brust zu pressen und ihm zu geben, was wir beide wollen.

Er schmeckt nach Whisky und süßem Wermut, nach kandierten Kirschen und einem köstlichen Aroma, das wohl sein eigenes sein muss. Gierig gleite ich mit der Zunge über seine, denn ich will mehr davon.

Dex' Brust hebt und senkt sich unter einem schweren Atemzug, als er den Mund weiter öffnet, um mich einzulassen. Mit seinen großen Händen umschließt er meinen Po.

Plötzlich bin ich schwerelos, mir ist schwindelig. Ich lande auf seinem Schoß, die Beine um seine Hüften geschlungen. Er ist so breit, dass meine Muskeln davon gedehnt werden.

Ich schlinge die Arme um seinen Nacken, während ich meine Mitte gegen eine beeindruckende, steinharte Erektion presse. Perfektion.

Er reagiert mit einem Ächzen und knetet meinen Hintern, wobei er die Pobacken auf eine geradezu unanständige Art auseinanderzieht.

Die ganze Situation ist so sexy, dass ich wimmere und mich erneut gegen ihn wiege. Wie wir hier quasi trocken vögeln und uns gegenseitig mit dem Mund nehmen, ist alles, was mich im Moment interessiert.

Bis ich einen lauten, unmissverständlichen Pfiff höre.

»Verdammt, ja, Mann. Gib's ihr!«

Wir erstarren, unsere Lippen berühren sich noch. Mein Herzschlag dröhnt in meinen Ohren.

Dex legt schützend eine Hand in meinen Nacken, dreht den Kopf etwas zur Seite und starrt mit finsterem Blick über meine Schulter.

Als ich mich ebenfalls umwende, sehe ich drei Kerle an unserem Tisch stehen, die uns mit unverhohlenem Interesse anstarren.

Eins der Großmäuler johlt erneut: »Nette Show, Süße!«

Mist, eigentlich ist es nicht mein Stil, in aller Öffentlichkeit rumzumachen.

Dex' Muskeln zucken. Gott, wie stark er ist. Eine richtige Wand zum Anlehnen. Als er spricht, klingt seine Stimme tief und hart. »Es reicht.«

Das war's. Zwei Worte. Und das Merkwürdige ist, dass die anderen Kerle sofort gehorchen. Abrupt wenden sie sich ab und nuckeln geschäftig an ihren Drinks.

Ich sehe wieder Dex an, um gerade noch Zeugin dieses Furcht einflößenden Blicks zu werden, bevor seine Miene wieder einen neutralen Ausdruck annimmt.

Manche Kerle sind Alphahunde, die knurren und schnappen, Dex ist eher wie ein Silberrücken. Er geht ruhig seiner Wege, bis ihn etwas anpisst und er eine Warnung ausstößt, die sich gewaschen hat. Ich frage mich, was wohl passieren würde, wenn er richtig ausrastet. Er könnte die meisten Leute mit links zu Brei schlagen, was diese Kerle ganz offensichtlich ziemlich schnell begriffen haben.

Die kümmern mich jetzt allerdings nicht mehr. Jetzt, wo wir uns nicht mehr gegenseitig auffressen, schäme ich mich ein bisschen dafür, dass ich Dex regelrecht besprungen habe.

Aber sein Gesichtsausdruck wirkt nicht selbstzufrieden, sondern eher nachdenklich und fast ein bisschen weich. »Also, immer noch kein Bart-Fan?«

Du kannst mich als bekehrt bezeichnen und im Fanklub anmelden.

»Sei ehrlich. Hast du das alles nur gemacht, um mich dazu zu bringen, dich zu küssen?«

»Nein.« Er zieht mir spielerisch an den Haaren und hält mich ein Stück von sich weg, um meine Lippen zu betrachten. »Ich wollte nur, dass du mich berührst.« Dann macht er sich wieder über meinen Mund her, bevor er mich nach einem letzten trägen, forschenden Kuss loslässt.

Atemlos und ziemlich verdattert brauche ich einen Moment, um zur Besinnung zu kommen und von ihm runterzuklettern. Ich habe keine Ahnung, wie ich mich verhalten soll. Versteht mich nicht falsch, ich liebe Sex und habe keine Scheu, es darauf anzulegen. Aber so was hier mache ich sonst nicht. Ich knutsche nicht mit Männern, die nicht im Entferntesten mein Typ sind. Und mit Sicherheit grabe ich keine Freunde der Familie an. So was kann nur unangenehm werden, wenn man es vermasselt.

»Lass uns nach Hause gehen«, sagt Dex leise.

Als mein Blick zu ihm hochschnellt, zuckt er zusammen.

»Damit meine ich nicht ins Bett. Einfach nur zu Ivy und Gray nach Hause.« Er wirft einen Blick auf seine Uhr – so eine aus breitem schwarzem Leder, die mehr wie ein Armband aussieht. »Es ist kurz vor zwei. Die Bar macht sowieso gleich zu.«

»Okay, gut.«

Nach Hause zu fahren klingt nach einem guten Plan. Nur dass ich lieber allein gehen möchte, damit ich Dex nicht mehr anzusehen brauche. Heißester Kuss meines Lebens hin oder her, ich kann ihn nicht wiederholen. Ethan Dexter könnte zu einer Sucht für mich werden, wenn ich nur eine weitere Kostprobe von ihm nehme.

2

Dex

Ich habe im Lauf meines Lebens so einige dumme Sachen gemacht. Wer hat das nicht? Aber Fiona Mackenzie zu küssen
rangiert ziemlich weit oben auf der Hitliste. Ironischerweise
ist es definitiv auch mit das Beste, was ich je in meinem Leben
getan habe. Quälend gut.

Im Moment allerdings nur quälend. Ich habe einen Ständer,
der nicht nachlassen will und der in meiner Jeans komisch nach
unten gebogen wird. Ich könnte ihn zurechtrücken, aber das
würde Fiona merken. Ihr entgeht so gut wie nichts.

Andererseits versucht sie gerade tapfer, mich zu ignorieren,
und schaut aus dem Seitenfenster, während wir in Grays altem
Pick-up zurück zu seinem Haus fahren.

Ich liebe Grayson. Der Mann ist mehr als fünfundzwanzig
Millionen Dollar schwer und fährt immer noch seinen alten
Truck aus der Highschoolzeit. Wenn ich daran denke, dass ich
meine Zunge im Mund seiner Schwägerin hatte, muss ich den
Drang niederkämpfen, mich vor Scham zu winden.

Ich hätte es nicht tun sollen. Aber mein Hirn war anscheinend gerade auf Urlaub. Ich weiß, wie gut ich Situationen ma-
nipulieren kann, und ich habe die Neugier in Fis leuchtend
grünen Augen gesehen. Also habe ich sie beschwatzt, verlockt,
sie fast schon herausgefordert, hautnah an mein Gesicht zu
kommen. Hatte ich damit gerechnet, dass sie mich küsst? Zum
Teufel, nein. Aber ich habe in diesem Klub nur einen Blick auf

sie geworfen und schon wollte ich ganz dringend nur noch eins: dass sie mich berührt, mich verdammt noch mal *sieht*. Das will ich schon seit dem Augenblick, als ich sie vor zwei Jahren auf der Weihnachtsparty ihrer Schwester zum ersten Mal gesehen habe. Obwohl ich sofort gemerkt habe, dass Fiona nichts für mich ist. Ich bin ziemlich still, mache die Dinge gerne mit mir selbst aus. Fiona dagegen ist das pure, muntere, quirlige, bissige Leben. Verpackt in ein winziges, perfektes Paket.

Ich habe oft gehört, wie Ivy Fi mit Tinkerbell verglichen hat. Ich schätze, das passt. Die kleine Zeichentrickfee fand ich allerdings immer ein bisschen nervig. Fi könnte ich mir dagegen den ganzen Tag lang angucken. Schon der fröhliche Klang ihrer Stimme zieht mich in seinen Bann. Und wenn sie die Nase rümpft und böse guckt? Dann werde ich so hart wie eine Lanze.

Ja, es hat mich schlimm erwischt. Was gar nicht gut ist. Ich weiß ganz genau, dass sie nichts mit Profisportlern zu tun haben will. Das habe ich sie ganz unverblümt auf der Hochzeit sagen hören. Auf dem College hat mir ein Mädchen, das ich toll fand, aus demselben Grund einen Korb gegeben, und ich bin absolut nicht scharf darauf, dass noch mal jemand so auf meinem Herzen rumtrampelt. Ich hätte Fi niemals berühren und schon gar nicht küssen sollen. Denn jetzt kann ich nicht mehr damit aufhören, die Bilder immer wieder in meinem Kopf abzuspielen. Ich weiß, wie sie schmeckt. Und sie macht süchtig.

Ich umklammere das Lenkrad und biege in Grays und Ivys Einfahrt ein. Sie haben ein großes Stadthaus in Pacific Heights gekauft. Ich muss zugeben, dass ich neidisch bin. Einen Ort wie diesen würde ich liebend gerne mein Zuhause nennen. Ich wohne in einem hübschen, aber ziemlich leeren Stadthaus in New Orleans. Ich mag, dass es hohe Decken hat, alte Holzdielen und viel natürliches Licht. Aber es fühlt sich nicht wie ein Zuhause an. Vielleicht, weil ich allein dort lebe.

Schweigend fahren wir in die Garage und steigen die Stufen zum Erdgeschoss hoch. Ich bin nicht sonderlich überrascht, als Gray aus der Küche geschlurft kommt, ein Fläschchen in der einen und einen Topf in der anderen Hand. Er sieht ziemlich fertig aus. Total fertig. Sein blondes Haar ist an den Seiten platt gedrückt und die auf links gedrehte Jogginghose hat er auch noch verkehrt herum an. Dunkle Ringe liegen unter seinen müden Augen.

»Hey«, murmelt er. »Hattet ihr Spaß?« Dabei macht er nicht den Eindruck, als würde er sich im Moment für irgendetwas anderes außer Schlafen interessieren.

»Wozu der Topf, Berg von Mann?«, fragt Fi, bevor sie ihn Gray vorsichtig aus der Hand nimmt.

Er schaut blinzelnd darauf. »Ach, richtig. Den wollte ich in die Spüle stellen.«

Vom oberen Stockwerk dringt das wütende Geschrei eines Babys herunter.

»Der winzige Herrscher verlangt, was ihm zusteht«, sagt Gray, bleibt aber noch einmal stehen, um Fi einen Kuss auf die Wange zu geben. Seine Miene hat sich ein wenig aufgehellt, als er sich wieder aufrichtet. »Du riechst nach Aftershave, Fi-Fi.«

Fiona läuft knallrot an. »Ich rieche nach Nachtklub.«

»Aftershave«, korrigiert Gray, während er in Richtung Treppe trottet. Sein Blick bleibt an mir hängen. »Dex' Aftershave, um genau zu sein. Und mach dir gar nicht erst die Mühe, es abzustreiten. Ich habe vier Jahre lang mit dem Kerl zusammengewohnt.«

Soviel dazu, es vor Gray geheim halten zu wollen. Der Mann albert zwar gerne rum, aber er ist ein absolutes Genie, deshalb bin ich nicht wirklich überrascht, dass er mich ertappt hat. Doch er sagt nichts weiter dazu. Mit hängenden Schultern geht er die Treppe hoch.

»Ich schwöre bei Gott, ich würde jemandem fünf, nein, zehn Millionen Dollar zahlen, wenn Ivy und ich nur eine Nacht durchschlafen könnten.«

Fi und ich tauschen einen mitfühlenden Blick. Die Situation zwischen uns mag zwar komisch sein, aber wir können wenigstens in unsere Betten flüchten und schlafen.

»Ich gehe mir mal eben zehn Millionen Dollar verdienen«, sage ich zu ihr und steuere auf die Treppe zu.

Sie folgt mir. »Das muss ich sehen.«

Wir finden Gray im Kinderzimmer, das direkt aus einem Designkatalog stammen könnte. Ich weiß, dass Fi es eingerichtet hat, und sie besitzt eindeutig das Talent dazu.

Gray hat sich auf einen Lehnsessel plumpsen lassen und versucht, seinem aufgeregten Sohn die Flasche zu geben. Doch der kleine Kerl schreit und boxt mit den kleinen Fäusten gegen Grays Arme.

»Ich bin dran, ihn zu füttern«, sagt Gray, ohne aufzusehen. »Also gibt es Muttermilch aus der Flasche. Er hasst das. Ich weiß, kleiner Mann«, sagt er zu dem Baby. »Ich liebe Mamis Brüste auch, aber sie braucht Schlaf.«

Aus dem Nebenzimmer dringt ein unterdrücktes Stöhnen. »Mütterliche Schuldgefühle haben mir den Schlaf geraubt«, ist Ivys körperlose Stimme zu hören. »Und sprich nicht mit meinem Sohn über meine Brüste, Cupcake.«

Ich werfe einen Blick durch die Verbindungstür und sehe ihre langen Beine auf einem riesigen Bett ausgestreckt. Fi ist klein, ihre Schwester Ivy dagegen um die eins achtzig groß, und im Augenblick ist sie total fix und fertig.

»Gib ihn mir, Grayson«, sage ich.

Gray sieht mich an, als wäre ich irre, schüttelt dann aber ergeben den Kopf und hält mir seinen Sohn hin.

Ich werde sein Vertrauen niemals als selbstverständlich erachten. Wieder überkommen mich Schuldgefühle, weil ich Fi angefasst habe. Aber jetzt habe ich einen strampelnden, schreienden vier Wochen alten Säugling im Arm und damit andere Probleme.

Ich gehe zum Wickeltisch hinüber und nehme eins der vielen Spucktücher vom Stapel auf dem Regal. Leos Kopf hat sich vor Wut inzwischen dunkelrot gefärbt, während ich ihn eng einwickele, sodass seine Ärmchen an den Körper gedrückt werden. Das Ergebnis ist ein sicher gepucktes Baby, von dem nur noch der Kopf aus dem Tuch schaut.

Gray und Fi kommen näher, um mir neugierig über die Schulter zu gucken. Aber als ich Little G hochhebe und laut Sch-sch mache, weichen beide zurück.

»Dex, Kumpel, was …«

Ich werfe Gray einen beschwichtigenden Blick zu und mache noch einmal Sch-sch, diesmal direkt in Babys Ohr. Anscheinend hat er mich diesmal gehört, denn er wird abrupt still, während ich seinen kleinen Körper sanft schaukele und die ganze Zeit weiter Sch-sch murmele.

Ivy steckt ihren Kopf zur Tür herein. Ihre dunklen Augen sind vor Schreck weit aufgerissen.

»Was …«

Gray wedelt wild mit der Hand, damit sie still ist, aber ich schüttele den Kopf. »Macht euch keine Gedanken wegen Lärm«, sage ich. »Der kleine Mann hier hört das alles schon, seit es ihn gibt. Zumindest hat er das, bis er auf die Welt gekommen ist und ihr angefangen habt, in seiner Nähe still zu sein.«

Ich gebe Leo sein Fläschchen und wiege ihn dabei weiter auf dem Arm hin und her.

Fi stellt sich neben mich. »Und woher weißt du so viel über Babys?«

»Mein kleiner Bruder war ein Nachzügler. Meine Eltern haben ihn bekommen, als ich siebzehn war. Deswegen kenne ich mich ganz gut aus.«

Ich sehe zu Ivy und Gray hinüber, die mich beide mit offenem Mund anstarren. »Wenn ihr so ein Gerät habt, das weißes Rauschen erzeugt, dann würde ich vorschlagen, ihr schaltet es jetzt an, stellt es auf laut und lasst es laufen.«

Gray stürzt aus dem Raum, während Ivy auf mich zukommt. »Dex, ich bin kurz davor, mich dir heulend vor die Füße zu werfen. Verlass mich nie wieder.«

»Können wir ihn uns teilen?«, fragt Gray, der wieder aufgetaucht ist und den Apparat anstellt.

Ich stehe auf und gebe Gray das Baby. »Lass ihn so eingepackt. Wiege ihn und beruhige ihn so wie ich, wenn er aufwacht. Ich schick dir in der Zwischenzeit ein paar Links zu Videotutorials.«

Ivy wirft sich mir an den Hals. »Ich liebe dich, Dex.«

»Zur Hälfte gehört er mir«, erinnert Gray sie. Sein verschlafener Blick trifft meinen. »Ich schick dir einen Scheck, sobald ich wieder geradeaus gucken kann, Mann.«

»Ich habe deine X-Box in mein Zimmer geholt. Das ist Bezahlung genug.«

Gray winkt ab, während er seinen Sohn fest an die Brust gedrückt hält. »Du kannst das Ding haben. Ich könnte dich immer noch küssen.«

»Immer diese Versprechungen.« Ich drücke Ivy einen Kuss auf den Kopf. Sie riecht nach Muttermilch und Baby. Aber tief darunter gibt es eine seltsame Geruchsähnlichkeit mit Fi. Bei Weitem nicht so wirkungsstark, aber es reicht aus, um mir ins Bewusstsein zu bringen, dass sie Fis Schwester ist.

Ich spüre Fis Gegenwart wie ein heißes Prickeln im Rücken, als sie hinter mir das Zimmer verlässt. Schweigend gehen wir ein Stockwerk höher zu den Gästezimmern. Zusammen. Allein. Jede Berührung, jedes gemächliche Gleiten der Lippen, der Zunge, der Fingerspitzen, jeder hingehauchte Seufzer, all das spult sich wieder und wieder in meinem Kopf ab wie eine Filmrolle.

Sie hat gerötete Wangen, und ihre Nippel zeichnen sich unter dem dünnen cremefarbenen Seidentop ab, das sie trägt. Ich möchte mit dem Daumen über diese verlockenden Knospen streichen, ihr das Oberteil über den Kopf ziehen und … Ich räuspere mich, als wir an unseren Zimmertüren ankommen, die sich auf dem schmalen Treppenabsatz gegenüberliegen.

Sie zögert, überlegt offensichtlich, was sie sagen könnte.

Ich dagegen weiß ganz genau, was ich gerne sagen würde. *Küss mich noch mal. Lass mich rein. Lass … mich einfach.* Doch ich halte den Mund. Fiona Mackenzie ist nichts für mich. Zum Teufel, ich kann ihr doch noch nicht mal gestehen, dass das, was wir heute Abend gemacht haben, in meinem Leben bisher die einzige richtige erotische Erfahrung gewesen ist. Ich bin mir sicher, für sie war es nicht mehr als eine seltsame Begegnung mit einem Kerl und einem Bart.

Als ich mir mit einer Hand über den Mund fahre, graben sich meine Finger zwischen die Stoppeln. Plötzlich ärgere ich mich über meinen Bart. Als hätte sie ihn mehr gewollt als mich, und das ertrage ich nicht.

»Also dann«, murmele ich, bevor sie etwas sagen kann. »Gute Nacht.«

»Dex.« Ihre Stimme klingt leise in meinem Rücken, als ich die Tür zu meinem Zimmer öffne.

Ich halte inne, mein Herz trommelt wild gegen die Rippen. Aber ich drehe mich nicht um. Ich will nicht, dass sie meinen Gesichtsausdruck sieht.

»Ja?«

»Danke.« Sie holt hörbar Luft. »Dafür, dass du Gray und meiner Schwester hilfst. Das bedeutet ihnen so viel.«

Die Enttäuschung trifft mich so heftig, als wäre ein Lineman gegen meine Brust gedonnert. Trotzdem schaffe ich es zu nicken. »Nicht der Rede wert.« Was wohl meinen ganzen Abend zusammenfasst.

3

Fiona

Frühstück gibt es in Ivys und Grays Haus um elf Uhr. Was okay für mich ist. Nachdem ich letzte Nacht ins Bett gegangen bin, habe ich mich ewig hin und her gewälzt. Das Ziehen in meinen Nippeln und das Pulsieren zwischen meinen Schenkeln verlangten nach Aufmerksamkeit, die ich dem Ganzen jedoch nicht geben wollte. Nicht während sich Dex auf der anderen Seite des Flurs befand. Nicht wenn ich an Dex denken musste, während ich es machte. Das hätte alles nur noch verschlimmert.

Und aus genau diesem Grund bin ich jetzt ziemlich schlecht gelaunt und kaue so fest auf der Scheibe Vollkornbrot mit Butter herum, als wollte ich sie zu Staub zermahlen.

Was es noch schlimmer macht, ist, dass Ivy mich dabei beobachtet. Mit ihren dunklen Augen verfolgt sie meine Bewegungen, als ich die Kaffeetasse anhebe und einen Schluck trinke.

»Du starrst mich an.«

»Na ja …«

»Willst du, dass ich dich mit dem Brot bewerfe?«, frage ich, bevor ich erneut abbeiße und mit vollem Mund weiterrede. »Werde ich nämlich gleich, glaub's mir.«

Sie sieht heute Morgen halbwegs erholt aus. Zumindest hat sie sich die Haare gewaschen und gekämmt. Und sie grinst, bevor sie an ihrem Orangensaft nippt.

»Gray sagt, du hast gestern gerochen, als hättest du dich einmal komplett an Dex gerieben.«

»Gray kann sich mal den Daumen in den Hintern stecken.«
Ungelogen, die zwei sind die schlimmsten Klatschmäuler.

Sie schnaubt in ihr Glas. »Wie blumig. Jetzt rück schon damit raus, Fi-Fi. Hast du dich einmal komplett an Dex gerieben?«

Wie ein billiger Anzug an einem schwülheißen Tag.

Als könnte sie meine Gedanken lesen, stützt sie die Ellbogen auf den Tisch und grinst mich durchtrieben an. »Er ist total heiß. Auf so eine Bad-Boy-Rocker-Art. Was schon merkwürdig ist, wenn man sich überlegt, welchen Job er macht.«

»Sich gegen andere schmeißen?« Ich lache freudlos. »Ja, sehr seltsam, dass er da wie ein Bad Boy aussieht.«

»Sarkasmus steht dir nicht.«

Ich strecke ihr die Zunge raus.

»Raus damit, Fiona May.«

»Verdammt«, sage ich gedehnt. »Du setzt meinen zweiten Vornamen ein. Das ist hart.«

Sie verschränkt die Arme vor der Brust und wartet ab.

»Es gibt nichts zu erzählen.«

Im Gegensatz zu Ivy besitze ich ein Pokerface. Das habe ich mir von unserem Dad abgeschaut. Lass sie niemals sehen, was du denkst.

Ivy kennt mich allerdings ziemlich genau, vielleicht kann ich sie also trotzdem nicht täuschen. Aber sie beschließt anscheinend, mich erst mal in Ruhe zu lassen, denn jetzt zuckt sie mit den Schultern, nimmt sich eine Scheibe Brot und bestreicht sie mit Brombeermarmelade.

»Dex ist irgendwie …« Sie hält inne, das Messer schwebt in der Luft. »Anders.«

»Anders?« Okay, ich weiß, dass er ein stiller Typ ist. Und offensichtlich blitzgescheit, er hat mich derart geschickt um den Finger gewickelt, dass es mir Angst macht. Aber *anders?*

Ivy legt die Brotscheibe ab und senkt die Stimme. »Er ist wirklich sensibel. Auf eine gute Art, nur ... Gray denkt, er hält's vielleicht wie Tim Tebow.«

»Was zum Teufel meinst du mit ›hält's wie Tim Tebow‹?« Und warum bin ich so verärgert? »Meinst du dieses ›Hinknien und Beten‹-Ding, das er immer auf dem Spielfeld macht?«

Sie beugt sich vor. »Nein. Dass er genau wie Tebow noch Jungfrau ist.«

Mir weicht alles Blut aus dem Gesicht. »*Wie bitte?* Nie im Leben. Er ist ... na ja, er ist verdammt sexy.« Okay, das ist mir jetzt rausgerutscht. »Und er ...« Ich beiße mir auf die Lippe, um nicht zu sagen, dass er todsicher nicht wie eine Jungfrau küsst.

Allerdings ist es so lange her, dass ich eine Jungfrau geküsst habe, dass ich mir nicht sicher bin, wie sich das anfühlen sollte, oder ob die Art, wie jemand küsst, überhaupt ein Maßstab für dessen sexuelle Erfahrung ist. Ich meine, beim Sex geht es schließlich um viel mehr, als nur Zapfen A in Schlitz B einzuführen – zumindest sollte das so sein.

Ich tarne, was mir eben rausgerutscht ist, mit einer anderen Wahrheit. »Er muss vierundzwanzig sein. Warum um alles in der Welt sollte er noch Jungfrau sein? Meinst du aus religiösen Gründen?«

Sie schüttelt den Kopf. »Ich glaube, er ist überhaupt nicht religiös. Ehrlich gesagt weiß ich auch nicht, warum er noch Jungfrau sein sollte. Es ist auch nicht so, als ob Gray oder seine Collegefreunde je offen darüber gesprochen hätten – was schon etwas zu bedeuten hat.«

»Dann sollten wir das vielleicht auch nicht tun.« Ich weiß, dass ich schnippisch klinge, und das ist unfair Ivy gegenüber, wir lästern sonst über alles und beinahe jeden. Aber es fühlt sich falsch an, so über Dex zu reden.

Da Ivy aussieht, als hätte ich sie verletzt, fühle ich mich noch schlechter. Aber dann nickt sie knapp, als würde sie mich verstehen.

»Hör zu«, sagt sie leise. »Ich erwähne es nur, weil … Verdammt! *Wenn* du gestern Abend mit ihm rumgemacht hast oder was auch immer, dann geh einfach vorsichtig mit ihm um.«

Ich muss lachen. »Wie bitte? Bin ich jetzt ein männermordender Vamp oder was?«

»Nein, natürlich nicht. Aber Dexter ist nichts für einen One-Night-Stand.«

»Ich denke, das solltest du ihn selbst entscheiden lassen, schließlich ist er ein erwachsener Mann. Und bevor du noch mal auf mich losgehst, ich werde nichts mit ihm anfangen. Herrgott, wir haben höchstens eine Stunde zusammen abgehangen.« *Und uns geküsst, als gäb's kein Morgen.* »Mehr nicht.«

Lügnerin, Lügnerin, Lügnerin.

Ivy weiß, dass ich stark untertreibe. Ich kann es ihr ansehen. Aber das Muttersein scheint sie weicher gemacht zu haben, denn sie bedrängt mich nicht, sondern trinkt nur einen Schluck Kaffee und schweigt.

Für einen langen Augenblick sitze ich ebenfalls still da. Dann fange ich an, mit den Fingern auf den Tisch zu klopfen.

»Wie hältst du das aus?«, platze ich heraus.

»Was? Deine lausige kleine Unschuldsmasche?«, fragt sie frech.

Ich strecke ihr die Zunge raus. »Sehr lustig, Hase. Ich meinte … also … Wie hältst du es aus, zurückgelassen zu werden, wenn Gray zu den Spielen reist?«

Wir sind mit einem Dad aufgewachsen, der seine Familie zunächst als Profibasketballer und später als Sportagent ständig allein gelassen hat. Doch wir sind unterschiedlich damit umgegangen. Ivy war diejenige, die stets alles in Ordnung brachte und immer versucht hat, die Wogen zu glätten. Und ich? Ich bin losgezogen und habe Party gemacht, ständig blöde Witze gerissen und jede Art tiefergehende Beziehung gemieden. Das hat damals ganz gut funktioniert, aber dass Ivy nun, da sie Gray so sehr liebt, trotzdem noch dieses Leben führen muss, verstehe ich nicht.

Ivy schließt die langen Finger fest um den Kaffeebecher. »Es war leichter, als ich ihn noch begleiten konnte. Von ihm getrennt zu sein, ist ätzend. Das will ich gar nicht leugnen, aber ...« Sie malträtiert ihre Unterlippe mit den Zähnen. »Ich weiß nicht, wie ich es sonst erklären soll. Gray ist mein Herz. Ohne ihn funktioniert mein Leben einfach nicht, also ...« Sie zuckt mit den Schultern. »Während der NFL-Saison tun wir eben, was wir tun müssen.«

»Und das ist dir wirklich genug?«

Ihr Lächeln wirkt fast schon geheimnisvoll. »Ja«, sagt sie leise. »Gray ist mehr als genug.«

Die Art, auf die sie die Worte ausspricht, so als wäre er die Freude, mit der ihr Tag beginnt und endet, trifft mich mitten ins Herz. Plötzlich habe ich Schwierigkeiten, Luft zu bekommen. Einsamkeit ist eine kalte, zugige Erscheinung, die über mich hinwegbläst und in mir das Bedürfnis weckt, mich selbst fest zu umarmen. Wie es sich wohl anfühlen muss, wenn man ein Teil von jemandem ist und derjenige ein Teil von einem selbst? Jemanden zu haben, der zu einem steht, was immer auch passiert? Ich drücke die Fingerknöchel gegen die Tischkante. Ich sollte mir selbst genug sein. Ich sollte mich nicht einsam fühlen. Verdammt! Vielleicht sind es die Hormone oder so.

Zum Glück werde ich davor bewahrt, mich noch länger in meiner seltsamen weinerlichen Stimmung zu suhlen, denn in diesem Moment wird die Haustür geöffnet und Dex und Gray kommen hereingeschlendert. Mein Herz fängt an, schneller zu schlagen, als ich Dex' riesigen Umriss im Türrahmen sehe.

Gray fixiert Ivy mit seinem Blick. »Schläft er?«

»Ich habe ihn vor zwanzig Minuten hingelegt.«

Baby G mag zwar nachts nicht schlafen, aber tagsüber kann er Nickerchen halten wie ein Weltmeister, ganze zwei Stunden am Stück.

Gray grinst. »Zeit für Unfug.«

Ich möchte gar nicht wissen, was das heißen soll, aber ich kann's mir halbwegs denken.

Besonders jetzt, da Ivy rot anläuft. »Im Ernst?«

»So ernst wie ein Hail Mary Pass am Super-Bowl-Sonntag. Steh auf, Frau. Keine Zeit zu verlieren.«

Ivy murmelt etwas von schmutzigen kleinen Cupcakes vor sich hin – noch mal, ich will und muss das nicht verstehen – und steht dann auf.

Eine Sekunde später reißt Gray sie von den Füßen. Zwei Stufen auf einmal nehmend trägt er sie die Treppe hoch.

»Eins muss ich ihm lassen«, sage ich zu Dex, der in der Küche geblieben ist. »Seine Ausdauer ist beeindruckend.«

»Die richtige Motivation macht viel aus«, antwortet er trocken.

Gott, was hat er für eine schöne Stimme. Weich, tief, sonor.

»Aber andererseits trainieren wir ja auch extra unsere Ausdauer.«

Es liegt ein Funkeln in seinen Augen, das sich direkt auf meine Mitte auswirkt, wo es verlockend zieht.

Ich stehe ruckartig auf und schenke mir Kaffee nach. Ich werde ganz bestimmt nicht auf diesen Spruch hereinfallen.

»Möchtest du auch einen?«, frage ich.

Dex hat sich noch immer nicht von der Küchentür wegbewegt. Standhaft gelassen wie immer, schätze ich. Während ich wie eine Idiotin herumwusele.

Er nickt und geht zu dem schweren Bauerntisch aus Kiefernholz an der breiten Fensterfront hinüber.

Der Tisch ist mein ganzer Stolz, ich habe ihn selbst gebaut. Früher habe ich mich nicht groß fürs Schreinern interessiert, aber zwei Freunde von mir, Jackson und Hal, sind Möbeldesigner und haben mich dazu überredet, es mal zu versuchen. Ich liebe es, etwas mit den eigenen Händen zu erschaffen, vom Entwurf bis hin zur Fertigstellung alles selbst zu machen.

Dieser Tisch war mein erster Versuch, und auch wenn ich einige Verbesserungsmöglichkeiten sehe, finde ich, dass das Design gut in den Raum passt, als Gegengewicht zu den modernen, glänzend weißen Schrankfronten und den kupfernen Küchengeräten. Edelstahl findet Ivy langweilig. Und weil zwei wahrhafte Riesen in diesem Haus leben, sind die Stühle groß und stabil. Trotzdem verschwindet der Stuhl, auf den Dex sich setzt, komplett unter seinem Körper.

Als ich einen Becher mit Kaffee vor ihm abstelle, fällt mir etwas auf. Er trägt seine Haare offen. Heilige Scheiße! Es fällt ihm in dichten braunen Wellen bis fast auf die Schultern. Die Sonne hat goldblonde Strähnen darin hinterlassen. Und obwohl die Kombination aus Vollbart und Wallehaar ein bisschen zu krass sein müsste – es könnte einen zum Beispiel an das typische Bild von Jesus erinnern oder so –, ist es nicht so. Es sieht einfach nur toll aus. Wild. Zum Anbeißen und Anfassen heiß.

Schnell setze ich mich wieder und klammere die Finger um meinen Kaffeebecher, um nicht auf falsche Gedanken zu kommen.

Dex umfasst ebenfalls seine Tasse, wobei die späte Morgensonne, die durch die Fenster scheint, seine Tattoos erstrahlen lässt. Schwarze und rote Rosen, eine Uhr, ein im mexikanischen

Stil verzierter Totenkopf, ein indigoblauer Drache, ein Schlacht-schiff aus den Vierzigern – die Bilder ziehen sich von seinen Unterarmen bis unter die Ärmel, sodass ich mich frage, ob auch seine Brust und sein Rumpf mit Motiven überzogen sind.

»Haben die eine Bedeutung?«, frage ich, denn es ist offensichtlich, dass ich daraufstarre.

»Einige schon.«

Seine wohlklingende Stimme wirkt sich wie ein kleiner elektrischer Schlag auf mein Nervensystem aus, so als würde er allein durchs Sprechen meine Sinne überlasten. Zum Glück scheint er jedoch nichts davon zu bemerken.

»Andere sind mir beim Zeichnen eingefallen.«

»Du hast sie selbst gezeichnet?«

Er nickt und trinkt einen Schluck Kaffee. »Das entspannt mich.«

»Ich zeichne auch gerne. Inzwischen meist Entwürfe für Raumdesigns.«

»Du hast in diesem Haus einen tollen Job gemacht«, sagt er, ohne sich umzuschauen. Ich habe keine Zweifel, dass er alles hier schon vorher sehr genau studiert hat.

»Danke.«

Ich würde mir gerne einbilden, dass wir nur plaudern. Dass wir uns wie zwei flüchtige Bekannte verhalten, die zufälligerweise zur selben Zeit am selben Ort zu Gast sind. Doch hier geht etwas anderes vor sich. Dex wendet den Blick nicht ein einziges Mal von mir ab. Das macht mich nervös, und es macht mich an. Als wäre seine unterschwellige Botschaft bei dieser lockeren Unterhaltung: *Es hat dir gefallen, oder? An meiner Zunge zu saugen und dich an meinem Schwanz zu reiben. Du willst es wiederholen, nicht wahr?*

Eine Hitzewelle erfasst meinen Körper, und ich muss den Drang niederkämpfen, auf meinem Stuhl herumzurutschen.

Mir wird klar, dass wir gar nicht mehr miteinander reden, sondern uns nur noch anstarren. Jede Stelle, an der er mich gestern Abend nicht berührt hat – jede Stelle, die er sehnlichst berühren soll –, ist heiß und schmerzt. Ich atme tief durch. Sehe, wie er ebenfalls schwer Luft holt.

Ich springe vor Schreck beinahe von meinem Stuhl auf, als er sich nach vorn beugt, sodass seine muskulösen Unterarme ein Stück näher zu mir rutschen. »Geh mit mir aus. Auf ein Date.«

»Was?« Ich drücke mich vom Tisch ab, kriege meine Beine jedoch nicht dazu, mich zu tragen. »Ich dachte, das gestern Abend war ...«

»Ein Fehler?« Er schüttelt langsam den Kopf. »Nicht für mich.«

Ich weiß, dass ich ihn mit offenem Mund anstarre. Anscheinend kann ich nicht damit aufhören. »Aber ... aber ...«

Die feinen Lachfältchen erscheinen wieder an seinen Augenwinkeln. Im hellen Sonnenlicht kann ich sehen, dass seine Iris ein bemerkenswertes Farbspektrum aufweisen. Blau, Grün, Gold und Braun schimmern darin wie polierter Achat. »Sprachlos? Gefällt mir.«

Ich klappe den Mund zu, nur um ihn prompt wieder zu öffnen. »Ich gefalle dir sprachlos. Also das ist mal ein großer Ansporn, mit dir auszugehen.«

»Mir gefällt, dass ich dich sprachlos gemacht habe. Dass ich dich durcheinandergebracht habe.« Er legt den Kopf schief, während er seinen Blick über mich wandern lässt. »Du stellst dasselbe mit mir an. In deiner Gegenwart werde ich ganz konfus. Nur dass ich im Gegenteil zu dir dadurch mehr zu reden scheine als sonst.«

Mir wird schon wieder heiß. »Dex ...«

»Ethan«, unterbricht er mich sanft. »Würdest du mich Ethan nennen? Wenigstens ab und zu.«

»Ethan«, sage ich leise und es fühlt sich seltsam intim an. Besonders jetzt, als er die Lider senkt, als hätte ich ihn gestreichelt, indem ich einfach nur seinen Namen ausgesprochen habe. Ich schlucke schwer. »Versteh mich nicht falsch, aber du scheinst mir nicht der Typ für was Unverbindliches zu sein.«

»Bin ich auch nicht.« Er schließt die Hände wieder fest um seinen Becher. »Und ich glaube, du bist es auch nicht.«

»Ja«, gebe ich mit einem leisen Lächeln zu. »Du hast recht. Ich suche inzwischen auch nach etwas Festem.«

Dex – Ethan – nickt. »Das Ding ist, dass wir beide noch die ganze Woche lang hier sein werden, und Ivy und Gray sind gerade nicht imstande, die Unterhalter zu geben. Ich mag dich. Sehr. Warum unternehmen wir also nicht was zusammen?«

»Ähm … Dein Vorschlag eben hat sich für mich aber anders angehört. Du hast von einem Date gesprochen.«

Seine vollen Lippen kräuseln sich.

Nein, guck nicht auf seinen Mund.

Ich sehe zu, wie sich seine Lippen bewegen.

»Habe ich auch. Ich möchte dich wieder küssen, Fiona. Ich konnte letzte Nacht nicht schlafen, weil ich es so dringend wollte.«

Scheiße. Scheiße. Scheiße.

»Also, ja, ich habe ein Date gemeint. Denn wenn du mich lässt, werde ich dich wieder küssen, so oft, wie ich nur kann.«

Ich habe Schwierigkeiten, meine Stimme wiederzufinden. »Keiner von uns beiden will etwas Unverbindliches. Wir wohnen nicht mal in derselben Stadt. Ich date keine Sportler. Oder Freunde meiner Schwester. Oder …«

»Warum reden wir stattdessen nicht über das, *was* du machst?«, unterbricht er mich und sieht mir dabei fest in die Augen. Nur kurz zuckt sein Blick zu meinem Mund. »Möchtest du mich wieder küssen, Fiona?«

Warum muss er meinen Namen auf diese bestimmte Art aussprechen? Als würde er mich herausfordern. Und wieso ist er nur so verdammt scharfsichtig?

Sein Blick bohrt sich in mich. »Hast du letzte Nacht an mich gedacht? In deinem Bett?«

Kein Typ ist je so direkt zu mir gewesen. Noch nie. Es macht mich verrückt, denn ich habe keine Möglichkeit, ihm auszuweichen.

»Ich möchte nur die Wahrheit wissen«, sagt er, ohne seinen großen, muskulösen Körper auf dem Stuhl auch nur einen Zentimeter zu bewegen.

Ich lecke mir über die Lippen und versuche durchzuatmen. Die Wahrheit sagen? Das kann ich. Das ist nicht schwer. Stimmt's?

»Ja.«

Eine dunkle Augenbraue schnellt in die Höhe. »Ja, was?«

Wenn ich es jetzt auch noch genauer ausführen muss, werde ich im Erdboden versinken. »Spielt es eine Rolle, wenn die Antwort Ja lautet?«

Als er lächelt, wirkt das auf mich, als würde die Sonne über dem Meer aufgehen.

»Wenn es um dich geht, spielt die Antwort immer eine Rolle, Fiona. Aber ich werde das mal als ein Ja zu allem Gesagten auffassen.«

Sein Stuhl kratzt über den Boden, als er aufsteht. Mir droht das Herz aus der Brust zu springen, doch er kommt nicht zu mir. Nein, der selbstgefällige Mistkerl trinkt nur seinen Kaffee in einem Zug aus und stellt den Becher dann in die Spülmaschine.

Bevor er die Küche verlässt, wirft er mir noch einen Blick über die Schulter zu. »Kannst du in einer Stunde fertig sein?«

»Hallo? Was ist mit allem, was ich gesagt habe?«

Er zuckt nicht mal mit einer Wimper. »Das sind bloß Ängste. Ich respektiere das. Aber nehmen wir es doch so, wie es kommt, und schauen dann, was passiert. Okay?«

»Okay.« Mehr kriege ich nicht heraus. Dieser Typ macht mich ganz schwindelig. Er ist so *vernünftig*. Ich kann mich nicht dagegen wehren – weder gegen seine Argumente noch gegen sein verdammt sexy Aussehen. Verflucht noch mal!

»Gut.« Er schenkt mir noch einmal dieses strahlende Lächeln. »Zieh dich warm an. Es ist heute kalt draußen.«

»Du bist ziemlich autoritär«, rufe ich ihm nach. »Ist dir das klar?«

Er bleibt stehen und dreht sich zu mir um. »Wie es aussieht, ist das ein Charakterzug, der nur in deiner Gegenwart zutage tritt, Kirsche.«

Schweigend sehe ich zu, wie sich sein knackiger Hintern unter der Jeans abzeichnet, als er geht.

»Ich glaube, ich spinne«, murmele ich. Ich wurde ausgetrickst. Schon wieder.

Dex

Es ist offiziell, ich habe komplett den Verstand verloren. Nachdem ich die letzte Nacht damit zugebracht habe, an die Decke zu starren, hatte ich eigentlich beschlossen, Fiona in Ruhe zu lassen. Höflich zu sein. Mich in mein Schneckenhaus zurückzuziehen. Ein sicherer, solider Plan – der wie ausgedörrter Rasen zerbröselt ist, als ich sie in der Küche sitzen gesehen habe, wo das Morgenlicht wie ein Heiligenschein über ihren goldblonden Haaren leuchtete. Sie sah so schön aus, dass es mir im Herzen wehtat. Mit ihr zusammen eine Tasse Kaffee zu trinken und dabei zuzugucken, wie ihre hübschen vollen Lippen sich bewegten, während sie nutzlosen Small Talk mit mir machte, war mehr, als ich aushalten konnte.

Ich will Fiona. Unbedingt. Genug, um bestimmte Ängste einfach zu ignorieren und mich an sie ranzumachen. Das ist so ungewohnt für mich, dass meine Finger zittern, als ich mir jetzt durchs Haar fahre und es zu einem Dutt zusammennehme. Stirnrunzelnd starre ich mein Spiegelbild an. Mein Bart ist inzwischen ein Teil von mir. Ein Teil dessen, was die Leute in mir sehen. Verdammt, er ist der Grund, warum Fiona mich geküsst hat. Und trotzdem verspüre ich den Drang, ihn abzurasieren und die Haare gleich dazu. Ehrlich gesagt weiß ich gar nicht, wer mir dann im Spiegel entgegenblicken würde.

Die Tür geht auf und Gray kommt hereingeschlurft, als würde ihm das Zimmer gehören. Was ja auch stimmt. Aber trotzdem.

»Anklopfen ist eine nützliche Angewohnheit, Gray-Gray.«

»Ich bin zu müde zum Klopfen.« Er lässt sich in den Sessel am Fenster fallen und legt stöhnend den Kopf in den Nacken.

»Solltest du nicht deine Frau glücklich machen?«

»Ich habe sie wahnsinnig glücklich gemacht.« Er fährt sich träge mit einer Hand übers Gesicht. »Und dann ist sie eingeschlafen.«

Ich schnaube belustigt, woraufhin er mich böse anstarrt.

»Im Rausch totaler postkoitaler Glückseligkeit eingeschlafen«, versichert er mir, bevor er mich von oben bis unten mustert. »Gehst du aus, großer Mann?«

Genau genommen ist Gray fünf Zentimeter größer als ich. Allerdings ist sein Körper für Geschwindigkeit ausgelegt, während meiner fürs Abblocken gebaut ist, was bedeutet, dass ich viel mehr Muskelmasse mit mir herumtrage.

»Ich fahre mit Fiona in den Japanischen Garten.«

Schweigen.

»Also ... Fiona, hm?« Gray klingt nachdenklich.

Ich stütze die Hände auf die Kommode und mache mich auf einen Streit gefasst. »Ich will sie.«

Noch mehr Schweigen.

Als ich mich umdrehe, mustert er mich mit ausdrucksloser Miene.

»Bist du sauer?«, frage ich. Ich würde es ihm nicht übelnehmen. Verdammt, ich rechne sogar damit.

»Wenn du Johnson wärst oder Thompson oder Marshall oder irgendein anderes von diesen verrückten Monstern, würde ich dich umbringen. Aber du? Glaubst du etwa, ich vertraue dir in Bezug auf Fi nicht? Ich würde eine Kugel für dich abfangen, Mann.«

Es schnürt mir die Kehle zu und ich muss mich räuspern, um weiterreden zu können. »Du solltest dich ein bisschen hinlegen. Du siehst wirklich scheiße aus.«

Er lässt den Kopf wieder auf die Lehne sinken. »Wozu? Der kleine Mann dürfte jede Sekunde aufwachen.«

»Ich nehme ihn mit«, sage ich und stecke meine Geldbörse in eine der hinteren Hosentaschen.

Gray gibt einen erstickten Laut von sich. »Echt jetzt?«

Meine Lippen zucken. »Was glaubst du, warum ich hier bin?«

»Äh, um mit uns abzuhängen?«

»Ja, und weil du dich angehört hast, als könntest du mal eine Pause gebrauchen. Also, hier bin ich.«

»Du bist hergekommen, um uns zu helfen?« Seine Stimme klingt brüchig, rau.

»Ich habe dir doch gesagt, dass ich mich mit Babys auskenne. Also lass mich dir heute eine Auszeit verschaffen.«

Grayson scheint beinahe zu Tränen gerührt zu sein. Er blinzelt heftig, bevor er einmal tief durchatmet. »Ich liebe dich, Mann. Ich bin ganz kurz davor, dich zu küssen.«

»Das behauptest du ständig, aber wahr gemacht hast du's bisher nicht.«

Dann schüttelt er langsam den Kopf. »Ich liebe mein Kind. Wirklich, ich liebe meinen Sohn über alles. Aber ich muss gestehen, dass ich mir im Moment wünsche, es gäbe so etwas wie Schlaftabletten für Babys.«

Ich greife nach meinen Boots. »Das mit dem Schlafen wird er bald raushaben. Und jetzt geh schon und pack seine Sachen zusammen.«

Gray fällt beinahe vom Sessel, als er versucht, sich aufzurichten. Er ist todmüde. Ich habe richtig Mitleid mit dem Kerl.

Er ist halb zur Tür hinaus, als er noch einmal innehält. »Dex, Mann … Pass bloß auf bei Fi.«

»Du hast gesagt, du machst dir keine Gedanken.«

»Nicht deinetwegen.« Er zuckt zusammen und presst eine Faust gegen den Türrahmen. »Sie ist ziemlich sprunghaft. Und ich habe noch nie erlebt, dass du es bei einem Mädchen versucht hast, deshalb …«

Er will nicht, dass ich verletzt werde, genauso wenig wie ich. Aber ich muss das Risiko eingehen. Außerdem …

»Ich glaube, Fi ist bodenständiger, als du es ihr zugestehst.«

Er nickt, ist jedoch eindeutig nicht meiner Meinung. Glücklicherweise dringt in diesem Augenblick von unten wütendes Geplärr herauf. Klein-Leo ist wach.

Gray legt den Kopf schief. »Bist du dir sicher, dass du das willst?«

Ich weiß, dass er mit seiner Frage mehr meint als nur das Babysitten. Und auch ich sollte mir wohl Gedanken um meine geistige Gesundheit machen. Aber ich kann nur noch an Fiona denken und daran, wie sie mit ihren Lippen meinen Mund erkundet hat. Das beste Gefühl, das ich jemals spüren durfte.

»So sicher, wie man sich nur sein kann.«

4

Fiona

»Ich frage mich, was du gerade denkst«, sagt Dex, der lässig auf einer Bank lümmelt. Er hat mich in den Japanischen Teegarten gebracht, einen Park, der so unglaublich schön und ruhig ist, dass ich Tränen wegblinzeln musste, als wir ihn betraten.

Jetzt sitzen wir im Teehaus – ich am Geländer, von wo aus ich untätig auf die spiegelglatte, reflektierende Oberfläche des Teichs sehen kann, und Dex mit einem Skizzenblock und einem Bleistift in der Hand mir gegenüber. Seine Miene wirkt entspannt, ein Lächeln umspielt seine Mundwinkel und strahlt bis in seine haselnussbraunen Augen.

Ich kann nicht anders, als zurückzulächeln. »Ich habe gerade gedacht, dass du ein mutiger Mann bist, Ethan Dexter.«

Er stößt ein leises, gelassenes Glucksen aus. »Warum das?« Er sieht nicht auf das winzige Baby hinunter, das in dem Tuch an seiner Brust liegt.

»Keinen blassen Schimmer«, sage ich gedehnt.

Ich gebe zu, dass ich geschockt war, als ich ihm vorhin im Hausflur begegnet bin und er Leo in seinem Autokindersitz trug. Ich liebe meinen Neffen. Heiß und innig. Aber ich weiß rein gar nichts über Babys. Ich habe noch nie auf welche aufgepasst und auch keine Freundinnen, die Erfahrung mit Kindern haben. Deshalb finde ich die Vorstellung, für Leo verantwortlich zu sein, beängstigend. Aber Dex? Ich weiß, dass er es nicht angeboten hätte, wenn er sich den Job nicht zutrauen würde. Nicht viele Männer wären bereit, einen freien Nachmittag zu opfern, um sich um ein vier Wochen altes Baby zu kümmern. Mir wurde sofort ganz warm ums Herz und meine Eierstöcke haben ungelogen fast angefangen zu singen, als er eins von diesen Tragetüchern rausholte und anfing, meinen Neffen damit fest an seine breite Brust zu binden, um ihn vor sich herzutragen.

Mit dem Gefühl bin ich allerdings nicht allein. Wir hatten gerade mal ein paar Schritte durch den Park gemacht, da hörte ich schon die Kommentare einiger Frauen: »Wie süß, oh, so ein entzückendes Baby! So ein lieber Mann.« Letzteres kam von einer Achtzigjährigen, die Dex frech einen Klaps auf den Hintern gab, woraufhin er rot wie eine Tomate anlief.

Jetzt gerade zeichnet er mich, während ich meinen grünen Tee trinke und Leo vor sich hinschlummert.

»Ich sage dir, du hast diese ganze Verführungsnummer voll drauf«, verkünde ich und kämpfe gegen den Drang an, herumzuzappeln.

Ich habe erst gemerkt, dass er mich zeichnet, als er bereits damit angefangen hatte. Ich komme mir ausgestellt vor. Nackt. Aber es macht mich auch ein kleines bisschen an, wie er mit seinen umwerfenden Augen jeden Zentimeter von mir genau studiert.

Dex' Lippen zucken, aber die leisen, kratzenden Geräusche, die sein Bleistift auf dem Block verursacht, werden nicht unterbrochen. »Verführungsnummer?«

»Du weißt schon, das Baby, der wunderschöne Garten, eine Zeichnung. Holst du gleich noch eine Gitarre raus und singst mir ein Ständchen?«

Er lacht. »Keine Gitarre. Eventuell habe ich für später eine Mundharmonika in der Hosentasche. Aber darüber lasse ich dich lieber im Ungewissen.«

»Du freust dich also nicht bloß extrem, mich zu sehen … Gut zu wissen.«

»Wirklich süß.«

»Das war schrecklich und abgedroschen.« Ich beuge mich vor. »Zeichnest du mich wirklich? In Wahrheit ist auf dem Blatt wahrscheinlich nur ein Strichmännchen zu sehen, das mir den Mittelfinger zeigt, stimmt's?«

Bei seinem basstiefen, polternden Lachen vibriert mein Unterleib vor Wohlbehagen. Es gefällt mir unheimlich, dass ich ihn zum Lachen bringen kann. Ich glaube, er lacht nicht oft, deshalb fühlt es sich jedes Mal wie eine Belohnung an.

Er dreht den Block herum, um mir sein Werk zu zeigen. Und mir verschlägt es den Atem.

Seine Zeichnung ist weder niedlich noch kitschig. Er hat ein Porträt angefertigt, mein Kopf ist geneigt, mein Lächeln fast schon geheimnisvoll. Er hat mich nicht idealisiert. Mein kinnlanges blondes Haar steht in alle Richtungen ab. Er hat den kleinen Höcker auf meiner Nase gezeichnet – leider eine Kopie der Nase meines Vaters, nur in weiblich – und die kleine halbmondförmige Narbe an meinem Kinn, die ich mir zugezogen habe, als Ivy und ich mit acht beziehungsweise sechs Jahren auf dem Bett unserer Eltern herumhüpften und ich gegen eine Kommode geknallt bin.

Ich richte die Aufmerksamkeit wieder auf den Gesichtsausdruck, den Dex eingefangen hat. Er wirkt verführerisch und begehrlich, als hätte ich Hunger. Hitze steigt mir in die Wangen. Gott, habe ich ihn gerade etwa so angesehen?

Ich sehe wieder ihn an. »Okay«, sage ich mit leicht heiserer Stimme. »Du kannst wirklich zeichnen.«

Er fährt sich mit einer Hand über den Bart, während er mich betrachtet, dreht dann den Skizzenblock um, legt ihn wieder auf sein gebeugtes Knie und fängt von vorn an.

»Das habe ich dir doch gesagt.« Sein Blick schnellt zu mir hoch. »Hast du Schwierigkeiten damit, Männern zu vertrauen?«

»Versteckst du dich öfter dahinter, die Unsicherheiten anderer aufzudecken?«

Er erstarrt. Als er die Stirn runzelt, werden seine Mundwinkel automatisch nach unten gezogen.

Ich will nicht auf seine Lippen schauen, das macht mich jedes Mal fertig.

Einen Augenblick lang schweigen wir, dann gibt Leo ein leises Röcheln von sich.

Dex zeichnet weiter. »Touché«, sagt er leise, er hat sich merklich versteift.

Ich trinke einen Schluck von meinem inzwischen kalten Tee. »Ich vertraue Männern generell nicht.«

Mit der Hand zieht er einen kurzen Strich quer über das Blatt, aber seine Schultern entspannen sich sichtlich. »Wenn ich andere analysiere, fällt es mir leichter, auch meinen eigenen Bockmist zu durchschauen.«

»Du sitzt also da, überlegst dir, welche Schwächen ich habe, und denkst parallel über deine eigenen nach?«

»Irgendwie so, ja.«

Ich trinke meinen Tee aus und stehe auf. »Komm, Ethan. Lass uns spazieren gehen.«

5

Dex

Was hat Fiona Mackenzie nur an sich, das mich dazu bringt, Dinge zu sagen, die ich nicht sagen sollte? Dinge zu tun, die ich sonst nicht tun würde? Sie scheint mit ihren grasgrünen Augen direkt in mich hineinzusehen. Gerade mal einen Meter sechzig groß, schüchtert mich diese kleine Schreckensgestalt ein, als sei sie eine Riesin. Dass mich das gleichzeitig auf eine gewisse Art anmacht, ist ziemlich verstörend.

Wir laufen unter Ahornbäumen entlang, die in ihrem Herbstlaub jetzt scharlachrot und orange leuchten. Fis Kopf reicht mir knapp bis zur Schulter. Neben ihr bin ich der Riese, meine Füße treffen mit einem dumpfen Geräusch auf dem Gehweg auf. An meine Brust geschmiegt schläft Leo, ein warmes, aber leichtes Gewicht. Ich lege eine Hand auf seinen kleinen Po, als wir über eine Fußgängerbrücke gehen.

»Wieso spielst du Football?«, fragt Fi leise in die Stille des Parks hinein.

»Wegen des Schmerzes«, antworte ich, ohne nachzudenken, und zucke dann zusammen. Verdammt, schon wieder hat sie mir etwas entlockt.

Mit ihren Rehaugen lugt sie stirnrunzelnd zu mir hoch.

»Aggressionsabbau«, fühle ich mich genötigt hinzuzufügen. Ein Blick von Fi, und ich leide offenbar unter verbalem Dünnschiss. »Es bietet mir eine Möglichkeit, aus mir herauszugehen.«

Ich halte ihr eine Hand hin, um sie über die Trittsteine zu

führen, die einen Teich durchziehen. Sie hält sie fest, obwohl ihr und mir klar ist, dass sie die Hilfe nicht braucht, und ich lasse sie auch dann nicht wieder los, als wir auf dem Gehweg hinter dem Gewässer angekommen sind.

»Als Center gibt man nicht nur dem Quarterback Deckung und schafft freie Bahnen. Ein guter Mann liest das Spiel und weiß, was die Spieler, sowohl der Offense als auch der Defense, vorhaben. Der Center sieht die Spielzüge voraus, nimmt Anpassungen vor, beschützt die anderen.«

»Perfekt für dich«, murmelt Fi.

Wärme breitet sich in meiner Brust aus. »Ja.«

Die meisten Mädchen, die ich bisher kennengelernt habe, lassen sich in zwei Lager teilen. In diejenigen, die etwas von mir wollen, weil ich Footballspieler bin. Ich könnte hässlich wie die Nacht und ein komplettes Arschloch sein, sie würden trotzdem mit mir vögeln. Und in diejenigen, für die ich mich interessiere, die aber ironischerweise nicht nachvollziehen können, warum ich spiele, und es auch nicht wirklich versuchen.

Amy war so. Sie hat mit mir zusammen Kunst im Hauptfach studiert. Zu Anfang meines ersten Studienjahrs war ich schwer in sie verliebt. Sie hat meine Gefühle nicht erwidert. Für sie war ich nur ein großer Hornochse, der besessen von einem gewalttätigen Sport ist.

Fi hat mir gesagt, dass sie keine Sportler datet. Und trotzdem ist sie jetzt mit mir hier. Sie versteht mich. Ich mag sie, mochte sie von Anfang an. Sie ist ehrlich, ohne dabei je grausam zu sein, sondern nur unverstellt und geradeheraus. Das ist erfrischend. Ich merke, dass ich in ihrer Gegenwart freier atmen kann.

Ihre Hand in meiner ist schmal, die Knochen fühlen sich zart und zerbrechlich an. Ich halte sie ganz vorsichtig, während ich mit dem Daumen über ihr Handgelenk fahre. Und obwohl ich sie nur streichele, läuft mir vor Erregung ein Schauer über den Arm und geradewegs bis runter in meinen Schwanz. Ich berühre sie, und sie lässt es zu.

Ich möchte mit den Fingern über ihren kleinen, kurvigen Körper wandern. Beim Gedanken daran zieht sich mein Bauch vor Verlangen zusammen und mein Herz hämmert gegen die Rippen. Ich bin so richtig am Arsch. Ich weiß verdammt noch mal nicht, wie man mit Frauen umgeht. Ich habe es jahrelang vermieden, ihnen nahezukommen.

Fi merkt, dass ich still geworden bin, und schaut zu mir hoch. »Schluss mit dem Kopfkino, Ethan.«

»Es läuft nun mal ständig«, sage ich in dem Versuch, unbeschwert zu klingen. »Da kommt man nicht so leicht raus.«

Sie durchschaut mich gut genug, um es mir anzumerken, aber ich bin froh, dass sie nicht weiß, *warum* ich in meinem Kopfkino festhänge.

»Als ich gestern Nacht im Bett lag«, sagt sie im Plauderton, »habe ich mich gefragt, wie sich dein Bart wohl zwischen meinen Beinen anfühlen würde.«

Ich stolpere über einen Pflasterstein. Das Baby atmet schnaubend aus, aber ich fange mich schnell wieder.

Fi sieht mich nicht mal an. Sie läuft ein paar Schritte vor mir, ihr Tonfall klingt gelassen und ungerührt. »Ich habe mich gefragt, ob er mich kitzeln würde, wenn du an meinen Nippeln saugst.«

Mir wird heiß. Ich kriege keine Luft. Meine Latte pulsiert in der Jeans.

Vielleicht habe ich einen Laut von mir gegeben, denn sie dreht den Kopf und sieht mich über die Schulter hinweg an. Was auch immer sie von meinem Gesicht abliest, es lässt ihr Lächeln verblassen und treibt ihr die Röte in die Wangen.

Ihre Schritte werden langsamer, doch ich gehe weiter auf sie zu, während ich ihr fest in die Augen schaue. Immer noch rot im Gesicht weicht sie zurück.

Ich glaube, ich grinse, bin mir aber nicht sicher. Mein Ziel ist klar. Ich lenke sie zu einer Bank hinter einem Vorhang aus Zweigen einer Trauerweide. Ich kann locker mit beiden Händen ihre Taille umfassen und sie hochheben. Schon steht sie vor mir auf der Sitzfläche.

Sie keucht leicht, ihre vorstehenden Nippel befinden sich genau auf meiner Augenhöhe.

Sie sagt kein Wort, als ich eine Hand unter ihren Pulli schiebe. Seidig-weiche Haut erwartet meine Handfläche. Ich lasse sie über ihren flachen Bauch und die Rippen nach oben gleiten. Dabei sehe ich ihr die ganze Zeit in die Augen. Mir gefällt, wie sich ihre Pupillen weiten, wie Schock und Lust darin aufblitzen.

Vorsichtig fahre ich mit den Fingern über die Wölbung ihrer Brust und ziehe ihren Spitzen-BH ein Stück herunter. Ein leiser Laut kommt über ihre Lippen, als ich langsam eine Seite ihres Pullis hochschiebe.

»Das Baby …«

»Schläft. Weck ihn nicht auf.« Ich bin ihr so nah, dass ich sehen kann, wie ihr Puls an ihrem Hals schlägt. Ihr warmer Duft nach Frau und süßem grünen Tee steigt mir in die Nase.

Als der weiche Kaschmir über ihre Brust rutscht, wippt diese leicht darunter hervor. Sofort drückt mein Schwanz wieder gegen die Jeans. Ich beiße mir auf die Lippen, um nicht aufzustöhnen. Gott, sie ist so schön. Straffe cremeweiße Haut und eine rosig-braune Brustwarze von der Größe einer Vierteldollarmünze.

»Halt deinen Pulli fest.« Meine Stimme klingt kehlig.

Sie tut, was ich verlange. Ihre Brust zittert bei jedem raschen Atemzug ein wenig.

Meine Hand vibriert genauso, als ich ihre warme Haut berühre, ihre hübsche Brust zusammendrücke, damit sie sich mir entgegenwölbt. Dann küsse ich ihren Nippel, streife gerade so die äußerste Spitze und kitzele sie mit meinen Lippen und meinem Bart.

»Ethan …« Eine Hand landet auf meiner Schulter, sie klammert sich fest.

Ich bin dermaßen erregt, dass meine Haut regelrecht zu brennen scheint. Ich küsse ihre Brust so, wie ich ihren Mund küssen würde – lecke und sauge, zwicke mit den Zähnen in die harte Knospe und streife mit den Lippen darüber. Und dann fange ich wieder von vorn an. Ich gehe ganz darin auf, verwöhne sie, wie es sich verdammt noch mal gehört.

Sie stöhnt leise und begierig, während sie sich mit beiden Händen an meine Schultern klammert, sodass ihr Pulli ein Stück herunterrutscht und auf meiner Nasenwurzel landet.

Langsam fahre ich mit der flachen Zunge über ihren Nippel, koste ihn aus, und sie stöhnt wieder. Tief und fordernd. Der Laut hat dieselbe Wirkung auf mich, als hätte sie einmal fest an meinem Schwanz gezogen. Mit meiner freien Hand finde ich ihre Hüfte und ziehe sie an mich.

In diesem Moment wird Leo mit einem Kieksen und einem kleinen Protestschrei wach.

Ein sofortiger Lustkiller. Ich reiße den Kopf unter ihrem Pulli hervor und trete einen Schritt zurück, wobei ich die Hände sorgsam auf ihren Hüften liegen lasse, damit sie nicht umkippt. Ich schließe die Augen und atme einmal tief durch, dann noch einmal. Oh Mann, so etwas habe ich noch nie getan. Nicht nachzudenken, sondern mir einfach zu nehmen, was ich will, das ist eine ganz neue Erfahrung für mich. Und ich will es wieder tun und wieder, will Fiona Mackenzie Lust bereiten, bis ich meinen verdammten Verstand verliere.

Mein Atem beruhigt sich langsam, als ich mich auf die Bank setze, um nachzusehen, was der kleine Mann möchte.

Neben mir rückt Fiona ihre Klamotten zurecht und springt von der Sitzfläche. Mit dem Rücken zu mir steht sie da und fährt sich mit einer Hand durchs Haar.

Als sie sich endlich zu mir umdreht, wirkt sie weder verlegen noch sieht sie aus, als würde sie irgendetwas bereuen. Als wäre nichts geschehen, hilft sie mir dabei, dem Baby die Windel zu wechseln.

Ich weiß nicht recht, ob ich dankbar sein soll oder enttäuscht. Wenn ich in mich hineinhorche, überwiegt im Moment allerdings die Enttäuschung.

6

Fiona

»Ist es schlimm von mir, dass ich überlege, eine Nanny einzustellen?« Ivy hebt einen Parfumflakon hoch, schnuppert daran, rümpft dann die Nase und stellt ihn wieder ab.

»Ich würde sagen, es ist schlimm, dass du es nicht schon längst getan hast«, erwidere ich.

Seufzend fährt sie sich mit einer Hand durch ihr dunkles Haar. Sie trägt es länger als in den letzten Jahren. Locker fällt es über ihre Schultern. Der auffällige Pony ist rausgewachsen, die Strähnen rahmen jetzt ihr Gesicht ein.

»Mütterliche Schuldgefühle sind zum Kotzen. Ich habe das Gefühl, ich müsste mich dafür schämen, dass ich ein bisschen Zeit für mich selbst haben möchte. Und Zeit mit Gray.«

»Poison Ivy, ich bin seit ganzen zwei Tagen in deinem Haus und möchte schon um dich weinen. Babys sind harte Arbeit. Du hast genug Geld, um dir Hilfe zu holen, also tu es. Glückliche Eltern bedeuten auch ein glückliches Baby.«

Unsere Kindheit erwähne ich nicht. Das muss ich nicht. Unsere Mom ist zu Hause geblieben und hat sich geweigert, sich in irgendeiner Form Hilfe zu suchen, obwohl es aus finanzieller Sicht kein Problem gewesen wäre. Sie war ein wandelndes Stressbündel. Es gibt auch kindliche Schuldgefühle, und die sind wirklich scheiße.

Ich werfe einen Blick in einen kleinen Spiegel auf einer Glasvitrine und tupfe mir einen mohnroten Probelippenstift auf. Er ist zu kräftig für meinen hellen Teint. »Hier, der würde dir gut stehen.«

Als Dex und ich nach Hause kamen, hat Ivy ihn mit einer dankbaren Umarmung geradezu überfallen. Nach einigen Stunden Auszeit von den Babypflichten war sie halbwegs ausgeruht und wollte unbedingt mal raus, weshalb sie einen Babysitter angerufen hat. Deswegen können wir jetzt ein wenig Schwesternzeit miteinander verbringen und genüsslich shoppen, während ich versuche, nicht daran zu denken, was im Teegarten passiert ist.

Ivy schüttelt den Kopf. »Gray mag keinen Lippenstift. Er sagt, er schmeckt eklig.«

Ich kichere und schlendere weiter.

»Wo wir gerade von Jobs gesprochen haben«, sagt Ivy, als wir den Laden verlassen. »Wie läuft's in deinem? Bereitet dir Bob Sugar immer noch Kummer?«

Ich lache über den Spitznamen, den Ivy und Gray meiner fiesen Kollegin Elena Ford verpasst haben. Bob Sugar hat wenigstens keinen Hehl daraus gemacht, dass er Jerry Maguire die Klienten abwarb. Elena ist viel hinterhältiger. Sie hat vor gut zwei Monaten in dem Innenarchitekturbüro in New York City angefangen, in dem ich arbeite, und zuerst dachte ich, ich hätte in ihr eine Freundin gefunden. Elena wirkte lieb, vielleicht etwas naiv und hat sich sofort Rat suchend an mich gewandt. »Du bist schon sechs Monate hier«, hatte sie in ihrem unschuldigen, flehenden Tonfall zu mir gesagt. »Und du bist so begabt. Ich habe wahnsinnige Angst, dass ich alles falsch mache und gefeuert werde.«

Mit Versagensängsten kenne ich mich bestens aus. Ich bin das schwarze Schaf der Familie, springe ständig von einer Sache zur nächsten. Deshalb habe ich Elena gerne geholfen, indem ich ihr meine Entwürfe gezeigt und ihr erzählt habe, wo ich meine Inspiration finde und was mein derzeitiger Kunde meiner Meinung nach sucht. Wie hätte ich ahnen können, dass sie in unsere Montagsbesprechung spazieren und Entwürfe für das Greenberg-Apartment präsentieren würde, die fast genauso aussahen wie meine? Sicher, es gab ein paar Unterschiede. Gerade genug, dass die Designs nicht nach einer exakten Kopie aussahen. Doch der Stil und die Ideen waren die gleichen. Mir wurde schlecht. Aber hey, es konnte ja ein Zufall gewesen sein. Außerdem war Elena immer noch unglaublich nett, hat sich für meine Hilfe bedankt und in der Mitarbeiterküche herumgewitzelt. Doch dann beschloss Felix, unser Chef, dass Elena ihn bei dem Apartmentprojekt unterstützen sollte. Sie hatte gewonnen. Und ich fand es okay. Nur dass es wieder und wieder passierte.

Ivy hakt sich bei mir ein und holt mich damit in die Gegenwart zurück. »Du bist plötzlich so still.«

Ich seufze und lehne mich an ihre Schulter, während wir Richtung Embarcadero schlendern. »Ich möchte keine Abneigungen gegen irgendjemanden hegen, aber langsam fange ich an, diese Frau abgrundtief zu hassen.«

»Was hat sie denn jetzt schon wieder gemacht?«, fragt Ivy düster.

»Es ist meine Schuld«, murmele ich, während sich mein Magen krampfhaft zusammenzieht. »Ich habe ihr verraten, was ich für die Park Avenue vierundvierzig plan…«

»Fi!«, schreit Ivy auf. »Das hast du nicht!«

»Das war, bevor mir klar wurde, dass sie, du weißt schon, diebischer Abschau…«

»Ein Ideen-Blutsauger ist«, wirft Ivy hilfsbereit ein. Wir haben auch noch einen anderen Namen für sie – er reimt sich auf Kotze. »Aaah! Diese Schlampe treibt dich noch in den Wahnsinn.«

»Ja«, seufze ich. »Und ich komme mir so blöd vor. Diesmal war der Ideenklau noch schlimmer. Dieselben Art-déco-Elemente kombiniert mit unbehandeltem Holz und Metallstreben. Dasselbe verdammte Farbschema.«

»Wieso zum Henker merkt Felix das nicht?« Ivys dunkle Augenbrauen berühren sich fast, so heftig runzelt sie die Stirn.

»Als er die Ähnlichkeiten zwischen unseren Entwürfen mal angemerkt hat, hat Elena nur gegrinst und irgendwelchen Quatsch von wegen ›Zwei Seelen, ein Gedanke‹ gelabert.«

Ivy schnaubt. »Brillant.«

»Ja, oder? Ihre Mutter ist Kreativdirektorin bei *Elle Decor*. Sie kennt unzählige einflussreiche Leute. Warum sollte Felix sich darum scheren, was sie Hinterhältiges treibt, wenn er so gute Geschäfte machen kann?«

Wie immer schwanke ich zwischen Wut und Bedauern. Für Felix zu arbeiten ist mein absoluter Traum. Er ist eine große Nummer in der New Yorker Designszene, und ich war seine Vorzeigemitarbeiterin – bis Elena kam. Jetzt spiele ich die zweite Geige und sehe zu, wie sie auf den Sprossen meiner Arbeit die Karriereleiter hochklettert. Das ist echt zum Kotzen. Besonders, da sie es sich zur Angewohnheit gemacht hat, an meinen Schreibtisch zu kommen und mir zu berichten, was sie alles Cooles mit Felix erlebt, die böse Hexe.

»Na ja«, sagt Ivy. »Inzwischen weißt du es besser. Gib ihr kein Futter mehr, dann muss sie sich selbst was überlegen.«

»Schätze schon. Aber ich muss die ganze Zeit daran denken, dass sie gerade in New York ungestört ihren hexenmäßigen Voodoozauber abzieht, während ich hier bin.« Ein Teil von mir wollte deswegen am liebsten gar keinen Urlaub machen. Aber die Tage waren mir schon genehmigt worden und der Flug gebucht.

»Möchtest du zurückfliegen?«, fragt Ivy und schenkt mir einen mitfühlenden Blick.

»Nein.« Ich drücke ihren Arm. »Ich brauche mal eine Pause. Außerdem habe ich dich, Gray-Gray und Klein-Leo so vermisst.«

»Wir dich auch.« Sie gibt mir einen Kuss auf die Wange.

»Es könnte schlimmer sein.« Ich grinse. »Zum Beispiel wenn ich mit Dad zusammenarbeiten müsste.« Ivy ist sein Trainee Schrägstrich seine Geschäftspartnerin.

»Haha!« Sie verdreht die Augen. »So schlimm ist er eigentlich gar nicht.«

»Möchte wetten, es hilft, dass ihr an verschiedenen Küsten lebt.«

»Was du nicht sagst. Lass uns was essen gehen. Ich bin am Verhungern.«

Wir landen in einem spanischen Tapasrestaurant auf dem Embarcadero und bestellen ungefähr unser Eigengewicht in Essen.

Genüsslich stecke ich mir einen Würfel Manchegokäse in den Mund und seufze. »Vielleicht sollte ich nach San Francisco ziehen. Mir gefällt es hier wahnsinnig gut.«

Ivy rümpft die Nase. »Mach dich nicht lustig, das ist nicht nett.«

»Ich meine es ernst. New York City ist anstrengend, und ich lebe wie ein Schnorrer in Dads Apartment. Vielleicht sollte ich hierherziehen.«

Noch während ich die Worte ausspreche, wird mir klar, was ich da gerade tue. Ich male mir aus wegzulaufen. Wenn es Schwierigkeiten gibt, ergreife ich für gewöhnlich die Flucht. Ich bin nicht stolz darauf, aber anscheinend kann ich es nicht lassen.

Ivy schenkt mir ein trauriges kleines Lächeln, als wäre auch ihr das alles klar. Aber sie sagt nichts, da sie in diesem Moment von jemandem hinter mir abgelenkt wird. Sie bedeutet der Person mit einem Winken, zu uns rüberzukommen.

Als ich mich umsehe, bemerke ich einen sehr großen, sehr heißen Typ, der geradewegs auf uns zukommt. Er trägt eine dunkelgraue Stoffhose und einen blassrosa Kaschmirpullover, der an den meisten Männern furchtbar aussehen würde, ihm dank seiner dunklen Haut und der Muskeln aber hervorragend steht.

»Hey, hey, Mrs Grayson, dachte ich mir doch, dass du das bist.« Er beugt sich hinunter und drückt Ivy einen Kuss auf die Wange.

»Hey, Jaden.« Ivy sieht zu mir. »Meine Schwester Fiona. Jaden Willingham.«

Er grinst mich an. »Der beste Defensive Lineman der Liga.«

»Und auch noch so bescheiden«, sage ich.

Mir ist durchaus bewusst, was Sportler für Egos haben. Und obwohl ich mich wirklich nicht für Football interessiere, ist es mit Ivy und Dad in der Familie unmöglich, nicht im Bilde zu sein. Deshalb weiß ich, dass Jaden in Grays Team spielt.

»Du sagst es«, stimmt er mir fröhlich zu.

»Iss doch mit uns«, schlägt Ivy vor und deutet auf den freien Stuhl zwischen uns.

»Cool.« Sobald er sitzt, wendet er sich mir zu. »Also, Fiona … du bist also Ivys Schwester.«

»Stopp.« Ich halte eine Hand hoch. »Sag es nicht. Du wusstest es sofort, als du uns gesehen hast. Wir könnten Zwillinge sein.«

Er gluckst und schenkt mir einen langen, anerkennenden Blick. »Umwerfende eineiige Zwillinge.«

Ivy und ich sind mehr wie ein Yin-und-Yang-Symbol. Aber es macht Spaß, ihn herauszufordern.

Jaden nimmt den Teller mit Tapas entgegen, den Ivy für ihn zusammengestellt hat. »Also, wo ist deine faule bessere Hälfte?«

»Im Fitnessstudio«, antwortet sie grinsend.

Sobald der Babysitter da war, sind Gray und Dex trainieren gegangen – aus *Spaß*. Ich schaffe es immerhin dreimal die Woche, meinen Hintern auf ein Laufband zu schwingen. Aber das, was die beiden machen? Nein, danke. Auch wenn sich die Resultate durchaus sehen lassen können.

Ich nippe an meiner Sangria, um nicht mehr an Dex zu denken. Was verdammt schwer ist, denn ich habe immer noch das Gefühl, seinen Mund auf meiner Brust zu spüren. Die Antwort auf die Frage, ob ich seinen Bart wohl fühlen würde, wenn er an meinem Nippel saugt? Oh ja! Bis in die Zehenspitzen. Wie kleine Nachbeben zuckt und pulsiert es lustvoll zwischen meinen Beinen, wenn ich daran denke, was er mit mir angestellt hat. Verdammt! Dieser Mann ist heißer, als gut für ihn und mich ist.

»Was machst du in deiner freien Woche so?«, fragt Ivy Jaden. »Dich nur vergnügen?«

Er trinkt einen Schluck von dem Wasser, das der Kellner für ihn gebracht hat, und beugt sich dann zu mir hinüber. »Genau das liebe ich an deiner Schwester – sie ist Herbergsmutter und Coach in einem.«

Ich weiß, dass er es ernst meint. Ivy kann gut mit Jungs umgehen. Am Ende sind sie immer ein bisschen verliebt in sie.

Sie lacht, als Jaden sie freundschaftlich umarmt und ihr einen übertriebenen Schmatzer auf die Wange drückt. Doch ganz plötzlich macht sie ein finsteres Gesicht und wirft einen bösen Blick quer durchs Restaurant. »Verdammt!«

Jaden sieht ebenfalls in die Richtung. »Was? Der Kerl mit der Kamera?« Er schüttelt den Kopf. »Mann, diese kleinen Ratten.«

Paparazzi. Ivy und ich sind mit ihnen aufgewachsen. Auch wenn sie bei Sportlern – meistens zumindest – nicht halb so nervig sind wie bei Schauspielern oder Musikern, haben wir sie trotzdem immer als Feinde betrachtet. Weil ich für sie, seit ich zu Hause ausgezogen bin, nicht mehr von Interesse bin, halte ich auch nicht mehr nach ihnen Ausschau. Doch Gray ist hier ein großer Star. Da er schon jetzt einer der besten Tight Ends in der NFL und obendrein geradezu lächerlich sexy ist, schenkt man ihm ordentlich Aufmerksamkeit. Und Ivy als Sportagentin, Tochter meines Vaters und Grays Ehefrau bekommt auch jede Menge davon ab.

»Ich glaube, sie haben fotografiert, wie wir uns küssen«, sagt Ivy zu Jaden.

»Und morgen wird es heißen, wir hätten eine heiße Affäre«, fügt er mit einem entnervten Seufzen hinzu. »Scher dich nicht drum, Ivy.«

»Mach ich nicht.« Sie zuckt mit den Schultern. »Es kotzt mich einfach an. So einen Scheiß hat Gray nicht verdient.«

»Na gut.« Ich werfe meine Serviette hin und wende mich Jaden zu. »Dann liefern wir denen doch anderen Klatsch. Knutsch mich ab, Lineman.«

Ein Funkeln tritt in seine Augen. »Deine Art gefällt mir, Fiona.«

Ich weiß, dass Jaden klar ist, dass wir nur rummachen, um Ivy zu helfen. Ich habe schon immer gerne geflirtet. So zu tun, als würde ich einen Typ küssen, macht mir nichts aus. Ein kleiner Teil von mir fragt sich allerdings schon eine Sekunde später, warum ich so einen bescheuerten Vorschlag gemacht habe, denn auf einmal fühlt sich das alles mehr als falsch an.

Aber es ist zu spät für einen Rückzieher. Jaden legt eine Hand an meinen Hinterkopf und beugt sich vor. Sein Kuss ist kurz – er lacht sich dabei praktisch kaputt –, aber gerade lang genug, um sicherzugehen, dass der Fotograf es mitkriegt und ein Bild schießt. Obwohl Jaden gut aussieht, empfinde ich nicht mehr bei der Berührung als leise Zufriedenheit darüber, dass wir die Aufmerksamkeit von Ivys und Grays Beziehung abgelenkt haben.

Als sich Jaden von mir löst, lächelt er breit.

Ivy lacht kopfschüttelnd. Doch als sie einen Blick über meine Schulter wirft, bekommt ihr Lächeln Risse und verwandelt sich schließlich in Bestürzung.

Mir gefriert das Blut in den Adern. Als ich mich umdrehe, trifft mich Dex' Blick, und das Eis in meinen Adern verwandelt sich augenblicklich in heißes Blei. Seine Miene ist undurchdringlich. Grays dagegen nicht, er ist stinksauer.

Gemeinsam kommen sie auf uns zu.

»Ivy Mac«, sagt Gray sanft, als er sich herunterbeugt, um seine Frau zu küssen. Er zieht einen Stuhl von einem unbesetzten Tisch hinter sich weg und setzt sich dicht neben sie. Dex wählt den freien Platz neben mir.

Scheiße. Verdammt. Scheiße.

Mir schnürt es die Kehle zu, doch ein trotziger, kindischer Teil von mir will gleichzeitig rebellieren. Er und ich haben uns einmal geküsst. Gut, okay, da war diese wirklich heiße Busennummer, aber wir sind kein Paar. Wir leben nicht mal in derselben Stadt.

Doch dann muss ich daran denken, wie ich reagieren würde, wenn ich sähe, wie Dex eine andere Frau küsst. Vermutlich würde ich ihn zu Brei schlagen wollen. Schuldgefühl und Verlegenheit nehmen schmerzhafte Ausmaße an, als ich Dex neben mir spüre. Sein Arm ruht auf dem Tisch, zum Greifen nah.

»Gray, Alter.« Jaden und Gray begrüßen sich kumpelhaft, dann sieht Jaden Dex an. »Dexter. Letztes Mal, als wir uns gesehen haben, habe ich deinen QB an der Dreißig-Yards-Linie von den Füßen geholt.«

Dex verzieht den Mund zu einem angedeuteten Lächeln. »Ja, es muss ziemlich gesessen haben, als wir in der nächsten

Aktion mit einer Two-Point-Conversion das Spiel gedreht und gewonnen haben.«

Gray fängt an zu lachen. »Das war eine echt beschissene Niederlage. Super, dass du davon angefangen hast, J.« Er klopft Jaden kräftig auf den Rücken.

Die Jungs lachen.

»Den Teil hatte ich ganz vergessen«, gesteht Jaden kopfschüttelnd.

»Das passiert Defensive Linemen ständig«, sagt Dex gespielt verständnisvoll. »Sie sind schnell mal verwirrt.«

Ärger macht sich in mir breit. Ich sitze hier und fühle mich schuldig, weil ich einem Fremden einen gespielten Kuss gegeben habe, und Dex tut so, als wäre nichts passiert. Na ja, schließlich ist ja auch nichts passiert. Aber das weiß *er* ja nicht.

Als hätte er meine Gedanken gehört, blickt Dex in diesem Moment mit seinen haselnussbraunen Augen in meine. Noch immer nichts. Keine Regung außer höflichem Wohlwollen.

»Du isst also mit meinem Mädchen zu Mittag«, sagt Gray zu Jaden.

»Nein«, antwortet er lässig, bevor er einen Arm um meine Schultern legt und mich freundschaftlich an sich drückt. »Ich esse mit meiner Fiona.«

Super. Großartig. Perfekt. Wenn Blicke töten könnten, wäre es jetzt zu Ende mit mir. Das Herz aufgespießt von Grays vernichtendem Blick.

Ich ringe mir ein Lachen ab und gebe Jaden einen leichten Schubs. »Dann kannst du ja auch die Rechnung übernehmen.«

Er wendet seine Aufmerksamkeit wieder Gray und Dex zu, die ich beide ignoriere, um mich lieber mit den *patatas bravas* zu beschäftigen.

»Bei mir steigt nachher eine Pokerrunde«, erzählt Jaden. »Dean, Jamal und Monroe kommen. Sogar unser Milchgesicht James ist dabei. Hast du Lust?«

Gray sieht ihn müde an. »Auf keinen Fall. Ich bleibe zu Hause und schlafe, wenn ich kann.«

»Ach, richtig. Habe vergessen, dass du dich ums Baby kümmern musst. Wie geht's dem kleinen Mann?«

Ich klinke mich aus der Unterhaltung aus und beobachte stattdessen Dex. Er blickt konzentriert zu Jaden und Gray, sodass ich in Ruhe sein Profil studieren kann. Der Schwung seiner Nase und das hervorstehende Kinn erinnern an die Züge eines Gesichts auf einer römischen Münze. Ich kann ihn mir bestens als Zenturio vorstellen, der sich einen Weg durch ganze Armeen schlägt.

Ich muss wirklich damit aufhören, mich in ihn zu verknallen. Ich kenne mich. Ich bin nicht gut in diesen Dingen. Nach einem One-Night-Stand kann ich ohne Probleme gehen. Aber wenn ich anfange, einen Kerl zu mögen, will ich mehr. Und von Dex werde ich nicht mehr kriegen.

Seine tiefe Stimme reißt mich aus meiner Benommenheit. »Ja, klar komme ich«, sagt er zu Jaden.

Ich schätze, er ist beim Pokern dabei.

»Cool.« Jaden macht Anstalten aufzustehen. »In einer Stunde geht's los. Wieso kommst du nicht gleich mit zu mir?«

»Sicher.«

Dex geht. Ohne auch nur ein einziges Wort zu mir gesagt zu haben. Als er aufsteht, schrammt der Stuhl über die Holzdielen, und ein Gefühl des Verlusts breitet sich in mir aus.

Ich möchte mich entschuldigen. Ich möchte ihn anschreien, weil er mich ignoriert hat. Doch stattdessen sage ich gar nichts.

Jaden drückt mir einen Kuss auf die Wange. »War schön, dich kennenzulernen, Fiona.« Seine dunklen Augen funkeln.

»Wenn du mal Lust hast, zusammen abzuhängen, ruf mich an. Gray hat meine Nummer.«

Ich schenke ihm ein knappes Lächeln. Doch meine Aufmerksamkeit gilt Dex. »Das ist nett, aber ich werde meine Zeit hier mit Ivy, Gray und Dex verbringen.«

Bei der Erwähnung seines Namens sieht mich Dex endlich an. »Schönen Abend, Fi.«

Das ist alles. Entschlossen, mich deswegen nicht weiter fertigzumachen, bekomme ich mit Mühe ein Nicken zustande. Wir waren sowieso nicht füreinander bestimmt.

Doch als er an meinem Stuhl vorbeigeht, streift er mit den Fingerspitzen meinen Nacken.

Ein Schauer durchläuft mich, meine Mundwinkel zucken. Und dann ist er weg.

Fiona

Sobald Dex das Restaurant verlassen hat, geht Gray auf mich los. »Was zum Teufel sollte das, Fi?«

»Ach, entspann dich mal«, schnauze ich zurück. »Es war bloß ein Scherz.«

»Schätze, mir ist die Pointe entgangen.« Gray sieht mich finster an, schnappt sich dann mein Wasser und trinkt einen Schluck, während er mich über den Rand des Glases hinweg böse anfunkelt.

»Ein Paparazzo hat ein Foto davon gemacht, wie Jaden mich auf die Wange küsst«, erklärt Ivy. »Fi und Jaden wollten ihn ablenken, indem sie ihm anderes Klatschmaterial bieten.«

»Scheint so.« Gray zuckt mit den Schultern, sieht mich dann aber erneut mit diesem unnachgiebigen Blick an. »Trotzdem Fi, das war nicht cool. Dex mag dich und …« Er zuckt zusammen, als eine Olive von seiner Stirn abprallt. »Hast du mich etwa gerade damit beworfen?«

»Hast du etwa nicht gemerkt, wie ich sie gegen deinen dicken Schädel geworfen habe?«, frage ich süßlich und runzele dann die Stirn. »Belehr mich nicht, als wäre ich eine Idiotin, Gray. Ich hatte keine Ahnung, dass ihr Jungs hier vorbeischauen würdet.« Ich sehe Ivy vielsagend an, schließlich hätte sie mich warnen können. »Und ich fühle mich auch so schon schlecht genug.«

»Na ja …«, setzt Gray an.

Doch ich unterbreche ihn sofort. »Abgesehen davon sind Dex und ich nicht …« Ich gestikuliere wild mit einer Hand in der Luft. »Ich weiß verdammt noch mal auch nicht, was zwischen uns beiden ist. Wir hatten ein einziges Date, und in einer Woche fahre ich wieder.«

Er zieht einen Schmollmund und verschränkt die Arme vor der breiten Brust. »Dann solltest du dich vielleicht ganz von ihm fernhalten.«

Die Worte schmerzen. »Wow, vielen Dank auch. Es bedeutet mir unheimlich viel, dass du das Bedürfnis hast, mich von Dex' Tür wegzuscheuchen.«

Der angespannte Zug um Grays Mund lässt etwas nach. »So habe ich das nicht gemeint. Okay, vielleicht schon ein bisschen.«

»Nein, nein.« Ich hebe eine Hand. »Ich verstehe schon. Und vielleicht hast du sogar recht. Aber das alles ist immer noch meine Angelegenheit und nicht deine.«

Unangenehmes Schweigen breitet sich zwischen uns aus.

Ivy legt Gray eine Hand auf den Arm. »Wir haben noch eine Stunde, bis wir den Babysitter ablösen müssen. Lass uns die Zeit nicht mit streiten verschwenden, Cupcake.«

Er sieht sie für einen langen Moment an, ehe er nickt. Dann

sucht er meinen Blick. »Sorry, Fi. Ich hätte nicht so auf dich losgehen dürfen.«

»Und mir tut's leid wegen der Olive. Die Dinger können fiese Flecken hinterlassen«, sage ich widerstrebend. »Nächstes Mal werfe ich eine Nuss.«

Dafür kriege ich eine Serviette ins Gesicht.

Wir lachen beide, aber innerlich fühle ich mich bedrückt, unruhig. So sauer ich auch auf Gray bin, ich weiß, dass er recht hat. Und wie ätzend ist das bitte?

7

Fiona

Dex kommt nicht nach Hause. Nicht als Ivy und Gray schlafen gehen. Nicht nachdem ich ein paar Stunden im Bett gelesen habe. Es ist fast zwei Uhr, als ich aufgebe und meinen E-Reader ausschalte.

In der Stille meines gemütlichen Gästezimmers unter dem Dach starre ich zum Fenster, vor das schwere pinkfarbene Seidenvorhängen gezogen sind. Ich habe dieses Zimmer eingerichtet. Mein erstes Projekt. Ich habe mich für weiße Wandfarbe, eine Rokoko-Kommode mit goldenen Blättern, ein weißes Bett im Louis-Quatorze-Stil mit lindgrünen Satinbordüren und zwei leuchtende Queen-Elizabeth-Drucke von Warhol an einer der Wände entschieden. Einen Stil, den ich Shabby Brit Chic getauft habe. Zu Ehren meiner Mutter, die Britin ist und in diesem Raum schläft, wenn sie zu Besuch kommt.

Das Zimmer auf der anderen Seite des Flurs, in dem Dex untergebracht ist, habe ich für Dad nach einem dunklen, eher maskulinen Farbschema eingerichtet. Graue Velourstapete an den Wänden, ein Bett aus Ebenholz, markante Fotodrucke und graue Nadelstreifenvorhänge. Doch im Moment ist niemand dort, was mir nur allzu schmerzlich bewusst ist.

Geht Dex mir aus dem Weg? Ist er wütend? Verletzt? Ich spule noch einmal die Erinnerung an seine Berührung ab, als er heute im Restaurant mit den Fingern über meinen Nacken gestrichen hat, bevor er ging. Es fühlte sich an wie eine Botschaft, vielleicht sogar wie ein Versprechen. Aber was zum Henker weiß ich schon? Und warum ist es mir so wichtig? Und das nach so kurzer Zeit. Gestern Abend habe ich mir noch eingeredet, dass er nicht mal mein Typ ist. Aber dann musste ich ihn ja unbedingt abknutschen.

Schnaubend kicke ich die Decke weg. Meine Haut ist heiß und juckt, als würden Ameisen darüberkrabbeln. Vielleicht sollte ich auf Gray hören und diese Sache – was verflucht noch mal sie auch sein mag – gleich im Keim ersticken. Dex bleibt heute Nacht weg? Gut. Morgen früh werde ich ihm aus dem Weg gehen. Und das war's dann. Wir werden höflich jeder unser Ding machen, und nächste Woche reise ich ab.

Eine Stunde später bin ich immer noch hellwach. Verdammt!

Dex

Das Gute am Alleinleben ist, dass man sich nachts nicht in sein Haus zu schleichen braucht. Doch da ich hier zu Gast bin, gebe ich mir größte Mühe, die Treppe hochzugehen, ohne jemanden zu wecken – um genauer zu sein ein gewisses Baby.

Ich bin todmüde und stinke nach Zigarrenrauch. Ein paar von den Jungs haben darauf bestanden, sich welche anzuzünden. Ich schwöre, diese Gemälde von Poker spielenden Hunden haben so einiges angerichtet. Ich wüsste nämlich keinen anderen vernünftigen Grund, warum es die Erfolgschancen beim Pokern steigern sollte, wenn man einen Raum mit ekligem blauem Dunst vollqualmt.

Ich selbst habe definitiv kein Hilfsmittel gebraucht, um zu gewinnen. Defensive Linemen sind jämmerlich schlecht darin, eine neutrale Miene zu bewahren. Die anderen waren für mich so leicht zu lesen wie ein offenes Buch, und deshalb bin ich jetzt um ein paar Riesen reicher. Bei der Erinnerung daran, wie Jaden geflucht hat, als er wieder und wieder verlor, muss ich lächeln. Doch das Grinsen verblasst sofort wieder. Es hat mir ein beinahe krankes Vergnügen bereitet, diesen Arsch fertigzumachen. Schon die ganze Zeit versuche ich, mir einzureden, dass das nichts mit der kleinen Szene zu tun hatte, die ich in dem Restaurant mitbekommen habe. Immer wieder sage ich mir, dass es nur darum ging, sich als guter Center zu beweisen und nicht von einem Lineman reinlegen zu lassen. Aber damit belüge ich mich nur selbst.

Ein Seufzen unterdrückend schleiche ich in mein Zimmer – und bleibe auf der Schwelle wie vom Donner gerührt stehen. Die kleine bronzene Nachttischlampe ist eingeschaltet und taucht den Raum in weiches, warmes Licht. Es ist nicht besonders hell, aber es reicht aus, um alles deutlich erkennen zu können.

Unter der Bettdecke zusammengerollt, den E-Reader noch in der Hand, liegt Fi. Sie schläft tief und fest, ihr goldblondes Haar ergießt sich über mein Kissen.

Ich werfe einen Blick in den Flur. Bin ich aus Versehen in ihrem Zimmer gelandet? Nein, ich habe die Einrichtung gesehen. Ihr Raum ist hell, farbenfroh und feminin. Außerdem stehen meine Boots in der Ecke und eine Jeans von mir hängt über der Lehne des Sessels am Fenster. Ich sehe wieder zu Fi, die in dem großen Bett winzig wirkt. Und ich erlebe einen Goldlöckchen-Moment, denn ich komme mir vor wie der Bär, der sein Bett belegt vorfindet.

Verdammt. Die ganze Nacht lang habe ich versucht, nicht an sie zu denken. Sie hat Jaden geküsst. Keine Ahnung, warum. Es sah nicht sehr leidenschaftlich aus. Sie haben gelacht und eindeutig nur rumgealbert. Trotzdem hat es sich angefühlt, als würde man mir einen Pflock durch die Brust rammen. Ich konnte Schuldbewusstsein und Reue in ihren großen grünen Augen lesen, als sie mich angesehen hat. Aber was hätte ich sagen sollen? Fi gehört mir nicht. Ich will sie, aber ich habe keinen Anspruch auf sie.

In diesem Augenblick gibt sie ein leises Schnauben von sich und kuschelt sich noch tiefer in die Decke. Fi. In meinem Bett. Vielleicht habe ich doch einen Anspruch.

Ich öffne meinen Gürtel und streife so leise wie möglich die Jeans ab. Eigentlich hatte ich mir vorgenommen zu duschen, bevor ich ins Bett gehe. Doch jetzt traue ich mich nicht ins Bad, nur um festzustellen, dass sie weg ist, wenn ich wiederkomme. Mein Shirt und die Boxershorts behalte ich an. Mich nackt neben Fi zu legen wäre vielleicht doch ein wenig zu gewagt.

Ich schalte das Licht aus und nähere mich der freien Seite des Betts, dann krieche ich vorsichtig unter die Decke.

Fi wacht nicht auf, rutscht aber zu mir, als würde sie mich suchen.

Scheiß drauf, ich ziehe sie an mich, sodass ihr Rücken an meiner Brust liegt.

Mit einem schläfrigen Seufzen kuschelt sie sich an mich.

Ich genieße das Gefühl ihres warmen Körpers an meinem und atme den Duft ihrer Haut ein. Sie fühlt sich so verdammt gut an, dass es mir im Herzen wehtut. Ich halte sie fester, den Arm um ihre schmale Taille geschlungen, mit einer Hand umschließe ich ihre weiche Brust. Es fühlt sich richtig an, alles in mir entspannt sich. Ja, ich bin erregt, aber die Erschöpfung und meine Erleichterung darüber, dass Fi zu mir gekommen ist, überwiegen. Und bevor ich noch weiter darüber nachdenken kann, bin ich eingeschlafen.

8

Fiona

Es ist seltsam, im Bett eines Mannes aufzuwachen, wenn man sich nicht einmal daran erinnert, dort eingeschlafen zu sein, und das erst recht, wenn man keinen Sex mit dem Mann hatte. Doch noch seltsamer ist es, allein in diesem Bett aufzuwachen.

Sonnenlicht fällt mir ins Gesicht, und ich strecke die Arme über den Kopf. Ich habe einen steifen Hals vom langen Lesen im Bett. Keine Ahnung, was für ein verrückter Impuls mich dazu gebracht hat, in Dex' Zimmer zu schleichen, um hier auf ihn zu warten. Das war eindeutig keine gute Idee.

Als ich die zerwühlte andere Betthälfte sehe, weiß ich, dass Dex neben mir geschlafen hat, nur dass ich mich nicht daran erinnern kann. Dass er jetzt nicht hier ist, versetzt mir einen Stich. Aber wahrscheinlich ist es besser so. Ich habe garantiert schlechten Atem, und mein Haar fühlt sich auf einer Seite platt gedrückt an.

Als ich zurück in mein Zimmer gehe, fühlt es sich an, als würde ich nach einem One-Night-Stand verlegen nach Hause tapsen, nur ohne den Spaß in der Nacht davor. Juhu.

Auch die heiße Dusche und eine Tasse Kaffee heben meine Laune kein bisschen. Das Haus ist vollkommen still und leer, was mich total wahnsinnig macht. Man würde doch meinen, dass irgendjemand einem einen Zettel hinterlässt.

Ich gehe zurück in mein Zimmer, scrolle durch die Social-Media-Apps auf meinem Handy und stelle mir gerade vor, ich würde in einer üblen Folge von *Twilight Zone* feststecken, in der ich herausfinde, dass alle Menschen, die ich kenne, wie vom Erdboden verschluckt sind, als Dex an meiner Tür auftaucht.

Allein bei seinem Anblick beginnt meine Haut zu kribbeln und mein Herz schlägt schneller. Es ist egal, dass ich ein altes T-Shirt und eine Yogahose trage und mich noch gar nicht geschminkt habe. Als er mich ansieht, fühle ich mich schön.

»Hey.« Er lehnt sich gegen den Türrahmen und verschränkt die Arme vor der breiten Brust.

Ich werfe mein Handy aufs Bett. »Wo zum Henker bist du gewesen? Und wo zum Henker sind die andren? Und überhaupt … Was zum Henker?«

Sein breiter Mund krümmt sich zu einem Grinsen. Doch der Blick aus seinen goldbraun-grünblauen Augen bleibt so fest wie immer. Als könnte er direkt in mich hineinschauen. »Wie ich sehe, hat da jemand super Laune.«

»Ganz tolle. Ich würde gerne mal sehen, wie glücklich du wärst, wenn du allein aufwachen und dich fragen …« Ich klappe den Mund zu. Blöder Dex, er bringt mich immer dazu, mehr zu sagen, als ich eigentlich will.

Sein Lächeln wird breiter. Ein gemächliches Kräuseln der Lippen, in dem eine gewisse Erregung mitschwingt. Er drückt sich vom Türrahmen ab.

Als er langsam auf mich zukommt, löst das eine heftige Reaktion in mir aus. Mein Unterleib zieht sich zusammen, Hitze breitet sich zwischen meinen Beinen aus.

Die Matratze knarzt, als er ein Knie daraufstützt und sich zu mir hinunterbeugt.

Obwohl ich bis eben noch sauer auf ihn war, fange ich jetzt an zu lächeln. Mein Atem geht schnell und flach.

Als er zurücklächelt, erscheinen wieder die kleinen Fältchen um seine Augenwinkel. Er hält keine Sekunde inne, sondern küsst mich einfach – sanft und innig.

Als ich die Hände an seine Wangen lege, kitzeln seine krausen Barthaare an meinen Handflächen. Gott, er schmeckt so gut, fühlt sich so gut an. Ich lasse meine Zunge über seine gleiten und erschauere.

Ein tiefes Stöhnen löst sich aus Dex' Kehle. Er knabbert an meiner Unterlippe und saugt leicht daran, als wäre er hungrig. Dann zieht er den Kopf zurück, um mir in die Augen zu sehen.

»Ich habe dich heute Morgen allein gelassen, damit ich genau das hier nicht tue.«

Ich fahre mit dem Daumen über seine Unterlippe, die leicht geschwollen von unserem Kuss ist. »Glaubst du ernsthaft, ich hätte etwas dagegen gehabt?«

Seine Lider senken sich ein kleines bisschen, als er meinen Mund betrachtet. Kurz darauf streicht er mit den Fingerspitzen an meinem Kiefer entlang. »Ich habe dir Bagels mitgebracht. Die sind wahrscheinlich nicht so gut wie die in New York, aber sie sind frisch.«

»Ethan«, sage ich sanft. »Du drückst dich vor einer Antwort.«

Er legt sich vorsichtig neben mich und stützt den Kopf in eine Hand. »Gray hat mir erzählt, dass du Jaden geküsst hast, um Ivy aus der Klemme zu helfen.«

Ich straffe die Schultern. »Ungelogen, Gray tratscht noch lieber als alte Damen auf einem Debütantinnenball. Wo stecken Ivy und er überhaupt?«

»Sie sind mit dem Baby ins Muir-Woods-Schutzgebiet gefahren, um zwischen den Mammutbäumen wandern zu gehen.«

»Oh nein, die wollte ich auch sehen.«

»Ich fahre mit dir hin.« Seine Miene wirkt gelassen, aber sein Blick ist wachsam.

Ich kuschle mich in die Kissen. »Was Gray gesagt hat, stimmt. Es war bloß ein Küsschen, ein blöder Scherz, ehrlich.«

»Ich fand's nicht lustig.« Eine Falte erscheint zwischen seinen Augenbrauen. »Das mit anzusehen, meine ich.«

»Ich weiß.« Ich umklammere die Decke, um mich davon abzuhalten, ihn zu berühren. Ich habe das Gefühl, dazu im Augenblick kein Recht zu haben. »Es tut mir leid. Ich würde nicht mit ansehen wollen, wie du eine andere Frau küsst.«

»Ich will keine andere Frau küssen.«

Wir starren einander an, unsere Nasen berühren sich fast. Es fühlt sich … angenehm an, zaghaft, neu und komisch zugleich.

»Ich weiß nicht, was ich hiervon halten soll«, flüstere ich. »Ich habe nicht mit dir gerechnet, Ethan.«

Er betrachtet mich forschend. »Ich warte schon seit zwei Jahren darauf, dass du mich bemerkst.«

Er spricht die Worte deutlich und ohne jedes Zögern aus, aber ich kann sie trotzdem kaum glauben. In meinem Hals bildet sich ein Kloß.

»Wir sind uns vorher nur zweimal begegnet.«

»Viermal, wenn man die Hochzeit nicht mitrechnet. Du warst bei der Collegeabschlussfeier von Gray und mir. Und beim Draft bist du auch dabei gewesen.«

»Du bist schon früh in der ersten Runde ausgewählt worden«, sage ich, als ich mich langsam erinnere. »Das ist bei einem Center selten.«

»Und du hast auf der Abschlussfeier ein weißes Sommerkleid mit Kirschen darauf getragen und am Tag des Drafts ein graues Strickkleid mit kniehohen schwarzen Stiefeln.«

Meine Brust zieht sich seltsam zusammen und ich muss mich räuspern, um den nächsten Satz herauszubringen. »Warum bist du mir vorher nie aufgefallen?« Dabei hatte ich ihn die ganze Zeit direkt vor der Nase. Diesen großen, schönen Mann, der keine Angst davor hat, ehrlich zu sein.

Mit dem Daumen streicht er sanft eine Haarsträhne hinter mein Ohr. »Ich habe mich nicht unbedingt bemerkbar gemacht.«

»Warum nicht? Und wieso dann jetzt?«

Er runzelt die Stirn und verfolgt mit dem Blick, wie er den Daumen an meinem Kiefer entlang hinauf zu meinem Mund gleiten lässt. »Diesmal konnte ich mich einfach nicht von dir fernhalten.«

Bevor ich fragen kann, wie er das meint, schiebt Dex eine große Hand in meinen Nacken und zieht mich an sich. Mit seinem Mund nimmt er meinen in Beschlag – begierig und fordernd, ein krasser Gegensatz zu der vorsichtigen Art, mit der er mich hält. Heißer Mund, sanfte Hände.

Ich presse mich an seinen festen Körper, schiebe die Finger in sein Haar und erwidere Kuss um Kuss. Er macht mich vollkommen verrückt.

Ein zufriedenes Stöhnen rumort in seiner Brust, als er mich auf den Rücken dreht und sich über mich beugt. Er ist riesig, seine Schultern sind so breit, dass sie das Licht schlucken. Mit dem wallenden Haar und dem Vollbart sieht er außerdem ein bisschen wild aus. Ein richtiger Mann, ganz anders als die Jungs, die ich bisher kennengelernt habe.

Von außen wirkt Dex reserviert, vielleicht sogar schüchtern, aber er verhält sich nicht so, wenn er mit mir zusammen ist. Im Moment hat er die absolute Kontrolle. Er neigt den Kopf und küsst mich inniger, erkundet meinen Mund mit einer ruhigen Gründlichkeit, die mich ungeduldig macht und nach mehr gieren lässt. Dex ist viel zu einfühlsam, als dass ihm das entgehen würde. Langsam, aber nachdrücklich streichelt er über meine Seiten und lässt die Hände dann wieder zu meinen Wangen hinaufgleiten, beruhigt mich so und bremst mich. Dabei küsst er mich weiter, als gäbe es nichts Fesselnderes für ihn.

Seine Berührungen, die Art, wie er mich auskostet – wie edlen Wein oder ein süßes Dessert – gehen mir durch und durch, sodass mein Körper ganz heiß und träge wird. Ich bin Wachs in seinen Händen.

Mit der Zungenspitze fährt er die Ränder meiner Lippen nach. Mein Mund ist jetzt so empfänglich, dass mir die Berührung einen zarten Schauer über die Haut jagt, der bis hinunter in meine Mitte reicht. Schwer atmend öffne ich den Mund noch mehr und bettele stumm darum, noch weiter so von ihm gequält zu werden.

Vorsichtig legt er seine großen Hände an mein Gesicht und hält mich fest, während er mich kostet. Sein rauer Bart kitzelt mich, als er sich nach unten bewegt und dann innehält, um an meiner Halsbeuge zu saugen.

»Du schmeckst so gut, Kirsche.« Er leckt erneut. »Nach feuchten Träumen.«

Seine Muskeln zucken und wölben sich unter meinen Händen. Ich klammere mich an ihn und spreize die Beine, damit er sich dazwischenlegen kann. Dex ächzt und reibt seinen großen Schwanz an mir, als könnte er nicht anders.

Mehr. Ich will mehr.

Dex schiebt mein T-Shirt hoch und zerrt es mir ungeduldig über den Kopf. »Lass mich dich ansehen.« Mit einer geschickten Bewegung öffnet er den vorne an meinem BH angebrachten Verschluss, bevor er eine raue Handfläche unter das Körbchen schiebt und eine Brust umfasst. »Lass mich dich berühren.«

Ich stöhne, drücke mich ihm entgegen und winde mich verzweifelt, um den BH loszuwerden.

Fast schon gedankenverloren hilft Dex mir, ihn auszuziehen, dann küsst er mich, bevor sein Blick zu meiner Brust wandert. Eine Haarsträhne fällt ihm ins Gesicht, als er nach unten schaut.

»Hmm«, brummt er und reibt kreisend mit der flachen Hand über meine Brust. »Da sind sie ja.«

Er nimmt einen steifen Nippel zwischen die Finger, kneift leicht hinein und zieht ein bisschen daran.

Ich stöhne, als ein heißes Zucken durch meine Klitoris geht.

»Gefällt dir das?« Er macht es wieder, hält einen Moment inne und senkt dann ruckartig den Kopf, um meinen malträtierten Nippel tief in seinen warmen Mund zu saugen.

Oh Gott. Ich kralle die Hände in sein Haar und halte ihn an Ort und Stelle, während er saugt und knabbert und seine feuchte Zunge über meine Haut schnellen lässt. Mit den Fingern drückt er meine Brust zusammen, um sie anschließend erneut zu küssen. Er fällt fast schon blind über mich her, als würde er selbst dann nicht aufhören, wenn die Welt um uns herum zusammenbräche. Es ist so verdammt heiß, dass ich kaum Luft bekomme.

Mit seinen großen Händen umfasst er meine Brüste, knetet sie und spielt mit ihnen. Und dabei leckt er die ganze Zeit an meinen Knospen und knabbert mit den Zähnen daran, bis ich mich vor lauter Verlangen nach Erlösung unter ihm winde, vor Verlangen danach, dass er seinen Schwanz in mich gleiten lässt.

Ich gebe einen ungeduldigen Laut von mir, doch er hebt bloß den Kopf und starrt selbstvergessen auf meine Brust.

»Du bist so verdammt schön«, krächzt er. »Sieh dich an, du bist so hübsch mit deinen roten Wangen. Und wie du keuchst …« Er drückt die Kuppe seines Daumens auf meinen Nippel und bringt mich damit zum Wimmern. »Würdest du so kommen? Nur indem ich mit deinen Brüsten spiele?«

Könnte sein.

»Dex …«

»Ethan«, sagt er. »Wenn mein Mund auf dir ist, nenn mich Ethan.« Dann nimmt er meine Lippen mit seinen in Beschlag, als würden sie ihm gehören.

Ich erschauere und lecke an seiner Oberlippe entlang, bevor ich ihn lange und innig küsse.

»Ethan«, flüstere ich, gebe ihm, was er will. »Ethan.«

Er küsst mich in einem wogenden Rhythmus, lässt seine Zunge langsam in meinen Mund und wieder herausgleiten, während er mit den Fingern meinen empfindlichen Knospen zusetzt, daran zupft und beinahe schon grob darüberreibt.

Es ist zu viel. »Berühr mich«, verlange ich. Ich bin kurz davor zu kommen. »Berühr *sie*.«

Ich spüre, wie er lächelt.

»Ist sie feucht?« Seine Hand wandert an meinem nackten Bauch hinab.

»Sie tropft förmlich«, keuche ich, küsse ihn auf die Wange, auf den Augenwinkel und dann wieder auf den Mund.

Als er mit den Fingern unter mein Höschen gleitet, bin ich schon so erregt, so heiß, dass ich den Rücken durchdrücke und mich ihm entgegenbäume. Ein ersticktes Stöhnen dringt aus meiner Kehle, als er leicht mit einer rauen Fingerkuppe über mein feuchtes Fleisch fährt.

Die Welt kippt aus den Angeln. Benommen klammere ich mich an seine harten Schultern.

Sein Atem streicht über mein Gesicht, seine Lippen streifen meine hauchzart, während er mich beobachtet.

Unfähig, mich zu rühren oder auch nur zu atmen, starre ich zurück, während er seine Finger an meiner Mitte auf und ab gleiten lässt und kleine Kreise darauf beschreibt. Seine Berührungen sind unkoordiniert, ohne Finesse, nur dem puren Verlangen geschuldet.

»Ich glaube, du bist ein Sadist im Bett«, presse ich zwischen zusammengebissenen Zähnen hervor, während ich meine Hüften rhythmisch gegen seine Hand schiebe.

Obwohl er zittert und sich Schweißperlen in seinen Brauen gesammelt haben, lächelt er mich an. »Wieso?«

»Du genießt das. Mich um den Verstand zu bringen …« Ein ersticktes Stöhnen bricht aus mir hervor, als er einen breiten, langen Finger tief in mich taucht. »Oh …«

Er erwidert mein Stöhnen, als er den Finger herauszieht und dann wieder hineinstößt.

Ich drücke mich gegen seine Handfläche, während ich die Arme über den Kopf strecke, um mich am Kissen festzukrallen. »Ethan …« Ich will ihn vögeln. Ich muss. Vor lauter Ungeduld knirsche ich mit den Zähnen.

Er schiebt noch einen Finger in mich. So breit. So gut. »Kirsche«, flüstert er und leckt über meine Brüste. »Gib's mir, Kirsche.«

Der Orgasmus erfasst mich mit solcher Gewalt, dass ich danach nur langsam wieder zu mir komme. Da ist die Wärme seines festen Körpers, das zerwühlte Laken an meiner verschwitzten Haut, mein Atem, der sich nach einigen Minuten wieder beruhigt.

Leicht benommen blinzele ich zu ihm hoch.

Er sieht ebenfalls ziemlich mitgenommen aus, seine Augen sind geweitet, sein Mund steht leicht offen.

»Du bist wunderschön«, sagt er.

»Du auch.«

Und ich meine es ernst. Ich möchte ihm die Kleider vom Leib reißen und jeden Zentimeter seines großen Körpers ablecken.

Doch er löst sich von mir und drückt mir zärtlich noch einen Kuss auf den Bauch, bevor er aufsteht.

Er ist komplett angezogen, und ich liege hier, ohne T-Shirt, die Nippel feucht und hart, die Hose halb über den Hintern nach unten gezogen. Auch wenn ich mich nicht für meinen Körper schäme, setze ich mich schnell auf und streife mein Shirt über. Denn er hat eindeutig nicht vor, sich auszuziehen, auch wenn der Stoff über der Beule in seiner Hose spannt.

»Ich gehe die Bagels toasten«, sagt er und stürmt im nächsten Moment aus dem Zimmer.

9

Dex

Meine Hand zittert leicht, als ich einen Sesambagel aufschneide. Ich umfasse den Griff des Messers fester, dabei würde ich es am liebsten mitsamt dem Bagel durch die Küche schleudern. Ich habe Fi, die umwerfende, köstliche Fi, allein im Schlafzimmer zurückgelassen. Was bin ich nur für ein Idiot. Sie lag keuchend und mit roten Wangen da, ihre rosigen Nippel glitzerten feucht von meinem Mund. Und ich habe sie einfach allein gelassen. Die süßen Laute, die sie ausgestoßen hat, als sie gekommen ist, dieses gehauchte Wimmern, hallen noch immer durch meinen Kopf.

Der Bagel zerfällt in zwei Hälften und ich lege das Messer ab, um einmal tief durchzuatmen. Ich habe es Fiona Mackenzie besorgt, und zwar so richtig. Sie weiß nicht, dass sie die Erste war, die ich befingert habe. Ich hatte keine Ahnung, dass sie sich so glitschig, warm und eng anfühlen würde. Bei der Erinnerung daran presse ich die Kiefer aufeinander. Ich will sie unbedingt vögeln, so sehr, dass es wehtut. Verflucht, mein Schwanz schmerzt regelrecht. Obwohl ich mich mit unterdrückter Lust auskenne, ist das hier eine ganz andere Nummer. Ich bin so erregt, dass sich meine Hüften ganz von allein gegen die Kante der Arbeitsfläche schieben.

Sie war bereit, sich von mir nehmen zu lassen, hat praktisch darum gebettelt. Und mir ging es nicht anders. Doch genau da liegt das Problem. Ich kann es nicht tun, und deswegen bin ich wie ein Feigling abgehauen. Ich rechne nicht damit, dass Fi herunterkommt. Sie ist wahrscheinlich sauer, wenn nicht sogar abgestoßen von mir. Und das aus gutem Grund.

Ich kneife die Augen zu und atme zwischen zusammengebissenen Zähnen noch einmal tief durch. So ein Bockmist.

»Was für Bagels hast du denn geholt?«

Der fröhliche Klang ihrer Stimme erschreckt mich fast zu Tode. Mit wiegenden Hüften kommt sie in die Küche geschwebt. Sie hat sich eine enge schwarze Jeans und einen körperbetonten grauen Pulli angezogen, der ihr bis zur Hälfte des Oberschenkels reicht und aussieht, als würde er sich angenehm flauschig anfühlen. Ich kann mich gerade noch beherrschen, nicht auf ihre rosafarbenen, vom Küssen noch ganz geschwollenen Lippen zu starren. Denn es hat mir komplett die Sprache verschlagen.

Fi bleibt neben mir stehen und nimmt die beiden Bagelhälften entgegen, um sie in den Toaster zu stecken. »Hast du guten Frischkäse bekommen?« Aus großen Augen, deren Farbe der junger Blätter ähnelt, sieht sie zu mir hoch. Keine Beurteilung, keine Verärgerung. Wie es scheint, wartet sie nur darauf, dass ich ihr den Käse gebe.

»Fi …« Meine Stimme bricht und ich schlucke schwer. »Ich … äh …«

Im selben Moment geht die Haustür auf. Gray und Ivy sind zurück.

»Hey«, ruft Ivy, als sie den Autokindersitz auf dem Küchentisch abstellt. »Habt ihr etwa Bagels geholt? Gott sei Dank, ich bin am Verhungern.« Sie beugt sich hinunter, um Leo loszuschnallen. »Ein gewisser fieser Ehemann findet es wahnsinnig cool, morgens um sieben wandern zu gehen.«

Gray kommt hereingeschlendert und wirkt erholter, als ich ihn die ganze Zeit, seit das Baby da ist, erlebt habe. »Wir waren sowieso wach, und im Haus wäre mir die Decke auf den Kopf gefallen. Ooh, ist das Mohn?«

Über Grays Kopf hinweg versuche ich, Fis Blick einzufangen, aber sie ist schon dabei, Ivy ihren kleinen Neffen abzunehmen. Verzückt drückt sie ihm einen Kuss auf den flaumigen kleinen Kopf.

Ein schweres Gewicht legt sich auf meine Brust. Ich habe das Gefühl, meine Chance verpasst zu haben. Als würde Fi mir bereits wieder entgleiten.

Doch dann hebt sie den Kopf. Mit leuchtenden Augen sieht sie mich an. »Lass uns nach dem Essen irgendwo hinfahren.«

Ich fahre mit ihr zum Point Reyes.

Nachdem wir einen Parkplatz gefunden haben, spazieren wir an den Klippen entlang. Die von Braun-, Grün- und sanften Lilatönen überzogenen Berge laufen hier in den Pazifik aus. Die Sonne glitzert auf dem tiefblauen Meer. Doch meine Aufmerksamkeit gilt allein dem Mädchen an meiner Seite.

Mit großen Augen betrachtet Fi die Szenerie, während der Seewind ihr Haar zerzaust. Ihr Kopf reicht gerade bis zu meiner Schulter.

Obwohl wir uns nicht mal in der Nähe der Abbruchkante befinden, habe ich das überwältigende Bedürfnis, sie an mich zu ziehen und ganz fest zu halten, um sie vor jeder möglichen Gefahr zu schützen. Ist hier nicht vor ein paar Jahren ein Wanderer durch einen Erdrutsch ums Leben gekommen? Hat es kürzlich geregnet? Ich bin kurz davor, ihr zu sagen, dass wir lieber zurückgehen sollten, als sie einen glücklichen kleinen Seufzer ausstößt.

»Ist das schön hier.«

»Jep.« Ich passe genau auf, wo wir hintreten.

Als sie sich mir zuwendet, lässt das weiche kalifornische

Licht ihre Haut strahlen. »Warst du schon oft in San Francisco?«

Ich pflücke einen Zweig von einem Salbeistrauch und reibe die seidigen Blätter zwischen den Fingern. »Ich bin in Santa Cruz aufgewachsen.«

»Echt?« Sie lächelt. »Kalifornien, hm? Dann warst du also einer von diesen Typen, die unterm Pier abgehangen und den ganzen Tag lang gesurft haben.« Sie grinst, als würde die Vorstellung sie amüsieren.

»Na ja, nicht den ganzen Tag. Meistens vor dem Training oder wenn ich ein bisschen freie Zeit hatte.«

Sie macht vor Überraschung große Kulleraugen. Vermutlich, weil ich nicht gerade aussehe wie ein typischer Surfer. Ich lache still in mich hinein, als ich mir vorstelle, was sie zu meiner Dreadlocks-Phase sagen würde.

Ich tippe auf die Spitze ihres kleinen Näschens. »Surfen ist super für Balance, Kraft, Konzentration und Ausdauer. Ein bisschen wie Footballtraining. Nur macht's mehr Spaß.«

»Sportler«, murmelt sie kopfschüttelnd, bevor sie mich erneut forschend ansieht. »Ich hätte nicht gedacht, dass du ein waschechter California Boy bist.«

Darüber muss ich lachen. »Was dachtest du denn, wo ich herkomme?«

»Weiß nicht.« Sie zuckt mit den Schultern. »Aus irgendeiner rauen Gegend, wo Männer Bullen mit Seilen einfangen. Aus Montana oder Wyoming oder Texas vielleicht.«

Wieder muss ich lachen. »Der einzige Bullshit, mit dem ich mich auskenne, ist der Mist, der auf dem Spielfeld gelabert wird.«

Fi grinst breit, zupft ebenfalls ein Salbeiblatt ab und hält es sich an die Nase, um den Duft einzuatmen. »Irgendwie kann ich mir nicht vorstellen, dass du Mist redest.«

»Nein. Aber ich kenne den Mist, den die Defensive Linemen immer wieder von sich geben, um mich aus der Ruhe zu bringen.«

»Und an dir perlt es einfach ab wie Öl vom Gefieder einer Ente, stimmt's?«

»Das pisst diese Kerle mehr an als irgendeine Antwort.«

Ich liebe den Klang von Fionas Lachen. Es ist laut und ungeniert. Und sie strahlt dabei übers ganze Gesicht. Ich balle die Hände zu Fäusten, damit ich sie nicht an mich ziehe, um diesen Klang mit meinen Lippen einzufangen. Ich stelle mir vor, wie dieses Lachen mich ausfüllen und jede kalte Stelle in meiner Brust erwärmen würde.

Fis schmale Hand findet meine. Sofort verschränke ich die Finger mit ihren.

»Also leben deine Eltern ganz in der Nähe?« Sie versteift ihre Hand etwas. »Oder sind sie geschieden?«

»Nein, sie sind noch zusammen. Sie wohnen eine Autostunde von hier die Küste runter. Aber sie sind im Moment mit meinem kleinen Bruder auf einer Gruppenreise durch Europa.«

»Aber der kann doch gerade mal … wie alt sein? Acht? Muss er nicht in die Schule?«

»Sie unterrichten ihn zu Hause, damit sie in der ganzen Welt herumreisen können.« Meine Mundwinkel zucken. »Wahrscheinlich probieren sie gerade Bratwurst in Deutschland. Und Dylan, so heißt mein kleiner Bruder, quengelt vermutlich rum, dass er lieber einen amerikanischen Hotdog will.«

»Das finde ich großartig.« Ein Seufzen schwingt in ihrer Stimme mit.

Von Ivy weiß ich, dass ihre Eltern schon seit Jahren geschieden sind. Sean Mackenzie verbringt den Großteil seiner Zeit in New York und Atlanta, ihre Mutter lebt in London.

»Vermisst du deine Mutter?«, frage ich.

Fi schaut blinzelnd auf den sonnengefleckten Ozean. »Manchmal schon. Früher habe ich den Sommer mit ihr verbracht, entweder in London oder auf Reisen. Aber mit den Jahren fühlte es sich immer gezwungener an.« Ihr blondes Haar weht im Wind und sie streicht es mit der freien Hand nach hinten. »Wir haben nicht viel gemeinsam. Sie ist zielstrebig und durchorganisiert. Und ich bin ...« Fi beendet den Satz nicht.

Ich drücke ihre Hand und ziehe sie seitlich an meinen Körper. »Kreativ. Voller Leben.«

»Süßholzraspler«, erwidert sie spöttisch, lehnt aber den Kopf an meine Schulter.

Für einen Moment sehen wir nur schweigend aufs Meer hinaus, die Hände noch immer miteinander verschränkt. Als ich mit dem Daumen über ihre Handfläche fahre, entdecke ich eine Schwiele.

Sie merkt es und schenkt mir ein schiefes Lächeln. »Nicht besonders weich, ich weiß.«

Ganz langsam fahre ich einen Pfad kleiner frischer Narben und rauer Stellen nach. »Was hast du angestellt?«

Sie will die Hand wegziehen, doch ich halte sie fest und suche ihren Blick.

»Nichts Schlimmes«, sagt sie und gibt das leichte Tauziehen zwischen uns auf. »Ich habe ...« Ihre vollen Wangen laufen rot an. »Ich baue Möbel. Bei manchen Arbeiten trage ich Handschuhe, aber man muss ein Gefühl für das Holz bekommen, deswegen lasse ich sie auch oft weg.«

»Möbel?« Ich lächle unwillkürlich. »Das ist ... Also das ist echt cool.«

Sie wird noch röter. »Ich habe noch nie mit jemandem darüber geredet. Ich mach es bloß, um runterzukommen. Aber es gefällt mir.«

»Dann sind das also beides hart verdiente Narben.« Ich halte meine Hand hoch, die Knöchel sind geschwollen und die Nägel bis aufs Fleisch runtergeschnitten, damit sie bei einem Handgemenge nicht einreißen.

Fi schmiegt sich enger an mich. »Ja, schätze schon.« Sie zögert kurz, bevor sie fortfährt: »Ich habe Ivys und Grays Küchentisch gebaut.«

Ich habe dem Tisch nicht besonders viel Beachtung geschenkt, weil sich Fi im selben Raum aufgehalten hat, aber ich kann ihn mir trotzdem ganz gut in Erinnerung rufen. »Ein stabiles Teil, und wunderschön.« Ich neige den Kopf, sodass sich mein Kinn etwa auf Höhe ihrer Wange befindet. »Du kannst stolz darauf sein.«

»Danke.« Fis Stimme ist leise, fast schon schüchtern, und sie starrt wieder hinaus aufs Wasser.

Sie hat mir etwas anvertraut. Etwas, von dem sie offenbar selbst nicht so recht weiß, wie sie dazu steht. Keine Ahnung, ob sie es erzählt hat, um mir zu zeigen, dass ich ihr vertrauen kann, oder ob sie sich selbst damit überrascht hat, es mir zu gestehen. Wie dem auch sei, es schmeichelt mir.

Fis weichen, warmen femininen Körper an meiner Seite zu spüren, lässt sich mit nichts vergleichen, was ich je empfunden habe. Und mir wird klar, was ich absolut ehrlich mit ihr sein muss, wenn ich eine Chance haben will, sie für mich zu gewinnen. Als ich Luft hole, steigt mir eine süße Duftmischung aus Salbei, Salz und Sonne in die Nase.

»Fi …«

Doch sie unterbricht mich. »Ich habe gehört, dass es hier in der Nähe eine Molkerei geben soll, die Käse verkauft.«

Stirnrunzelnd blicke ich weiter auf die Landschaft vor uns. Ich kann Menschen leicht durchschauen, Fi bildet da keine Ausnahme. Ich spüre instinktiv, was in ihr vorgeht. Das Problem ist nur, dass sie mich genauso spielend durchschaut. Das bin ich nicht gewohnt. Vermutlich, weil sich noch nie jemand die Mühe gemacht hat. Den ganzen Tag über warte ich schon darauf, dass Fi eine Erklärung von mir verlangt. Doch bisher hat sie meine Flucht noch mit keinem Wort erwähnt. Zuerst wusste ich nicht, was ich davon halten soll, inzwischen denke ich aber, dass sie das Thema absichtlich meidet, weil sie weiß, dass ich damit zu kämpfen habe.

Als sie weitergehen will, ziehe ich sie erneut an mich. »Ich weiß, dass ich es vermasselt habe, als ich dich heute Morgen allein gelassen habe.«

Ich breche in kalten Schweiß aus, schlucke schwer und will mir mit einer Hand durchs Haar fahren, doch meine Finger bleiben stecken, weil ich es fest zusammengebunden habe. Fluchend schaue ich hinaus aufs Meer.

»Ich …«

»Hey.« Als sie meinen Arm berührt, spüre ich es bis ins Mark. »Du musst nichts dazu sagen.«

»Oh doch.« Ich zwinge mich, sie anzusehen.

»Weil du Jungfrau bist?«

Mir stockt der Atem. Doch sie merkt es anscheinend gar nicht, sondern redet einfach weiter.

»Es macht mir nichts aus. Überhaupt nichts.«

Verdammt, wenn meine Wangen jetzt mal nicht glühen.

»Du hast recht, Gray tratscht wirklich noch lieber als ältere Damen.« Ich kneife mir in den Nacken. »Ja, ich schätze, technisch gesehen bin ich das. Es ist nicht so, als ob ich ein Geheimnis daraus machen würde. Ich erwähne es nur nicht unbedingt, wenn ich nicht darauf angesprochen werde.«

»Warum denn auch? Dein Sexleben geht niemanden etwas an.«

Ich schaue auf sie hinunter. »Ich hätte aber gerne, dass es dich etwas angeht.«

Die süße Fi, die man, soweit ich weiß, nicht so schnell aus der Fassung bringt, läuft bei meinen Worten schon wieder rot an. Ich stehe drauf, dass ich sie zum Erröten bringen und sprachlos machen kann.

»Hör zu«, sage ich. »Ich wollte keine große Sache daraus machen, aber ich fand, dass ich es dir sagen sollte, weil ich nämlich weiß, wie einige Jungs ausflippen, wenn ein Mädchen noch unerfahren ist und sie nichts davon wissen und ...«

Fi bringt mich mit ihrem Mund zum Schweigen. Ihr Kuss ist entschlossen – als wollte sie mir zeigen, dass alles okay ist – und zugleich zärtlich. Mein ganzer Körper zieht sich dabei vor Freude zusammen.

Dann lässt sie sich von den Zehenspitzen sinken und schaut mit ernstem Blick zu mir auf. Mit einer schmalen warmen Hand greift sie wieder nach meiner. »Ich habe es so gemeint, wie ich gesagt habe. Du musst nicht darüber reden, wenn du nicht willst. Ich merke allerdings, dass es dich beschäftigt. Wenn du also mit mir darüber sprechen willst, Ethan, dann höre ich dir gerne zu.«

Das Allerletzte, was ich will, ist reden. Doch ich hole tief Luft und versuche es. Ihr zuliebe.

10

Fiona

Dex herumstammeln und rot anlaufen zu sehen, ist eine ganz neue Erfahrung für mich. Es ist fast schon niedlich, wie dieser große, massige Kerl, der mich mühelos mit einer Hand über den Kopf heben und herumwirbeln könnte, ganz nervös wird. Was mir allerdings nicht gefällt, ist, dass er offenbar richtig aufgebracht ist. Deshalb lächle ich nicht. Ich halte bloß seine Hand und warte darauf, dass er zu reden anfängt.

Denn ich weiß, dass er es tun wird. Auch wenn er noch Jungfrau ist – was ich nicht fassen kann, heiliger Strohsack, dieser umwerfende Riese ist noch unberührt – und ein stiller Typ, ist Ethan Dexter dennoch der offenste Mensch, den ich kenne. Ich bin Kerle gewöhnt, die sich durchs Leben mogeln, indem sie draufgängerisch tun und mächtig angeben. Solche, die ausrasten, wenn man sie in die Enge treibt. Und Kerle, die statt der unbequemen Wahrheit lieber Lügen erzählen. Aber Dex? Der holt einmal tief Luft und gesteht mir dann, dass er mit vierundzwanzig noch Jungfrau ist. Erneut bereitet mir der Gedanke daran eine Gänsehaut. Ich merke, dass mich die Aussicht darauf, die Erste zu sein, die ihn je im Bett hatte, und zu sehen, wie er kommt, ziemlich anmacht. Ich wünsche mir nichts mehr, als zu erleben, wie der starke, schweigsame Ethan aus sich herausgeht und den Verstand verliert.

Ich unterdrücke ein weiteres lustvolles Schaudern und schmiege mich enger an ihn, wobei ich so tue, als ließe ich mich von seinem großen Körper vom Wind abschirmen, dabei möchte ich nur von seiner Wärme und seinem herrlichen Duft eingehüllt werden.

Dex zieht mich an der Hand zu einem großen, flachen Felsbrocken, der in leichter Schräglage ein ganzes Stück entfernt vom Abhang liegt. Wir setzen uns nebeneinander darauf. Die hochgewachsenen, duftenden Gräser um uns herum fangen den Wind etwas ab und die Sonne beginnt langsam, meine Haut aufzuwärmen.

Die kleinen Fältchen erscheinen um Dex' Augen, als er die Stirn runzelt und hinunter auf seine Hände starrt, die auf seinen kräftigen Oberschenkeln liegen. Dann greift er in eine seiner hinteren Hosentaschen und holt eine Geldbörse hervor, aus der er ein altes laminiertes Foto zieht. Ohne sich das Bild anzusehen, gibt er es mir.

»Ich habe Drew und Gray in einem Footballsommercamp in meinem ersten Jahr auf der Highschool kennengelernt.« Er räuspert sich. »Ich bin der ganz links.«

Auf dem Foto sind drei Jungs zu sehen. Sie tragen fleckige Trikots, haben die Arme umeinandergelegt und lächeln in die Kamera. Gray erkenne ich sofort. Er ist der größte, die Sonne hat sein Haar hellblond gebleicht und er grinst so breit, als wäre er der König der Welt. Drew, der in der Mitte steht, ist Quarterback und inzwischen ein Klient meiner Schwester. Seit Ivy und Gray geheiratet haben, kenne ich ihn ziemlich gut. Er war Grays Trauzeuge und ich Ivys Trauzeugin. Schon auf dem Foto sieht er aus wie ein Model, mit seinen hellbraunen Haaren und Augen und dem schiefen, fast schon verschlagenen Lächeln. Und dann ist da noch Dex. Wären da nicht seine ernst blickenden, wunderschönen haselnussbraunen Augen, hätte ich ihn womöglich nicht erkannt. Er trägt auf dem Bild keinen Bart – was nicht weiter überrascht, schließlich stammt die Aufnahme noch aus Highschoolzeiten –, und seine glatten Wangen sind rund und füllig. Man kann bereits die enormen Muskelpakete erahnen, die er heute hat, aber Highschool-Dex musste anscheinend erst noch Babyspeck loswerden. Sein Lächeln ist zurückhaltender als das seiner Freunde, fast schon vorsichtig, aber ich erkenne die Freude in seinen Augen. Er hat dieses Camp unheimlich gemocht, genauso wie seine beiden Kumpel.

»Als Kind war ich ziemlich pummelig«, erzählt er leise. »Du weißt schon, der große Junge, der immer aussah, als wäre er schon ein paarmal sitzen geblieben, wenn er neben dem Rest der Klasse stand.«

Mit einem Kloß im Hals nicke ich.

»Die Mädchen haben mich nie beachtet.«

Ich gebe ihm das Foto zurück, und Dex schiebt es wieder in sein Portemonnaie.

»Bis ich in der Junior High anfing, Football zu spielen. Aber auch da bekam ich von ihnen meist nicht mehr zu hören als ein ›Hey, gutes Spiel, Dexter‹.« Er starrt aufs Meer hinaus. »In der Highschool sind sie endlich auf mich aufmerksam geworden. Ich habe es gleich im ersten Jahr in die Schulmannschaft geschafft. Und in der Abschlussklasse war ich bei der landesweiten Bestenauswahl dabei.« Er zuckt mit den Schultern. »Ich hatte immer noch mehr Fett als Muskeln am Leib, aber die Cheerleader haben sich geradezu auf die Spieler gestürzt. Mich eingeschlossen.«

Warum auch nicht? Dex ist toll. Und ich bezweifle, dass er als Teenager ein ganz anderer Typ war.

»Ich habe hier und da ein bisschen rumgemacht. Doch ich wusste immer, dass sie nur auf mich standen, weil ich im Team war.«

»Wie kommst du darauf?« Ich kann mir die Frage einfach nicht verkneifen.

Er wirft mir einen Blick zu, der sagt: *Ach komm.*

»Außerhalb meines Highschool-Freundeskreises hat kein Mädchen mich auch nur eines Blickes gewürdigt. Nie. Und …« Er kratzt sich am Bart. »Eine hat es sogar zugegeben. Lisa Unger hat damals zu mir gesagt: ›Keine Sorge, Dexter, wir kümmern uns schon um dich. Schließlich gehörst du zum Team‹.«

»Blöde Schlampe.«

Er verzieht die Mundwinkel zu einem kleinen Grinsen. »Sie war nur ehrlich, schätze ich. Egal, danach wollte ich jedenfalls nicht mehr rummachen. Ich habe mich von den Mädchen ferngehalten. Ich hatte keine Lust darauf, mich mit einer einzulassen, die nur auf mich stand, weil ich Football spielte.«

»Okay, aber was ist mit dem College? Da gibt es doch jede Menge Mädchen, die keine blöden kleinen Giftzwerge sind.«

Dex schnaubt amüsiert, aber sein Lächeln vergeht schnell wieder, und er wird blass. »Im zweiten Jahr am College hatte ich endlich den Speck wegtrainiert und war ein bisschen … selbstsicherer geworden. Aber dann …« Er stößt die Luft aus und stützt die Ellbogen auf die Knie.

»Ethan.« Als ich ihn am Rücken berühre, merke ich, dass sein langärmliges Shirt ganz feucht vom Schweiß ist. »Was ist passiert?«

Er ballt die großen Hände zu Fäusten. »Auf den Teil, der jetzt kommt, bin ich nicht stolz.«

Mein Magen krampft sich zusammen, aber ich ziehe meine Hand mit Absicht nicht zurück. »Ist schon okay.« Natürlich habe ich keine Ahnung, ob es das ist, aber ich weiß nicht, was ich sonst sagen soll, um ihn zu ermutigen.

»Also, ich … äh … Zum Spring Break im zweiten Jahr sind ein paar Jungs aus dem Team runter nach Mexiko gefahren. Es ging heiß her. Überall Mädchen. Überall Sex. So was hatte ich noch nie erlebt. Die Saison war rum. Wir hatten zum ersten

Mal die National Championship gewonnen und wurden wie Götter behandelt.«

Seine Schultern sind so steif, dass sich sein Körper unter meiner Hand wie Granit anfühlt. Ein leichtes Schaudern erschüttert ihn, und ich reibe ihm über den Rücken, um ihn zu beruhigen.

Als er weiterspricht, klingt seine Stimme rau und heiser. »Am ersten Abend waren wir alle sturzbesoffen und haben ein bisschen Gras geraucht. Ich hatte es vorher noch nie probiert, und es hat voll reingehauen. Wir waren auf einer Party, und zwei Mädels kamen auf mich zu. Sie trugen nichts außer winzigen Bikinis und waren total erpicht darauf, mich zu beglücken. Die beiden schienen sich gegenseitig ausstechen zu wollen, indem sie sich so wild und willig gaben, wie's nur ging.«

Ja, die Sorte Mädchen kenne ich gut. Da ich mit Sportlern groß geworden bin, ist mir dieser Typ Frau schon untergekommen, als ich noch zu klein war, um zu wissen, was Sex überhaupt ist. Mein Dad, der ein NBA-Star war, bevor er Sportagent wurde, hat sich auf sie eingelassen und damit seine Ehe zerstört. Die Feministin in mir möchte behaupten, dass es allein die Männer sind, die die Frauen ausnutzen und wie Einweg-Sexspielzeug behandeln. Aber in Wahrheit ist es viel komplizierter, denn einige Sportgroupies schlüpfen nur allzu bereitwillig in diese Rolle. Genau genommen wetteifern sie zum Teil sogar darum, derart benutzt zu werden.

»Ich war so betrunken und high, dass mir alles egal war«, erzählt Dex stockend weiter, als müsste er jedes Wort tief aus seinem Innern hervorholen. »Das Nächste, woran ich mich erinnere, ist, dass wir alle drei in einem Hinterzimmer waren und eine von ihnen meinen Schwanz lutschte – obwohl ich so breit war, dass ich es kaum spürte –, während die andere ihre Brüste in meinem Gesicht hatte. Und ich dachte nur *endlich, end-*

lich. Aber gleichzeitig fühlte es sich auch vollkommen falsch an. Dann fing die eine an, mich anzubetteln, es ihr zu besorgen. Sie sagte, sie würde es so richtig ›versaut‹ mögen. Als ob ich verdammt noch mal gewusst hätte, was das heißen sollte. Dann hockte sie plötzlich auf allen vieren und forderte mich auf, sie in den Arsch zu vögeln.«

Dex unterbricht sich und fährt sich mit einer Hand übers Gesicht. Er sieht so fertig aus, dass ich mir halb wünsche, dass er aufhört zu erzählen. Andererseits freue ich mich, dass er mir genug vertraut, um mir seine Geheimnisse zu beichten, und deswegen werde ich mir sie auch anhören.

»Ich war Jungfrau, wusste also ziemlich wenig über Sex. Aber die andere redete mir die ganze Zeit gut zu: ›Gib's ihr. Zeig mir, wie du sie fickst. Oh, das wäre so heiß, Babe‹.« Er erschaudert. »Wir waren alle stockbesoffen und dämlich. Ich weiß nicht ... Ich erinnere mich daran, wie ich versucht habe, in sie einzudringen. Es war ein unangenehmes Gefühl. Aber das Mädchen, das zugeguckt hat, hat mich weiter angefeuert: ›Gib's ihr so richtig‹. Und die andere, die ich ... du weißt schon, die ich versucht habe, zu ... die rief: ›Komm schon, steck ihn mir rein‹. Und ich wunderte mich die ganze Zeit, dass sie nicht feucht und glitschig war.«

Mit einem Gefühl der Übelkeit höre ich seiner verworrenen, traurigen Geschichte zu. Als er den Kopf senkt und sich räuspert, möchte ich heulen und ihn fest in die Arme nehmen. Doch ich rühre mich nicht, weil ich diesen wie auch immer gearteten Bann, unter dem er steht, nicht brechen möchte. Es ist offensichtlich, dass er die Sache loswerden will.

»Dann hat es sich auf einmal irgendwie glitschig angefühlt. Ich habe runtergeguckt und ... da war Blut ... auf meinem ...« Er keucht. »Bei dem Anblick fing alles um mich herum an, sich zu drehen, und ich habe mich übergeben. Die beiden sind abgehauen, haben mich vorher aber noch beschimpft. Ich sei selbst für einen Footballspieler ein richtig schlechter Fick und lauter solchen Scheiß. Aber das Mädchen, das ich …« Mit großen Augen in den Farben der Erde und des Meeres schaut er mich an. »Es schien ihr zu gefallen. Sie wollte, dass ich das mit ihr mache. Ich verstehe bis heute nicht, wieso. Ich habe sie zum Bluten gebracht. Warum sollte sie das wollen? Damit sie erzählen kann, dass sie es mit einem Footballspieler gemacht hat?«

»Ethan.« Ohne zu zögern, ziehe ich ihn an mich.

Er macht sich steif, legt aber den Kopf auf meine Schulter. Sein Atem klingt aufgewühlt.

»Danach konnte ich es einfach nicht mehr tun. Das alles kam mir so eklig vor. Verdorben. Was ich gemacht hatte, war nicht richtig.«

»Nein.« Ich lege die Hände an seine Wangen und hebe seinen Kopf an, damit ich ihm in die Augen sehen kann. »Du wurdest da in was ganz Übles reingezogen. Wenn sie blau sind, machen die Leute nun mal bescheuerte Sachen.«

Er versucht, den Kopf zu schütteln. »Wenn ich erfahrener gewesen wäre, wäre ich so schlau gewesen, Nein zu sagen. Oder etwas«, er läuft knallrot an, »Gleitgel zu benutzen oder so.«

»Und was ist mit dem Mädchen? Wenn ich einen Kerl bitten würde, das mit mir zu machen, würde ich auf Gleitgel bestehen, da kannst du dir sicher sein.« Nicht dass ich schon mal Analsex gehabt hätte. Aber Fakten bleiben Fakten. »Hör zu«, sage ich, als ich merke, dass er widersprechen will, »du warst dumm. Und sie genauso.«

Er umfasst meine Handgelenke, als er mir in die Augen sieht. »Es sollte sich nicht nach einer mitleiderregenden Geschichte anhören. Mein Verstand sagt mir, dass das alles nicht meine Schuld war. Aber wenn ich daran zurückdenke, schäme ich mich trotzdem. Nach dieser Sache konnte ich die Gedanken daran einfach nicht mehr ausblenden. Bedeutungsloser Sex war keine Option mehr. Eine Beziehung wäre in Ordnung. Aber ich möchte mit niemandem zusammen sein, der mich nur wegen meiner Karriere will und nicht um meiner selbst willen.«

Mir wird ganz schwer ums Herz. »Dex, wir können keine Beziehung führen. Du lebst in New Orleans und ich in New York.«

Er nagelt mich mit seinem Blick fest. »Ich wollte dich schon, seit ich dich zum ersten Mal gesehen habe, Kirsche. Du sagst immer geradeheraus, was du denkst, ohne etwas zurückzuhalten …«

Ich zucke zusammen. »Ich arbeite permanent daran, mir Zurückhaltung anzugewöhnen.«

Er lässt kurz ein zärtliches Lächeln aufblitzen. »Es ist eine gute Eigenschaft. Ich vertraue dir und ich fühle mich unglaublich zu dir hingezogen. Ich möchte mit dir schlafen. Ich möchte dich in- und auswendig kennen. Ich möchte mit dir zusammen sein. Wenn du das alles auch willst, dann lass ich mich nicht von so etwas Unbedeutendem wie ungünstig gelegenen Wohnorten aufhalten.«

Heiliger Bimbam … Ich kriege kein Wort heraus.

Er lässt meine Handgelenke los und schaut mich prüfend an. »Ich will dich so sehr, dass ich bereit war, Farbe zu bekennen und dir zu zeigen, wer ich wirklich bin. Schätze also, jetzt bist du am Zug. Ich könnte aber auch verstehen, wenn dich das, was ich gesagt habe, abschreckt und du die Sache lieber beenden willst.« Dex presst die Lippen zusammen, als müsste er sich zwingen, nichts mehr zu sagen, wendet den Blick jedoch nicht ab.

Ich strecke die Hand aus und fahre mit einem Finger an seinem Mund entlang, wo der Bart ihn einrahmt. Genauso wie beim ersten Mal, als ich ihn berührt habe. »Ich glaube, ich will dich jetzt noch mehr als vorher, Ethan. Aber eine Beziehung? Darüber muss ich erst nachdenken, okay?«

Er blinzelt. Dann krümmen sich seine vollen Lippen nach oben und sein Blick wird so weich und warm wie geschmolzene Schokolade. »Du brauchst nur ein Wort zu sagen und ich gehöre dir, Fiona.«

11

Dex

Geduld, die habe ich reichlich. Ich habe mir mühsam selbst beigebracht, sie als Instrument einzusetzen, in dem Wissen, dass sich irgendwann immer eine passende Gelegenheit bieten wird, die ich dann ergreifen kann. Aber jetzt geht mir die Geduld langsam aus. Fiona hat mir immer noch keine Antwort gegeben.

Noch am Point Reyes hat sie mir einen Kuss auf die Wange gegeben und mir gesagt, sie müsse darüber nachdenken, ob sie mit mir zusammen sein will. Nicht wegen meiner Vergangenheit, wie sie mir schnell versicherte, sondern weil sie Angst davor habe, etwas anzufangen, das ganz eindeutig ein Verfallsdatum habe.

Ich bin frustriert. Ich sehe kein Ende für uns zwei, sondern nur, wie gut wir zusammenpassen würden. Ich hätte ihr meine Absichten schon vor Jahren klarmachen sollen, als ich merkte, dass ich nur sie will. Als wir noch in derselben Stadt gelebt haben, verdammt. Nur hatte sie damals einen Freund. Und ich war viel zu vorsichtig, um mich dazwischenzudrängen. Ziemlich dämlich von mir.

Vielleicht wird es nie den richtigen Zeitpunkt für uns geben. Aber ich werde nicht aufgeben. Auf gar keinen Fall. Nicht nachdem ich eine Kostprobe von ihr bekommen habe. Nicht nachdem sie mein hässlichstes Geheimnis gehört und es toleriert hat, ohne mich zu verurteilen. Wir können ehrlich zueinander sein, und das ist in meiner Welt etwas sehr Seltenes und Wertvolles.

Deshalb verfolge ich eine neue Strategie. Schritt eins: Wir gehen mit Ivy und Gray aus. Wenn ich schon keine Einzelverabredung bekomme, dann tut es für den Moment auch ein Doppeldate. Die Nanny eines Teamkollegen von Gray passt auf Leo auf.

Beim Essen im Restaurant unterhalten uns Ivy und Fi mit Geschichten darüber, wie ihr Dad in ihrer Kindheit Sportler mit nach Hause gebracht hat, die heute unsere Helden sind.

»Erzähl ihnen, wie du mit sechs eine Wette gegen Jordan gewonnen hast«, fordert Ivy Fi auf.

Die grünen Augen meines Mädchens funkeln, als sie laut auflacht. »Oh Gott.« Sie trinkt einen Schluck von ihrem Cocktail. »Ich habe mit ihm gewettet, dass ich höher springen kann als er.«

»Nie im Leben hast du Jordan geschlagen«, sagt Gray entschieden und schüttelt den Kopf.

»Doch!« Ihre Wangen färben sich rosa, was sie noch hübscher aussehen lässt. »Der Wetteinsatz belief sich auf ein Dutzend Donuts. Er war zuerst dran. Und Mann, kam der vielleicht hoch.«

Wir nicken alle zustimmend.

Fi beugt sich vor und senkt die Stimme. »Ich habe seine Spitzenleistung bewundert und dann meinen eigenen Versuch gestartet.«

Ivy unterbricht sie. »Die kleine Göre ist in unsere Küche spaziert und mit erstaunlicher Abgebrühtheit auf die Arbeitsplatte geklettert. Dann hat sie Jordan angesehen und ist heruntergesprungen.«

»Was?«, ruft Gray. »Das war doch geschummelt.«

»Das hat Jordan auch gesagt.« Fi zuckt mit den Schultern.

»Ich habe ihn darauf hingewiesen, dass wir nie festgelegt hatten, der Sprung müsse vom Fußboden ausgehen, und da ich technisch gesehen eine größere Höhe übersprungen hatte, hatte ich gewonnen.«

Ich muss lachen. »Und du nennst mich raffiniert.«

Sie grinst ohne jede Reue. »Hey, er hat seine Niederlage eingestanden und die Donuts besorgt. Er sagte, er respektiere meine Entschlossenheit, um jeden Preis gewinnen zu wollen.«

Und so geht es den ganzen Abend weiter, wir reden und amüsieren uns. Ich kann mich nicht erinnern, schon einmal mehr Spaß bei einer Verabredung gehabt zu haben. Immer wenn ich zu still werde, bindet Fi mich in die Unterhaltung ein – manchmal, indem sie meinen Ellbogen berührt und mich fragend ansieht, um meine Meinung zu hören. Manchmal, indem sie etwas Ungeheuerliches sagt, zu dem ich mir einen Kommentar einfach nicht verkneifen kann. Und die ganze Zeit über habe ich das Gefühl, als wäre tief in meinem Innern etwas an der dafür vorgesehenen Stelle eingerastet, als würde ich endlich zu dem Menschen werden, der ich wirklich bin. Eine zugleich erlösende und nervenaufreibende Empfindung.

So nah neben Fi zu sitzen, dass der Duft ihrer Haare in meiner Nase kitzelt und ihr Arm meinen streift, wenn sie sich Ivy oder Gray zuwendet, beruhigt mich und weckt zugleich das Verlangen nach mehr in mir. Ich möchte das Recht haben, den Arm über ihre Stuhllehne zu legen, wie Gray es bei seiner Frau tut. Ich möchte mich zu ihr beugen und ihren lächelnden Mund küssen, wenn sie etwas Süßes sagt – was praktisch die ganze Zeit der Fall ist.

Nach dem Essen gehen wir in eine Bar, in der an diesem Abend eine Karaokeveranstaltung stattfindet. Was bedeutet, dass es in dem Laden nur so von leicht angetrunkenen und sehr ausgelassenen, falsch singenden Interpreten wimmelt.

Trotzdem schaffen wir es, einen Tisch direkt vor der Bühne zu ergattern. Vermutlich, weil der Besitzer des Ladens ein Riesen-Footballfan ist. Ich bin mir ziemlich sicher, dass der Platz noch belegt war, als wir reingekommen sind. Aber die Empfangsdame besteht darauf, dass wir uns setzen, und beeilt sich, die bestellten Getränke zu holen.

»Hervorragend«, sagt Gray mit leuchtenden Augen und reibt sich die Hände. »Der Letzte, der singt, muss die Zeche zahlen.«

Ivy grinst breit. »Abgemacht, Cupcake. Ich werde die Hütte niederträllern.«

Wir halten alle inne und tauschen hastige Blicke, während sich der Schock in Wellen zwischen uns ausbreitet.

Als Ivy es bemerkt, schlägt sie mit der flachen Hand auf den Tisch. »Ach, verdammt noch mal. Ich weiß, was ihr jetzt denkt! Wenn ich schlecht tanze, dann werde ich wohl auch schlecht singen. Da muss ich euch allerdings enttäuschen. Ich singe zufällig geradezu hervorragend.«

Als sich das unbehagliche Schweigen fortsetzt, schnaubt sie empört.

»Dachtet ihr etwa, ich wüsste nicht, dass ich schlecht tanze? Es ist mir eben einfach total egal.« Sie funkelt Gray böse an, aber ihre Wut ist nur gespielt. »Du kannst dir von jetzt an also sparen, wie der letzte Trottel neben mir herumzuzappeln, um von mir abzulenken.«

Ein erstickter Laut entweicht ihm. »Du wusstest es?«

»Na klar.« Sie wirft sich eine Haarsträhne über die Schulter. »Du hast ein viel zu gutes Koordinationsvermögen, um so ein schlechter Tänzer zu sein. Außerdem hast du bisher immer vergessen, auch zu versagen, wenn du deine Siegestänzchen auf dem Spielfeld aufgeführt hast.«

Gray starrt sie für einen Moment mit offenem Mund an, bevor er bellend loslacht. »Verflucht noch eins, ich liebe dich, Spezialsoße.« Er zieht Ivy auf seinen Schoß und küsst sie.

Fi wacht endlich aus ihrem Trancezustand auf, in dem sie sich seit Ivys Geständnis befunden hat. »Du hinterhältiges Miststück«, ruft sie über die Musik hinweg. »Seit Jahren decke ich deinen unfassbar beknackten Tanzstil, dabei wusstest du es die ganze Zeit!« Sie schwingt die Faust. »Ich schwöre bei Gott, Poison Ivy ...«

»Oh bitte«, erwidert Ivy. »Du bist auch kein Unschulds-lamm. Du tust so, als könntest du nicht backen, damit du auf Familienfeiern nichts beisteuern musst.«

Fi schnieft und wirkt dabei ziemlich schuldbewusst. »Ich habe keine Ahnung, wovon du sprichst.«

Ivy beugt sich mit leicht zusammengekniffenen Augen zu ihr vor. »Klingelt vielleicht bei dem Stichwort Mitternachtsplätz-chenbacken etwas bei dir, Tink?«

Fi bekommt rote Wangen und betrachtet übertrieben inte-ressiert ihre Fingernägel, während sie etwas von verräterischer Schwester vor sich hin murmelt. »Das waren nichts weiter als PMS-Gelüste. Ich war zum Backen gezwungen.«

»Also ...« Gray ist klug genug, die beiden zu unterbrechen, bevor sie einen ganz dunklen Pfad einschlagen und vor uns über ihre Periode diskutieren. »Wir werden ein Duett singen, Mac.«

Ivy springt auf. »Ich suche den Song aus!«

Als sie losrennt, stürzt Gray ihr hinterher. »Auf gar keinen Fall, Ivy Mac. Mac!«

Fi verdreht die Augen. »Sie wird eine furchtbare Beyoncé-Jay-Z-Nummer mit ihm abziehen.«

Bei der Vorstellung, wie sie zusammen *Drunk in Love* sin-gen, muss ich laut lachen. »Ich werde das Ganze filmen.« Ich hole mein Handy raus.

Doch was uns die beiden bieten, ist noch viel schlimmer als *Drunk in Love*. Viel, viel schlimmer.

»Oh. Mein. Gott.« Fi macht große Augen, bevor sie losprustet.

Gray und Ivy haben sich für *You're the One That I Want* aus *Grease* entschieden. Sie steigern sich voll rein, schmettern den Text in leicht schiefer Tonlage raus – na ja, in Grays Fall komplett schief – und bringen die Leute damit zum Toben. Die Zuschauer grölen und holen ihre Handys raus, um den Auftritt zu filmen. Gray wurde zweifellos erkannt.

Fi und ich brüllen vor Lachen, bis mir die Seiten wehtun.

»Ich kann nicht fassen, dass ihr klar war, wie schlecht sie tanzt«, murmelt Fi, während sie den beiden zusieht. Immer noch umspielt ein Lächeln ihre Lippen.

»Na ja, wenn man genauer darüber nachdenkt, hätte sie mindestens blind sein müssen, um es nicht zu merken«, erwidere ich. »Ich meine, allein schon dieses Mit-den-Armen-Rudern …« Ich erschauere pathetisch, und Fi fängt wie erhofft an zu kichern.

»Pass auf«, sagt sie mit einem Lächeln in den Augen, den Blick auf die Bühne gerichtet. »Immerhin redest du hier von meiner Schwester.«

»Hey, ich liebe sie auch wie eine Schwester. Zählt das?«

Fi dreht sich zu mir und fixiert mich mit ihren grünen Augen. »Solange uns das nicht irgendwie zu Bruder und Schwester macht.«

Ich beuge mich zu ihr, bis meine Lippen beinahe ihre streifen. »Nicht im Entferntesten, Kirsche.« Schnell stehle ich mir einen zarten Kuss und registriere mit Genugtuung, wie ihr dabei der Atem stockt.

Und meine Befriedigung steigt noch, als ich mich von ihr löse und sie mit leicht benommenem Gesichtsausdruck zu mir hochschaut. Als ich mit der Daumenkuppe über den weichen Bogen ihrer Unterlippe fahre, zieht sich etwas in meiner Leistengegend vor Begehren zusammen.

»Bekomme ich bald eine Antwort von dir?«

Sie senkt die Wimpern und greift nach ihrem Drink. »Wir gehen gerade miteinander aus.« Grüne Augen spähen zu mir hoch. »Das hier ist schließlich ein Doppeldate, oder etwa nicht?«

»Jep, das ist es.«

Sie sieht aus, als müsste sie sich ein Lächeln verkneifen. »Raffiniert.«

»Nicht wirklich.« Ich beuge mich wieder vor und berühre dabei ihren Arm mit meinem. »Hör zu, mir ist klar, dass ich dich bitte, deine Komfortzone zu verlassen …«

»Stimmt, warum eigentlich?«, kontert Fi. »Ich meine, verlässt du deine denn häufiger? Von meiner Warte aus sieht es nämlich ganz so aus, als würdest du immer auf Nummer sicher gehen.«

Ich ziehe die Augenbrauen hoch. »Ich würde mal behaupten, dass ich versuche, dich rumzukriegen, was absolut keine sichere Nummer ist.«

Sie lächelt kopfschüttelnd. »Aber du weißt, dass ich auf dich stehe.«

Das höre ich gerne.

Ich lehne mich auf meinem Stuhl zurück und sehe Gray zu, wie er in einer schlechten John-Travolta-Parodie auf die Knie geht. Mit einer Hand fahre ich mir über den Bart und wende mich dann wieder Fi zu.

»Okay, wie hört sich das an? Ich hasse es, im Mittelpunkt zu stehen. Wenn ich also da raufgehe und mir die Seele aus dem Leib singe, gibst du uns dann eine Chance?«

Sie lacht. »Im Ernst? Du willst mich für Sex bestechen?«

»Ich rede nicht von Sex. Den würde ich dir niemals vorenthalten.« Grinsend lehne ich meine Stirn an ihre. »Wenn du willst, können wir jetzt sofort nach Hause gehen und vögeln, Kirsche.«

Sie läuft bei meinen Worten dermaßen rot an, dass es sogar im Dämmerlicht des Klubs auffällt.

Verdammt, sag mir, dass du es willst. Ich verkrafte das. Ich bin ein großer Junge.

Ein Teil von mir wird bei dem Gedanken, endlich mit Fiona zu schlafen, sofort größer.

»Ich bitte dich um eine Beziehung«, füge ich hinzu. »Oder zumindest um einen Vertrauensvorschuss.«

Fi mustert mich eingehend, als versuchte sie zu ergründen, ob ich verrückt geworden bin oder nicht.

Ich lasse sie gucken und lehne mich wieder zurück, die Hüften auf dem Stuhl weit nach vorn geschoben. Bei ihrer gemächlichen Inspektion fängt meine Haut an zu kribbeln. Ich verspüre den irren Drang, sie auf meinen Schoß zu ziehen und zu küssen, bis sie einwilligt. Aber ich rühre mich nicht.

»Gehst du wirklich da rauf?« Sie nickt in Richtung Bühne, wo sich Ivy und Gray gerade tief verbeugen.

»Und singe mir die Seele aus dem Leib«, ergänze ich. Bei der Vorstellung, vor so vielen Leuten aufzutreten, krampft sich mein Magen zusammen. Das ist definitiv nichts, was ich gerne tun möchte. Aber ich werde es machen.

Ich ignoriere das leise, stechende Schuldgefühl, das sich bemerkbar macht, als Fi mich verschlagen angrinst. Ich weiß, dass sie erwartet, dass ich mich wie Ivy und Gray zum Affen machen werde.

»Eine Warnung noch, bevor du auf meinen Vorschlag eingehst«, sage ich über den Applaus hinweg. »Ich werde dich niemals anlügen, Fiona. Aber ich habe auch nicht vor, fair zu kämpfen.«

Ihr hinterhältiges Grinsen wird noch breiter. »Du trickst mich schon wieder aus, was, Schlitzohr?«

»Vielleicht.«

Sie legt die Hände in meinen Nacken und gibt mir einen raschen, festen Kuss. »Hau rein, Dexter.«

12

Fiona

Oh Mann, der Typ bringt mich wirklich in Schwierigkeiten. Er schenkt mir ein kurzes schelmisches Grinsen, als er von seinem Stuhl aufsteht, wobei sich die Muskeln an seinem großen, durchtrainierten Körper unter dem grauen T-Shirt und der Jeans, die er trägt, biegen und dehnen. Er ist sich überhaupt nicht bewusst, wie sexy er ist, und das macht ihn nur noch heißer.

Aber er weiß, dass ich seine Kühnheit unwiderstehlich finde. Mit der Faust klopft er einmal auf die Tischplatte. »Die Herausforderung gilt, Kirsche.«

Gray und Ivy kommen zurück an den Tisch geschlendert, ihre freudestrahlenden Gesichter glänzen verschwitzt. »Wir waren verdammt gut«, verkündet Gray, als Dex sich in Richtung Bühne aufmacht.

Mein Augenmerk liegt auf seinem Knackarsch. Am liebsten möchte ihm nachgehen und draufhauen. Im Ernst, sein Hintern ist ein Kunstwerk. Ich bin mir ziemlich sicher, wenn ich ihn jemals nackt zu sehen bekomme, werde ich mich spontan selbst entzünden. Ein heißes Kribbeln kriecht meine Schenkel hinauf. Ich möchte diesen Po in seiner ganzen entblößten Pracht sehen. Ich will ihn. Aber wirklich so sehr, dass ich so leichtsinnig wäre, mich auf eine Fernbeziehung mit ihm einzulassen?

In diesem Moment merkt Gray endlich, dass Dex am Rande der Bühne steht. »Nie im Leben!« Er sieht mich mit großen Augen an. »Das macht er nicht, oder?«

Mir tun die Wangen weh, so breit grinse ich. »Doch.«

Ivy lässt sich auf den Stuhl neben mir plumpsen und trinkt einen großen Schluck Bier. »Jemand sollte rausgehen und nachsehen, ob Schweine angefangen haben zu fliegen.«

Mit immer noch weit aufgerissenen Augen, zu denen sich ein offen stehender Mund gesellt hat, setzt sich Gray neben sie. »Jetzt mal ohne Scheiß, was geht hier ab, Fi-Fi?«

»Wieso guckst du mich so an?« Ich blinzele so unschuldig, wie ich nur kann.

»Wenn es um Dex geht, kann es nur etwas mit dir zu tun haben.«

Ich werde der Wärme, die sich bei seinen Worten in mir ausbreitet, keine Beachtung schenken. Stattdessen sehe ich zu, wie Dex seine Songauswahl trifft und ein paar Worte mit dem Mann an der Karaokemaschine wechselt. Ich spüre ein nervöses Flattern in der Magengegend. Dex wirkt relativ locker, aber seine Schultern sind sichtlich angespannt. Verdammt, ich bin dafür verantwortlich, dass er da raufgeht. Na ja, nicht wirklich verantwortlich, schließlich war es seine Idee.

Um dich zu beeindrucken.

Er hat mehr Mumm als ich. Ich würde nie im Leben in der Öffentlichkeit singen. Wenn zwei Katzen bei Vollmond aufeinander losgehen, klingt das besser als ich.

Ich rutsche unruhig auf meinem Stuhl hin und her, beuge mich vor und lasse mich dann wieder nach hinten fallen, während Gray sein Handy rausholt, um alles aufzunehmen, und die ganze Zeit weiter davon redet, dass eher die Hölle zufriere und Dex nicht mehr alle Latten am Zaun habe. Vielleicht sollte ich es verhindern?

Als Dex das Mikro entgegennimmt und langsam die Stufen zur Bühne hinaufsteigt, geht ein Raunen durch das Publikum. Sie haben ihn erkannt. Verdammt, er wird es hassen. Ich balle die Hände zu Fäusten, als er mit gesenktem Kopf, das Mikro fest umklammernd bis zur Mitte der Bühne geht.

Scheiße. Scheiße. Scheiße.

Ich bin schon halb aufgestanden, um ihn zu stoppen, als die Musik einsetzt. Ich erkenne die ersten Akkorde. Er hat *Gold on the Ceiling* von The Black Keys ausgesucht.

»Mutige Wahl«, murmelt Gray.

Mein Herz klopft so heftig, dass ich kaum atmen kann. Und dann fängt Dex an zu singen, und mir klappt ungelogen die Kinnlade auf den Tisch. Gray und Ivy geht es nicht anders.

»Heilige Scheiße«, murmelt Gray, bevor er aufspringt und mit einem lauten Jauchzer die Faust in die Luft reckt. »Dex!« Er jubelt und springt zum Beat der Musik auf und ab.

Ethan Dexter bringt den Laden zum Kochen, er singt den Song selbstbewusst, inbrünstig und aus voller Kehle. Als seine tiefe, raue Stimme über mich hinwegwogt, werden meine Nippel so hart, dass es wehtut. Ich steige auf meinen Stuhl und johle ihm ebenfalls zu, tanze zur Musik und singe wie der Rest des Publikums den Refrain mit.

Und Dex? Er hält das Mikro mit beiden Händen, hat die Augen geschlossen und steht mit seinen kräftigen Schenkeln breitbeinig da, während er mit einem Fuß den Rhythmus klopft. Die Tattoos, der Bart, seine Muskeln – er ist so verdammt heiß, dass die Frauen im Publikum anfangen zu kreischen. Doch er scheint es gar nicht zu merken.

Dann reißt er die Augen auf und fixiert mich. Dieser selbstgefällige Mistkerl grinst, während er den Songtext schmettert und uns allen damit verkündet, dass es okay ist, wenn wir ihn bestehlen, dass sein Haus unbewacht ist. Aber ich weiß, dass die Zeilen allein an mich gerichtet sind. Er wartet auf meine Antwort.

Ich grinse zurück, wiege mich zur Musik und schwinge die

Hüften. Ich war schon auf unzähligen Partys, in Klubs und auf Konzerten. Ich hatte Beziehungen und One-Night-Stands. Ich bin mit berühmten Leuten um mich herum aufgewachsen. Und erst jetzt geht mir auf, wie gelangweilt ich immer davon gewesen bin, so zu tun als ob. Vielleicht ist das Leben so. Man lebt vor sich hin, verfällt in einen angenehmen Trott, bis etwas passiert, das einen mit einem Mal wachrüttelt. Dex langweilt mich nicht. Nicht im Geringsten. Wenn er in meiner Nähe ist, kommt mir das Leben nie wie etwas vor, durch das man sich hindurchschleppen muss.

Er beendet den Song mit einer schwungvollen Verbeugung, wirft dem Kerl an der Karaokemaschine das Mikro zu, springt dann von der Bühne und kommt geradewegs auf mich zu. Schweißperlen glänzen über seinen Augenbrauen, sein Shirt klebt an der Brust. Die Leute klopfen ihm im Vorbeigehen auf die Schulter und klatschen mit ihm ab. Auch Gray, der vor Freude ganz außer sich ist, streckt die Hand zu einem High five aus. Und die ganze Zeit über verlangsamt Dex seinen Schritt nicht. Zielstrebig kommt er auf mich zu, ohne den Blick auch nur einmal von mir zu lösen.

Jede Zelle meines Körpers scheint zu vibrieren, vor Verlangen und Freude bin ich ganz zappelig. Als er nur noch ein paar Meter entfernt ist, gehe ich ihm entgegen und werfe mich in seine Arme. Ich schlinge die Beine um seine Taille, klammere mich an ihn, suche seine Lippen, falle über ihn her.

Mit den Händen an meinem Hintern drückt er mich fest an sich, während er die Zunge tief in meinen Mund gleiten lässt.

Als wir uns voneinander lösen, sind wir beide außer Atem.

»Wusste ich doch, dass du mich austrickst«, murmele ich an seinem Mund.

Er lacht leise und ohne jedes Anzeichen von Reue. »Ich habe nie behauptet, dass ich schlecht singe, nur dass ich nicht so viel Aufmerksamkeit mag. Ich habe dir doch gesagt, dass ich nicht fair spielen würde, Kirsche.«

Ich knabbere an seiner Unterlippe. »Bring mich nach Hause, dann bringen wir deine Kirsche zum Platzen, Großer.« Als er innehält, lehne ich mich nach hinten, um ihn anzusehen. »Das war lahm, oder?«

Dex schüttelt sich, als müsste er sich wachrütteln. Er packt mich fester. »Bin mir nicht sicher. Ist das ein Ja als Antwort auf meine Frage?«

Mit den Fingern fahre ich durch sein Haar, das er heute wieder am Hinterkopf zu einem Dutt zusammengebunden trägt. »Ich werde dich auch nicht anlügen, Ethan. Trotz meiner … äh … extrovertierten Art stehe ich nicht gerade gerne in der Öffentlichkeit. Davon hatte ich als Kind schon genug.«

Er sieht mir fest in die Augen. »Ich werde dich nicht in die Öffentlichkeit zerren, Fi. Niemals.«

Ich nicke, denn ich weiß, dass er mich beschützen wird. Das liegt in seiner Natur. Doch leider weiß ich auch, wie meine Natur ist.

»Ich weiß nicht, ob mir eine Fernbeziehung reichen wird.«

Er öffnet den Mund, um etwas zu erwidern. Doch ich bringe ihn mit einem Kuss zum Schweigen, ehe er ein Wort herausbringen kann.

»Aber ich werde es versuchen, Ethan. Für dich.«

Er antwortet mir, indem er mich schnurstracks aus dem Klub führt.

13

Dex

Obwohl ich am liebsten so schnell wie möglich den Klub verlassen und mir mit Fi ein Bett suchen würde, um mich darin ausgiebig um sie zu kümmern, fahren wir mit Gray und Ivy nach Hause. Brav sitzen wir auf der Rückbank von Ivys SUV.

Gray ist das reinste Energiebündel. »Alter, du warst da oben wie ein Rockstar«, brüllt er beim Fahren über die Schulter hinweg nach hinten, sodass Ivy zusammenzuckt.

»Zimmerlautstärke, Cupcake.«

Er ignoriert Ivys Bitte und schreit weiter. »Du hast mir nie erzählt, dass du so gut singen kannst! Meine Güte, ich weiß gar nicht mehr, was ich denken soll. Meine Süße weiß, dass sie die schlechteste Tänzerin der Welt ist, und Dex ist ein verdammter Gott des Rock.«

Dafür erntet er einen Klaps auf den Hinterkopf von Ivy und ein Augenrollen von mir.

»So gut bin ich gar nicht.«

Mir ist nur allzu bewusst, dass Fi neben mir sitzt. Warm und weich lehnt sie sich voller Vertrauen an meine Schulter. Ich werde sie vögeln. Der Gedanke steht in fetten Großbuchstaben über mein Hirn gesprüht. Ich schaffe es gerade so, nicht aus der Haut zu fahren. Mein Herz schlägt in einem wilden, ängstlichen Tempo und mein Schwanz pocht vor ungeduldigem Verlangen an meinem Bein. Er möchte raus und rein. Ich atme einmal tief durch und ignoriere seine Bedürfnisse.

»Ich bin bloß ein Imitator.«

»Ein Imitator?« Fi sieht mich fragend an. Im Licht der Straßenlaternen, an denen wir vorbeifahren, taucht ihr Gesicht in regelmäßigen Abständen immer wieder aus dem Dunkel auf.

»Ja, ich kann ganz gut singen, aber auf der Bühne tue ich im Grunde nur so, als wäre ich Dan Auerbach, ahme seinen Gesangsstil und seine Intonation nach.« Ich zucke mit den Schultern. Das ist keine große Sache. Dann habe ich mich eben ein bisschen wie der Leadsänger der Black Keys angehört. Hauptsache, es hat Spaß gemacht. »Da oben ist es leicht, jemand anderes zu sein.«

Fi betrachtet mich mit durchdringendem Blick. »Trotzdem hat es dir richtig gefallen, stimmt's?«

Ich merke, wie ich grinse, als ich mich an den Energiekick und die Freude erinnere, die durch mich hindurchgerauscht sind, als ich gemerkt habe, dass ich sie entertaine.

»Ja«, sage ich leise. »Hat es.« Und weil ich mich auf einmal seltsam bloßgestellt fühle und es im Auto plötzlich viel zu still geworden ist, rufe ich Ivy zu: »Hey, was ist eigentlich aus deinem Fiat geworden?«

Ivy und Gray haben sich kennengelernt, als Gray sich ihr winziges *pinkfarbenes* Auto ausgeliehen hat. Die Jungs haben sich über ihn kaputtgelacht und ihm endlos viele Sprüche gedrückt, wenn er seinen Arsch in den Wagen gezwängt hat.

Ivys Nase kräuselt sich, als sie grinst. »Ich habe sie noch. Ich glaube, ich werde sie niemals hergeben.«

»Hüte dich«, sagt Gray. »Sie ist schließlich unser Liebesauto.«

Neben mir macht Fi ein Gesicht, als würde ihr schlecht. Sie steckt sich einen Finger in den Hals, als müsste sie bei so viel Geturtel kotzen.

Ich lache in mich hinein und rücke dichter an sie heran, während ich ihre schmale Hand in meine nehme.

»Wie dem auch sei«, bemerkt Ivy. »Mit Leo fand ich es besser, einen Familienwagen zu haben.«

»Ich habe ihr gesagt, wenn wir uns einen Minivan anschaffen, fällt mir mein linkes Ei ab.« Gray verzieht das Gesicht.

Ivy tätschelt sein Knie. »Und weil ich was für seine Eier übrighabe ...«

»Uuund Schnitt«, unterbricht Fi sie.

Gott sei Dank. Das Wort »Eier« lenkt meine Aufmerksamkeit auf meine eigenen, die inzwischen vor Sehnsucht schmerzen.

Es ist wieder still im Auto geworden. Gray dreht das Radio auf, während ich in Dunkelheit gehüllt neben Fi sitze. Die trägen Klänge der Band Flunk hüllen uns ein, und meine Wahrnehmung richtet sich auf Fis sanfte Atemzüge. Ihr Duft ist eine Mischung aus Mädchenshampoo und einem Hauch Moschus, der – das begreife ich, als ein Ruck durch meinen Unterleib geht – von ihrer Erregung kommt.

Ich werde sie vögeln. Wahrscheinlich sollte ich es netter ausdrücken – Liebe mit ihr machen oder ihrem Körper mit meinem Schwanz Ehrerbietung erweisen. Irgendetwas in der Richtung. Aber ich bin mir ziemlich sicher, dass mein erstes Mal das reinste harte, wilde Gevögel sein wird. Ich bete inständig, dass ich trotzdem länger als eine Minute durchhalte, dass ich sie befriedigen kann. Die Angst, nicht dazu in der Lage zu sein, schnürt mir die Kehle zu. Ich möchte Fi zufriedenstellen. Mehr noch. Ich will, dass sie jeden Kerl, den es vor mir gab, vergisst. Aber abgesehen von einigen Pornos, die ich mir angesehen habe, und ein wenig Recherche in Sachen verschiedener Techniken, habe ich so gut wie keine praktische Erfahrung vorzuweisen. Eine Tatsache, die meine Aussichten, ihr maximale Befriedigung zu schenken, erheblich senken. Warum habe ich nur so lange gewartet? Als Sportler weiß ich ganz genau, wie wichtig Training ist. Ich hätte nicht so viel darüber nachdenken, sondern es einfach auf dem College hinter mich bringen sollen. Mich über die Ignoranz hinwegvögeln und mir ein paar Fertigkeiten aneignen sollen, damit ich ihr gerecht werden kann.

Fi lässt den Daumen über meine Handfläche gleiten. Sie berührt sie kaum, aber es ist, als würde jeder Nerv meines Körpers die Bewegung verfolgen. Dieses hauchzarte Streicheln fühlt sich besser an als alles, was ich bisher empfunden habe. Ich wende mich ihr zu und vergrabe die Nase in ihrem Haar. Niemand auf der Welt duftet wie sie. Niemand sonst macht dieses spezielle Geräusch beim Atmen. In Wahrheit bin ich froh, dass ich mit keiner anderen zusammen war. Ich möchte keine außer ihr berühren.

Mit den Fingerspitzen wandert sie an der Innenseite meines Arms hinauf und wieder hinab. Ich spüre das Streicheln wie eine geisterhafte Berührung entlang meines Schafts. Als ich ihren intensiven Blick bemerke, wird mir klar, dass ich die Augen zugekniffen und die Kiefer fest aufeinandergepresst habe, damit ich sie nicht hier und gleich packe und auf meinen harten Schwanz ziehe.

Ich stoße den Atem aus und erwidere ihren Blick. Im Dämmerlicht des Wagens leuchten ihre großen Augen. Sie streichelt mich immer noch. Ihre Hand flattert federleicht meinen Bizeps hinab und verweilt an dem knubbeligen Knochen an meinem Handgelenk. Als sie leicht an meinem Zeigefinger zieht, fühlt es sich an, als hätte sie meinen Schwanz gepackt. Ich keuche und schlucke ein lauteres Stöhnen hinunter.

Fi beobachtet mich mit selbstvergessener Miene. Ich stehe so in ihrem Bann, dass ich vor Schreck beinahe hochfahre, als sie plötzlich etwas sagt – ein leises Murmeln, das nur für meine Ohren bestimmt ist. »Ich kann nicht aufhören, dich zu berühren.«

»Beschwere ich mich etwa?«

Ihre hübschen Lippen kräuseln sich. Doch das Lächeln erstirbt genauso schnell, wie es gekommen ist. »Das ist die längste Autofahrt meines Lebens.«

Es geht nicht anders, ich muss sie anfassen. Langsam lasse ich eine Hand an ihrem Schenkel hinaufgleiten. Ich weiß, dass sie sich unter der engen Jeans glatter als Seide anfühlt, weich und sinnlich. Sie erzittert bei meiner Berührung und presst die prallen Schenkel zusammen, als ich meine Hand auf ihre heiße Mitte lege und dagegen drücke. Sogar durch den dicken Stoff ihrer Jeans spüre ich, dass sie feucht ist.

»Willst du hier angefasst werden, Kirsche?«, flüstere ich und beobachte, wie sie glasige Augen bekommt und flatternd die Lider senkt.

Ihre kleinen weißen Vorderzähne bohren sich in die pralle Unterlippe, als sie ein Nicken andeutet.

Mir stockt der Atem. Ich drücke ein klein wenig fester zu und werde damit belohnt, dass sich ihre Lippen teilen und sie die Brauen zusammenzieht, als müsste sie sich ein Wimmern verkneifen.

Als sie mein Handgelenk packt, befürchte ich, dass sie mich wegschieben will, doch stattdessen hält sie meine Hand an Ort und Stelle fest.

Langsam und mit leichtem Druck lasse ich die Finger kreisen. »Ich möchte nirgendwo anders sein als hier«, sage ich. Meine Stimme ist ein geisterhaftes Wispern in der Dunkelheit.

Sie sinkt gegen mich, den offenen Mund an meiner Schulter, ihr Atem ein feuchtes Keuchen. Unter dem weichen Pulli zeichnen sich ihre Nippel ab. Harte Knospen, die ich mit den Zähnen bearbeiten und zwischen meine Lippen saugen will.

Ich wandere mit dem Kopf nach unten, um genau das zu tun, doch im selben Augenblick hält das Auto und der Bann ist gebrochen. Gray taucht das Wageninnere in grelles Licht, als er die Fahrertür öffnet.

Fi sucht meinen Blick. Ihre Wangen überzieht ein rosa Hauch.

Wir sind da. Und gleich wird es passieren.

Fiona

Das Herz droht mir aus der Brust zu springen, als ich Dex an der Hand nehme und schweigend die Treppe hinaufsteige. Mir ist bewusst, dass Gray und meine Schwester uns nachstarren, aber es ist mir egal. Dex folgt mir, sein Griff ist fest, seine Schritte bestimmt.

Ich mag zwar ihm voran die Stufen hochgehen, aber in Wahrheit ist er derjenige, der führt, mit seinem intensiven Blick, der sich voller heißem Verlangen in meinen Rücken bohrt. So treibt er mich an, einen Fuß vor den anderen zu setzen.

Bebend steige ich die Treppe hinauf. Es wird Dex' erstes Mal sein. Und diese Ehre lässt er mir zuteilwerden. Es überrascht mich, dass es mir so viel bedeutet. Dass *er* mir so viel bedeutet. Wenn ich mit Dex zusammen bin, mache ich mir keine Gedanken, ob ich gut genug bin. Vielmehr nehme ich meinen Körper deutlicher wahr, spüre, wie er sich anfühlt, sich bewegt und auf seinen Körper reagiert. Er versetzt mich in einen Zustand der Euphorie, die sich mit angespannter Erwartung mischt. Er macht süchtig, und ich will ihn mit Haut und Haar.

Als wir sein Zimmer betreten und die Tür hinter uns schließen, habe ich weiche Knie. Ich drehe mich um, um ihn anzusehen, vielleicht auch, um ihn zu ermutigen, doch da stürzt er sich schon auf mich. Sein Mund ist heiß, die Lippen hat er leicht geöffnet. Zielsicher holt er sich, was er will.

Mein Puls schießt in die Höhe. Ich ringe nach Luft und erwidere seinen Kuss, springe in seine Arme, als er meinen Po packt und mich hochhebt. Der Raum dreht sich und dann befinde ich mich in Dex' Bett, sitze rittlings auf seinen muskulösen Oberschenkeln, während er sich mit dem Oberkörper gegen das Kopfteil lehnt.

Als würde es ihn irgendwie wieder auf den Boden der Tatsachen zurückholen, im Bett zu sein, bremst er unser Tempo und streichelt mit einem zufriedenen Laut meine Schultern.

»Ich liebe es, wie du mich küsst«, sage ich an Dex' Lippen.

Wir tauschen die Atemluft aus, ein gehauchtes Seufzen, dann neigt er den Kopf, um seine Zunge über meine Oberlippe schnellen zu lassen.

»Und ich liebe es, wie du schmeckst«, murmelt er, bevor er mich noch einmal ausgiebig kostet.

Ich erschauere, spüre seinen Kuss bis ins Mark und zwischen meinen Beinen. »Du küsst nicht wie eine Jungfrau, Ethan.«

Er lässt die Zunge ein wenig weiter vordringen und nagt sanft an meiner Unterlippe. Dann packt er mit einem Keuchen meinen Po und zieht mich näher an sich heran.

»Und schon gar nicht verhältst du dich wie eine«, flüstere ich atemlos.

»Schätze, ich habe vergessen, das Handbuch für Jungfrauen zu lesen.« Seine Stimme dringt rau an meine Haut. »Ich hatte jede Menge Zeit, mir zu überlegen, was ich mit dir anstellen würde, wenn ich meine Chance bekomme. Viel Zeit für äußerst anschauliche, detaillierte Pläne, Kirsche.«

Er legt eine Hand an meinen Hinterkopf, umschließt ihn vollständig, und verteilt eine Reihe kleiner Küsse meinen Hals hinab.

Ich erschauere, schlinge die Arme um seinen Nacken und drücke mich an ihn, denn *ihn* an *mich* zu ziehen, würde ich niemals schaffen. Er ist zu groß. Habe ich große Kerle früher wirklich abblitzen lassen? Eindeutig ein Fehler. Es gibt so viel an ihnen zu erkunden. Ich lasse die Hände über seine Schultern gleiten, wo die Muskeln wie aus Granit gemeißelt erscheinen.

»Zieh das aus.« Ich zupfe an seinem Ärmel. Ich möchte ihn sehen, seine warme Haut spüren.

Dex saugt an einer empfindlichen Stelle an meinem Halsansatz, bevor er sich von mir löst. Dann packt er sein Shirt im Nacken und zieht es sich mit einer schnellen Bewegung über den Kopf. Die Haare fallen ihm wirr ins Gesicht, als er sich zurücklehnt und mich mit Augen betrachtet, die im Schein der Lampe die Farbe von Rauchquarz haben.

»Heilige Chilischoten«, stöhne ich keuchend.

Als er grinst, blitzen eingerahmt von seinem dunklen Bart ebenmäßige weiße Zähne auf. »Das habe ich noch nie gehört.«

Ich kriege keine Antwort heraus. Dafür bin ich viel zu sehr damit beschäftigt, ihn anzustarren. Ethan Dexters freier Oberkörper ist atemberaubend. Ich wusste, dass er gut gebaut ist, das lässt sich auch mit Klamotten kaum verbergen. Aber ihn nackt zu sehen ist eine ganz andere Nummer. Nichts an ihm ist schlank oder sehnig. Er besteht nur aus festen, definierten Muskeln. Ein Körper, der einen harten Zusammenprall wegsteckt, ohne auch nur ein wenig einzuknicken. Breite Schultern wie kleine Felsbrocken, Brustmuskeln so groß wie Essteller. Sein Bauch ist eine einzige harte Platte, und ein Stück unterhalb des Nabels beginnt ein flaumiger kleiner Pfad goldbrauner Haare. Tattoos ziehen sich wie Ärmel von seinen Handgelenken bis hinauf zu den Rundungen seiner Schultern. Ein eleganter Schriftzug, so breit wie meine Handfläche, verläuft entlang des Schlüsselbeins.

»Here be Dragons«, lese ich laut vor. »Bist du ein Drache?«

Seine Mundwinkel zucken und seine Finger an meiner Hüfte graben sich fest in mein Fleisch. Es ist eindeutig, dass er sich bei meiner Inspektion nicht ganz wohl fühlt, trotzdem lässt er mich weiter gucken.

»Kartografen haben diesen Satz früher an die Grenzen der ihnen bekannten Welt geschrieben, als Platzhalter für Orte, die noch nicht vermessen und erfasst worden waren. Er verweist auf das Unbekannte, erinnert daran zu bedenken, dass es noch Unentdecktes gibt.«

Ich sehe mir das Tattoo genauer an und erkenne dünne Längen- und Breitengrade, die unter den Wörtern verlaufen. Die Karte erstreckt sich bis zu seinen Schultern, wo zwei Seeschlangen ineinander verschlungen sind.

Als ich die Wörter nachzeichne, überkommt ihn ein Schauer, seine Nippel werden hart und … »Heilige Scheiße.« Seine linke Brustwarze ist gepierct. »Damit habe ich nicht gerechnet.«

Seine Wangen verfärben sich leicht. »Ich … äh … habe ziemlich empfindliche Haut. Tattoos und Piercings tun höllisch weh. Aber Schmerz hilft mir, mich zu fokussieren, wenn ich zu …« Er verfärbt sich noch mehr.

»Wenn du zu heiß wirst?«, schlage ich vor, während ich mit einem Finger sanft über seine Haut fahre. Ich kann nicht aufhören, ihn zu berühren.

»Ja.«

»Du hast ziemlich viele Tattoos, Ethan.«

Sein Blick brennt auf meiner Haut. »Ja.«

Ich halte es fast nicht aus, als ich mir all die unterdrückte Lust und das Verlangen vorstelle und mir klar wird, dass sich diese jetzt ganz allein auf mich richten. Ich berühre das Piercing, einen kleinen silbernen Barbell.

Dex stöhnt und schiebt mir die Hüften entgegen. Unter

gesenkten Lidern hervor sieht er mich an, seine Lippen sind leicht geöffnet.

»Gefällt dir das?«, flüstere ich, berühre das Schmuckstück noch einmal und zupfe leicht daran.

Seine Finger krallen sich um meine Schenkel, und die riesige Erektion in seiner Jeans erhebt sich noch mehr.

Ich stütze die Hände auf seine Schultern und streichle seine glatte, weiche Haut. »Hast du auch nur die leiseste Ahnung, wie verdammt sexy du bist?« Ich drücke bedächtig einen zarten Kuss auf die Kuhle an seiner Kehle.

Er schluckt schwer. »Ich glaube dir alles, was du sagst.«

Ich brumme zustimmend und küsse ihn zwischen die Brustmuskeln, während ich mich zu dem verführerischen kleinen Nippel vorarbeite.

Ein Stöhnen bricht aus ihm hervor, als ich den festen, kühlen Barbell in den Mund sauge und das Knöpfchen seiner Brustwarze mit der Zungenspitze bearbeite. Er steht so unter Spannung, dass sein Körper regelrecht bebt. Mit den Fingern knetet er meine Schultern, als könnte er sich nicht entscheiden, ob er mich aufhalten oder weitermachen lassen soll.

Seine Reaktion stachelt mich an. Vorsichtig nehme ich den kleinen Knopf zwischen die Zähne und zwicke hinein, während ich gleichzeitig an dem Metallschmuck ziehe.

»Oh, verdammt, Kirsche …« Er wirft mich fast von seinem Schoß, als er die Hüften nach vorn stößt und den Rücken durchdrückt. Dabei bin ich noch nicht mal in die Nähe seines Schwanzes gekommen.

Allerdings will ich dort jetzt unbedingt hin. Ich lächle und streife mit den Zähnen die Senke entlang, die seinen Bauch in zwei Hälften teilt.

Dex keucht unter mir. Ich weiß, dass er mir zusieht. Ich richte mich ein wenig auf, sodass er besser zuschauen kann. Dann lasse ich meine Zunge hervorschnellen und tauche sie in seinen Bauchnabel.

»Du willst mich fertigmachen«, raunt er.

»Im allerbesten Sinne.« Ich reibe mit der Nase an der Linie aus Haaren an seinem unteren Bauch entlang, während ich an seinem Hosenschlitz herumfummele. Die Jeans spannt über seinem Schwanz. Mit einem lauten Ratschen öffnet sich der Reißverschluss, als ich an der Hose zerre.

Es gefällt mir, wie er nach Luft schnappt und sich seine Bauchmuskeln senken, als hätte er fast schon Angst vor meiner Berührung. Doch im nächsten Augenblick schiebt er die Hüften vor, als wollte er sagen: *Bitte, bitte, wandere noch tiefer.*

Mit der Zunge fahre ich über straffe Haut, unter der die Muskeln zucken, und klappe langsam seine Jeans im Schritt auf. Krause braune Haare erwarten mich. Oh Mann, unter dem Stoff befindet sich nur purer Dex. Sein Schwanz gleitet heraus und richtet sich Aufmerksamkeit heischend auf.

»Meine Güte«, krächze ich.

»Was?« Sein heiseres Flüstern dringt zu mir herunter, und als ich hochschaue, bemerke ich seine geröteten Wangen, seinen benommenen Gesichtsausdruck. Er keucht, ein dünner Schweißfilm glänzt auf seiner Brust.

»Gib mir eine Sekunde«, sage ich und strecke die Hand aus, um seine warme Haut zu streicheln.

Er ist so verdammt hart, dass er pulsiert. Als Dex schluckt, hüpft sein Schwanz unter meiner Berührung. Ich muss einmal tief durchatmen, um mich zu beruhigen. Manche Frauen mögen keine Schwänze oder sind zumindest keine Fans von ihrem Aussehen. Ich dagegen schon. Mir gefällt alles an der männlichen Anatomie. Und Dex' Ausstattung ist wunderschön. Er ist so breit, dass ich schon bei seinem Anblick ahne, dass es problematisch werden wird, ihn ganz in mich aufzunehmen, und so lang, dass ich weiß, ich werde jeden seiner Stöße spüren. Allein bei der Vorstellung presse ich in freudiger Erwartung die Schenkel zusammen.

Aber das ist nicht das Einzige, was meine Aufmerksamkeit erregt. Er hat noch ein Piercing. Silberne Kugeln glitzern am Ansatz seiner breiten Spitze. Eine über und eine unter dem Rand. Ich bin noch nie mit einem Typ zusammen gewesen, der gepierct war, aber ich habe Geschichten darüber gehört. Ich weiß, dass diese kleinen Perlen genau die richtigen Stellen in mir treffen werden.

Mit dem Daumen reibe ich über die größere der beiden Kugeln, die über dem Rand, und Dex zieht scharf die Luft ein. Aber er rührt sich nicht, sondern wartet ab, was ich sage.

»Also das hier«, ich reibe noch einmal darüber und genieße, wie er vor Wonne zusammenzuckt, »stechen zu lassen, muss wirklich wehgetan haben.«

»Du hast ja keine Ahnung«, sagt er mit rauer Stimme.

»Wann?« *Und warum?*

Dex leckt sich über die Unterlippe. »Nach der Hochzeit. Du hattest dich auf der Feier bis auf diesen grünen BH und ein winziges Höschen nackig gemacht. Mein wandelnder feuchter Traum. Ich hätte es damals schon bei dir versuchen sollen.«

Damals war ich noch nicht bereit für ihn. Ich hatte nur wilde Partys im Kopf und habe mich nebenher durchs College geschleppt. Ethan hätte ich auf keinen Fall so zu schätzen gewusst, wie er es verdient.

Ich streiche an der Unterseite des Eichelrands entlang, wo die kleinere der beiden Kugeln sitzt.

Seine Hüften zucken, und er zieht zischend die Luft ein.

»Du hättest dir eine andere suchen können«, murmele ich.

»Weißt du, wie viele Frauen alles dafür tun würden, um mit dir ins Bett zu gehen?«

»Aber ich wollte keine andere«, flüstert er. »Nur dich.«

Mir vorzustellen, dass er mich so dringend wollte, haut mich um. So viel aufgestautes Verlangen hinter so einer ruhigen Fassade, das jagt mir Angst ein. Und gleichzeitig bringt es mich dazu, über ihn herfallen und ihn nie wieder hergeben zu wollen.

Er hat die ernst dreinblickenden, von dichten Wimpern umrahmten Augen weit aufgerissen und unverwandt auf mein Gesicht gerichtet, während sich seine breite Brust unter jedem heftigen Atemzug hebt und senkt.

»Die haben nicht die leiseste Ahnung, oder?« Meine Stimme ist kaum ein Flüstern.

Er hält inne und seine Oberkörpermuskeln verspannen sich, während er meinen starren Blick erwidert. Ich brauche nichts weiter zu erklären, er weiß genau, was ich meine, und schüttelt fast unmerklich den Kopf, während seine Kehle sichtlich arbeitet, als er hart schluckt. Nein. Niemand sieht ihn so wie ich. Weil er es nicht zulässt. Er war immer zufrieden damit, im Hintergrund zu bleiben, sich als Unterstützung anzubieten, wenn sie gebraucht wurde. Nie hat er Ansprüche gestellt – bis ich kam. Ich sehe Dexter so, wie er ist, und er leuchtet für mich. Wenn ich mich in seiner Umlaufbahn befinde, brenne ich heißer als die Sonne.

Als ich tief einatme, fühlt sich die Luft in meiner Kehle heiß und trocken an. Ich bin unglaublich heiß auf ihn. Aber es geht hier nicht um mich. Zumindest jetzt noch nicht.

Ich lasse meine Hand einmal über seine Stange gleiten, wobei ich die seidige Haut kaum berühre. Trotzdem geht ein Zittern durch seinen ganzen Körper und er macht ein verkniffenes Gesicht, als erlebte er zugleich Folter und Ekstase.

»Ab jetzt wird nicht mehr nachgedacht, Ethan. Zeig mir, wie du es haben willst.« Als ich einen Kuss auf die runde Spitze seines Schwanzes drücke, schnellt er gegen meine Lippen. Begierig, so unfassbar begierig. Ich sehe ihm weiterhin in die Augen. »Du musst es mir zeigen.«

Seine Nasenflügel beben, als er scharf die Luft einzieht, dann streckt er einen Arm nach mir aus und umschließt meinen Hinterkopf mit seiner großen Hand. Lange Finger schieben sich in mein Haar. Er hält mich gerade mit so viel Druck fest, dass ich ihn an meiner Kopfhaut spüre. Verdammt, ich spüre seine Berührung sogar zwischen den Schenkeln, die zucken, als er meinen Kopf langsam wieder zu seinem Schwanz führt. Mit ernstem Blick sieht er auf mich hinunter. Seine Stimme ist ein tiefes Rumoren. »Aufmachen.«

Oh. Mein. Gott.

Meine Lippen teilen sich beinahe automatisch, ich atme keuchend. Aber er schiebt sich nicht in meinen Mund. Nein, er will mich quälen, indem er seine freie Hand um den breiten Schaft schließt und mit dem dicken, geschwollenen Kopf langsam über meine Oberlippe streicht. Die kühle Metallkugel gleitet dabei über den Rand meiner Lippe und ist ein so starker Kontrast zu seiner heißen Haut, dass sich tief aus meinem Innern ein Stöhnen Bahn bricht. Freiwillig öffne ich den Mund weiter. Ich möchte ihn auf meiner Zunge schmecken.

Sein Blick brennt. »Leck ihn.«

Und das tue ich. Neckend lasse ich die Zunge einmal kurz über den kleinen Spalt an seinem Schwanz schnellen.

Seine Nasenflügel beben. »Mehr, Kirsche. Leck ihn schön langsam.«

»So?« Ich fahre mit der flachen Zunge um seine Krone und schlecke an ihm, als wäre er ein Waffeleis.

Ethan beißt sich auf die Unterlippe, während sich seine Lider flatternd senken. Irgendwie schafft er es, mir zuzunicken. Ich tue es noch einmal, wofür ich ein Stöhnen von ihm ernte.

»Oh Mann, Fi … Vielleicht … ah … Gott, Kirsche, mach mit mir, was du willst. Ich gehöre dir. Ich gehöre ganz dir.«

Er liegt ausgestreckt da, sein langer Körper nimmt das ganze Bett ein. Einen Arm hat er über die Stirn gelegt und er kaut auf seiner Unterlippe, als hätte er Schmerzen. Er sieht so lustvoll und begehrlich auf mich hinunter, dass er beinahe hilflos wirkt – er, dieser riesige, starke Kerl. Mein Kerl.

Ich küsse die Spitze noch einmal, lächle zu ihm hoch und nehme ihn dann tief in den Mund.

Dex stöhnt laut und tief, ein ersticktes »Oh«, das aus seiner Kehle dringt, während er den Rücken durchdrückt und mir dadurch fast aus dem Mund rutscht.

Ich lege die Finger um seinen Schaft und lasse die freie Hand beruhigend an seinem Schenkel auf und ab gleiten, während ich mit der Zunge sein Piercing bearbeite.

»Fuck, fuck, fuck!« Er nimmt das Laken zwischen die Fäuste und zieht es von der Matratze, als er mit den Hüften zuckt und sich windet.

Die Lippen um seinen Schwanz geschlossen, lächle ich. Gleich.

Ethan zu quälen, ist auch eine Qual für mich. Ich bin so heiß, dass meine Schenkel zittern und meine Nippel regelrecht schmerzen. Ich beuge mich über ihn und stütze die Handflächen auf seine kräftigen Schenkel. Er ist so groß und hart in meinem Mund, dass mein Kiefer wehtut. Doch das ist mir egal. Das hier könnte ich jeden Tag machen.

Ich lasse mir Zeit damit, jeden mächtigen, prachtvollen Zentimeter von ihm zu erkunden, umfasse seine schweren Eier und massiere sie sanft in der Hand, worauf er eindeutig total steht.

»Zieh daran«, flüstert er beinahe verzweifelt.

Als ich gehorche, erbebt sein ganzer Körper.

»Fi … Fi, ich werde …« Er leckt sich über die Lippen und blickt zu mir herunter, als hätte er die Fähigkeit zu sprechen verloren.

Aber ich weiß, was er sagen will. Und ich will, dass er mit einem Paukenschlag kommt.

Sein energiegeladener Körper gehorcht meiner Berührung. Es ist berauschend. Und als er mit einem gequälten Stöhnen explodiert, sich mir ganz und gar hingibt, verfalle ich ihm restlos.

14

Dex

Fantasie und Realität sind nie dasselbe. Davon, wie Fiona Mackenzie meinen Schwanz lutscht, habe ich häufiger fantasiert, als ich zugeben mag. Aber nicht einmal ist es der Realität auch nur im Entferntesten nahegekommen. Die vagen, bruchstückhaften Erinnerungen an das einzige andere Mädchen, das mir diesen Dienst vor vielen Jahren erwiesen hat, wollte ich mir dabei nicht ins Gedächtnis rufen. Die gehörten nicht in die Nähe von Fi. Also blieb mir nur meine Vorstellungskraft. Und die ist eine lahme Kröte im Vergleich mit Fis warmem, seidigem Mund und der Art, in der sie ihre zarten Hände über mich gleiten lässt, mich streichelt und verwöhnt, als wäre meine Lust, mein *Verlangen* alles, was zählt.

Es haut mich vollkommen um. Ich möchte mich ihr zu Füßen werfen und ihr ewige Ergebenheit schwören. Wenn ich so auf einen Blowjob reagiere, wage ich mir kaum vorzustellen, was passiert, wenn ich endlich in ihren sexy Körper eindringe. Wahrscheinlich bekomme ich davon ein verdammtes Aneurysma oder so. Ich keuche jetzt schon, als wäre ich dreißig Drills am Stück gelaufen. Meine Haut ist feucht vom Schweiß, sodass meine Jeans klamm an den Oberschenkeln klebt. Ich will sie ausziehen. Alles ausziehen. Nichts soll sich mehr zwischen uns befinden.

Ich bin total durch den Wind. Mit zitternden Händen greife ich unbeholfen nach Fi und ziehe sie an meiner Brust hoch, damit ich sie küssen kann.

Sie lässt es bereitwillig geschehen. Ihre Lippen teilen sich und sie wickelt die Zunge um meine. Sie schmeckt nach mir, nach sich selbst, nach uns.

Der Gedanke, dass wir zu einem »Uns« geworden sind, bringt mich dazu, die Finger in ihre Haare zu schieben und sie festzuhalten. Mein Kuss ist nicht gekonnt, nur begierig. »Ich brauche dich nackt. Ich muss dich berühren.«

Sie nickt, küsst mich noch einmal und versucht, den Saum ihres Pullis zu fassen zu kriegen. Ich halte sie zu fest an mich gedrückt, will sie keine Sekunde loslassen. Ich helfe ihr und lehne mich dann zurück, um mich aus meiner Jeans zu winden.

»Ich wollte nicht kommen«, stoße ich hervor.

Es hört sich wie ein Vorwurf an, ist aber gar nicht so gemeint. In ihr zu kommen war der absolute Wahnsinn. Sie hat mich ganz in sich aufgenommen und mit ihrem heißen Mund an meinem Schwanz gesaugt, als bräuchte sie ihn zum Überleben. Dabei habe ich mich zugleich höllisch schwach und wie ein Gott gefühlt. Fi hatte mich ausgewählt. Von allen möglichen Kandidaten will sie mich.

»Das wird nicht das einzige Mal gewesen sein«, versichert sie mir und knabbert mit den Zähnen an meinem Hals. »Ich wollte nur etwas den Druck rausnehmen.«

Wohl eher mein primitives Ich entfesseln, das mir einflüstert: *Nimm sie jetzt, und zwar hart.* Nur scheinen mir meine Gliedmaßen irgendwie nicht mehr zu gehorchen. Verdammt, mein Schwanz richtet sich schon wieder auf. Ich bin mir ziemlich sicher, dass er über Tage immer wieder hart und startklar sein wird.

Fi lacht, ein weicher und gleichzeitig ein wenig heiserer Laut. Ich weiß, dass es daran liegt, dass ich in meiner Jeans feststecke. Der Stoff hat sich um meine Knöchel verheddert. Fi greift danach und befreit mich.

Jetzt bin ich nackt und sie ist es nicht. Das muss behoben werden.

»Runter damit.« Ein Ruck, dann segelt ihre schmale Skinny Jeans quer durchs Zimmer.

»Wow, Großer«, sagt sie unter erneutem Lachen, während ihre grünen Augen funkeln. »Warte mal eine Sekunde.«

Ich habe vierundzwanzig Jahre lang gewartet. Aber ich atme trotzdem durch und entspanne mich. Was auch immer Fi möchte, sie bekommt es von mir.

Schwer schluckend setze ich mich auf und presse die Fäuste auf meine Schenkel, damit ich die Hände nicht nach Fi ausstrecke. Sie sieht so hübsch aus in ihrem rosafarbenen Spitzen-BH und dem dazu passenden Höschen, dass ich mich kaum beherrschen kann.

Sie senkt den Kopf und streicht sich eine Haarsträhne hinters Ohr. »Ich habe eine Spirale.«

»Echt?« Ich sollte vermutlich nicht ganz so schockiert und blöd klingen, aber es ist mir einfach so rausgerutscht, weil ich abgelenkt bin. Das hört sich nach etwas an, was Mädchen in einer ernsthaften Beziehung haben. Ich hasse den Gedanken, dass Fi vor mir einen festen Freund hatte.

Sie sieht mir in die Augen. »Ich weiß, das hört sich … krass an. Aber nachdem Ivy …« Sie beißt sich auf die Lippe und zuckt mit den Schultern. »Ich wollte einfach nur besonders vorsichtig sein.«

Ich nicke, jetzt verstehe ich. Ivy wurde schwanger, als Gray im Collegeabschlussjahr war. Sie hatten das Baby nicht geplant, und dann erlitt Ivy eine Fehlgeburt. Gray war am Boden zerstört, und ich habe viele Abende damit verbracht, mit ihm und Drew Videospiele zu zocken, um ihn abzulenken. Später, als sie verheiratet waren und Ivy erneut schwanger wurde, war Gray das reinste Nervenbündel, bis Ivy ins zweite Schwangerschaftsdrittel kam und er ein Ultraschallbild des lebendigen, gesunden Babys in Händen hielt. Ich kann mir gut vorstellen, dass Fi ebenso viel von Ivys Schmerz mitbekommen hat.

Sanft reibe ich mit einer Hand über ihren nackten Oberschenkel. »Okay.«

Fi legt eine Hand auf meine. »Ich bin gesund. Ich habe mich untersuchen lassen, nachdem mit meinem letzten Freund Schluss war. Es gibt eine E-Mail mit den Ergebnissen.« Sie will nach ihrem Handy greifen, aber ich halte sie auf, indem ich sie an der Schulter fasse.

»Ich glaube dir.«

Komischerweise zieht sie die Stirn kraus. »Das solltest du nicht. Glaube niemals einfach so, was dir irgendein Mädchen erzählt. Es gibt jede Menge Lügnerinnen und Betrügerinnen, die es auf Profisportler abgesehen haben. Verflucht, am besten solltest du checken, ob ich auch wirklich eine Spirale habe …«

Ich küsse sie, ohne Zunge, presse nur meine Lippen auf ihre, um ihren Wortschwall zu unterbrechen.

Blinzelnd sieht sie zu mir hoch, als ich mich wieder zurückziehe.

»Kirsche, es geht hier nur um dich und mich. Also hör auf, von anderen Frauen zu reden. Ich vertraue dir, und es ist mir scheißegal, ob du findest, dass das falsch von mir ist.«

Sie zieht einen Schmollmund, muss sich aber ein Lächeln verkneifen. »Wie dünnhäutig.«

»Na ja, es kotzt mich eben an, wenn du dir mich zusammen mit einer anderen vorstellst.«

»Der Gedanke kotzt mich auch an, Großer.«

»Gut.« Mit dem Daumen streichle ich über ihren angespannten kleinen Mundwinkel. »Also, ist das deine Art, mir zu sagen, dass du kein Kondom benutzen möchtest?«

Die Vorstellung stellt lustige Dinge mit meinem Bauch an.

Lässt mich an »für immer« denken, an Treue und daran, endlich in Fi zu sein.

»Du grinst«, bemerkt sie.

»Stimmt.« Ich grinse noch ein bisschen breiter und küsse ihre duftende Halsbeuge.

Fi neigt den Kopf, damit ich besser an sie herankomme. »Es ist dein erstes Mal, Ethan. Du sollst die Erfahrung voll auskosten können.«

So zart ich nur kann, fahre ich mit der Zungenspitze an ihrem Hals hinauf und genieße es, wie sie dabei erschauert. Als ich an ihrem Mund ankomme, tauche ich hinein, um mir eine Kostprobe zu holen. Sie stöhnt auf und öffnet die Lippen weiter. Gott, sie ist so köstlich. Mein. Ganz und gar mein.

Ich schiebe die Finger in ihr Haar und halte sie fest. »Könnte ich die Erfahrung dann bitte jetzt auskosten?«

Sie kichert, wobei der Laut durch meine Lippen gedämpft wird, und schlingt die Arme um meinen Hals, um mich näher an sich zu ziehen. »Du kannst alles haben, Ethan.«

»Sei gewarnt, Kirsche, ich werde es mir ganz sicher auch nehmen.«

Und damit ziehe ich sie auf meinen Schoß. Eine rasche Bewegung mit zwei Fingern am Verschluss ihres BHs und schon rutscht er hinunter. Ich umfasse ihre Brüste und streife mit den Lippen über eine ihrer steifen Knospen, bevor ich sie tief einsauge und so viel von ihrer Brust in den Mund nehme, wie ich nur kann. Gierig, ich bin so wahnsinnig gierig nach ihr. Ich liebe es, wie sie stöhnt und sich mir entgegendrückt. Ich möchte mehr solche Laute von ihr hören. Mit den Zähnen zwicke ich sie gerade so fest, dass sie es spürt und sich windet. Schmerz und Lust.

Ich weiß, wie sich mein Geständnis angehört haben muss. Dass ich mich an der schmerzhaftesten Stelle überhaupt piercen lassen habe, weil ich ein so großes Verlangen nach ihr verspürt habe. Aber ich habe es nicht nur aus einem Impuls heraus stechen lassen. Ich wusste, der Schmerz würde irgendwann nachlassen und dann würde nur noch Lust zurückbleiben. Zusätzliche Lust für mich und die Person, mit der ich zusammen wäre. Ja, ich hatte mir immer vorgestellt, dass Fi diese Person sein würde. Ganz egal, ob ich gerade mal wieder versuchte, sie mir aus dem Kopf zu schlagen, am Ende landeten meine Gedanken immer wieder bei ihr. Sie ist meine Nummer eins, ob ich will oder nicht. Ich will nichts mehr als sie. Und jetzt werde ich sie endlich kriegen.

Auf einmal löst sich jede unterschwellige Nervosität vor dem ersten Sex auf wie Nebel in der Sonne, einfach so. Ich drücke ihren Oberkörper sanft aufs Bett und fasse an ihr Höschen. Der Weg, den dieses kleine Stückchen Seide an ihren Beinen hinab nimmt, scheint endlos, wie die reinste Folter.

Fi kichert und kickt es beiseite. Ich habe noch nie ein Mädchen wie sie kennengelernt. Sie ist nicht schüchtern, aber auch nicht arrogant. Sie weiß, dass ich es nicht erwarten kann, sie zu sehen. Das zeigt sie mir mit der Art, auf die sie daliegt – einen Arm über den Kopf drapiert, während der andere auf meiner Schulter ruht. Mit der Art, auf die sie zu mir hochsieht, als wollte sie sagen: *Ich gehöre dir, tu mit mir, was du möchtest.*

Als ich stöhnend den Atem ausstoße, zittert mein Körper wie Espenlaub. Dabei bin ich dermaßen aufgeheizt, dass ich das Gefühl habe, kaum Luft zu bekommen. Ich kann nicht aufhören, über ihre Kurven zu streicheln. Ihre Haut ist so zart und weich, dass ich sie ewig berühren könnte. Ich kann nicht aufhören, auf ihre aufgerichteten dunkelrosa Nippel zu starren, auf die spitzen, samtigen Brüste, die genau in meine Handflächen passen, auf den Schwung ihrer Taille und die üppige Wölbung ihrer Hüften, das kleine Dreieck aus goldfarbenen

Löckchen in der Farbe von gesponnenem Zucker. Sie ist so umwerfend, so perfekt, dass es sich anfühlt, als müsste mein Herz platzen.

Ihre prallen Lippen krümmen sich zu einem Lächeln. »Also, ich weiß, dass sogar ein jungfräulicher Footballspieler schon nackte Frauen zu Gesicht bekommen haben muss.«

Sie hat recht. Wenn Sportstars in der Nähe sind, sind die Mädchen nicht schüchtern. Ich habe schon jede Menge von ihnen gesehen. Alle möglichen Figuren, Größen und Hautfarben.

»So anders kann ich nicht sein«, sagt Fi.

Ich lasse meine Hand auf ihrer kurvigen Hüfte liegen, genau auf der abfallenden Stelle, wo sie in ihren knackigen Hintern übergeht. »Oh doch.« Eine kleine Falte erscheint zwischen ihren Augenbrauen, und ich beuge mich hinunter, um meine Lippen darauf zu drücken. »Du bist mein. Das ist ein Riesenunterschied.«

Ich kann spüren, dass sie lächelt. Sie legt die Hände in meinen Nacken und schickt heiße Blitze über meinen Rücken, als sie mit den Fingern an meiner Wirbelsäule hinabfährt. »Nimm mich, Ethan.«

Mir ist nicht mal bewusst, dass ich mich bewege, aber ich küsse sie so stürmisch und intensiv, als bräuchte ich sie zum Atmen. Weiche Lippen, ein warmer, feuchter Mund. Ich lasse meine Zunge wieder und wieder hineintauchen, brauche mehr. Ich schiebe mich über sie, sodass meine Hüften zwischen ihren Beinen liegen. Verdammt, sie ist so viel kleiner als ich, zart und zerbrechlich. Ich möchte sie nicht zerdrücken. Doch als sie die Beine weiter spreizt und dabei in meinen Mund stöhnt, möchte ich einfach nur auf sie herabsinken, bis jeder Zentimeter meiner Haut ihre bedeckt.

Mein Schwanz liegt vor der feuchten Öffnung zwischen ihren Beinen und ist so hart, dass er wehtut. Ich kann nicht anders, als meine Hüften zu bewegen, an ihrer süßen Mitte auf und ab zu gleiten, mich daran zu reiben. Aber es reicht nicht. Ich will hinein. Der Drang danach nimmt beinahe animalische Züge an.

Mit zusammengebissenen Zähnen stütze ich mich auf einen Ellbogen und schiele auf sie hinunter. »Okay?« Ich weiß nicht, ob ich sie frage oder mich selbst. Ich zittere wieder. Bei diesem Mädchen zittere ich ständig. Sie könnte mich mit einem Wort, einem Blick zerreißen und ahnt es nicht einmal.

Oder vielleicht doch. Sie lächelt zärtlich, als sie mir mein wirr ins Gesicht fallendes, feuchtes Haars zurückstreicht. »Perfekt, Ethan.«

Ich sauge angestrengt Luft in meine Lungen und kippe mein Becken, hebe es so weit an, dass die pulsierende Spitze meines Schwanzes ihre Öffnung erreicht. So warm und feucht. Ich schlucke krampfhaft. Mein Herz droht, aus der Brust zu springen, so heftig klopft es.

»Fi«, flüstere ich und schaue ihr prüfend in die Augen.

Sie lässt eine Hand an meiner Wirbelsäule hinab zu meinem Hintern gleiten, packt ihn fest und drängt mich so dazu, mich zu bewegen.

Und dann schiebe ich mich weiter in sie. Und weiter. Mir entweicht ein zerrissenes Stöhnen, das sich anhört, als hätte ich Schmerzen, dabei bin ich in Wirklichkeit im Himmel. Einem engen, feuchten, heißen Himmel. Ich glaube, ich schluchze. Ich weiß es nicht. Meine einzigen Gedanken lauten *mehr* und *sofort*. Ich schiebe mich in sie, bis sie zu eng wird und es nicht weitergeht. Dann ziehe ich mich zurück.

Heilige Scheiße, das Hinausgleiten ist fast genauso gut. Aber ich muss wieder zustoßen. Härter. Tiefer. Also tue ich es, bahne mir einen Weg hinein, kämpfe um jeden Zentimeter und genieße jede verdammte Sekunde.

Unter mir schließt Fi flatternd die Lider, drückt den schmalen Rücken durch und schiebt sich mir entgegen. Sie ist so zerbrechlich. Und trotzdem, Gott, wie sie ihre Beine noch weiter spreizt, leise wimmert und nach Luft ringt, als sehnte sie sich verzweifelt danach, dass ich es ihr hart besorge. Ich brauche meine ganze Willenskraft, um nicht wie eine Bestie in sie zu rammeln. Denn vorher muss ich mir sicher sein.

»Gut?«, flüstere ich. Meine Stimme reibt in der Kehle, als ich keuche, meine zitternden Arme habe ich zu Fis Seiten abgestützt.

»So … was … von …« Sie schluckt schwer, hebt die Hüften an und schiebt sich so selbst weiter auf mich.

Eng, so eng. Glatte, feuchte Wände umschließen mich fest. Mein pulsierender, steifer Stab stupst noch ein kleines Stück tiefer hinein.

»Gefällt es dir, komplett von meinem Schwanz ausgefüllt zu werden?«

»Oh, ja!« Ihre harten Nippel reiben an meiner Brust entlang. »Mehr«, verlangt sie. »Mehr!«

Also gebe ich ihr mehr, stoße in die perfekte Enge ihrer heißen Mitte. Bis ich die hintere Wand berühre. Für eine Sekunde halte ich absolut still, mein gesamter Körper drückt angespannt gegen ihren. Ich schließe die Augen und beiße die Zähne zusammen. Ein heißer Schauer züngelt über meine Haut. Mein Schwanz pulsiert so heftig, dass ich die Wellen selbst in meinem Hintern und bis hinunter in die Oberschenkel spüre.

Nicht kommen. Verdammt noch mal, nicht kommen!

Als ich Luft hole, brennt der Atem in meinen Lungen.

Dann berührt sie mich, streift mit den Fingern an meiner Wange entlang. »Ethan.«

Ich bemerke, dass sie zu mir hochschaut, ihre Wangen sind gerötet und mit Schweiß benetzt. Sie ist so schön, dass es mir die Sprache verschlägt.

Mit dem Daumen streichelt sie meine Haut. »Jetzt, Baby.«

Ein Stöhnen dringt aus meiner Brust. Ich vergesse mich und stoße in blindem Verlangen in sie. Es fühlt sich so gut an, so verdammt gut, dass mein gesamter Körper mit einem Mal regelrecht in Flammen steht. Ich kann nicht anders, als hinunterzusehen und zu beobachten, wie ich, härter, als ich je war, und von ihrer herrlichen Feuchtigkeit glänzend, in ihrer Enge versinke und wieder herausgleite. Bei dem heißen Anblick schaltet meine Wahrnehmung auf höchste Stufe. Ich stoße härter zu, liebe sie mit meinem ganzen Körper.

Doch ich will ihr gerecht werden. »Sag mir, was ich machen soll«, krächze ich an ihrem Mund. »Sag mir, wie ich dich befriedigen kann.«

Sie atmet flach und schnell, ihre Arme liegen schlaff um meine Schultern. »Das, was du gerade machst …« Sie verändert unter mir leicht die Position und zieht konzentriert die Augenbrauen zusammen.

So verdammt schön.

»Schieb dich nach oben, wenn du zustößt. Genau …« Ihr stockt der Atem, als ich tue, wonach sie verlangt. »Ja! Genau da. Genau da, Ethan.«

Ich tue es wieder. Beobachte sie dabei. Ich liebe es, wie sie vor Lust ihr hübsches Gesicht verzieht, wie sie wimmert und bettelt, wenn ich diesen bestimmten Punkt in ihr treffe. Und jedes Mal bewegt sich mein Piercing dabei und wird straff gezogen, was heftige Empfindungswellen meinen Schwanz entlangsendet.

Ich vögele sie, bis sich meine Eier vor Erregung so zusammenziehen, dass ein Kribbeln mein Rückgrat hinabläuft. »Kirsche, ich bin ganz kurz davor. Ich will nicht …« Ich stoße erneut zu und stöhne auf. Lust durchfährt mich wie ein Donnerschlag. »Ich will nicht ohne dich kommen.«

Sie macht große Augen, ihr Blick wirkt verschwommen. »Saug an meinem Nippel und nimm mich, Ethan.«

Oh Mann, bei ihren Worten muss ich mich beherrschen, nicht auf der Stelle zu kommen. Keuchend recke ich den Hals, finde ihre steife Knospe und ziehe sie tief in den Mund.

Sie stöhnt und windet sich unter mir, als versuchte sie zu entkommen. Nur dass sie gleichzeitig mein Haar packt und mich an sich zerrt, als befürchtete sie, ich könnte aufhören.

Was ich auf gar keinen Fall tun werde. Kraftvoll stoße ich in sie. Gebe ihr mehr. Nehme mir mehr.

Bis Fi einen Schrei ausstößt und ihr schlanker Körper sich mir entgegenbäumt. Ihre inneren Wände ziehen sich rhythmisch pulsierend um meinen Schwanz zusammen.

Und dann gibt es kein Halten mehr für mich. So gut. So gut, dass ich nicht mehr denken kann. Ihr Nippel gleitet mit einem Ploppen aus meinem Mund, und ich vergrabe das Gesicht an ihrer schweißglatten Halsbeuge, während ich aufschreie und in sie stoße, bis ich so heftig komme, dass ich nicht mal mehr meinen Namen kenne. Nur noch ihren.

»Fi!«

15

Fiona

Ich wache spät auf. Okay, vorhin bin ich schon mal wach geworden, als Dex in mich geglitten ist und mich in einem genüsslichen, fast schon trägen Tempo gevögelt hat. Ich war wund und er auch. Aber das hat keinen von uns beiden daran gehindert weiterzumachen. Nicht ehe ich komplett den Verstand verlor – was jedes Mal passiert, wenn er in mich eindringt.

Sein Piercing? Halleluja, gesegnet sei die unerschrockene Seele, die sich dachte: *Ich werde meine Männerkrone verzieren.* Nichts, wirklich *nichts* auf dieser schönen Erde ist so gut wie das Gefühl, wenn Dex' mit seinem dicken, gepiercten Schwanz immer wieder in mich stößt. Na ja, eine Sache vielleicht doch. Zeugin zu werden, wie Ethan Dexter kommt. Ich schwöre, ich könnte schon einen Orgasmus kriegen, wenn ich nur dabei zuschaue, wie sein großer Körper anfängt zu beben und er die Augenbrauen hochzieht, als hätte er Schmerzen. Aber hauptsächlich liegt es an der Art, wie er sich dem Akt hingibt, wie er in mich stößt, als müsste er sterben, wenn er damit aufhören würde, und an seinen fast schon verzweifelten Lauten, die irgendetwas zwischen Wimmern und Stöhnen sind. Jedes Mal, wenn sich dieser große, starke, sonst so verschlossene Mann mir hingibt, verfalle ich ihm ein bisschen mehr.

Ich wollte, dass er mit mir im Bett bleibt oder es am besten nie wieder verlässt. Aber Gray, die Nervensäge, fing an, ihm zu texten, und rief dann die Treppe hoch, dass Dex gefälligst seinen Arsch hochkriegen und sich fertigmachen solle.

»Er wird nicht aufgeben«, hat Dex gemurmelt.

»Dass ist irgend so eine kranke Racheaktion, oder?« Ich ließ mich in die Kissen zurücksinken.

»Kerle sind in der Hinsicht ziemliche Arschlöcher.« Er setzte sich stöhnend auf.

Während er duschte, um anschließend mit Gray trainieren zu gehen, bin ich in einen glückseligen, tiefen Schlaf gefallen, den nur diejenigen kennen, die wie ich schon mal unendlich gut befriedigt worden sind.

Als ich aufwache, möchte ich ihn sofort bei mir haben. Er ist seit gerade mal zwei Stunden weg und ich vermisse ihn schon so schrecklich, dass mir das schmerzliche Gefühl durch und durch geht. Ich kann es nicht erwarten, seine Stimme zu hören und all die gründlich abgewogenen Gedanken, die ihm durch den Kopf gehen, von seinen achatfarbenen Augen abzulesen. Ich möchte seine verlässliche Wärme spüren, seinen Körper berühren. Oh Gott, es juckt mich in den Fingern, die Hand um seinen dicken, starken Schwanz zu schließen, mit dem silbernen Piercing zu spielen und zu hören, wie er diese tiefen, lüsternen Laute von sich gibt. Ich muss die Beine zusammenpressen, um das Gefühl der Leere zu lindern. Ich bin süchtig nach ihm, obwohl ich erst ein paar Tage mit ihm verbracht habe. Ein Schuss, und schon ist er meine bevorzugte Droge. Doch was wird mir das alles bringen, wenn ich bald wieder zurück nach New York muss?

Als mein Handy klingelt, werde ich aus meinen Gedanken gerissen. Auf dem Display steht der Name meiner Kollegin Alice, was so seltsam ist, dass ich, ohne lange darüber nachzudenken, rangehe.

»Hey.« Alice' Stimme klingt dünn, im Hintergrund ist lauter

Verkehrslärm zu hören. »Hast du deinen Spaß in San Francisco?«

»Spaß« ist nicht ganz das richtige Wort für das, was ich derzeit erlebe. Einen wahnsinniger, irrer Sextornado trifft es vielleicht eher. Oder auch die Lustschlosserfahrung meines Lebens.

»Kann mich nicht beschweren«, sage ich gelassen. Was eine absolute Riesenuntertreibung ist. »Was ist los?« Alice ruft mich normalerweise nicht an.

»Felix hat uns heute alle zu einem Meeting einberufen. Er sagte, er habe vor, Freitagmorgen bekanntzugeben, wer seine neue Assistenz wird.«

Ich schieße im Bett hoch und drücke meine Wirbelsäule dabei dermaßen durch, dass es wehtut. »Freitag? Aber ich bin erst am Montag wieder im Büro.«

Alice macht ein Geräusch, das sich stark nach »Ach« anhört, aber sie ist zu nett, um es laut zu sagen. Sie ist als Innenarchitektin fester Teil des Teams, muss sich also keine Sorgen machen, was ihre weitere Beschäftigung angeht. Ich dagegen umso mehr.

»Wann hat er denn entschieden, sich einen Assistenten zu nehmen?«, kreische ich beinah.

»Wahrscheinlich, nachdem Elena zum neunmillionsten Mal erwähnt hatte, wie gut es für ihn wäre, einen zu haben. Sie hat sich diese Woche richtig an ihn rangeschmissen.«

Alice gehört zu den wenigen Leuten in der Firma, die Elena durchschauen und aus ihrer Ablehnung keinen Hehl machen. Zumindest mir gegenüber nicht, was uns zu so einer Art Verbündete macht.

»Klar doch«, sage ich, während mir das Blut in Hals und Gesicht steigt. »Ich wusste, dass ich nicht hätte freinehmen sollen. Scheiße!«

»Hör zu, unter anderen Umständen würde ich dir das nie raten, aber du solltest vielleicht überlegen, deinen Urlaub abzubrechen. Komm her und zeig Felix, was du draufhast. Lass dir was einfallen, das noch nicht von Elena verdorben ist.«

Ich bin bereits aufgestanden und renne so schnell, wie mich meine kurzen Beine tragen, in mein Zimmer hinüber. Bewusst vermeide ich es, einen Blick zurück auf das Bett zu werfen, das ich gerade verlassen habe. Aber das ändert nichts. Es verfolgt mich trotzdem wie eine geisterhafte Hand, die die Finger nach mir ausstreckt.

»Danke für die Warnung.«

Alice stößt einen angewiderten Laut aus. »Wenn diese kleine Schlampe eine Beförderung kriegt, wird man es erst recht nicht mehr mit ihr aushalten. Da stelle ich mich lieber zur Rushhour in den Verkehr.«

»Ich komm mit.«

»Außerdem ist es nur eine Frage der Zeit, bis sie anfängt, jemand anderen zu kopieren, und ich werde ganz bestimmt nicht ihr nächstes Opfer geben.«

»Das ist die Alice, die ich kenne.« Ich lache freudlos. »Bleib ruhig. Ich bin dran.«

Dabei habe ich das schreckliche, niederschmetternde Gefühl, dass die Sache schon gelaufen ist. Warum packe ich also trotzdem wie eine Wilde meinen Koffer? Wieso gebe ich wertvolle Vielfliegermeilen dafür her, noch heute ein Flugticket zurück nach New York zu bekommen? Mit jeder entschlossenen Tat verhärtet sich mein Kiefer ein bisschen mehr und mein Herz wird ein Stückchen kälter.

Du läufst weg. Du benutzt das nur als Ausrede.

Nein. Ich muss um meinen Job kämpfen. Ich laufe nicht weg.

Als ich dreißig Minuten später endlich mit dem Herumwuseln fertig bin und alles geplant und gepackt ist, sitze ich in der Stille des Gästezimmers, das ich selbst eingerichtet habe, und denke über Dex nach. Ich werde ihn sowieso verlassen. Wenn nicht heute, dann definitiv am Sonntag. Ein paar Tage mehr würden es nur noch schlimmer machen. Ich habe schon Beziehungen geführt. Ich weiß, wann ich Gefahr laufe, dass mir ein Typ total den Kopf verdreht. Und ich weiß, dass es noch nie so heftig war wie mit ihm. Normalerweise finde ich den Anfang einer Beziehung immer am besten. Die Anziehungskraft ist berauschend, wie ein schwindelig machender Höhenflug, wie wenn man ausgeht und die ganze Nacht durchtanzt. Man weiß, dass es schließlich ein Ende haben wird. Das gehört einfach zum Lauf der Dinge. Es ist wie ein kleiner eingebauter Sicherheitsmechanismus, der mich daran hindert, mein Herz nicht zu sehr an jemanden zu hängen. Aber bei Dex gefällt mir die Vorstellung, dass wir ein Verfallsdatum haben, ganz und gar nicht.

Ein Gefühl der Panik macht es mir schwer zu schlucken. Ich bin so vertieft in meine Angst, dass ich ihn erst höre, als er mein Zimmer betritt.

Nach der Dusche im Fitnessstudio hat er sein von ausgebleichten Strähnen durchzogenes, noch feuchtes Haar straff zu dem üblichen Samurai-Knoten zusammengebunden. Er trägt ein marineblaues T-Shirt mit einer großen grünen Hulk-Faust darauf, die Betonsteine durchschlägt. Ich wette, Gray hat es ihm geschenkt. Ich könnte auch wetten, dass Dex es jetzt trägt, gerade weil Gray es ihm geschenkt hat. So ist Dex – wie ein großer Papa Bär, der sicherstellt, dass alle Menschen in seiner Umgebung wissen, dass sie geliebt und geschätzt werden.

Meine Kehle schnürt sich noch fester zu. Ich muss die Hände zwischen die Knie stecken, um ihn nicht anzufassen.

Ein Lächeln liegt in seinen Augen, bis er merkt, dass etwas nicht stimmt, und mitten in der Bewegung innehält. Vorsichtig sieht er sich im Zimmer um, als müsste er eine mögliche Gefahr aufspüren. Als sein Blick auf den gepackten Koffer auf dem Fußboden fällt, erscheint eine steile Falte zwischen seinen dichten Augenbrauen.

»Du fährst?« Er klingt ungläubig, seine Stimme ist vor Schock eine Etage höhergerutscht, und er weicht einen Schritt zurück, als hätte ich ihn geschlagen.

Ich habe ihm das angetan, und ich hasse mich selbst dafür. Reden erweist sich als schwerer als erwartet. »Notfall auf der Arbeit.«

Die Falte zwischen seinen Brauen wird noch tiefer, und während er sich breitbeinig hinstellt, stützt er die Hände tief in die Hüften, wie es nur Kerle machen. Er ballt die Fäuste so fest, dass die Fingerknöchel weiß hervortreten, und ich habe das Gefühl, dass er sich Mühe geben muss, sich nicht auf meinen Koffer zu stürzen, um ihn zurück in den Schrank zu schleudern.

Ich möchte dasselbe tun, aber stattdessen mache ich mich feige aus dem Staub.

Dex sieht mir in die Augen. Schon jetzt hat er eine irre Macht über mich. Ein Blick, und schon möchte ich auf ihn zugehen, mich von ihm umarmen lassen und ihn anbetteln, mich zu vögeln, damit ich alles und jeden vergesse. Es wäre so einfach. Ich weiß, dass er es tun würde.

»Warum gehst du wirklich?«

Bin ich so leicht zu durchschauen? Offenbar schon.

»Ich … Verdammt!« Ich stehe auf, atme einmal tief durch und platze dann heraus: »Ich denke, wir haben einen Fehler gemacht.« Meine Stimme klingt zu laut und irgendwie verzweifelt.

»Wieso?« Es hört sich an, als würde ihn die Frage zerreißen. »Es war gut. Ich weiß, dass es mehr als gut war. Ich …«

»Oh Gott.« Ich hebe die Hand, um ihn davon abzuhalten, noch mehr zu sagen. »Darum geht es nicht, Ethan …« Ich fahre mir mit einer Hand durchs Haar. Sie ist vor Aufregung so feucht, dass die Strähnen an meiner Haut kleben bleiben. »Es war *zu* gut.«

Er macht einen Schritt auf mich zu und legt den Kopf schief, während er mich prüfend ansieht. »Ich bin mir nicht sicher, ob ich kapiere, was an ›zu gut‹ falsch sein soll.«

»Weil ich dieses ›So fucking fantastisch, dass ich immer noch weiche Knie habe‹-Gefühl jeden Tag haben wollen werde.« Bei meiner Bemerkung verziehe ich unwillkürlich die Mundwinkel zu einem angedeuteten Grinsen, und seine Augen fangen an zu leuchten. »Ich bin, was das angeht, ziemlich selbstsüchtig.«

Noch ein Schritt, und er steht fast so dicht vor mir, dass er mich berühren könnte. »Ich verstehe immer noch nicht, wo das Problem liegt, Kirsche. Ich mache es dir jeden Tag. Gerne auch mehrmals täglich, wenn es nach mir geht.« Er kommt noch näher, als befürchtete er, ich könnte weglaufen.

Und tatsächlich bin ich kurz davor. Ich presse eine Hand auf seine massive Brust. In dem Moment, als ich ihn berühre, ziehen sich meine empfindsamsten Körperteile erregt zusammen. Aber ich halte seinem Blick stand und lasse nicht zu, dass er sich herabbeugt, um mich zu küssen.

»Genau da liegt das Problem, Großer. Das kannst du nicht. Du wirst nicht am selben Ort sein wie ich. Und ich …«

Dex' weiche Lippen streifen meine, sodass es mir den Atem raubt.

»Und ich …«, füge ich hinzu. »Ich werde es zu sehr vermissen.«

Jetzt küsst er mich doch, eine zärtliche Liebkosung, bei der unsere Lippen verschmelzen. Beruhigend und verlockend. Gegen meinen Willen lege ich eine Hand an seine Wange und streichle über seinen Bart. Eine seiner großen, warmen Hände liegt in meinem Nacken und stützt mich, als er mich noch einmal küsst. Ohne Zunge, nur Mund auf Mund, ein Austausch der Atemluft. Mit gerade so viel Druck, dass ich es spüre.

»Ich küsse dich«, flüstert er an meinen Lippen, »und vermisse dich schon.«

Ich stoße stockend die Luft aus und mache mich von ihm los.

Aber er lässt mich nicht weit kommen. Er legt die Hände an meine Wangen und drückt die Stirn gegen meine. Wegen seiner Größe wirkt das, als würde er mich abschirmen, seine breiten Schultern sind nach vorn gekrümmt, seine kräftigen Arme umgeben mich. Bei einem anderen Mann wäre das vielleicht einschüchternd, doch bei Dex fühle ich mich einfach nur beschützt. Was die ganze Sache noch unendlich viel schwerer macht.

»Genau das ist der Punkt. Ich hasse es, zurückgelassen zu werden, Ethan. Ich habe es gehasst, wenn mein Dad uns das angetan hat. Ich habe es gehasst, als meine Mom beschloss, in ein anderes Land zu ziehen. Ich hasse inzwischen die bloße Vorstellung des Verlassenwerdens. Ich habe schon versucht, dir das zu sagen. Aber du bist nun mal … *du*. Du bist sexy und süß und stark und schön … Gott, ich rede zu viel. Du bringst mich dazu, zu viel zu reden, Ethan. Das hat noch kein Kerl bei mir geschafft. Wie soll ich dir bloß widerstehen?«

»Sollst du ja gar nicht.« Die kleinen Fältchen um seine Augen erscheinen, doch es sieht nicht so aus, als wäre er belustigt, sondern eher, als leide er. Vielleicht unter demselben Schmerz wie ich.

»Die letzte Nacht war …«, setze ich an zu erklären. »Ich habe so etwas noch nie zuvor erlebt. Nicht nur den Sex, obwohl … Verdammt, Ethan Dexter, du bringst meine Welt ins Wanken.« Ich drücke die Finger gegen seinen Kiefer. »Ich weiß, dass ich gesagt habe, ich würde es versuchen, aber … Verdammt … Ich weiß jetzt, dass es mich mit der Zeit fertigmachen würde, dich nie ganz für mich haben zu können.«

»Du hast mich doch«, krächzt er, als würde ich ihm Schmerzen zufügen. »Ich gehöre ganz und gar dir.«

Seine Worte zerreißen mir das Herz. Wir haben nur ein paar Tage miteinander verbracht, und schon jetzt weiß er genauso gut wie ich, dass die Verbindung, die wir aufgebaut haben, uns verändert hat. Ich fürchte allerdings, dass ich mich nur bis zu einem bestimmten Punkt verbiegen kann, bevor ich zerbreche. Es schnürt mir die Kehle zu.

»Genau darum geht es. Du gehörst mir nicht. Ich werde dich niemals die ganze Zeit bei mir haben.«

Sein Körper zuckt, und jetzt bin ich diejenige, die ihn festhält, weil ich Angst habe, dass er abhauen könnte.

»Ethan, ich möchte dich um keinen Preis der Welt ändern. Football ist ein Teil deiner Persönlichkeit. Wenn man dir den Sport wegnimmt, wäre das, als ob man einen wichtigen Teil von dir herausschneiden würde. Ich würde es bereuen, wenn ich mich jetzt nicht zurückziehe.«

Er tritt einen Schritt zurück und vergräbt die Fäuste tief in den Hosentaschen seiner Jeans. Gewaltige Muskeln wölben sich an seinen Schultern und Armen. Seine Miene ist wie versteinert, aber der Ausdruck in seinen Augen verrät seine wahren Gefühle. Und vielleicht will er sie auch gar nicht verbergen. In seinem Blick liegt Schmerz. Und Wut.

»Ich möchte niemals etwas sein, das du bereust, Fiona.« Er schluckt und wendet sich ab, sodass ich nur noch sein markantes Profil sehe. »Ich möchte dich nicht gehen lassen. Aber wenn es das ist, was du willst, respektiere ich deine Entscheidung.«

Er ist so verdammt erwachsen, ganz im Gegenteil zu mir. Ich

fühle mich eher wie das dumme Kind, das permanent die falschen Entscheidungen trifft. Ist das hier eine davon? Ich versuche, das Richtige zu tun, und ich weiß, dass mein altes Ich alle Vorsicht in den Wind schlagen und auf die Konsequenzen pfeifen würde. Aber dadurch habe ich schon zu oft den falschen Weg eingeschlagen. Es zu beenden, bevor ich mich in einen jammernden, nörgelnden Blutsauger von einer Freundin verwandele, ist eine kluge Entscheidung.

Ich atme zittrig aus. »Ich …«

Er hält eine Hand hoch, sieht mir aber immer noch nicht in die Augen. »Ich kann nicht. Was auch immer du sagen willst, lass es …«

Dann bewegt er sich schneller, als ich es mir je hätte vorstellen können. Bevor ich auch nur mit einer Wimper zucken kann, ist er bei mir, vergräbt die Finger in meinem Haar und presst seinen Mund auf meinen. Er nimmt mich, teilt meine Lippen und taucht tief mit seiner Zunge dazwischen ein.

Während er mich küsst, als gäbe es verdammt noch mal kein Morgen mehr, bringen meine Knie wieder diese Schwäche-Nummer. Ich schaffe es nicht mal, mich festzuhalten, so schwindelig wird mir davon, dass er sich einfach nimmt, was er will.

Als mir die Luft ausgeht, löst Dex die Lippen mit einem leisen Keuchen von meinen und legt die Stirn an meine erhitzte Wange. Mit den Kuppen der Daumen streichelt er über meine Haut. Als er spricht, ist seine Stimme so rau, dass ich sie fast nicht wiedererkenne. »Auf Wiedersehen, Fiona Mackenzie. Du bringst meine Welt auch ins Wanken.«

Und dann ist er weg. Ohne sich noch einmal umzudrehen, geht er aus dem Zimmer.

Und ich breche zusammen.

16

Dex

Normalerweise renne ich die Stadiontreppen hoch und runter oder ziehe einen mit Gewichten beladenen Schlitten hinter mir her, wenn ich Wiederholungsläufe mache. Brutale Workouts, die kreiert wurden, um meine Kraft und mentale Stärke zu steigern beziehungsweise um meine enorme Schnellkraft zu entwickeln. Eine flache Strecke entlangzujoggen gleicht für mich deswegen eher einem Spa-Aufenthalt als einem Workout. Aber hier draußen kann ich die Landschaft genießen und die dringend benötigte frische Luft schnappen.

Leider laufe ich nicht so schnell wie Gray, sodass mich die Nervensäge schon nach ungefähr einem Kilometer eingeholt hat. Dass er mich gefunden hat, gleicht einem Houdini-Zaubertrick, denn ich habe ihm todsicher nicht gesagt, wo ich hinwill.

»Hey«, sagt er, als zu mir aufschließt.

Ich glaube, ich grunze als Antwort. Ich bin wirklich nicht in der Stimmung zu reden.

»Schätze, du weißt, dass Fi abgereist ist«, sagt er vorsichtig.

Ich werfe ihm einen kurzen Blick zu, bevor ich wieder nach vorn schaue. »Spuck einfach aus, was du zu sagen hast, Grayson, und dann lass mich in Ruhe weiterlaufen.«

»Weißt du, wie lange ich schon darauf gewartet habe, mal ein vertrauliches Gespräch mit dir zu führen? Mann, Drew wird so was von neidisch sein, weil er nicht dabei war.«

Freut mich, dass mein Schmerz so ein Ereignis ist.

Er muss mir den Gedanken vom Gesicht ablesen, denn er zuckt zusammen. »Sorry, ich bin total mies in so was. Ich bin nicht du.«

»Ja, für gewöhnlich leite ich solche Gespräche mit einer zum Nachdenken anregenden Frage ein und entferne mich dann, damit du von selbst dahinterkommst.« Ich deute mit einem Nicken auf den Weg hinter uns. »Fühl dich frei, gleich zum Teil mit dem Entfernen vorzuspulen.«

»Netter Versuch, Big D.«

Neben uns erhebt sich die Golden Gate Bridge aus dem morgendlichen Nebel. Die Szenerie ist wunderschön, fast schon friedlich. Nur dass Gray mich nicht in Frieden lässt.

»Du lässt sie einfach gehen?«

Eine aufbrausende Sekunde lang möchte ich ihn tatsächlich schlagen. Glaubt er etwa im Ernst, es hätte mich nicht fertiggemacht, sie weggehen zu sehen? Zur Beruhigung atme ich einmal tief durch. Ruhig. Ich bleibe immer ruhig.

»Sie hat ein Argument vorgebracht, dem ich nichts entgegenzusetzen hatte.«

Außer meinen Job aufzugeben, gibt es nichts, was ich tun kann, um das Problem aus der Welt zu schaffen, dass ich Fi immer wieder würde zurücklassen müssen. Der dumpfe Schmerz aus meiner Brust arbeitet sich in meine Arme vor. Alles, was ich tun kann, ist zu laufen und meinem keuchenden Atem und dem Geräusch zu lauschen, mit dem meine Füße auf den Asphalt treffen.

»Mann«, sagt Gray einer Weile. »Tut mir leid. Ich dachte, bei dir würde sie sich anders verhalten. Dass sie nicht abhauen würde ...«

»Grayson«, unterbreche ich ihn, denn Mitleid kann ich gerade überhaupt nicht gebrauchen. »Da gibt es nichts, was dir leidtun müsste. Du magst jetzt Vater sein, aber du bist weder meiner noch Fis. Ich habe von Anfang an gewusst, worauf ich mich einlasse.«

Gray schafft es, ein paar Herzschläge lang den Mund zu halten, doch er ist eine Quasselstrippe und unfähig, längeres Schweigen zu ertragen. »Trotzdem«, murmelt er, »geht einem so was auf die Eier.«

Ich hätte es nicht besser ausdrücken können.

Er wirft mir einen Seitenblick zu. »Was wirst du unternehmen?« Er kennt mich zu gut.

Ich bemühe mich, einen neutralen Gesichtsausdruck zu bewahren. »Das, was ich am besten kann. Mir ein Bild von der Defensive machen und eine andere Angriffsmöglichkeit suchen.«

Nachdem ich eine Kostprobe von Fiona bekommen habe, kann ich sie nicht einfach kampflos aufgeben. Bis ich eine zündende Idee habe, werde ich mich allerdings zurückhalten und ihr ihren Freiraum lassen müssen, andernfalls riskiere ich, mich wie ein Stalker zu benehmen. Was kein Kerl, der noch alle Sinne beisammen hat, jemals tun sollte.

Gray boxt mich gegen den Arm. »Los, wer als Letzter in Fisherman's Wharf ankommt, zahlt das Frühstück.«

Dieses kleine Arschloch. In explosiven Sprints sind wir beide gut. Aber bei längeren Strecken schneidet Gray besser ab. Also tue ich, was jeder anständige Gegner tun würde. Ich schubse ihn ins Gras und renne los.

Fiona

Flughäfen sind ätzend. Sobald ich einen betrete, werde ich nervös. Irgendwo beobachtet einen immer jemand. Man wird wie Vieh behandelt. Wie lästiges Viehzeug, um genau zu sein.

Und alles, worauf man sich freuen kann, ist ein beengter Sitzplatz und in Plastik eingeschweißter Fraß, für den man auch noch bezahlen muss. Juhu.

Meine Augen jucken und mein Hals tut weh. Vielleicht brüte ich was aus, denn irgendwie habe ich auch Schwierigkeiten zu atmen. So geht es mir im Grunde schon, seit ich Ivys Haus verlassen habe. Meine Schwester hat mich so enttäuscht angesehen, als ich ihr gesagt habe, dass ich nach New York zurückmuss, dass ich mir mieser als Hundescheiße am Schuh vorkam. Gray hat noch nicht mal in meine Richtung gesehen, sondern komplett dichtgemacht und nur gemurmelt, dass er eine Runde laufen gehe.

Der Mann am Check-in-Schalter informiert mich, dass ich einen Sitzplatz in der hintersten Reihe des Flugzeugs habe. Noch ein Pluspunkt. Alle Leute, die auf die Toilette möchten, werden neben mir warten und mir ihre Ärsche ins Gesicht drücken.

Wenn du nicht so ein Schisser wärst, würdest du stattdessen immer noch mit Dex im Bett liegen. Was jetzt auch offiziell der beste Ort auf der ganzen Welt ist.

Ich befehle mir selbst, die Schnauze zu halten. Mit der Boardkarte in der Hand drehe ich mich um, ziehe meinen Handgepäcktrolley hinter mir her und laufe beinahe in ein sich küssendes Pärchen.

Die beiden geben richtig Gas. Nicht auf so eine eklige, schlabberige Art, sondern auf die romantische »Du bist die Luft, die ich zum Atmen brauche«-Weise. Der Typ legt zärtlich die Hände an die Wangen seiner Freundin, als er den Kopf neigt, um den Kuss zu vertiefen. Und sie klammert sich an seinen Rücken, als wollte sie ihn niemals wieder loslassen.

Und hier stehe ich und starre sie an wie eine Perverse. Ich kann nicht anders. Inzwischen weiß ich, wie es sich anfühlt, sich so zu küssen. Ich kenne dieses alles verzehrende Feuer, die Art, wie der ganze Körper gegen den des anderen schwankt vor lauter Verlangen, mit Haut und Haar mit ihm zu verschmelzen, ein Teil von ihm zu werden.

Der Schmerz in meiner Kehle breitet sich weiter aus und setzt sich in meiner Brust fest. Staksig gehe ich um das Pärchen herum und eile aufgewühlt zu der Schlange vor den Sicherheitskontrollen. Aber es hat keinen Sinn. Vor meinen Gedanken kann ich nicht davonlaufen. Genauso wenig wie vor dem Schmerz.

Wie ein Zombie warte ich am Gate. Wie ein Zombie gehe ich an Bord der Maschine und zu meinem Platz. Und als sich ein anderes Pärchen in die Reihe vor mir setzt – der Typ hilft seiner Freundin, ihre Tasche im Gepäckfach zu verstauen, bevor er ihr einen Kuss auf die Wange gibt –, breche ich zusammen. Verzweifelt unterdrücke ich ein Schluchzen, taste nach meiner Tasche und wühle darin nach meinem Handy. Zweimal wähle ich die falsche Nummer, so heftig zittern meine Hände.

Dämlich. Ich bin so dämlich gewesen.

Bei dem Gedanken daran, dass ich alles kaputt gemacht habe, zieht sich meine Brust schmerzhaft zusammen.

Um mich herum nehmen andere Passagiere ihre Plätze ein, ein Kleinkind jammert, dass es Cheerios will, und das Telefon klingelt und klingelt. Dann höre ich Dex' barsche Mailboxansage. Ich muss heftig blinzeln. Allein seine Stimme zu hören setzt mir zu. Ist es ein schlechtes Zeichen, dass ich an seinen Anrufbeantworter geraten bin? Hat er meinen Anruf mit Absicht nicht entgegengenommen? Ich könnte es ihm nicht verübeln.

Ich hasse es, eine Nachricht hinterlassen zu müssen. Doch ein Teil von mir ist auch erleichtert, dass ich so die Möglichkeit habe, alles loszuwerden, was mir auf dem Herzen liegt, und dann einfach auflegen zu können, ohne Gefahr zu laufen, dass er mir sagt, für ihn sei die Sache erledigt.

Bitte sei nicht fertig mit mir.

»Hallo … äh … Hey … Ich … Hier Fi. Verdammt, ich stottere, sorry. Ich hasse das. Ich meine, wenn man jemanden anruft, sollte man auch wissen, was man sagen will, stimmt's?«

Halt die Klappe, Fi.

Ich atme einmal tief durch. »Ich … äh … Da war dieses küssende Pärchen. Am Check-in-Schalter. Ich weiß nicht, ob sie sich voneinander verabschiedet oder gerade wiedergesehen haben. Aber sie waren richtig aufeinander fixiert, verstehst du? Und da ist mir klar geworden, ich werde dich nie wieder küssen. Nie wieder spüren, wie du mich fest in die Arme schließt. Und …«

Mist, gleich fange ich an zu heulen. Mit der freien Hand reibe ich mir so fest über die Augen, dass es wehtut. Ich schlucke schwer.

»Das hat wehgetan, Ethan. Viel zu sehr. Wie kann das sein? Wie kann es sein, dass es sich schon jetzt anfühlt, als wärst du ein Teil von mir? Aber ich schätze, das bist du tatsächlich, denn die Vorstellung, nie wieder mit dir zusammen zu sein … Verdammt, ich rede schon wieder zu viel. Ethan …«

Eine plärrende Lautsprecherstimme verkündet, dass jetzt alle elektronischen Geräte ausgeschaltet werden müssen.

Ich beuge mich vor und drehe den Oberkörper zum Fenster. »Ethan, vergiss, was ich gesagt habe, okay? Es tut mir leid. Ich war feige. Ich will dich. Nur dich. Alles andere ist mir egal. Bitte sag, dass es noch nicht zu spät ist. Dass ich das mit uns nicht schon kaputt gemacht habe, bevor es überhaupt richtig angefangen hat.«

»Miss?« Eine Flugbegleiterin ist vor meinem Platz stehen geblieben. »Sie müssen jetzt Ihr Handy ausschalten.«

Mit Tränen in den Augen werfe ich ihr einen kurzen Blick zu und halte einen Finger hoch. »Ich muss auflegen«, sage ich ins Telefon. »Heute Abend bin ich in New York. Ich … Ich wollte nur … Es tut mir leid, okay? Rufst du mich an?« Ich lecke mir über die trockenen Lippen. »Okay, dann also bis bald.«

Ich beende den Anruf und lehne mich zurück. Traurig starre ich aus dem kleinen Fenster. Und hoffe, dass er mich noch will.

17

Dex

Dass jemand auf meine Mailbox gesprochen hat, sehe ich erst, als ich aus der Dusche komme und mir mit einem Handtuch die tropfnassen Haare rubbele. Ich habe keine Ahnung, wie lange ich mit dem Handy in der Hand dastehe und überlege, ob ich mir sofort anhören will, was Fiona zu sagen hat, oder lieber später.

Im Zimmer ist es so kühl, dass ich eine Gänsehaut bekomme. Ich sollte mich anziehen und runtergehen, um mit Ivy und Gray zu Abend zu essen. Lieber wär's mir allerdings, wenn ich weder mit ihnen noch mit sonst irgendjemandem reden müsste. Am liebsten würde ich einfach in mein leeres Stadthaus in New Orleans zurückkehren und malen, bis mir die Sicht verschwimmt. Aber Fi hat angerufen. Was bedeutet, dass ich mir die Nachricht anhören werde. Ich könnte sie niemals ignorieren.

Mein Herz trommelt heftig gegen die Rippen, als ich die Mailbox aufrufe und mir das Handy ans Ohr halte. Als ihre etwas heisere Singsangstimme erklingt, fühlt es sich an wie ein Tritt in die Eingeweide. Gott, ich vermisse sie wahnsinnig.

Ich höre ihr zu, während ich mich langsam an der Wand hinter mir zu Boden sinken lasse, und verziehe den Mund zu einem wackligen Grinsen. Ich spiele ihre unzusammenhängende, gehauchte Nachricht wieder und wieder ab. Ich will sie so sehr, dass meine Muskeln vor Ungeduld zucken. Ein leises Lachen kommt über meine Lippen, ohne dass ich etwas dagegen tun kann. Ich bin glücklich. Richtig glücklich. Ich habe immer noch keine Ahnung, wie ich dafür sorgen soll, dass es funktioniert. Aber eins weiß ich, ich habe eine Chance bei Fiona Mackenzie. Und die zu ergreifen, ist von jetzt an meine oberste Priorität.

Fiona

»Hey, ich habe deine Nachricht bekommen.« Obwohl ich sie nur durchs Telefon höre, berührt Dex' Stimme mein Herz und wärmt es.

»Ja?« Mehr fällt mir nicht ein, so nervös bin ich. Ich. Nervös wegen eines Typs. Wegen eines Footballspielers. Fehlt nur noch, dass ich mir sein Trikot kaufe. Obwohl, ich sollte wahrscheinlich wirklich ein wenig Unterstützung für Dexter zeigen.

»Ja«, antwortet er leise.

Ich lehne den Kopf gegen den müffelnden Sitz des Taxis und lächle. »Dann ist also … alles gut zwischen uns?«

»Kirsche, lass mich eins festhalten. Ich gehe hier mit vollem Einsatz rein. Ich will dich, wollte dich schon immer.« Seine Stimme wird tiefer. »Lässt du mich an dich ran?«

Oh Mann. Ich schlage die Beine übereinander, als es dazwischen heiß zu pulsieren beginnt. »Ich habe dich doch schon rangelassen.«

»Das war nur eine Kostprobe.«

Der Satz dröhnt in meinem Ohr. Das Verlangen und die Ungeduld bilden eine treibende Kraft, die mich atemlos macht und meinen Körper zum Vibrieren bringt.

»Ich will mehr.«

»Ethan … Du machst mich fertig.«

Er flucht leise vor sich hin, dann höre ich ihn seufzen. »Es macht mich selbst total fertig. Ich weiß, dass die Situation nicht ideal ist. Nur …« Er sucht eindeutig nach tröstenden Worten. »Schenkst du mir dein Vertrauen? Glaubst du daran, dass ich einen Weg finden werde, wie wir beide immer zusammen sein können?«

Ich drücke das Handy sanft an meine Wange, ein schwacher Ersatz dafür, ihn zu berühren. »Das kriege ich hin.«

Wieder seufzt er, doch diesmal hört er sich erleichtert an. »Danke. Hör zu, ich muss los. Ich …« Er stockt. Ich kann regelrecht hören, wie er gedanklich einen anderen Gang einlegt, deshalb überrascht mich sein plötzlich vollkommen unbeschwerter Tonfall nicht sonderlich, seine Worte allerdings schon. »Ich habe deinen Slip zusammengeknüllt am Fußende meines Betts gefunden, Kirsche.«

Ich muss lachen. »Gib ihn Ivy, sie wird ihn mir schicken.«

Er stößt einen ungläubigen Laut aus. »Du willst, dass ich deiner Schwester deine Unterwäsche gebe? Auf gar keinen Fall.«

»Dex! Der Slip ist von Myla.« Die Unterwäsche war ein sehr teures Geburtstagsgeschenk von Ivy, die wusste, dass ich immer in der edlen Dessousboutique shoppen gegangen bin, wenn ich unsere Mom in London besucht habe.

»Keine Ahnung, was Myla ist, Süße, aber das Teil wird in Kürze um meinen Schwanz gewickelt. Wenn ich dich nicht haben kann, will ich wenigstens dein Höschen vögeln.«

Damit legt dieser große Mistkerl einfach auf. Und ich weiß ganz genau, dass er es mit einem Lächeln auf dem Gesicht getan hat.

FürchteDenBart: Ich nehme an, dass du mir dieses Foto von dir, auf dem du nichts außer dem Top deines Wäschesets trägst, geschickt hast, ist so eine Art Racheaktion. Mit Recht.

Meine Hand ist erschöpft, aber deine geliebte Myla und ich kennen uns jetzt sehr gut.

KirschBombe: Ich weiß nicht, ob mich das beunruhigen oder antörnen soll. Ich entscheide mich für ein bisschen von beidem.

FürchteDenBart: Keine Fotos mehr, Kirsche. Ich laufe so schon Gefahr, eine Sehnenscheidenentzündung zu kriegen.

KirschBombe: Denk an die PECH-Regel: Pause, Eis, Kompressen, Hochlagern.

FürchteDenBart: Du bist ziemlich fies, weißt du das?

KirschBombe: Ich bin die Lieblichkeit in Person. Und ich fänd's nur fair, wenn ich als Gegenleistung ein sexy Männerfoto bekomme.

FürchteDenBart: Ja klar. Nein!

KirschBombe: ETHAN!

KirschBombe: HER DAMIT, HER DAMIT, HER DAMIT!

KirschBombe: Ein Foto von dir, wie du böse guckst, ist NICHT das, was ich mir vorgestellt hatte.

FürchteDenBart: Rache ist Blutwurst, Süße.

KirschBombe: Das behalte ich im Hinterkopf, während ich ohne Unterwäsche herumlaufe, bis ich dich wiedersehe.

FürchteDenBart: Fuck.

18

Fiona

Wieder in die Arbeit zu gehen ist zum Kotzen. Die Erkenntnis trifft mich so plötzlich, dass ich wie angewurzelt mitten im Flur stehen bleibe. Ich hasse die Vorstellung, in dieses Büro zu gehen. Das sollte ich nicht. Schließlich ist es wunderschön – ein helles, luftiges Loft, das ganz in strahlendem Weiß gehalten ist. Weiß sowohl als Wohltat für die Augen als auch, damit wir Farbmuster in unverfälschtem Licht zeigen können. Hier herrscht eine Energie, als wären alle so dankbar, Teil dieses Unternehmens zu sein, dass ihnen die Freude darüber regelrecht aus den Poren dringt. Allen außer mir offenbar.

Mit einem fiesen Gefühl im Bauch schlurfe ich widerstrebend weiter. Niemand scheint sonderlich überrascht, mich zu sehen. Ein paarmal wird mir mitfühlend zugenickt, als ich zu meinem Schreibtisch gehe.

»Toll«, murmele ich vor mich hin. Ich komme mit vielem klar, aber Mitleid trifft mich.

Mein Schreibtisch steht vor einem riesigen venezianischen Fenster, das vom Boden drei Meter über mir aufragt. Auf der Straße unten fließt der Verkehr vorbei, Menschen eilen hin und her. Ich möchte bei ihnen sein.

Als ich meinen Computer einschalte, taucht Elena auf. Mal ehrlich, für jemanden, der mir so viel Kummer bereitet, sollte sie auch entsprechend aussehen. Keine Ahnung, schwarz-weiße Haare und rote Fingernägel oder so wären angebracht. Es würde sich außerdem noch viel besser anfühlen, sie zu hassen, wenn sie dazu auf der Jagd nach einem Mantel aus Dalmatinerwelpenfell wäre. Doch sie sieht vollkommen normal aus. Mittelgroß, dunkelblonde Haare, ein niedliches Gesicht. Wie das Mädchen, das deine nächste beste Freundin werden wird; wie der fröhliche, wenn nicht sogar etwas dümmliche Sidekick. Eine wirklich gute Tarnung.

Ich bin versucht, sie zu fragen, ob sie Keyser Söze aus *Die üblichen Verdächtigen* ist. Aber ich bezweifle, dass sie die Anspielung verstehen würde. Elena hat mal ein paar Kollegen erzählt, dass sie sich nur dann freiwillig einen Filme anschaue, wenn ein Date sie ins Kino einlade. Und hinterher würde sie zusehen, dass sie Land gewinne, denn nie im Leben würde sie sich mit einem Mann einlassen, der eine Verabredung zum Kino akzeptabel finde. Nicht mal eine Woche später wiederum, als Felix erwähnte, dass er ein Faible für Loki habe, schwärmte sie von den Avengers und dass sie gar nicht wisse, welcher von ihnen der heißeste sei. Ich habe damals Punkte eingebüßt, weil ich für den Hulk stimmte. Was mir herzlich egal war. Auch wenn mich alle ansahen, als hätte ich einen Schaden, wenn Bruce Banner ausrastet und brüllt, bekomme ich harte Nippel. Aus irgendeinem Grund bringt mich das auf Dex. Dabei möchte ich nicht an ihn denken, während Elena auf meinem Schreibtisch hockt. Er macht mich glücklich. Sie nicht.

»Was kann ich für dich tun, Elena?«

Mir entgeht nicht, dass sie den Kopf schieflegt, um auf meinen Bildschirm zu linsen. Keine Ahnung, was sie dort zu entdecken hofft, ich mache den Großteil meiner Arbeit auf Skizzenblöcken.

Sie schenkt mir ein strahlendes Lächeln. Jenes lockere, freundliche Lächeln, das mich verwirrt und dazu bringt, mich zu fragen, ob ich nicht mehr aus ihr mache, als sie ist.

»Grade reingekommen?«

Wenn man bedenkt, dass meine Tasche auf dem Schreibtisch liegt und ich einen Coffee to go in der Hand halte? »Jep. Grade reingekommen.«

Die subtil mitschwingende Andeutung, dass sie schon seit einer ganzen Weile im Büro ist, entgeht mir nicht. Ich weiß immer noch nicht so recht, ob sie sich dumm stellt oder es einfach ist.

»Hör zu, Fiona …« Sie legt eine warme, leicht feuchte Hand auf meine. »Ich weiß, dass unser Verhältnis in letzter Zeit etwas angespannt war. Und das tut mir wirklich leid.«

Ich entspanne die gestrafften Schultern ein wenig.

»Ich weiß, dass es schwer für dich sein muss, weil wir beide einen ganz ähnlichen Geschmack haben, Felix aber immer wieder meine Entwürfe auswählt. Das würde mich auch ärgern.«

Genau das ist die Elena, die ich kenne. Ich kneife die Augen zu schmalen Schlitzen zusammen, als sie sich näher zu mir beugt.

»Vielleicht können wir zusammenarbeiten.«

Ich stehe abrupt auf. »Das tun wir bereits.«

»Du weißt schon, was ich meine, Dummchen. Vielleicht können wir uns bei einem Projekt zusammentun.«

Mein Lächeln tut weh, so fest presse ich die Lippen aufeinander. Irgendwie schaffe ich es, trotz zusammengebissener Zähne herauszubringen: »Wenn wir uns noch enger zusammentun, müssen wir uns ein Hirn teilen.«

Mit gerunzelter Stirn folgt sie mir ins Konferenzzimmer, wo unser morgendliches Meeting stattfindet.

Tom, Alice und Nathan sitzen schon um den makellos sauberen Glastisch. Keine Ahnung, wie der den üblichen Fingerabdrücken und Schlieren entgeht, aber er tut es; so als würde er es nicht wagen, die hohen Erwartungen unseres Chefs zu enttäuschen.

Einen Augenblick später schwebt Felix mit einer winzigen Espressotasse in der Hand und einer goldenen Prada-Sonnenbrille auf der Nase herein. »Kann mir bitte mal jemand sagen, wessen Idee es war, das ganze Büro weiß zu streichen? Das blendet total.«

»Deine«, antwortet Nathan trocken. »Verkatert, oh du furchtloser Anführer?« Nathan ist in der glücklichen Lage, einer von Felix' besten Innenarchitekten zu sein, und das weiß er auch.

Felix wirft ihm einen finsteren Blick zu, sagt jedoch nichts. Mit übertriebener Vorsicht stellt er die Tasse ab, lehnt sich auf seinem Stuhl zurück und schlägt ein dünnes Bein über das andere. In den Klamotten und mit dem gegelten pechschwarzen Haar, dass er ordentlich zurückgekämmt trägt, sieht er aus wie ein italienischer Filmstar aus den Fünfzigern.

Durch die graue Tönung seiner Brillengläser richtet er seine dunklen Augen auf mich. »Na, hallo, Fiona. Ich hatte nicht damit gerechnet, dass du schon wieder da sein würdest.«

»Ach, weißt du, San Francisco kann es einfach nicht mit New York aufnehmen.« Lahm. Echt lahm.

Seine Miene sagt so ziemlich dasselbe, und ich muss den Impuls niederkämpfen, mich zu ducken. Doch zum Glück ignoriert er meinen Kommentar und wendet sich anderen Themen zu.

»Also gut, wie weit sind wir mit dem Meyer-Projekt?«

Nathan macht ein gelangweiltes Gesicht und lehnt sich zurück. »Miss Meyer hat beschlossen, dass sie ihr Schlafzimmer in Liebesapfelrot gehalten haben möchte. Das *ganze* Zimmer.«

»Dann soll sie ihren Arsch in den Baumarkt schwingen und es selbst streichen.« Felix seufzt und massiert sich die Nasenwurzel. »Was hast du ihr gesagt?«

»Das ein glänzend rotes Badezimmer erstens mehr hermachen würde und es zweitens auch alle ihre Freunde zu sehen bekämen.«

Ein Schnauben verrät, dass Felix mit der Antwort zufrieden ist. Er dreht den Kopf in meine Richtung. Oder Elenas. Ich kann es nicht mit Sicherheit sagen, denn wie üblich ist sie mir nicht von der Seite gewichen.

»Mrs Peyton hat mich wissen lassen, dass sie die himmelblauen Seidenvorhänge an ihren ersten Ehemann Clyde erinnern. Da sie sich von ihm scheiden lassen hat, nachdem sie ihn dabei erwischt hatte, wie er es mit seinem heißen kleinen Assistenten Jonathan trieb, ›ist das schlicht und ergreifend keine Option‹, um sie zu zitieren.«

»Weiter so, Clyde«, murmelt Nathan und schnalzt frech mit der Zunge.

Felix rümpft die Nase. »Seit ich Clyde gesehen habe, hat Jonathan mein vollstes Mitgefühl. Elena, was schlägst du als Alternative vor?«

»Zu Clyde und Jonathan?«, quiekt sie.

Ich schaffe es gerade so, angesichts ihres blöden Witzes nicht zusammenzuzucken.

Felix schnaubt erneut, diesmal aber genervt. »Zu den Vorhängen.« Ein Test. Unser Chef liebt es, uns mit solchen Fragen zu überrumpeln.

Elena macht den Mund auf. Unruhig huscht ihr Blick von einem zum anderen, als hoffte sie, einer von uns würde ihr die Antwort pantomimisch vorgeben und sie damit retten.

Die Frage ist vergleichsweise leicht zu beantworten. Das restliche Farbschema für Mrs Peytons Wohnzimmer steht: glänzende nerzbraune Wandfarbe, eine niedrige Sitzgruppe aus Ebenholz mit goldfarbenen Mohairbezügen und dunkelblauer Satin.

Das Schweigen dehnt sich aus, bis Elena anfängt zu stottern: »Ähm, also …«

Felix seufzt und wendet sich mir zu. »Fiona? Irgendwelche Ideen?«

Ich zermartere mir den Kopf und klopfe dabei mit dem Stift auf meinen Skizzenblock. Das hier ist meine Chance, wieder etwas Boden gutzumachen und Felix in Erinnerung zu rufen, was ich draufhabe. »Ich stelle mir den Stoff mit dem Gliederkettenprint von Jonathan Adler vor, den du so toll findest. Der gold- und creme…«

»Cremefarbene«, fällt Elena mir ins Wort. Sie hat ihr Handy rausgeholt und tippt wie wild darauf herum, während sie Felix anstrahlt. »Kaum zu fassen, über den haben Fiona und ich gerade heute Morgen gesprochen. Ich habe erwähnt, wie zeitlos ich das Muster finde.«

Mir bleibt der Mund offen stehen. Eine Art Schockstarre. Gleichzeitig brüllt mich meine innere Stimme an, dass ich mich zusammenreißen und etwas sagen soll.

Elena hält ihr Handy hoch. »Wenn dir die Idee gefällt, habe ich hier einen Händler in der Thirty-First Street gefunden, der den Stoff auf Lager hat.«

Zischend entweicht die Luft aus meinen Lungen und ich wende mich wieder Felix zu, der jetzt lächelt.

»Den Stoff liebe ich wirklich«, sagt er und lässt seinen Stuhl vor und zurück wippen. »Und er würde gut passen …« Er steht auf. »Tolle Arbeit, Elena.«

Gegenüber von mir setzt Alice einen strengen Blick auf und zieht eine Augenbraue hoch, da ich immer noch vollkommen reglos und wie der letzte Trottel auf meinem Stuhl sitze. Aber was kann ich schon groß sagen? Wenn ich schreie: »Du verlogene Hexe!«, stehe ich nur als verbitterte Spinnerin da.

Mit zusammengebissenen Zähnen drehe ich mich zu Elena

um und starre sie an. Doch sie zuckt nicht mal mit einer Wimper, sondern schenkt mir nur ein breites Lächeln.

Ich erwidere es, indem ich strahle, bis meine Wangen wehtun. »Weißt du, mir ist gerade eingefallen, dass das Schlafzimmer ebenfalls in Hellblau gehalten ist. Sicher wird Mrs Peyton auch etwas gegen die Farbe in dem Raum haben.«

»Wahrscheinlich«, stimmt mir Felix vom Kopfende des Tischs zu.

Ich starre weiterhin die kleine Diebin an. »Was würdest du dafür vorschlagen, Elena? Oder ist mir jetzt etwa eins der vielen Gespräche entfallen, die wir heute Morgen geführt haben?«

Sie wird rot. »Also … Ich … Wir könnten …« Sie nagt an ihrer Unterlippe.

»Schon in Ordnung«, sagt Felix. »Ich bin mir sicher, dass du zusammen mit Fiona eine Lösung finden wirst. Bring mir nach dem Mittagessen ein Farbschema.« Und als hätte er mir bildlich gesprochen nicht gerade einen Schlag in die Magengrube verpasst, fügt er vollkommen ungerührt hinzu: »Ich werde mich jetzt hinlegen. Wenn nicht gerade das Büro abfackelt, möchte ich nicht gestört werden.«

Zurück an meinem Schreibtisch erlaube ich mir, mich für einen Moment nach vorn sacken zu lassen und meine Stirn auf die kühle Glasplatte zu drücken. Früher wieder ins Büro zu kommen war ein absoluter Reinfall. Noch bleibt mir allerdings etwas Zeit. Oder aber ich spaziere einfach hier raus. Ich male mir aus, wie gut es sich anfühlen würde. Und dann … Was? Was würde ich machen?

Zum Glück werde ich in diesem Moment vom meinem klingelnden Handy abgelenkt. Meine Stimme klingt dumpf, als ich rangehe, ohne den Kopf zu heben.

»Hallo?«

»Fi, Liebes, wie geht es dir?«

Meine Mutter. Ihre kultivierte, klare englische Aussprache ist zugleich beruhigend und nervig. Beruhigend, weil sie nun mal meine Mom ist, die Frau, die mich als Baby gehalten hat, wenn ich geschrien habe, und mich, bis ich vierzehn war, jeden Abend ins Bett gebracht hat. Nervig, weil sie nie erschöpft ist. Sie ist perfekt. Oh, ich weiß, dass sie sehr wohl ihre Fehler hat, aber in meinen Augen wird sie immer umwerfend und cool sein. Es ist noch kein einziges Mal vorgekommen, dass eines ihrer blonden Haare nicht perfekt lag.

»Hey, Mom. Mir geht's gut.«

»Du hörst dich an, als würdest du mit dem Gesicht auf der Matratze liegen.«

Nah dran. Ich setze mich auf und streiche mir das Haar aus dem Gesicht. »Schlechte Verbindung. Ich bin bei der Arbeit.«

»Wunderbar. Ich wollte dir nur sagen, wie stolz ich auf dich bin, dass du diese Stelle ergattert hast. Ich könnte nicht glücklicher sein, Fiona.«

Genau. Ich hole zittrig Luft.

»Danke.«

»Wenn du dranbleibst, wirst du sicher bald dein eigenes Designbüro haben.«

Sie will mich ermutigen. Doch ich kenne sie gut genug, um den leicht verzweifelten Unterton herauszuhören: *Bitte, Fiona, bleib dran. Wirf diesmal nicht wieder alles hin.* Diesen Ton hatte sie jedes Mal drauf, wenn ich das Hauptfach gewechselt habe. Jedes Mal, wenn ich ein neues Instrument lernen oder einen Tanzkurs machen wollte. Ich kann es ihr nicht mal verübeln, denn ich habe sämtliche Kurse und Sommercamps hingeschmissen, meistens nach nur wenigen Tagen.

Ich verziehe das Gesicht, drehe mich auf meinem Stuhl Richtung Fenster und wende dem Großraumbüro damit den Rücken zu.

Meine Mom plaudert derweil unbekümmert weiter. »Wie geht es Ivy und Gray? Und meinem kleinen Schatz?«

»Sind alle gesund und munter. Leo wächst und gedeiht.« Und kriegt eine immer kräftigere Stimme.

»Er ist so hübsch, nicht wahr?« Mom war zur Geburt da und hat sich sofort in eine ihr Enkelkind abgöttisch liebende Großmutter verwandelt – wie sie sich selbst gerne betitelt. »Ich sage dir, er hat meine Augen.«

Ich muss lachen. »Mom, seine Augen sind blau.« Sie hat dagegen grüne Augen, so wie ich.

»Alle Babys haben blaue Augen. Seine werden noch grün. Und dann sehen sie definitiv aus wie meine.«

Leo hat eindeutig Grays Augen, sie haben exakt denselben Blauton. Aber ich werde mich jetzt nicht mit ihr darüber streiten.

»Wie läuft das Geschäft?«, frage ich stattdessen.

Meiner Mom gehört eine Bäckereikette. Ivy sollte eigentlich ihre Geschäftspartnerin werden, hat sich dann aber entschieden, unserem Dad nachzueifern und Sportagentin zu werden. Ich weiß nicht, wen das mehr schockiert hat – Mom, Dad oder mich. Ivy hat es fast genauso sehr wie ich gehasst, wenn der Job Dad von unserer Familie ferngehalten hat. Und trotzdem ist sie inzwischen selbst Sportagentin. Und ich? Ich verliebe mich gerade in einen Footballspieler.

Während meine Mom über ihre Läden redet, taucht ein Bild vor meinem geistigen Auge auf, wie Dex den Mund zu einem Grinsen verzieht. Das macht er relativ selten, dafür ist es dann aber umso umwerfender, umrahmt von seinem vollen, dunklen Bart. Es juckt mir regelrecht in den Fingern, darüberzufahren und dann seine breite, feste, warme Brust zu streicheln.

Ich schlucke und versuche, mich wieder auf Mom zu konzentrieren. Während sie mir mit vor Verärgerung ganz aufgelöster Stimme von einer schiefgelaufenen Hefelieferung erzählt, muss ich heftig blinzeln. Ich vermisse sie. Ich vermisse Dex. Ich vermisse alle.

Ich halte mein Handy fest umklammert und fühle mich plötzlich ganz verloren und verlassen. Was lächerlich ist. Niemand hat mich zurückgelassen. Ich bin hier, weil ich es so wollte. So ist das Leben. Wie in einem verkorksten Boggle-Spiel würfelt es uns alle durcheinander, und wir landen zufällig irgendwo. Es ist nicht das erste Mal, dass ich mich so fühle. Normalerweise bin ich aber in der Lage, mich mit Freunden und Partys und viel Gelächter abzulenken. Nur schaffe ich es jetzt irgendwie nicht mehr, zu lachen. Und ich frage mich, ob das Leben so sein muss. Denn verflucht noch mal, ich möchte ein bisschen Kontrolle darüber zurückhaben.

19

Dex

In der Kabine werde ich mit einem überschwänglichen Chorgesang von *Gold on the Ceiling* begrüßt, der total schief klingt.

»Sieh mal an, da ist ja unser Sinatra!«, ruft Delgado, ein Lineman aus meiner Mannschaft.

Von einem kichernden Gray bin ich darüber informiert worden, dass das Video von meiner Karaokeperformance zum viralen Hit geworden ist. Und als wäre das nicht schon genug, wurde meine Performance auch noch als Highlight in den Sportnachrichten gezeigt – samt einigen albernen Witzchen dazu. Deshalb war mir schon klar, dass sich die Jungs ordentlich über mich lustig machen würden, wenn das Training wieder losgeht.

»Ja, ja.« Ich winke träge ab. »Lacht ihr nur, ihr Warmduscher.«

Sampson, ein Nose Tackle, versucht zu röhren wie Chewbacca, verschluckt sich dabei aber nur, woraufhin sich die Jungs noch mehr kaputtlachen.

Grinsend lasse ich mich auf eine Bank fallen und kicke meine Schuhe von den Füßen.

Finn Mannus, mein Quarterback, kommt mit einem breiten Lächeln zu mir herübergeschlendert. Er klopft mir kräftig auf die Schulter. »Na, Dexter, 'ne schöne freie Woche gehabt?«

»Lass es raus, Manny, und dann zieh Leine«, gebe ich gelassen zurück.

Er grinst mich immer noch an wie ein ekelhaft selbstzufriedener Depp. »Ich muss schon sagen, mir gefällt es, wenn du zeigst, dass du Eier hast, Dex. Wusste nicht, dass du das draufhast.«

»Es gibt mit Sicherheit so einiges, was du nicht über mich weißt.«

Ich habe mich ausgezogen und will gerade meine Footballmontur anlegen, als ich seinen Blick auffange. Er feixt nicht mehr, sondern sieht plötzlich ziemlich ernst aus.

»Das ist genau der Punkt«, sagt er. »Du bist mein Center.«

Seine Worte geben mir zu denken. Ich mag Finn. Er ist ein Rookie – also noch ganz frisch in der Profiliga –, was für ihn besonders ätzend sein muss, denn er soll das Team anführen und hat nicht die Möglichkeit gehabt, allmählich in seine Aufgabe hineinzuwachsen. Aber er ist ein guter Quarterback, und *meine* Aufgabe ist es, ihn zu schützen. Doch ich bin nicht so vertraut mit ihm wie mit Drew, ich habe mir nicht die Zeit genommen, ihn kennenzulernen. Schuldgefühle machen sich in mir breit.

»Geh nachher ein Bier mit mir trinken«, schlage ich vor. »Dann erzähl ich dir von meiner wilden Woche.«

Er sieht mich mit diesen berühmten babyblauen Augen an, die Frauen in ganz Amerika zum Seufzen bringen und bewirken, dass sie ihm ihre Höschen zuwerfen. Mich lassen sie kalt, aber ich bin Manns genug, um anerkennen zu können, was die weibliche Hälfte der Bevölkerung an ihm findet. Schätze, ich bin dazu verdammt, immer den hübschen Jungs Deckung zu geben.

»Ja«, sagt er. »Hört sich gut an.« Er will gehen, bleibt dann aber noch einmal stehen. »Verdammt, wir haben um vier dieses Fotoshooting.«

Als er ein mürrisches Gesicht macht, bin ich derjenige, der lachen muss. »Ach, der Wohltätigkeitskalender. Dachte, so was wäre genau dein Ding, du Beau.«

Seiner angewiderten Miene nach zu urteilen, ist es das aber offenbar nicht. »Charityaktionen schon. Aber ich würde lieber mit einer Gruppe von Kindern reden, statt meinen Arsch anzubieten wie ein Stück Rindfleisch.«

»Aber Manny«, sagt Sampson im Vorbeigehen, »dabei ist es doch so ein toller Arsch. Fast so toll wie deine Birne.« Daraufhin klatscht er mit einem Handtuch auf besagten Hintern und haut schnell ab, um Mannus' Rache zu entgehen.

»Lauf du nur, du Schwachmat«, ruft Mannus ihm hinterher.

Ich ziehe mich an, froh darüber, dass sich die Aufmerksamkeit statt auf mich wieder auf unseren Quarterback richtet, wie es sich gehört.

Doch leider hält die Ablenkung nicht lange vor. Während des Trainings singen die Jungs mir Ständchen. Und als ich an der Seitenlinie ein Gatorade runterstürze und meine brennenden Quadrizepse dehne, stellt sich Dean Calloway, der Offensive Line Coach, neben mich. Er schaut hinüber zu den anderen Spielern, aber seine Mundwinkel zucken.

»Ich glaube, ich weiß, wer in unserer diesjährigen Musicalaufführung die Hauptrolle spielen wird, Dexter.«

»Wusste gar nicht, dass wir Musicalaufführungen machen, Coach.« Ich werfe die leere Flasche in den Müll.

Er dreht sich zu mir. »Vielleicht ist es an der Zeit, damit anzufangen.« Er klopft mir auf den Rücken und zieht dann mit einem »Gute Arbeit, Dex« davon.

Während ich ihm hinterhersehe, wird mir bewusst, dass ich zwar schon seit zwei Jahren in diesem Team spiele, mich persönlich aber bisher nicht wirklich eingebracht habe. Zu gerne habe ich mich vor der Welt versteckt. Dabei fühlt es sich gut an, mit den Jungs und den Trainern zu lachen und den ganzen Kram nicht allzu ernst zu nehmen.

Ich könnte glücklich sein, wirklich glücklich. Nur eine Sache fehlt mir, und die befindet sich gerade mehr als zweitausend Kilometer von mir entfernt.

Fiona

Ich bin unterwegs in eine Bar, als Dex anruft. Das bringt mich schon zum Grinsen, bevor ich überhaupt rangehe.

»Hey.«

»Hey, Kirsche.« Seine tiefe Stimme lässt mich leicht erschauern. Jedes Mal wieder. »Was machst du gerade?«

»Ich gehe mit Anna was trinken.« Ich flitze über die Fifth Avenue und schlängele mich zwischen einer langsam schlendernden Touristenfamilie durch.

»Drews Anna?«, fragt Dex überrascht.

»Jep. Wir haben uns über die Jahre angefreundet. Gray lädt sie und Drew immer ein, Weihnachten mit uns zu verbringen.« Drew hat seine Eltern verloren, als er noch auf der Highschool war, und Grays Mutter ist ungefähr zur selben Zeit an Krebs gestorben. Gray hat es sich zur Aufgabe gemacht, dafür zu sorgen, dass Drew niemals ein Weihnachtsfest ohne Familie erlebt. Wobei mit »Familie« er und jetzt auch Ivy und ich gemeint sind.

»Richtig, das hatte ich vergessen. Ich könnte mir immer noch dafür in den Arsch treten, dass ich letztes Jahr zu meinen Eltern gefahren bin, statt zu Grays Weihnachtsparty zu kommen«, sagt Dex mit einem trockenen Lachen.

Er war, wie jedes Jahr, auch eingeladen gewesen.

»Du bist ein braver Sohn gewesen«, sage ich.

»Ich bin der Verlockung, dich zu sehen, aus dem Weg gegangen.«

Das bringt mich ins Stolpern. Stirnrunzelnd beschleunige ich meine Schritte. »Warum bist du mir aus dem Weg gegangen?«

Als er seufzt, kann ich mir richtig vorstellen, dass er sich mit einer Hand über den Bart fährt, wie er es immer tut, wenn er mit etwas nicht rausrücken will.

»Na ja, letztes Jahr warst du noch auf dem College und ich war ein Rookie in der NFL. Es bestand nicht die geringste Hoffnung, dass wir uns je treffen können würden. Und abgesehen davon warst du Grays kleine Schwägerin.«

»Die bin ich doch immer noch. Wobei ich in dem Zusammenhang was gegen die Bezeichnung ›klein‹ habe.«

»Na gut, seine *jüngere* Schwägerin.« Ein Lächeln liegt in seiner Stimme, doch dann wird er ernst. »Ich habe ihn gefragt, ob er was dagegen hätte, wenn ich es bei dir versuche.«

»Was?«, kreische ich und bleibe wie angewurzelt stehen.

»Er ist einer meiner besten Freunde, Fi. Es geht um den Ehrenkodex unter Männern. Den verletzt man nicht.«

»Und was, wenn er Nein gesagt hätte?« Die Vorstellung, dass Gray über mein Sexleben bestimmt, passt mir gar nicht.

»Dann hätte ich ein absolut logisches und unanfechtbares Argument vorgebracht, damit er seine Meinung ändert«, sagt Dex. »Oder ich hätte auf ihn eingeprügelt, bis er klein beigegeben hätte.«

Ich lache. »So viel zum Ehrenkodex.«

»Einen Streit mit Fäusten zu klären ist laut Männer-Ehrenkodex eine akzeptable Form der Konfliktlösung. So steht es in den Statuten.«

»Und du behauptest, Frauen wären schwer zu verstehen.« Ich lache und laufe schnell weiter, damit ich nicht zu spät komme. »Was ist mit dir? Was machst du heute Abend?«

»Auch ausgehen. Ich ziehe mit meinem QB los.«

»Mit Finn Mannus?« Ich seufze. »Er ist ein Traum.« Okay, ich

bin noch ein bisschen stinkig wegen Dex' archaischem »Ehrenkodex unter Männern«-Ding mit Gray, und Rache ist Blutwurst.

Wie zu erwarten gibt Dex einen geringschätzigen Laut von
sich. »Ich dachte, Football interessiert dich nicht.«

»Es besteht ein Unterschied, ob man sich für den Sport interessiert oder für sexy Spieler«, necke ich ihn.

»Hätte nie gedacht, dass ich der eifersüchtige Typ bin«, sagt
er gedehnt. »Anscheinend bin ich es aber, denn auf einmal
habe ich den Drang, dem kleinen Scheißer sofort aufs Maul
zu hauen.«

»Tu das nicht! Du ruinierst sein hübsches Gesicht!«

»Fi.« Dex klingt düster. Und gequält.

Lachend erlöse ich ihn von seinem Leid. »Baby, du weißt
doch, dass ich nur Augen für einen habe. Und der ist viel heißer
als irgend so ein magerer Quarterback.«

»Ja?« Er schnurrt jetzt praktisch.

Alle meine Lustpunkte machen sich gleichzeitig bemerkbar.
»Ja.«

Ich höre ihn seufzen, dann sagt er mit gesenkter Stimme:
»Ich möchte mir das Foto ansehen, das du mir geschickt hast.
Ich will es so sehr, dass mein Schwanz wehtut. Aber ich weiß,
dass es dann nur noch schlimmer wird. Ich kann mir keinen
mehr runterholen, wenn ich mir dich vorstelle, Fi.«

Mir stockt der Atem. »Wieso nicht?«

»Weil ich dich in echt hatte. Die bloße Vorstellung bringt es
einfach nicht mehr.«

»Hast du … sonst an mich gedacht, wenn du es dir selbst
gemacht hast?«

Ich kann hören, wie er ein Stöhnen unterdrückt. »Das weißt
du doch.«

»Wir könnten …« Ich weiche einer Frau aus, die zur U-Bahn
rennt. »Wir könnten es uns ja beschreiben.«

Wieder stöhnt Dex. »Nein«, sagt er. »Es würde mich fertigmachen, Kirsche, wenn ich dich dabei nicht berühren kann.«

»Ich würde mich selbst anfassen. So tun, als wärst du es, der mich streichelt.«

Ich weiß auch nicht, warum ich nicht lockerlasse. Ich bin mitten in Manhattan und kann rein gar nichts machen. Aber Dex herauszufordern ist ganz schnell zu einer meiner Lieblingsbeschäftigungen geworden. Weil ich weiß, dass es ihm gefällt. Mehr noch, er *braucht* es. Dex ist viel zu verschlossen. Was eigentlich okay wäre, wenn ich da nicht diese Lebenslust in ihm gesehen hätte, die unbedingt aus ihm rauswill.

Ich höre sie ihm an, als er tief gluckst. »Babe, die Vorstellung, wie du dich selbst anfasst, ist sogar noch schlimmer. Das muss ich sehen, nicht hören.«

»Wir könnten skypen.«

»Fi.«

»Ethan.«

Das Lächeln ist nicht aus seiner Stimme verschwunden, doch er klingt angespannt. »Ich kann mich nicht elegant ausdrücken. Ich würde es versauen, indem ich was Falsches sage. Du brauchst nicht zu hören, wie ich mir heute ausgemalt habe, ich würde dich in eine stille Ecke der Umkleide drücken, damit ich meine Hand unter deinen Rock schieben und es dir mit den Fingern besorgen kann, während ich weiß, dass meine Jungs nur wenige Schritte entfernt sind. Ich würde dir sagen, dass du dabei schön brav und leise sein sollst, dass du keinen Ton von dir geben darfst, auch wenn du es noch so sehr willst, wenn ich mit der anderen Hand in einen deiner spitzen kleinen rosa Nippel kneifen würde. Schön fest, so wie du es magst.«

Ich bin immer langsamer geworden und schließlich stehen geblieben. Meine Haut prickelt, mein keuchender Atem geht in kurzen Stößen, während die Welt um mich herum sich auflöst. Mein Brustwarzen pochen, als wäre Dex jetzt hier und würde grob hineinzwicken. Meine Mitte krampft sich unter der eingebildeten Empfindung, wie sich Dex' breite, lange Finger immer wieder hineinbewegen, lustvoll zusammen.

Ich räuspere mich. »Ich glaube, das mit dem Reden hast du ganz gut drauf, Großer.«

Er holt tief Luft. »Ich habe dich nicht gekostet, Fi. Das bereue ich. Ich habe keine Ahnung, wie eine Frau schmeckt, und jetzt kann ich nur noch an deine süße Mitte denken. Gott, ich möchte deine Beine weit auseinanderspreizen, genüsslich jeden Zentimeter auskosten und herausfinden, ob du anders schmeckst, wenn du kommst.«

»Ethan«, meine Stimme bricht.

»Siehst du? Es ist zu viel, oder?«

Irgendwie schaffe ich es, trotzdem zu lachen. »Noch ein Wort, und ich werde mich spontan selbst entzünden. Direkt hier auf der Fifth Avenue.«

»Ja?« Er klingt überrascht. Dieser arme, ahnungslose, sexy Center.

»Ich glaube, du hast recht«, sage ich und zwinge mich weiterzugehen. »Kein Sextalk mehr. Mich macht er auch fertig.«

»Ich weiß. Also …« Er klingt angestrengt, als müsste er sich bemühen, einen unbeschwerten Ton anzuschlagen. »Erzähl mir irgendwas anderes, damit ich mit den Gedanken wieder unter deinem Rock hervorkomme. Wie läuft die Arbeit?«

Na, wenn das mal kein sofortiger Lustkiller ist. Verdammt, da ist wieder dieser Schmerz in meiner Kehle. Ich möchte ihm alles erzählen, auch von meiner tief sitzenden, quälenden Angst, dass ich mal wieder dabei bin zu scheitern. Aber ich will nicht, dass er diese Seite von mir sieht. Die der flatterhaften Fi, die es nicht schafft sich zusammenzureißen. Ich kann die Vorstellung, dass er dann weniger von mir halten könnte, nicht ertragen.

»Ganz gut.«

Er schweigt kurz, und jetzt bin ich froh über die Entfernung zwischen uns. So kann er mein Gesicht nicht sehen.

»Ich dachte, du musstest wegen eines Problems auf der Arbeit abreisen«, sagt er vorsichtig.

Na toll. Entweder lüge ich also, was meine Arbeit oder was meine Gründe angeht, aus denen ich von ihm weggegangen bin. Stumm fluchend beiße ich die Zähne zusammen und überlege mir eine Antwort.

»Das hat sich geklärt. War keine so große Sache, wie ich dachte.«

»Na ja, das ist doch gut.«

Er hört sich nicht so an, als würde er mir die Geschichte abkaufen. Oh Gott, ich verbocke es schon jetzt, indem ich dieses Kartenhaus von einer Beziehung auf lauter hinterhältigen Lügen aufbaue. Aber ich kann es ihm nicht erzählen. Sonst muss ich auf der Stelle anfangen zu weinen.

»Ich bin jetzt vor der Bar«, verkünde ich ihm mit vorgetäuschter Lockerheit. »Soll ich später noch mal anrufen?«

»Immer doch, Kirsche«, sagt er sanft. Ich höre, wie er tief Luft holt. »Fi?«

Mit klopfendem Herzen umklammere ich das Handy wie ein Rettungsseil. »Ja?«

»Du sollst nur wissen, dass ich an deiner Seite bin. Auch wenn ich gerade weit weg bin, bin ich immer für dich da.«

Ich schaffe es gerade so, nicht laut loszuschluchzen. Ich stehe an der Ecke Fifth Avenue und 25th Street, die Welt fließt an mir vorüber wie plätscherndes Wasser, und ich fühle mich so allein, dass ich die Arme um meinen Oberkörper schlinge.

»Danke, Ethan.«

Dann lege ich auf, denn wenn ich noch mehr sage, bricht mein Herz entzwei.

20

Fiona

Letztendlich trinken Anna und ich doch nichts. Stattdessen kaufen wir uns Sandwiches bei Eataly und nehmen einen Tisch auf der Flatiron Plaza in Beschlag, dem kleinen, betonierten Fußgängerdreieck zwischen Broadway und Fifth Avenue.

Es herrscht herrliches New Yorker Herbstwetter, eine frische Brise weht durch die sonnenerwärmte Luft.

Von meinen Problemen bei der Arbeit erzähle ich nichts. Ich möchte lieber den Abend genießen.

»Also … Dex?« Anna grinst und trinkt einen Schluck von ihrem Latte.

Ich weiß nicht, ob sie es von Ivy erfahren oder ob Gray es Drew gegenüber ausgeplaudert hat, aber ich tippe auf Gray. Eigentlich ist es auch egal.

Ich grinse zurück. »Ja. Dex.«

Ich verkneife mir einen verträumten Seufzer, denn das wäre zu viel des Guten. Doch Anna ist einfach zu scharfsinnig. Meine Zufriedenheit entgeht ihr nicht.

»So gut, ja?« Ihre Wangen runden sich und der Wind wirbelt ihre roten Locken auf.

»Sagen wir einfach mal, Fauxgasmen sind nicht nötig.«

»Fauxgasmen?«, fragt Anna lachend.

»Vorgetäuschte Orgasmen.« Ich werfe ihr einen Blick zu. »Oh Mann, jetzt sag mir bitte nicht, dass du noch nie einen vortäuschen musstest. Ich glaube, dann sterbe ich vor Neid.«

Mein bisheriges Sexleben war keineswegs schrecklich, aber Collegejungs geht es meistens nur ums Aufreißen – rauf, rein, raus, runter, fertig, die Nächste bitte. Dex war noch Jungfrau, und doch hat er sich mir mit Körper und Seele voll hingegeben. Ich habe mich wertgeschätzt gefühlt, hatte das Gefühl, dass meinem Körper gehuldigt wurde. Abgesehen davon ist Dex so verdammt sexy, dass er mich nur anzusehen braucht und schon werde ich ganz heiß.

Anna schluckt einen Bissen Sandwich herunter, bevor sie den Kopf schüttelt. »Klar habe ich schon mal einen vorgetäuscht. Bei Drew allerdings nie.«

Ich verdrehe die Augen, lache aber. »Das will ich doch hoffen, schließlich heiratest du den Kerl.«

»Oh, er stellt mich voll zufrieden. Voll und ganz.«

Wir geben uns albern eine Gettofaust und brechen in Gelächter aus.

»Ich muss zugeben, dass ich überrascht bin«, sagt Anna.

»Wieso? Wegen der Sportlersache?«

»Ja, deswegen auch. Bisher hast du jedem von Drews Freunden, der sich an dich rangemacht hat, die kalte Schulter gezeigt.«

So einige Jungs aus Drews Team haben versucht, mich anzugraben, wenn ich mit Anna und ihm unterwegs war. Und ja, ich habe sie hauptsächlich deswegen zurückgewiesen, weil sie Footballspieler waren. Aber einige waren einfach auch so komplette Idioten.

»Aber eigentlich«, fährt Anna fort, »wundere ich mich noch mehr, weil Dex so still ist. Ich meine, ich habe den Kerl total gerne, aber du bist nicht gerade der schüchterne Typ.«

Ich muss grinsen. »Wenn wir zusammen sind, ist er gar nicht still. Abgesehen davon bin ich mir ziemlich sicher, dass ich jemanden, der genauso ist wie ich, umbringen würde. Stell dir nur vor, was das für ein permanenter Krach wäre!« Ich tue so, als müsste ich mich schütteln.

Anna schenkt mir ein pflichtbewusstes Lächeln, das jedoch schnell verblasst. »Warum siehst du dann so traurig aus, Fi?«

Augenblicklich sacke ich in mich zusammen. Ich könnte ihr von meiner Arbeit erzählen. Aber die ist es nicht, die mir gerade das Herz besonders schwermacht.

»Weil ich glaube, dass ich nicht für eine Fernbeziehung geschaffen bin. Ich vermisse ihn jetzt schon.« Ich vermisse ihn nicht nur, ich brauche ihn. Hier. Jetzt. »Ich bin ganz unruhig. Und ich weiß jetzt schon, dass ich dieses Gefühl nicht loswerde, bis wir uns wiedersehen. Wird es nicht noch viel schlimmer, je mehr ich für ihn empfinde?«

Anna streckt einen Arm aus und drückt meine Hand. »Ich wünschte, ich wäre besser in so was. Ich weiß auch nicht. Ich hasse es, wenn Drew unterwegs ist. Aber was soll man machen? Wir suchen uns nicht aus, wen wir lieben.«

»Ich dachte, sich in jemanden zu verknallen, wäre der absolute Wahnsinn und einfach nur schön.«

»Ha.« Anna lehnt sich mit leuchtenden Augen zurück. »Es ist die zugleich beste und schlimmste Zeit deines Lebens, Kindchen.«

Dex

Das Fotostudio befindet sich im Warehouse District von New Orleans. Wir wurden in kleine Gruppen aufgeteilt. Ich bin mit Rolondo, Finn und Jake Ryder, unserem zweiten Wideout, hier. Abgesehen von Ryder gefällt keinem von uns die Aussicht, in den nächsten paar Stunden zu modeln, aber es geht um einen guten Zweck, also erfüllen wir unsere Pflicht.

Seltsamerweise ist jedoch niemand da, um uns in Empfang zu nehmen. Als auf unser Klingeln nicht reagiert wird, schlägt Finn mit der Faust gegen die Metalltür.

»Haben wir uns in der Zeit geirrt?«, fragt er über die Schulter hinweg.

»Nein. Wir sind sogar ein paar Minuten zu spät.«

»Ich hoffe für den Fotografen, dass er gerade nicht irgend so einen Künstlerwutanfall hat.« Im Moment scheint allerdings eher Finn derjenige zu sein, der kurz vor einem Tobsuchtsanfall steht.

Ich zucke nur mit den Schultern. »Vielleicht ist er gerade auf dem Klo oder so.«

»Na toll«, sagt Ryder gedehnt. »Wir müssen erst noch seinen Schiss abwarten? Das kann sicher 'ne gute halbe Stunde dauern.«

Rolondo legt den Kopf in den Nacken. »Guter Gott, diese Jungs betteln geradezu immer wieder um eine Watsche. Es ist fast schon zu einfach.«

Ryder grinst und drückt sich dann an mir vorbei, um ebenfalls gegen die Tür zu hauen. »Alter! Drück's raus und mach auf!«

»Meine Güte«, sage ich mit einem Klingeln in den Ohren. »Zeig ein bisschen Manieren.« Doch er grinst bloß.

Unser Wortwechsel wird dadurch beendet, dass die Tür auffliegt. Eine große junge Frau mit langen, glatten Haaren in sattem Magentarot misst uns mit einem finsteren Blick. Ich tippe mal, wir wurden für mangelhaft befunden.

»*Was* rausdrücken, bitte?«, fragt sie mit einer dermaßen rauen Stimme, dass ich mich frage, ob sie raucht.

Wir drucksen verlegen herum, bis Finn einen Schritt vortritt. »Äh … Wir sind wegen des Kalendershootings hier.«

»Ach was … Ich habe sicher nicht geglaubt, dass ihr für das

Gruppenfoto der Kinder-Baseballmannschaft hier seid, das nachher noch ansteht.«

»Du bist die Fotografin?« Finn macht vor Schreck große Augen.

»Mal nicht so klischeehaft, ja, Hübscher?«

Ryder kichert. »Sie hat dich durchschaut, Apfelbäckchen.« Finn ist ein Schönling. Wir ziehen ihn alle wahnsinnig gerne damit auf. Aber das scheint ihm gerade gar nicht zu gefallen.

»Moment mal, uns wurde gesagt, dass der Fotograf Chester Copper heißt. Entschuldigung, wenn ich da angenommen habe, dass es sich um einen Mann handelt.«

Sie presst die Lippen zusammen. »Ich nenne mich Chess. Keine Ahnung, wie euer PR-Management auf meinen vollen Namen gekommen ist.«

»Wahrscheinlich liegt's daran, dass sie die Leute vorher gründlich durchleuchten, um die Freaks auszusortieren.« Finns zweifelnder Gesichtsausdruck soll eindeutig ausdrücken, dass die PR-Abteilung in diesem Fall versagt hat.

Chess verdreht gelangweilt die Augen.

»Chester Copper … Das ist so ähnlich wie Chester Copperpot aus *Die Goonies*«, fügt Ryder hilfreicherweise hinzu. »Erinnert ihr euch noch an den Film?«

Die Fotografin stößt einen obszönen Fluch aus.

»Ja, ist ein cooler Streifen«, sagt Rolondo. »Der kleine Junge, der darin die Hauptrolle hatte, spielte später Samweis Gamdschie. Mann, was für ein armer Trottel. Wer wirft sich bitte freiwillig ins Feuer des Schicksalsbergs, weil ihm wegen eines Hobbits einer abgeht?«

»Er hatte die Mission, Mittelerde von Sauron zu erlösen, du Idiot«, erkläre ich.

»Falsch! Er stand total auf Frodo.«

Ryder gibt einen genervten Laut von sich. »Hallo? Können wir bitte wieder über *Die Goonies* und Chester Copperpot reden? Ihr wisst schon, den Alten, den sie ganz verschrumpelt von einem Felsbrocken erschlagen vorfinden, weil er in eine Falle vom Einäugigen Willie getappt ist?«

Chess läuft dunkelrot an. »Ja, ich weiß schon«, presst sie hervor. »Meine Eltern haben sich bei einer Kinovorführung des Films kennengelernt. Sie rechneten damit, dass sie einen Jungen bekommen, und weil meine Oma schon alle meine Babydecken mit dem Namen bestickt hatte …« Sie zuckt mit den Schultern, als wollte sie sagen: *Was soll man machen?*

»Sie haben dich tatsächlich nach der Figur aus *Die Goonies* benannt?«, frage ich ziemlich entsetzt. Ihre Eltern scheinen eine noch schlechtere Idee gehabt zu haben als Grays Mutter, die ihm den Namen eines Charakters aus einem Roman von John Grisham gegeben hat.

»Ja«, bestätigt sie knapp.

Keiner von uns sagt darauf noch etwas, doch ich höre Rolondo etwas über verrückte weiße Leute vor sich hinmurmeln.

Die Fotografin dreht sich um und geht uns energischen Schritts ins Fotostudio voraus.

Nachdem wir einige vielsagende Blicke getauscht haben, folgen wir ihr.

In dem großen Raum sind eine Reihe Scheinwerfer vor einer großen Leinwand aufgebaut. An der Seite steht ein langer Tisch mit Footballausrüstung: Schulterpolster, Footballs, die Helme unseres Teams, sogar Schienbeinschoner und Tape.

Ein dünner Kerl mit Filzhut, der in einem schmal geschnittenen, lindgrünen Sechzigerjahre-Anzug steckt, taucht auf. Er trägt wie ich einen Bart, doch seiner ist rot und ziemlich fusselig.

»Ich bin James«, erklärt er uns. »Chess' Assistent. Sorry wegen der Verspätung. Wir haben gerade auf dem Balkon eine geraucht.« Er grinst und mustert Ryder.

Ry verlagert das Gewicht und zieht irritiert die Stirn kraus.

»Besser gesagt habe ich geraucht. Chess hat mir nur Gesellschaft geleistet.«

Chess geht zu einem Tisch und nimmt eine große Kamera in die Hand. »Sie brauchen keine detaillierte Erklärung, James«, sagt sie, ohne uns anzusehen. Konzentriert stellt sie ihr Arbeitsgerät ein. »Die Umkleide ist da links. Nachdem ihr euch ausgezogen habt, reibt James euch mit Öl ein.«

Sie hätte genauso gut mitten im Raum eine Stinkbombe platzen lassen können. Wir weichen alle einen Schritt zurück und verziehen mehr oder weniger schockiert die Gesichter.

»Mit Öl einreiben?« Finn sieht aus, als hätte er an einer Zitrone gelutscht. »Du willst es uns richtig geben, was?«

»Wenn ich es jemandem gebe, dann merkt derjenige das schon, Mr Mannus.«

Ryder lacht. »Das Mädchen gefällt mir.«

»Ich bin kein Mädchen, Mr Ryder, ich bin eine Frau.«

Als Rolondo leise johlt, stoße ich ihm einen Ellbogen in die Rippen.

»Lass mich raten«, sagt Finn gedehnt. »Du bist besessen davon, endlich den Einäugigen Willie zu finden.«

Ryder verschluckt sich an einem unterdrückten Lachen, und ich fahre mir mit der Hand über den Bart, um meins zu verbergen.

»Mann«, murmelt Rolondo. »Da hast du dir jetzt vielleicht was eingebrockt.«

Chess hat einen tödlichen Blick aufgesetzt. Sie sieht geradezu beängstigend grimmig aus. Ich bin mir ziemlich sicher, sie hat im Wandschrank lauter Skelette von anderen großschnäuzigen Mannschaftssportlern hängen, die es gewagt haben, ihren Weg zu kreuzen.

Wir stehen da wie aufsässige Schuljungen, die zum Rektor geschleift wurden. Doch meine Lippen zucken trotzdem amüsiert. Ich weiß, dass wir in ungefähr zehn Minuten nackt sein werden und Finn jede Sekunde davon hassen wird. Es juckt mir in den Fingern, mein Handy rauszuholen und Fi zu schreiben. Beim Gedanken an sie stirbt mein Lächeln allerdings einen ziemlich schnellen Tod.

Fi hat sich am Telefon nicht gut angehört. Sie leidet, und ich weiß verdammt noch mal nicht, warum. Angesichts der Entfernung zwischen uns habe ich das Gefühl, als würde sich eine kalte Hand um meine Wirbelsäule legen. Das Gefühl gefällt mir nicht, genauso wenig wie die Tatsache, dass sie nicht die Wahrheit gesagt hat. Aber ich werde schon herausfinden, was los ist. Je eher ich mich nackig gemacht habe und eingeölt wurde, desto schneller kann ich mich wieder Fi widmen. Also atme ich einmal tief durch und trete einen Schritt vor.

»Ich fange an.«

21

Fiona

Dass Frauen Probleme gerne ausdiskutieren, ist eine universell anerkannte Wahrheit. Nur leider schafft alles Reden sie auch nicht aus der Welt.

Mein Problem wartet wie eine bedrohliche schwarze Wolke auf mich, als ich zur Arbeit komme und sehe, dass Elena ein eigenes Büro am Ende des Gangs bezogen hat. Sie winkt und grinst breit, als ich vorbeigehe. Ich frage mich kurz, wie es wohl ankäme, wenn ich mit meinem Mittelfinger zurückwinken würde, lasse es dann aber bleiben. Stattdessen bekommt sie ein Nicken mit dem Kinn, das sich blöd und wirkungslos anfühlt. Deshalb habe ich bereits hundsmiserable Laune, als ich an meinem Schreibtisch ankomme und auf einem Notizzettel lese, dass Felix mir aufgetragen hat, den Stoff zu bestellen, den ich ausgesucht habe und für den Elena die Lorbeeren eingestrichen hat.

Sie kommt zu mir herübergeschlendert, als ich gerade meinen Computer einschalte. »Ich bin der Meinung, dass du es von mir erfahren solltest. Felix hat mich heute Morgen in sein Büro gerufen. Er hat mir den Assistenzjob gegeben.« Sie drückt meine Hand. »Ich hoffe, wir können trotzdem noch Freundinnen sein. Ich habe es immer sehr genossen, mich mit dir über neue Ideen auszutauschen.«

Herrgott, sie schafft es sogar, aufrichtig dabei zu klingen. Und was soll ich machen? Ich bin mir ziemlich sicher, dass es mir kein Stück weiterhelfen würde, ihr ins Gesicht zu boxen. Auch wenn es sich vermutlich verdammt gut anfühlen würde. Ich starre hinunter auf meine Hand und forme sie langsam zur Faust. Doch aus irgendeinem seltsamen Grund stelle ich mir im selben Moment vor, wie Ethan seine Hand um meine legt und sie nach unten drückt, während er in mich gleitet. *»Du fühlst dich so gut an, Kirsche.« Aus leuchtenden goldgrün-bernsteinfarbenen Augen sieht er mich mit einem verträumten Ausdruck des Erstaunens an. »Es gibt nichts Besseres auf der Welt.«*

»Fiona? Alles klar?«

Ich hole tief Luft und sehe Elena in die Augen. »Ja. Alles gut.« Was nicht ganz stimmt, aber immerhin bin ich etwas ruhiger, sodass ich in der Lage bin, mit ihr zu sprechen, ohne auszurasten. »Sonst noch was?«

Sie runzelt leicht die Stirn. »Äh … nein.«

»Okay. Dann hole ich mir jetzt einen Kaffee.« Und damit lasse ich sie stehen.

Äußerlich bin ich ruhig. Doch mit jedem Schritt hämmert ein Gedanke immer lauter in meinem Kopf: *Ich hasse das hier. Ich hasse das hier.* Ich müsste vermutlich proaktiver sein. Den Stier bei den Hörnern packen, eine starke Frau sein und so weiter. Ich beschließe jedoch, mit diesem Schritt bis zum Abend zu warten. Ja, so mutig bin ich.

»Felix, hast du einen Moment?« Ich verschränke die feuchten Hände hinter dem Rücken.

Felix sieht von seinem Laptop auf. Eine winzige weiße Espressotasse steht daneben, was bedeutet, dass er wahrscheinlich gerade den neuesten Klatsch über Stars und Sternchen liest. »Sicher, Schätzchen.«

Schätzchen? Ich möchte würgen. Doch jetzt, wo ich den Mut aufgebracht habe, ihn anzusprechen, muss ich auch etwas sagen. Ein Teil von mir würde am liebsten laut loslachen. Normalerweise habe ich überhaupt keine Probleme damit, mit Leuten zu reden. Ich glaube, ich würde nicht mal einen Tag aushalten, ohne irgendetwas zu jemandem zu sagen, und sei es nur, dass er oder sie hübsche Schuhe anhat. Aber im Moment habe ich vor Panik einen golfballgroßen Kloß im Hals und schaffe es gerade mal, stumm meinen Hintern auf den Stuhl gegenüber von Felix zu schieben.

»Möchtest du einen Espresso?« Er schenkt mir ein betont freundliches Lächeln, wie er es auch bei Kunden aufsetzt, von denen er fürchtet, dass sie schwierig sein könnten. Das verrät mir, dass er alles andere als ahnungslos ist, warum ich zu ihm gekommen bin.

»Nein, danke.« Ich sehe ihm fest in die Augen. »Du … äh … hast Elena die Assistenzstelle gegeben?« Ich versuche, ganz ruhig zu klingen, auch wenn ich eigentlich am liebsten schreien und vielleicht noch Felix' Kaffee über seinen blütenweißen Le-Corbusier-Klubsessel aus Leder schütten würde.

Mit einem lang gezogenen Seufzer lehnt er sich auf seinem Platz zurück und schlägt die Beine übereinander. »Ja, das habe ich, Herzchen.«

»Ich dachte, du wolltest diese Entscheidung erst nächsten Monat treffen.«

»Fiona, ich kann verstehen, dass du enttäuscht bist.« Sein Tonfall ist so gönnerhaft, dass ich die Fingernägel in die Handflächen bohren muss, um nicht zu würgen. »Aber wir wussten doch beide, dass es darauf hinauslaufen würde.« Er trinkt ein Schlückchen von seinem Espresso. »Ich habe die Sache lediglich beschleunigt.«

»Liegt es …« Ich hole tief Luft, um ein Schluchzen zu unterdrücken. »Liegt es daran, dass ich in den Urlaub gefahren bin?«

Seine Tasse trifft klirrend auf der gläsernen Schreibtischoberfläche auf. »Gott, nein.« Er betrachtet mich einen Moment lang mit einem fast schon traurigen Ausdruck in den dunklen Augen. »Elena bringt schlichtweg einen Vorteil mit, den du nicht hast. Kontakte.«

Diesmal entweicht mir trotz aller Bemühungen ein Schluchzen, aber es klingt eher wie ein zynisches Lachen. »Du hast sie wegen ihrer Mutter befördert?«

»Nein, wegen der Freunde ihrer Mutter. Sie hat jede Menge Bekannte mit jeder Menge Geld.« Er lächelt. »Außerdem sind ihre Entwürfe auch nicht schlecht. Frisch und hübsch, ohne zu gewagt zu sein. Genau das, was die gelangweilten, reichen Manhattaner wollen.«

Ich schwöre bei Gott, der Drang, mich zu übergeben, erschüttert meinen ganzen Körper. »Ihre Entwürfe sind …«

»Kopien deiner?«, ergänzt er. »Ja, ich weiß.«

Ich glaube, mir ist gerade die Kinnlade heruntergeklappt. Ich bin mir allerdings nicht ganz sicher, denn mein Gesicht fühlt sich wie betäubt an. »Du wusstest es?«

Felix zuckt mit den Schultern und trinkt noch einen Schluck von seinem Kaffee. »Man müsste schon blind sein, um es nicht zu merken, Herzchen. Deine Entwürfe sind allerdings ein bisschen provokativer. Du preschst vor, wo sie auf Nummer sicher geht.«

Okay, jetzt steht mir definitiv der Mund offen. »Ich kann das nicht glauben. Meine sind gewagter, aber du belohnst trotzdem sie?«

»Herzchen, die sichere Nummer bringt mehr ein. Und für ihre Raffinesse kann man ihr nur Beifall spenden.« Er seufzt erneut und stützt die Ellbogen auf den Tisch. »Den ersten Kunden, den ich an Land gezogen habe, konnte ich mit Entwürfen von José, meinem Ex, gewinnen. Ich habe dabei einen guten Liebhaber verloren, aber ein Business gewonnen.«

»Das ist schrecklich.«

»So ist das Geschäft. Geh ein kalkuliertes Risiko ein, mach das, von dem du weißt, dass es funktionieren wird.« Er sieht mich vorwurfsvoll an. »Gerade du solltest das doch wissen.«

»Kann mich nicht erinnern, diesen Kurs auf dem College belegt zu haben«, antworte ich schnippisch.

»Ich rede von deinem Dad, Schätzchen. Sportagenten sind nicht gerade für ihr lupenreines Verhalten bekannt. Kurz gesagt, ich hätte gedacht, du wärst abgeklärter. Kaltschnäuziger.«

»Mein Dad«, presse ich hervor, »hat seinen Kollegen nie ein Messer in den Rücken gestoßen.«

Felix schaut mich ungläubig an.

Ich ignoriere ihn und stehe auf. Am liebsten würde ich auf der Stelle kündigen und ihm sagen, dass er sich mal mit einem seiner heiß geliebten Ferragamo-Slipper einen runterholen kann. Die Worte brennen mir schon auf der Zunge, aber die Erwähnung meines Vaters lässt mich die Klappe halten. Er ist der Ansicht, ich würde immer aufgeben. Beim ersten Anzeichen von Schwierigkeiten läuft die »flatterhafte Fi«, wie er mich manchmal nennt, jedes Mal davon. Es kann sein, dass Felix mich jetzt feuern wird. Aber ich werde ihm nicht die Genugtuung verschaffen, in einem dramatischen Wutanfall davonzustapfen. Stattdessen streiche ich sorgfältig meinen Rock glatt und sehe ihn ruhig an.

»Ich komme morgen später. Ich werde auf dem Weg hierher die Stoffmuster abholen«, erkläre ich.

»In Ordnung«, sagt er und widmet seine Aufmerksamkeit wieder dem Online-Klatschmagazin. »Lass dir Zeit. Oh, warte, dieser tolle kleine Sandwichladen ist da gleich nebenan. Frag mal rum, ob du jemandem etwas von dort mitbringen kannst. Für mich allerdings nicht. Ich lasse diese Woche das Mittagessen ausfallen.«

Die Geräuschkulisse der Stadt sickert schwach durch die Fenster herein. Irgendwo am anderen Ende des Flurs klingelt ein Telefon. Es ist nichts gegen das Klingeln in meinen Ohren. Sandwiches? Er erwartet von mir, dass ich zu Elena gehe und sie frage, ob sie morgen Sandwiches zu Mittag essen will? »Ja«, krächze ich. »Sicher.« Nur dass ich ganz bestimmt niemanden irgendetwas fragen werde.

Meine Hand zittert, als ich meine Tasche aus der Schreibtischschublade hole und meinen Mantel vom Haken nehme. Ich muss kämpfen, um nicht in Tränen auszubrechen. Bei jedem meiner Schritte trifft der Absatz meiner Pumps hart auf den Holzdielen auf und versetzt meinem Herzen einen dumpfen Schlag. Es schnürt mir die Kehle zu.

Reiß dich zusammen, Mackenzie. Tief durchatmen.

Ich möchte so gerne schreien, dass sich mein Magen krampfhaft zusammenzieht. Ich schwöre bei allem, was mir heilig ist, wenn ich jetzt Elenas verlogenes Gesicht sehe, raste ich aus. Ich halte den Kopf gesenkt, damit ich nicht aus Versehen Blickkontakt mit jemandem herstelle, und gehe in Richtung Lobby.

Der Fahrstuhl macht *Pling*, noch bevor ich davorstehe. Ich hebe den Kopf, bereit, darauf zuzulaufen. Ich muss wirklich dringend hier raus. Doch dann bleibe ich wie vom Blitz getroffen stehen. Vor Schreck läuft mir ein Schauer über die Haut.

Nicht weinen. Jetzt bloß nicht weinen.

Drei Meter von mir entfernt ist Dex aus dem Fahrstuhl getreten. Er hat die Hände in die Hosentaschen seiner Jeans gestopft, ein dunkelblaues Henleyshirt spannt sich über seinen breiten Schultern. Sein ruhiger, eindringlicher Blick begegnet meinem.

Meine Unterlippe zittert, die Gefühle brechen sich an dem Kloß in meinem Hals vorbei Bahn. Er muss mir meinen Kummer ansehen – das Lächeln, das auf seinem Gesicht erschienen war, erlischt wieder. Meine Brust hebt und senkt sich, während ich versuche, normal zu atmen. Wenn ich es nur bis zu Dex schaffe, wird alles gut. Ich gehe geradewegs auf ihn zu und bleibe erst stehen, als ich die Arme um seine Taille schlingen und das Gesicht an seiner breiten Brust vergraben kann. Der Duft nach Nelke und Orange ist jetzt, da ich eine Weile nicht in seiner Nähe gewesen bin, intensiver. Er bedeutet Wärme, Stärke, Geborgenheit. Seine Arme umschließen mich, halten mich fest, und ich sinke in seine Umarmung.

»Hey«, sage ich zu seiner Brust.

Dex presst die Lippen auf meinen Scheitel. »Kirsche. Geht's dir gut?«

Nein. Überhaupt nicht. Meine Augen brennen und prickeln. Ich umarme ihn fester, atme ihn ein.

»Ich bin nur … richtig froh, dich zu sehen, Ethan.«

Seine Brust hebt und senkt sich unter einem tiefen Atemzug, und seine Stimme rumpelt rau über mich hinweg. »Ich habe dich auch vermisst, Fiona.«

Dex

Obwohl ich meinen Lebensunterhalt als Profifootballspieler verdiene, bin ich kein gewalttätiger Mann. Ich löse Probleme mit dem Hirn, nicht mit den Fäusten. Das sage ich mir selbst, als ich Fi an meine Seite drücke, während wir in einem Taxi zu ihrem Apartment sitzen. Sie zittert und lässt ihre zarte Hand über meinen Torso wandern, als müsste sie mich streicheln, um sich selbst zu erden. Es bringt mich um. Das Bedürfnis, auf jemanden, *irgendetwas* einzuschlagen, kocht immer wieder in mir hoch. Ich ringe es nieder, indem ich die Nase in Fis duftendem Haar vergrabe und tief einatme.

Frauen haben gut riechendes Haar, das ist nichts Besonderes. Aber irgendetwas an Fis Duft macht mich an. Pheromone. Ein elementarer biologischer Lockstoff, der einen Menschen zu einem anderen hinzieht. Ein Hauch von Fi und schon fühle ich mich gleichzeitig angetörnt und völlig zufrieden.

»Du bist hier«, flüstert sie. »Ich kann nicht glauben, dass du wirklich hier bist.«

Ich atme noch einmal tief durch, bevor ich mit leiser Stimme frage: »Was ist passiert, Kirsche?«

Als sie sich versteift, beiße ich vor Wut die Zähne zusammen. Wenn jemand ihr wehgetan hat … dann werde ich doch auf Gewalt zurückgreifen müssen. Doch dann seufzt sie, lässt die Finger über meine Brust wandern, findet eine Brustwarze und streichelt sie durch den dünnen Stoff meines Shirts. Ich versuche, die Berührung auszublenden, während sie mir die ganze Geschichte erzählt.

Der Kummer in ihrer Stimme geht mir ans Herz. Wenn sie leidet, leide ich auch. So ist es einfach. Zu allem Übel kann ich diesen Kampf nicht für sie austragen. Ich kann nicht ins Büro stürmen und ihren oberflächlichen Chef verprügeln oder ihre hinterhältige Kollegin. Ich kann sie nur festhalten, meine Lippen auf ihren Kopf pressen und sie erzählen lassen.

»Ich bin einfach so …« Sie gestikuliert auf der Suche nach dem passenden Wort mit einer Hand. »Wütend. Verletzt. Niedergeschlagen. Ja, ich glaube, das ist das Gefühl, das gerade überwiegt.«

Seufzend drückt sie die Nase an meine Brust. Ihr warmer Atem sickert durch mein Shirt. Immer noch spielt sie mit meinem Nippel, dreht den kleinen Barbell, den ich dort trage, gerade so stark, dass ich es in den Eiern spüre.

Meine Hüften zucken unwillkürlich, doch meine Gedanken konzentrieren sich darauf, eine Lösung zu finden. »Baby, ich …«

Sie bringt mich mit einem Blick zum Schweigen. In ihren großen grünen Augen glänzen nicht vergossene Tränen. »Ethan, ich weiß, dass du alles wieder in Ordnung bringen willst.« Sie schenkt mir ein müdes Lächeln. »Guck nicht so schockiert. Ich kenne dich besser, als du glaubst.«

»Ich bin nicht schockiert.« Es gefällt mir sogar, wie leicht sie mich durchschaut. »Ich gebe es zu, ich möchte dein Leid lindern.«

Fi streckt sich und küsst mich auf den Kiefer. Mein Bart verhindert, dass ich mehr spüre als den Druck ihrer Lippen. Aber ich will mehr. Am liebsten würde ich sie in meine Haut einprägen.

Ich drehe mich zu ihr und senke den Kopf. Küsse sie sanft, zärtlich, denn ich möchte, dass sie merkt, wie kostbar sie ist.

Fi lächelt an meinen Lippen. »Du willst, dass ich mich besser fühle, Großer? Dann lass mich die Welt für ein Weilchen vergessen, sobald wir in meiner Wohnung sind.«

Das Taxi hält vor ihrem Apartmenthaus an.

Ich vergrabe die Finger in ihrem Haar. »Kirsche, das gehörte die ganze Zeit schon zum Plan.«

22

Fiona

In dem verzweifelten Versuch, die Hände voneinander zu lassen, stehen Dex und ich auf gegenüberliegenden Seiten des Fahrstuhls, der zu meinem Apartment hinauffährt.

Der Hauptstörfaktor, der jedweden Unfug unmöglich macht, ist Mrs Flannery, meine Mitte sechzigjährige, verwitwete Nachbarin, die zwischen uns steht. Sie starrt geradeaus, und ihre purpurrot angemalten Lippen zucken. Als wüsste sie ganz genau, wie sehr es Dex und mir in den Fingern juckt, einander zu berühren. Was mich nicht überraschen würde, denn sie führt ein viel aktiveres Sexleben, als ich es bis jetzt hatte. Ich habe sie schon so manches Mal in eine Umarmung verschlungen im Fahrstuhl erwischt. Ehrlich gesagt ist die Frau so etwas wie meine Heldin in Sachen Sexkapaden.

Über ihren Kopf hinweg sieht Dex mir in die Augen. Der erregte Blick, den er mir zuwirft, lässt meinen Atem schneller gehen. Aber dann übertreibt er es. Er schneidet eine total blöde Grimasse, schielt und streckt die Zunge raus.

Die Fratze ist so untypisch für Dex, dass ich schnaubend ein Lachen unterdrücke. Mir steigen Tränen in die Augen, während ich versuche, es zurückzuhalten.

Mrs Flannery sieht mich vielsagend an. »Bekommen Sie eine Erkältung, Schätzchen?«

Ich überspiele hüstelnd ein Kichern, räuspere mich und stelle mich gerade hin. »Könnte sein.«

Sie lächelt gelassen. »Ich bin mir sicher, der junge Mann hier wird sich gut um sie kümmern.«

Dex wackelt hinter ihrem Rücken mit den Augenbrauen.

Blödmann.

Mrs Flannery beugt sich zu mir und senkt die Stimme zu einem Pseudoflüstern. »Die großen, stillen Jungs sind die schlimmsten, nicht wahr?«

Ich nicke ernst. »Ja, Ma'am, genau so ist es.«

Der Aufzug hält auf ihrer Etage. Sobald sich die Türen hinter ihr geschlossen haben, stürze ich mich auf Dex und pikse ihm in die Rippen, während er lacht und versucht, meinem Finger auszuweichen.

»Sie weiß genau, dass wir Sex haben werden«, sage ich lachend, versuche aber, möglichst empört zu klingen.

Er legt die Arme um mich. Sie fühlen sich an wie Stahlbänder, die mich fest gegen seine Brust drücken. »Klar weiß sie das.« Er küsst mich auf die Schläfe. »Wenn man bedenkt, dass sie mir, kurz bevor wir in den Fahrstuhl gestiegen sind, an den Hintern gegrapscht hat, würde ich sagen, dass sie deine Wahl gutheißt.«

»Was? Die kleine Verräterin.«

Er grinst breit. »Du siehst tatsächlich sauer aus.«

»Klar bin ich das.« Das stimmt nicht wirklich, aber trotzdem. Ich lasse die Hand hinunter zu seinem tollen Po wandern. Ehrlich, er fühlt sich an wie warmer Granit. »Dein Arsch gehört mir, Ethan Dexter.«

»Ich verspreche dir, dass du nachher damit spielen darfst.«

Weil ich möchte, dass »nachher« möglichst schnell zu einem »Jetzt« wird, schubse ich ihn beinahe den Flur entlang, nachdem wir auf meiner Etage angelangt sind.

Als wir vor der Tür zu meinem Apartment stehen bleiben, drückt sich Dex von hinten gegen mich und stützt die Arme zu beiden Seiten meines Kopfs an die Wand. »Sag mir, dass du allein wohnst.«

Ein Lächeln zerrt an meinen Lippen. »Ich wohne allein.«

Er atmet erleichtert aus und fährt mit den Lippen über die empfindliche Haut an meinem Nacken, sodass mich sein Bart kitzelt. »Gut.« Die harte Länge seines Schwanzes stupst gegen meinen Po. »Mach die Tür auf, Kirsche.«

Ich fummele mit dem Schlüssel herum und stolpere in die Wohnung. Sehr elegant. Mit einem leisen Lachen drehe ich mich in der Erwartung um, dass Dex mir jetzt den Kuss gibt, auf den wir, wie ich weiß, beide schon die ganze Zeit über warten.

Doch er hat offensichtlich etwas anderes im Sinn. Entschlossenen Schritts und mit glühendem Blick kommt er auf mich zu.

Mein Puls fängt an zu rasen, während ich rückwärtsgehe, ohne ihn aus den Augen zu lassen.

Ein teuflisches Grinsen erscheint auf seinen Lippen. »Geh weiter.«

Der mit tiefer Stimme vorgetragene Befehl lässt mich vor Erregung zittern und nimmt mir die Luft zum Atmen.

Ich weiche zurück, bis ich mit dem Po gegen den Esstisch stoße. Gefangen. Die Innenseiten meiner Schenkel fangen vor Erregung an zu kribbeln. Meine Klitoris ist geschwollen, sie sehnt sich nach seiner Berührung.

Dex bleibt vor mir stehen. Er ragt so hoch vor mir auf, dass seine Erscheinung gleichzeitig überwältigend und tröstlich auf mich wirkt. Ich weiß, dass er seine Größe und Stärke dazu einsetzen wird, mich zu beschützen.

Ohne ein Wort zu sagen, sinkt er auf die Knie und setzt sich dann auf die Fersen. Dabei sieht er mir die ganze Zeit über in die Augen. Mit tiefer Stimme raunt er: »Zeig mir, wo es wehtut, Kirsche.«

Ich stoße den Atem aus, meine Nippel werden hart. Bei seinen Worten zieht sich diese schmerzhaft leere Stelle zwischen meinen Beinen in süßer Qual zusammen. Ich fasse an den Saum meines ausgestellten Wollrocks und ziehe ihn hoch, sodass er sich um meine Hüften bauscht.

Als sein Blick zu meinem Höschen wandert, scheint sein ganzer Körper ins Wanken zu geraten. Ganz vorsichtig ergreift er den Slip an beiden Seiten und zieht ihn langsam herunter.

Ich sehe zu, wie der kleine Fetzen Stoff auf dem Boden landet, und beobachte, was für ein andächtiges Gesicht Dex macht, während er mich entblößt. Seine Nasenflügel beben, als würde er mich inhalieren. Das sollte mich nervös machen, doch angesichts der heftigen Röte auf seinen Wangen und der Art, wie sich seine Brust bei jedem keuchenden Atemzug hebt und senkt, durchfährt mich stattdessen ein heißer Schauer. Ich spreize die Beine. Ich will mehr von seiner überwältigenden, einnehmenden Aufmerksamkeit.

Er schluckt schwer, und in seinen Blick tritt etwas Wildes. Seine warmen Hände schließen sich um meine Schenkel, und seine Finger drücken sich leicht in meine Haut, als er meine Beine noch weiter spreizt.

»Das Schönste, was ich je gesehen habe«, raunt er.

Ich kann nur dastehen und mit schwitzigen Händen meinen Rock umklammert halten, während meine Beine unter seiner Berührung erzittern. Ich bin inzwischen so feucht, dass die Luft kühl über meine Mitte streicht und kleine Schauer über meine Haut schickt.

Dex hebt eine Hand und teilt mit großen, kräftigen Fingern sanft meine Spalte.

Meine Knie werden weich. Ich glaube, ich wimmere. Mit Bestimmtheit sagen kann ich es nicht, denn meine ganze Aufmerksamkeit ist auf Ethan gerichtet, auf die Art, wie er sich langsam mit leicht geöffnetem Mund und einem konzentrierten Stirnrunzeln vorbeugt.

Gott, er sieht umwerfend aus, die ausgeprägten Züge seines erröteten Gesichts sind angespannt. Als er den Mund auf meine Klitoris drückt, stöhnt er auf und beginnt am ganzen Körper zu zittern. Ich stoße heftig die Luft aus, doch er lässt mir keine Sekunde, um mich zu erholen. Langsam und genüsslich beginnt er, meine Mitte zu lecken, mich mit seinen Lippen zu liebkosen, an mir zu saugen.

»Oh, verdammt, Kirsche.«

Er schiebt die Zunge tiefer hinein, bewegt sie quälend langsam, entschlossen, zu keinem Zeitpunkt hektisch. Er kostet mich genüsslich aus.

Vor allem das ist es, was mich dermaßen heiß macht, dass ich in Schweiß ausbreche und Schwierigkeiten habe weiterzuatmen. Sein tiefes, fast schon hilfloses Stöhnen, das leichte Keuchen, wenn er kurz Luft holen muss, bevor er sich mir wieder widmet und mich leckt, als wäre ich das Beste, was er je probiert hat. Er mag das hier zum ersten Mal tun, doch er macht die verlorene Zeit absolut wett. Seine festen Lippen, seine warme Zunge und dieser Bart. Heilige Scheiße, dieser Bart. Weich und rau zugleich, verschafft er mir eine zusätzliche Empfindung, die so gut, so *unanständig* gut ist, dass ich dem Gefühl, wie die Haare über meine Klitoris streichen und die Innenseiten meiner Oberschenkel kitzeln, nachjage, indem ich die Hüften kreisen lasse. Es ist kaum auszuhalten. Ich lehne mich gegen den Esstisch, aus Angst, ich könnte umkippen oder sogar ohnmächtig werden. Ich kann nicht mehr klar denken.

Und dann sehe ich, dass sich sein Arm bewegt. Oh Gott, irgendwann zwischendrin hat er seine Jeans aufgeknöpft und seinen Schwanz rausgeholt. Sein Stab ist riesig, gerötet und er reckt sich mir entgegen. Mit festem Griff hält Dex ihn umfasst und rubbelt ihn mit groben, kräftigen Bewegungen. Der Anblick, wie er mit dem Daumen über die feucht glänzende Spitze fährt und mit dem silbernen Piercing spielt, ist so verboten, dass ich ohne jede Vorwarnung komme.

Meine Knie geben nach. Ein leiser, gequälter Laut dringt über meine Lippen, als ich mich ganz und gar der Empfindung hingebe. »Ethan …«

Er steht auf und hebt mich hoch.

Ich schlinge die Beine um seine Taille und reibe meine schmerzlich erregte Mitte an den krausen Haaren am Ansatz seines Schafts. »Ethan …« Mein Mund findet seinen. Er schmeckt nach Sex. Mein Kuss ist wild, ich keuche noch immer leicht. »Jetzt. Ethan. Jetzt.«

Mit seinen großen Händen umfasst er meinen Po, um mich hochzuheben und dann zuzustoßen, tief hinein. Er stöhnt in meinen Mund. »Oh, fuck, ja …«

Die Arme um seinen kräftigen Nacken geschlungen kann ich mich nur an ihn klammern, während er schnell und hart in mich stößt, sodass ich auf seinem Schwanz auf und ab wippe. Jedes Mal, wenn seine Hüften gegen meine prallen, geht eine Stoßwelle durch meinen Körper, und lustvoller Schmerz lodert in meiner Klitoris auf. Immer wenn die kleine Metallkugel auf seinem Schwanz mich streift, durchfährt mich ein wohliger Schauer.

»Mehr«, fordere ich ihn auf. »Gib mir mehr.« *Gib mir alles.*

Und das tut er. Immer wieder pumpt er in mich, bis ich seinen Namen schreie und mein Körper sich ihm entgegenbäumt, als ich zum zweiten Mal komme. So heftig, dass mir leicht schwarz vor Augen wird.

Er explodiert im selben Augenblick und drückt die Zähne in meine Schulter, während er sich heiß und feucht in mir ergießt.

Die Nachwehen lassen uns beide keuchen und zittern. Ich

lege den Kopf auf seine breite Schulter und erschauere so heftig, dass es in meinem Bauch zieht.

Mit schwerfälligen Schritten trägt er mich ins Schlafzimmer, wobei er leicht wankt, als wäre er betrunken.

Seltsamerweise ist mir nach Weinen zumute. Meine Kehle schmerzt und meine Augen prickeln. Und das Gefühl wird noch stärker, als er mich auf mein Bett legt. Sein erschlaffender Schwanz ist noch immer tief in mir, mit den Armen hält er mich fest an sich gedrückt. Ich weiß nicht mehr, wo oben und unten ist. Das Einzige, was sich echt und richtig anfühlt, ist Ethan. Der Mann, den ich nur für wenige der Zeit abgerungene Augenblicke haben kann.

23

»Lächle in die Kamera.« Ich grinse albern und breit.

Dex gibt lachend einen protestierenden Laut von sich und versucht, mich abzuwimmeln. »Bleib mir weg mit dem Ding. Man hat mich schon rundum abgelichtet.«

Wir liegen im Bett, genießen eine wohlverdiente Pause, und ich habe meinen Spaß dabei, Fotos von Dex zu schießen. Er tut genervt, aber ich weiß es besser. Er kann weder das Lächeln in seinen Augen noch das Zucken seiner Mundwinkel verbergen.

»Wenn du nicht willst, dass ich mit deinem Handy rum-spiele, dann richte eine Passwortsperre ein, Süßer.« Ich mache noch ein Foto. Eine Aufnahme von seiner großen, breiten Hand erscheint auf dem Display. »Oh nein, du hast es versaut.«

Er seufzt. »Kirsche, ich brauche keine Nacktfotos von mir selbst auf meinem Handy.«

Mit einer Bewegung, die so schnell kommt, dass ich es nicht mal schaffe zu blinzeln, schnappt er mir das Telefon weg und zieht mich an sich.

»Hier«, sagt er und hält es mit ausgestrecktem Arm hoch. »Wenn wir schon Fotos machen, dann sollst du gefälligst auch mit drauf sein.«

»Du sagst das, als hätte ich was dagegen.«

Wir machen noch mehr Bilder und lachen danach über die Ergebnisse.

Bei einem Foto von mir, das zeigt, wie ich Dex' harten Nippel lecke, halte ich inne. »Uh, das hier ist eindeutig eins fürs Familienalbum.«

»Hast du etwa gerade ein Zitat aus *Eine Wahnsinnsfamilie* gebracht?« Er lächelt entspannt und glücklich.

Ich liebe es, ihn so zu sehen, ohne irgendwelche Mauern um sich, wenn er einfach er selbst ist.

»Hätte nicht gedacht, dass du ein Fan von Achtzigerjahre-Filmen bist.«

Dex zuckt mit den Schultern. »Die Jungs gucken unterwegs viel Fernsehen.«

»Tja, Extrapunkte dafür, dass du das Zitat erkannt hast, Großer.«

»Hmm … Und was krieg ich als Belohnung?« Er rollt sich herum und zieht mich mit.

Viel, viel später lasse ich mich seufzend gegen ihn sinken. »Glaubst du, wir finden je heraus, wer wir eigentlich sind?«, frage ich leise.

Er hebt den Kopf, um ihn auf eine Hand zu stützen. »Also«, sagt er gedehnt, »mal sehen, ob ich dir da weiterhelfen kann. Ich bin Ethan und du bist Fiona.«

»Haha.« Ich verpasse ihm einen trägen Klaps auf die Brust. »Du weißt genau, was ich meine. Oder vielleicht auch nicht.« Ich streichle an seinem Schlüsselbein entlang. »Ich glaube, ich habe noch nie jemanden getroffen, der so genau weiß, was er will.«

Er verdreht die Augen und legt dann eine Hand auf meine Hüfte, streichelt mich und zieht mich näher an sich. »Babe, wenn ich mir ein Tattoo stechen lasse, verfluche ich dabei jede verdammte Sekunde. Ich hasse Nadeln aus tiefstem Herzen, kriege aber nach fast jedem Training und jedem Spiel eine Kortisonspritze. Wenn ich Injektionen in die Hände bekomme, finde ich das so eklig, dass ich weggucken muss, damit ich nicht in Ohnmacht falle.«

Ich nehme seine Hand in meine. Sie ist nicht schön – zerschundene, geschwollene Fingerknöchel, Kratzer und Schwielen. Der Mittelfinger krümmt sich nach innen, als wäre er einmal zu oft gebrochen gewesen. Die Hand eines Kriegers. Er schließt seine langen, vernarbten Finger sanft um meine kleineren, und ich hebe seine Hand an meine Lippen, um die geröteten Knöchel zu küssen.

Unter dem Schleier seiner Wimpern hervor sieht er mir zu. »Ich hasse das alles. Und trotzdem, sieh mich an. Tätowiert, gepierct und ein Profifootballspieler. Fakt ist, dass ich den Schmerz suche. Ein Teil von mir bekommt davon einen Kick. Mag also sein, dass ich weiß, was ich will, aber ich habe eindeutig auch meine Probleme.«

Er scheint sich nicht dafür zu schämen, in seinen Augen liegt sogar ein fröhliches Strahlen. Genau das ist der Unterschied zu mir. Er kennt sich selbst auf eine Weise, wie ich es von mir niemals behaupten würde, und ich beneide ihn darum.

Mit der rauen Kuppe seines Daumens streicht er über meinen Wangenknochen. »Wieso fragst du, ob man sich selbst je richtig kennt, Fi?«

Seufzend lasse ich mich in die Kissen sinken und starre an die Decke. »Ich möchte nicht wieder zur Arbeit gehen.«

»Dann lass es.«

Ich pruste los. »So einfach ist das nicht.«

»Doch, klar. Du bist unglücklich dort. Also kündige.«

Ein Blick in seine Richtung verrät mir, dass er es absolut ernst meint.

»Und das kommt von einem Footballspieler? Ich dachte, bei euch heißt es immer, niemals aufgeben. Mentale und physische Ausdauer ist der Schlüssel zum Erfolg, bla, bla, bla.«

Er lässt ein Lächeln aufblitzen. »Bla, bla, bla? Schön zu hören, dass wir Spieler so eloquent sind.« Er wird wieder ernst. »Außerdem hast du ›Wenn du nicht mit vollem Einsatz dabei bist, brauchst du gar nicht erst anzutreten‹ vergessen. Was eigentlich nur bedeuten soll, dass man es gleich sein lassen kann, wenn man das Spiel nicht liebt. Sonst ist es den Schmerz nicht wert.«

»Wenn ich kündige, gewinnt sie.«

Dex sieht mich einen Moment lang mit diesem festen Blick an, der mir immer durch und durch geht. Als er spricht, ist sein Tonfall ruhig und nachdenklich. »Gewinnen ist etwas Subjektives, Fi.«

»Noch mal, ich kann nicht glauben, dass ein Profifootballspieler so was sagt.«

Er gluckst. »Wenn irgendwer ein Experte in Sachen Sieg und Niederlage ist, dann ja wohl ein Sportler. Letztes Jahr haben wir wegen eines Loss of Down das NFC Championshipspiel verloren. Wegen eines einzigen blöden Fouls, das die Schiedsrichter falsch interpretiert haben. Das war vielleicht scheiße, Fi.« Seine Miene bleibt gelassen, aber in seine Augen ist ein wütender Ausdruck getreten. »Sogar jetzt möchte ich am liebsten noch auf irgendwas einschlagen, wenn ich daran denke. Und glaub mir, diese Saftsäcke aus der anderen Mannschaft haben sich ungeniert über uns lustig gemacht. Es spielte keine Rolle, dass sie nur wegen einer Fehlentscheidung gewonnen hatten. Für sie hat nur der Endstand gezählt.« Er streckt die Hand aus und legt sie an meinen Kiefer. »Süße, so ein Mist passiert ständig. Ich habe die schmerzliche Erfahrung gemacht, dass derjenige, der gewinnt, nicht unbedingt immer der Bessere ist. Manchmal hat die Person einfach nur Glück gehabt.«

»Na ja«, sage ich immer noch voller Groll, »wenn ich gehe, wird die blöde Kuh noch glücklicher sein.«

»Mag sein, dass sie eines Tages die erfolgreichste Innenarchitektin New Yorks ist ...«

»Nicht sehr hilfreich.«

»Aber ihr Erfolg wird nur auf ihrer eigenen Unsicherheit beruhen. Du dagegen«, er beugt sich vor und gibt mir zärtlich einen innigen Kuss, »hast echtes Talent und wirst es mit Freuden von meiner Wenigkeit besorgt bekommen.«

Ich muss grinsen. Aber das Lachen vergeht mir schnell wieder. Frustriert lasse ich einen Arm auf meine heiße Stirn plumpsen. »Du verstehst das nicht.«

»Dann erklär es mir.«

»Ich verbocke alles.«

»Fi ...«

»Es stimmt. Fast alles, jeder Plan, den ich mache – und glaube mir, ich habe immer irgendeinen Plan –, geht irgendwann schief.«

»Das trifft auf den Großteil der Bevölkerung zu, Kirsche.«

»Gehen deine Pläne etwa auch nach hinten los?«

Dex presst die breiten Lippen zusammen, als würde er sich über mich ärgern, aber sein Blick ist liebevoll. Das Bett quietscht, als er mich in die Arme schließt und an sich zieht. »Ich hatte geplant, mich von dir fernzuhalten.« Mit einer rauen Daumenkuppe streichelt er über meine Unterlippe. »Der beste gescheiterte Plan meines Lebens.«

»Ethan.« Ich spüre den kräftigen Herzschlag an seiner breiten Brust und küsse ihn sanft auf die Stelle. Dann lege ich seufzend den Kopf an seine Schulter. »Es ist nur ... Ich hatte immer große Träume und habe mich nie davor gescheut, jedem davon zu erzählen. Aber sie ändern sich verdammt oft. Erst sind sie lebendig und vielversprechend, voller Möglichkeiten, dann erlöschen sie und es geht wieder um etwas Neues.« Ich sehe ihm in die ernst dreinblickenden Augen. »Leider hat meine Überschwänglichkeit das ›Mädchen mit den traurigen Träumen‹ aus mir gemacht. Weder meine Familie noch meine Freunde glauben mir noch, wenn ich eine neue Leidenschaft entwickle. Ich kann es ihnen nicht verdenken, aber ich habe genug davon, dass die Leute mir dieses gezwungene, leicht gönnerhafte und leicht genervte Lächeln schenken. Ich möchte nicht mehr für jemanden gehalten werden, der immer aufgibt.«

»Scheiß auf das, was andere Leute denken. Hältst du dich selbst für jemanden, der leicht aufgibt?«

»Wie gesagt, ich ziehe nie was durch.« Mit der Fingerspitze fahre ich sein Schlüsselbein entlang. Mir gefällt, dass er bei meiner Berührung eine Gänsehaut bekommt. »Ich habe dreimal das Hauptfach gewechselt, bis ich mich auf Kunst und Design festgelegt habe, und selbst dann habe ich parallel noch nach anderen Sachen Ausschau gehalten.«

Dex rutscht leicht hin und her und schiebt die Hüften vor, als ich mit dem Fingernagel über seinen harten Nippel fahre. Er lässt eine Hand über meine Schulter gleiten und streichelt mich. »Warum hast du immer wieder gewechselt?« Er klingt beinahe schroff – ein Zeichen dafür, dass er angetörnt ist.

Ich antworte nicht gleich, sondern spiele für einen Augenblick nur weiter mit seiner Brustwarze, weil seine Reaktion darauf mich unglaublich anmacht. Sein Atem geht schwerer, sein Schwanz wird wieder hart.

»Ich weiß nicht.«

Im Handumdrehen liege ich auf dem Rücken und Dex hält mit einer seiner großen Hände meine Arme über dem Kopf fixiert. Mit einem leisen Ächzen schiebt er sich zwischen meine Beine, seine langen Haarsträhnen kitzeln meine Wangen.

»Also normalerweise«, sagt er mit tiefer, weicher Stimme, »mag ich ja deine ganz spezielle Methode, schwierigen Fragen auszuweichen.«

»Ach, wirklich?«, hake ich nach und spreize die Beine weiter, sodass sein harter Schwanz die feuchten Lippen meiner Mitte teilt. Leise vibriert die Lust in mir.

»Wirklich.« Er schiebt leicht die Hüften vor. Seine Latte reibt dabei hauchzart und verlockend über meine empfindliche Haut. »Das Ding ist nur, diesmal will ich eine Antwort haben, bevor ich dich vögele.«

Er umgibt mich wie eine heiße, unnachgiebige Wand. Ich wünsche mir nichts mehr, als dass er mit seiner ganzen Kraft in mich stößt. Ich glaube, ich wimmere. Ganz sicher schiebe ich die Hüften hin und her, um ihn zu finden. »Warum ist dir das so wichtig?«

Sein Blick ist jetzt durchdringend, er sieht mehr, als er sehen sollte. »Weil es dir wichtig ist.« Er drückt sich gegen mich und sendet damit kleine Wogen der Lust durch meinen Körper. »Beantworte die Frage, Kirsche. Warum …«, er gleitet an meiner Mitte entlang nach oben, »hast du …«, streicht wieder hinab, »immer wieder das Hauptfach gewechselt?«

Ich lecke mir über die trockenen Lippen. »Weil es sich nie richtig angefühlt hat.«

»Hmm …« Er bewegt sich wieder, sodass die runde Kuppe seines dicken Schwanzes meinen Schlitz auseinanderdrückt, dann gleitet er mit einer geschmeidigen Bewegung langsam hinein.

Ich hebe die Hüften an und mache die Beine breit, als könnte ich ihm dadurch irgendwie mehr Platz verschaffen. Es fühlt sich so gut an, wie er mich ausfüllt, dass ich kaum noch einen zusammenhängenden Gedanken fassen kann.

Dex sieht mir tief in die Augen, seine Lippen schweben knapp über meinen. »Du wolltest glücklich sein.«

»Mhmm …« Ich kann mich nicht richtig konzentrieren, wenn er so sanft und immer wieder in meine geschwollene

Spalte gleitet und meinen Mund mit zarten, trägen Küssen bedeckt.

Er liebkost mich, redet und vögelt mich dabei. »Du möchtest glücklich sein im Leben, oder, Kirsche?«

Ich erschauere und schließe die Finger um seine Hand. Noch immer hält er mich fest. »Ja.«

Er lächelt an meinem Mund. »Du hast nicht aufgegeben. Du warst auf der Suche.«

Trotz allem, was er gerade mit mir anstellt, erregen seine Worte meine Aufmerksamkeit.

Er hält inne, den Schwanz tief in mir, die leuchtenden Augen weit geöffnet. »Auf der Suche nach dem Glück.«

Ein blubberndes Lachen steigt in mir hoch, und ich verrenke mir den Hals, um an seinen Mund zu kommen. Ich küsse ihn so innig, wie ich nur kann, während ich immer noch lache. Und er grinst an meinen Lippen, unser Atem vermischt sich.

»Vögel mich, Ethan«, sage ich, ohne von ihm abzulassen. »Und verschaff mir noch mehr von diesem Glück.«

Breit grinsend knabbert er an meiner Unterlippe. »Ja, Ma'am.«

Und dann tut er es. Es ist so gut, dass ich ganz schlapp und atemlos bin, als wir hinterher nebeneinanderliegen. Ich sollte aufstehen, duschen und ihm etwas zu essen anbieten, irgendetwas tun. Aber ich kann nur daliegen wie eine verschwitzte, über seinen Körper drapierte Mädchen-Decke und mich von dem guten Gefühl in meinem Innern dahintreiben lassen.

»Hast du keine Angst?«, flüstere ich nach einer Weile. »Bei Männern bin ich genauso sprunghaft.«

Keine Ahnung, warum ich das sage. Vielleicht, um ihn zu testen. Vielleicht möchte ich einfach nur hören, dass er an mich glaubt. Was ich sicher weiß, ist, dass vor Angst eiskalte Schauer meine Wirbelsäule hinablaufen, wenn ich mir vorstelle, die Sache mit Dex zu beenden.

Er rollt mich neben sich und sieht mich mit seinen besonderen Augen prüfend an. Seine Zähne blitzen auf, umrahmt von seinem Piratenbart, als er lächelt. »Nein. Das war auch nur eine Suche.« Er beugt sich hinunter und zwickt mir mit den Zähnen ins Ohr. »Und diese Suche ist hiermit offiziell beendet, Kirschkuchen.«

»Aaah! Nenn mich nicht Kuchen!« Als er fies kichert, muss ich lächeln. »Du bist ziemlich arrogant, weißt du das?«

»Hmm …« Mit der schwieligen Kuppe seines Daumens streicht er über einen meiner Nippel. »Ich glaube, das hatten wir schon geklärt.« Als ich eine Gänsehaut bekomme, wiederholt er die Berührung. »Schimpf über meinen Charakter, so viel du willst. Du weißt, dass ich recht habe.«

Oh Mann, ich liebe es, wie er mich berührt, liebe seine tiefe, polternde Stimme und sein unerschütterliches Vertrauen in alles, was uns betrifft. Ich lasse eine Hand an seinem Rücken hinab zu seinen festen Pobacken gleiten. Seinen Hintern liebe ich auch. Er ist prall und steinhart. Der Po eines Titanen. Ich muss ein bisschen über diesen Gedanken lachen, als ich hineinkneife und dafür ein tiefes Ächzen von ihm ernte.

»Ja«, sage ich mit einem leichten Lächeln, »ich glaube, damit könntest du vielleicht tatsächlich richtigliegen.«

24

Fiona

Wir liegen ineinander verschlungen, meine Beine sind wie Kletterpflanzen um Dex' gewunden, und schlafen wie die Steine, bis das Sonnenlicht quer übers Bett fällt und uns weckt.

Dex versucht, uns von den Strahlen abzuschirmen, indem er sich auf die Seite dreht und mich unter seine hoch aufragende Schulter zieht, aber es ist zu spät. Ich bin wach, das wahre Leben hat uns wieder.

Während ich etwas von dunkleren Vorhängen grummele, klettere ich über ihn hinweg und ernte einen Klaps auf den Hintern, als ich aufstehe, um uns Kaffee zu holen.

Als ich wiederkomme, liegt Dex auf dem Rücken. Der Anblick lässt mich auf der Schwelle zum Zimmer innehalten. Von der Sonne geküsstes goldbraunes Haar, das sich über die weiße Bettwäsche ergießt, ein voller, dunkler Bart um einen Schmollmund, farbenfrohe Tattoos auf sich wölbenden Muskeln. Als wäre ein kräftig gebauter Pirat in meinem Bett gestrandet, der nur darauf wartet, sich dem ausschweifenden Leben hinzugeben. Lächerliche Fantasien darüber, wie ich seinen willigen Körper plündere, gehen mir durch den Kopf, und ich muss ein Kichern unterdrücken.

Das Geräusch erregt seine Aufmerksamkeit. Langsam verzieht er die Mundwinkel zu einem Lächeln. »Hast du dich sattgesehen, Schatz?« Der silberne Barbell in seiner Brustwarze blitzt im Sonnenlicht auf, als er sich bewegt, um die Kaffeetasse entgegenzunehmen.

»Ich glaube kaum, dass ich mich jemals sattsehen werde, das ist unmöglich.« Ich rutsche neben ihn, wo es warm und kuschlig ist. »Ich überlege gerade, ob wir dir nicht ein paar klobige Ringe besorgen sollten, vielleicht auch noch ein Kopftuch und ein Messer, dann können wir nachher ›Fang den Piraten‹ spielen.«

Dex schnaubt, seine haselnussbraunen Augen leuchten vor Vergnügen. »Ich verspreche dir, wenn du eins von deinen süßen kleinen Wäschesets aus Spitze anziehst, lass ich mich von dir ans Bett fesseln und du darfst mit meinem Mast anstellen, was du willst.« Er schenkt mir ein übertriebenes, anzügliches Grinsen, und wir lachen beide los.

Ich vergrabe die Nase an seiner Schulter. »Gott, das war schrecklich.«

»Du hast angefangen.« Er gluckst. Ein tiefes, gelassenes Geräusch voller Wohlbehagen.

Wir trinken unseren Kaffee, dann stellt Dex die Tassen beiseite, damit ich mich wieder ankuscheln kann.

Trotz unserer Blödelei – oder vielleicht gerade deswegen – hat sich ein drückendes Gewicht auf meinen Brustkorb gelegt. In meinem Hals hat sich ein Kloß gebildet. Als ich mit der flachen Hand über seine Brust fahre, kitzelt mich der dünne Flaum zwischen seinen Brustmuskeln.

»Wann geht dein Flug?«

Wir haben gestern Abend nicht wirklich darüber gesprochen, aber ich weiß, dass er nicht lange hierbleiben kann. Und ich, egal wie sehr ich den Gedanken daran hasse, muss auch wieder zur Arbeit.

Seine Brust hebt sich unter einem Stöhnen. »In ein paar Stunden.«

»Oh.« Ich hatte mir mehr Zeit erhofft, wenigstens noch eine Nacht.

Dex schluckt schwer und schaut zum Fenster. Sonnenlicht fällt auf seine Wange und schimmert auf seinen goldfarbenen Wimpernspitzen. »Ich hätte abwarten sollen, bis ich länger freimachen kann.« Er dreht den Kopf wieder zu mir. »Aber du warst so mitgenommen. Ich konnte es dir anhören, als wir telefoniert haben. Also bin ich so schnell wie möglich ins Flugzeug gestiegen.«

Ich spreize die Finger auf seiner Brust. Immer wieder werde ich zurückgelassen, auch von Dex, aber er hat auch alles stehen und liegen lassen, um meinetwegen herzukommen. So etwas hat noch niemand für mich getan.

Der Kloß in meinem Hals wird noch größer. »Danke«, flüstere ich. »Ich ... Du ...« Ich hole stockend Luft und drücke die Lippen auf seine harte Brust. »Das bedeutet mir viel, Ethan.«

Er antwortet nicht, doch ich spüre, wie er nickt. Schweigen breitet sich zwischen uns aus. Seine bevorstehende Abreise drückt die Stimmung.

Dex atmet einmal tief durch, rollt sich von mir weg und setzt sich mit vorgebeugten Schultern und gesenktem Kopf auf die Bettkante. Er sagt nichts, sitzt einfach nur stumm da. Im Profil kann ich sehen, wie er angespannt die Stirn runzelt.

»Was ist los?«, frage ich, während ich mich ebenfalls aufrichte.

Er rührt sich nicht, sodass ich einen Augenblick lang glaube, er hat mich nicht gehört. Dann runzelt er die Stirn noch stärker. »Ich möchte es dir nicht sagen.«

»Was?«, kiekse ich schockiert und gekränkt. »Das ganze Gerede von wegen ›Du kannst mir alles erzählen‹ gilt also nur, wenn ich mein Herz ausschütten soll? Vielen Dank auch.«

Er zuckt zusammen. Die kräftigen Muskeln an seinem Rücken wölben und spannen sich, als er sich mit den Händen durch das offene Haar fährt. »Ich habe das Gefühl, ich habe kein Recht dazu, Fi.« Er senkt die Stimme zu einem tiefen Murmeln. »Ich hasse es.«

Bei seinen Worten fängt mein Herz an, wild gegen meine Rippen zu trommeln. »Du hasst was?«

»Dich zu verlassen«, sagt er und gestikuliert in Richtung Tür. »Mir ist klar, dass ich derjenige war, der auf eine Fernbeziehung gedrängt hat. Ich habe dich gebeten, mir zu vertrauen, dass ich es hinkriege. Aber die Vorstellung, dich ständig verlassen zu müssen, frisst mich jetzt schon auf. Ich will das nicht.«

Das Bett quietscht, als er sich halb zu mir umdreht und mir in die Augen sieht. Seine Miene ist traurig, besorgt. »Ich hasse die Vorstellung, dass du gelitten hast, bevor ich ankam. Der Gedanke, dass du mit diesem Mist allein fertigwerden musst, ist einfach …« Er beißt sich auf die Unterlippe und schüttelt den Kopf. »Es macht mich fertig, Fi.«

Ein schwaches Lächeln zerrt an meinen Mundwinkeln, als ich auf ihn zukrabbele. Seine Haut ist warm und weich, als ich meine Brüste gegen seinen Rücken drücke und die Arme um seine Taille schlinge. Ich will diese wunderbare Wärme in mich aufsaugen.

Dex legt eine Hand auf meine, eine beinahe Hilfe suchende Berührung.

»Ich weiß«, sage ich und lasse die Lippen über seine Haut gleiten. »Ich möchte auch nicht, dass du gehst.«

Er schüttelt sich, als würde sich sein ganzer Körper gegen diese Vorstellung auflehnen, und verstärkt seinen Griff um meine Hand. Doch er sagt nichts, hält mich nur fest.

Eine tiefe Traurigkeit steigt in mir auf und drückt mich nieder. »Das …« Ich räuspere mich. »Das ist genau der Grund, aus dem ich versucht habe, vor dir zu flüchten.«

Dex hält inne, sein Körper versteift sich. Ich höre, wie er

schluckt, seine Muskeln unter meinen Händen arbeiten. »Willst du mit mir Schluss machen?«

Ich kann nicht atmen. Meine Rippen schmerzen, als würden sie mein Herz zusammenquetschen. »Willst du das?«, frage ich mit dünner Stimme.

Ich vergesse immer wieder, wie schnell Dex sich bewegen kann. Ich habe noch kaum registriert, dass er sich umgedreht hat, da hebt er mich schon hoch und zieht mich auf seinen Schoß. Er schließt die kräftigen Arme um mich und drückt mich fest an seine breite Brust. Der zarte Flaum seiner Brusthaare kitzelt an meiner Nase.

»Nein!«, schreit er fast. Dann wiederholt er etwas ruhiger: »Nein, Kirsche.« Sanft drückt er mir einen Kuss auf den Scheitel. »Genau deshalb wollte ich nichts sagen. Ich bin bloß gerade ziemlich selbstsüchtig und launisch.«

Ich lächle an seiner Brust und kuschle mich enger an ihn. »So geht's mir auch. Das ist okay, Baby.«

Dex schnaubt, doch seine Umarmung wird weicher, er streichelt mich jetzt, statt mich umklammert zu halten. Mit einer seiner großen, schwieligen Hände fährt er an meinem Rücken hinab. »Seit ich zum ersten Mal einen Football in die Hand genommen habe, habe ich davon geträumt, in der NFL zu spielen. Ich wollte es unbedingt. Die Aussicht, eines Tages Profispieler zu werden, hat mich durch jede noch so dunkle Stunde gebracht.« Er lässt die Hand wieder hinauf zu meinem Nacken wandern, wo er sie liegen lässt. »Aber jetzt, wo ich es geschafft habe …« Er schüttelt den Kopf. »Es ist ein einsames Leben, Fi. Das verrät einem vorher keiner.«

»Was? Es dreht sich nicht alles nur um schnelle Autos und willige Frauen?«, witzele ich mit belegter Stimme.

Frauen, die ich aufspießen werde, wenn ich sie dabei erwische, dass sie meinen Mann anfassen.

Ich kann beinahe spüren, wie er lächelt, und frage mich, ob er meine Gedanken lesen kann.

»Wenn man nur an einer Frau interessiert ist, sind die anderen bloß Störgeräusche.«

Dafür drücke ich ihm einen Kuss auf den Brustmuskel. Augenblicklich wird sein kleiner Nippel hart. Ich bin versucht, damit zu spielen und ihn ein bisschen zu quälen. Doch erst will ich hören, was er zu sagen hat.

»Ich bin nur … Ich dachte, an diesem Punkt meiner Karriere würde ich glücklicher sein«, sagt er. »Zufriedener.«

Ich hebe den Kopf und sehe ihm in die Augen. Er wirkt aufgewühlt. Es wäre so einfach, ihn dazu zu ermutigen, alles hinzuschmeißen. Es juckt mich in den Fingern. Ein Teil von ihm möchte es von mir hören, möchte, dass ich ihm einen Grund liefere. Dass ich solche Macht über ihn habe, trifft mich mitten ins Herz. Es würde mich verunsichern, wenn ich nicht vermuten würde, dass er eine ähnlich große Macht über mich hat.

Ich könnte es tun, ihm sagen, dass er aufhören und etwas ausprobieren soll, bei dem er nicht Gefahr läuft, ein Schädel-Hirn-Trauma oder eine Wirbelsäulenverletzung zu erleiden. Sich einen Job suchen soll, bei dem er nicht jede Woche von mir wegmuss. Dann könnte ich ihn ganz für mich haben, ohne mit dem Football konkurrieren zu müssen.

»Liebst du das Spiel?«, frage ich.

»Das habe ich schon immer getan«, antwortet er, ohne zu zögern.

»Dann ist es, wie du selbst gesagt hast, das alles wert.« Ich drücke ihm einen Kuss auf die Halsbeuge, wo seine Haut so zart wie edle Seide ist.

Er erschauert und presst seine Wange auf meinen Scheitel.

»Fi, ich habe dir versprochen, ehrlich zu sein. Die Wahrheit ist, dass mich mein Verlangen nach dir blind für die Tatsache gemacht hat, dass wir während der Saison nicht mehr als diese kurzen Augenblicke miteinander haben können. Wenn ich nicht gerade spiele, dann trainiere ich, sehe mir Videomaterial an, bin beim Work-out, esse, schlafe. Freizeit ist für mich ein ferner Traum.« Als er auf mich herunterschaut, liegt ein schmerzerfüllter Ausdruck in seinen Augen. »Ich wollte dir mehr geben. Aber ich kann es nicht. Und ich weiß nicht, wie ich das ändern soll.«

Ich wusste es die ganze Zeit. Seit dem Augenblick, als ich ihn in mein Leben ließ, habe ich damit gerechnet. Als ich ihm erneut einen Kuss gebe, lege ich all mein Vertrauen in ihn, in *uns*, hinein.

»Lebe deinen Traum, Ethan. Wir finden einen Weg, wie er weniger einsam wird.«

Doch selbst während ich ihm dieses Versprechen gebe, bleibt die Angst, dass wir beide uns nur etwas vormachen. Denn schon jetzt ist klar, dass diese Beziehung nicht so läuft, wie wir es brauchen, und wenn sich nichts ändert, wird sie kaputtgehen.

25

Fiona

Manche Leute hassen New York. Ich verstehe das – die Stadt ist laut, wuselig, dreckig, und es herrscht immerzu geschäftiges Treiben. Aber ich liebe sie. Als ich am Samstagmorgen das Haus verlasse, fühle ich mich sofort energiegeladen, meine Schritte werden schneller und ich richte mich gerader auf. Während ich die Park Avenue entlang zur U-Bahn Richtung Downtown gehe, gelingt es mir fast, so zu tun, als wäre die Zeit mit Dex nur ein Traum gewesen. Nur dass meine Nippel und Oberschenkel wehtun. Bei jedem Schritt geht ein angenehmes kleines Ziepen durch meine Mitte, als wäre ich von innen mit einem großen, stumpfen Gegenstand ausgebeult worden. Ich lächle bei der Erinnerung daran, wie Dex mit seinem dicken, langen Schwanz in mich gestoßen hat. Am liebsten möchte ich stehen bleiben und die Schenkel zusammenpressen, als könnte ich auf diese Weise das Gefühl noch ein kleines bisschen länger bewahren.

Ich vermisse ihn. Es ist noch nicht mal eine Woche her, dass ich mit ihm zusammen war, und trotzdem vermisse ich den Klang seiner Stimme, die Wärme seiner Haut, seine Art, mich heißzumachen. Ich vermisse es, ihn heißzumachen. Ich möchte wieder mit Dex im Bett liegen, seine Tattoos nachzeichnen und dafür sorgen, dass er scharf die Luft einzieht, wenn ich mit seinem Nippelpiercing spiele. Das alles ist gar nicht gut. Er lebt nicht hier. Wir sehen einander nur, wenn er herfliegen kann.

Deswegen brauche ich dringend Ablenkung, und ich habe vor, mir diese möglichst schnell zu verschaffen.

Als ich an der Ninth Street aus der U-Bahn steige und Richtung Horatio Street gehe, renne ich beinahe. Ich brauche dringend eine Aufmunterung, denke ich, als ich vor Jacksons Apartment stehe. Zum Glück drückt er schnell auf den Türsummer und wartet bereits auf mich, als der Lastenaufzug ruckelnd auf seiner Etage anhält.

Gut aussehend und fit wie immer empfängt er mich mit einem durchtriebenen Grinsen. »Ich bin noch nicht mal einen ganzen Tag wieder in der Stadt, und schon stehst du vor mir. Ich habe dir ja gesagt, dass du süchtig werden würdest.«

Ich drücke ihm ein Küsschen auf die raue Wange. »Ja, du bist sehr gescheit. Und jetzt halt die Klappe.«

Jackson schlingt einen Arm um meine Schulter. »War das etwa gerade ein Zitat aus *Die Braut des Prinzen?*«

»Wenn du fragen musst, bist du kein würdiger Gegner, Jax.«

Das Apartment ist Teil eines riesigen restaurierten Lagerhauses. Von irgendwoher singt Astrid Gilberto schmachtend über ein Girl aus Ipanema, und der Duft nach frischem Kaffee und gebackenem Brot vermischt sich mit dem vorherrschenden Geruch nach Holzspänen und Lack.

Jackson entlässt mich aus seiner Umarmung und ruft über die Schulter: »Kannst du bitte mal dieses schreckliche Gedudel abstellen? Deinetwegen entwickeln wir uns noch zum schlimmsten Klischee.«

Hal kommt mit einem Tablett in der Hand und einem bösen Blick aus der Küche. »Wenn du so weitermachst, fahr ich nach Chinatown und kaufe uns ein passendes Paar Seidenmorgenmäntel, du Arsch.« Dann grinst er mich an, und seine blauen Augen funkeln. »Fi-da-lee«, sagt er gedehnt, während ich ihn umarme. »Jack hat recht, du bist süchtig.«

»Vielleicht komme ich ja nur wegen des Essens her.« Ich schnappe mir ein Croissant von dem Tablett und beiße ein großes Stück ab.

Jackson lehnt sich gegen den Esstisch aus Stahl. »Dann möchtest du dein gutes Stück also gar nicht sehen?«

»Ist er fertig?«, frage ich mit vollem Mund, wobei ich ziemlich sicher bin, dass es sich eher anhört wie: »Ischa fairlich?«

»Zuerst gibt es Frühstück«, beharrt Hal und gießt mir einen Kaffee ein.

Jackson und ich verdrehen die Augen und gehen in ihre Werkstatt, während Hal uns hinterherschimpft, wir seien Barbaren.

Ich kenne Jackson und Hal seit meinem letzten Jahr an der Highschool. Damals war meine Mutter in ihrem Showroom gewesen, um sich einige Esstische anzusehen. Das Paar, das dem Rest der Welt als Jackson Hal Designs bekannt ist, baut die schönsten modernen Möbelstücke, die ich je gesehen habe. Sie arbeiten in ihrem Apartment und haben einen Showroom im Erdgeschoss. Beide Immobilien hat Jackson von seinem Onkel geerbt, der sie gekauft hat, als der Meat Packing District noch »den Schwulen und Ochsen« gehörte, wie Jackson zu sagen pflegt. Inzwischen hat er sich zu einem angesagten Viertel voller Boutiquen, Nachtklubs und In-Restaurants entwickelt.

Und da steht mein Baby. Ich stoße vor Glück einen kleinen Seufzer aus, als ich zu dem Esstisch laufe, den ich gebaut habe. Die massive Platte ist einen Meter sechzig lang und ähnelt einem Metzgerblock, wobei das Recyclingholz so angeordnet ist, dass die natürliche Farbe und Maserung der einzelnen Hölzer zur Geltung kommt. Im Augenblick ist er noch mit großen Schraubzwingen versehen, die ihn zusammengehalten haben, während der Leim trocknete.

»Möchtest du die ehrenvolle Tat vollbringen?«, fragt Jackson.

Doch ich drehe ohnehin schon an der ersten Zwinge, denn ich brenne darauf, den Tisch in seiner ganzen Pracht zu begutachten.

In den letzten fünf Sommern habe ich Praktika bei Jack und Hal absolviert, um so viel wie nur möglich übers Möbelbauen zu lernen. Die Arbeit bei den beiden hat mir geholfen, eine bessere Innenarchitektin zu werden, und mir gefällt, dass ich dabei etwas mit den Händen schaffen kann, statt nur Raumentwürfe zu zeichnen.

Wir treten gemeinsam einen Schritt zurück und betrachten den Tisch. Die Oberfläche ist rau, ich muss sie noch abschleifen. Ich möchte keinen glänzenden Lack auftragen, sondern habe vor, das Holz mit mehreren dünnen Schichten mattem Wachs zu überziehen.

»Dieses eine dunkle Stück da gefällt mir nicht«, sage ich und zeige auf ein Kantholz, das mir ins Auge sticht. »Es wirkt fehl am Platz.«

»Diese kleine Unperfektheit ist gerade gut«, wendet Hal ein, der sich zu uns gesellt hat. »Sonst wäre das Teil langweilig.«

»Hal hat recht.« Jackson geht mit kritischem Blick einmal um den Tisch herum. »Es funktioniert.«

Wir reden eine Weile über die Vorzüge meines Werks und darüber, was ich noch verbessern könnte, aber schließlich ziehen mir meine Freunde aus der Nase, was mich bedrückt.

Zusammengekauert sitze ich wenige Minuten später in der Ecke eines ihrer riesigen Sofas, eine zweite Tasse Kaffee in der Hand, und berichte von meinem Leid auf der Arbeit.

»Kündige.« Hal macht eine wegwerfende Handbewegung, als wären alle Probleme mit diesem Rat auf einen Schlag gelöst.

»Und was mache ich dann? Ich muss arbeiten. Und ich kann

nicht immer davonlaufen, wenn es mal ein wenig schwierig wird.«

»Felix ist eine talentlose olle Schabracke«, sagt Hal mit einem spöttischen Grinsen. »Und er weiß, wie man Menschen manipuliert. Wozu möchtest du dich weiter in diesem giftigen Umfeld herumtreiben? Damit er deine Seele rauben kann?«

»Sehr dramatisch«, wirft Jackson trocken ein und sieht dann zu mir. »Aber er hat recht. Von Felix wirst du nichts lernen, außer wie man Erfolg hat, indem man sich wie ein Arschloch verhält. Es gibt andere Wege. Tu, was du liebst, liebe, wen du liebst.«

»Meinst du nicht eher ›liebe, was du tust‹?«, frage ich lachend.

Jackson setzt ein anzügliches Grinsen auf. »Das auch.«

»Ich werde es mir merken«, sage ich und trinke einen Schluck Kaffee. »Ich werde jede Menge zu tun haben, während er und ›die Diebin, deren Name nicht genannt werden darf‹ ihren Spaß mit dem Robertson-Projekt haben.«

»Robertson wie Cecelia Robertson?«, fragt Hal.

»Jep.« Cecilia Robertson und ihr Dreißig-Millionen-Dollar-Penthouse.

»Sie hat letztes Jahr eine Esstischgruppe von uns gekauft.« Hal schlägt die Beine übereinander. »Wehe, diese Frau sortiert unser Werk im Zuge ihrer Renovierung aus.«

»Diese Frau«, sagt Jackson gedehnt und sieht mich an, »steht in einem erbitterten Wettstreit mit Janice Marks. Ich weiß das, weil sie während unseres Beratungstermins von nichts anderem gesprochen hat. Alles müsse größer und besser sein als bei Janice. Ihr Tisch werde *komplett* anders aussehen als alles, was Janice sich anschafft.«

Langsam breitet sich ein teuflisches Grinsen auf meinem Gesicht aus. »Was du nicht sagst.«

»Mhmm … Janice gibt in zwei Wochen eine Cocktailparty bei sich zu Hause. Möchtest du meine Begleitung sein, Süße?«

Hal sieht zwischen uns beiden hin und her und grinst ebenfalls. »Ihr zwei …«

Ich springe auf. »Gentlemen, es war mir wie immer eine Freude. Aber ich verspüre auf einmal das dringende Bedürfnis, mich auf die Suche nach einem Cocktailkleid zu begeben.«

Ich habe einen Racheplan.

Die traurige Wahrheit ist, ich checke während der Arbeitszeit die sozialen Medien, schaue kurz mal während einer Kaffeepause in meine privaten Mails oder surfe beim Mittagessen ein bisschen im Netz. Eine schlechte Angewohnheit, aber meine Schuldgefühle deswegen halten sich in Grenzen, da ich Felix schon oft selbst dabei erwischt habe. Wem wollen wir was vormachen? Unsere Welt ist voller Internetsüchtiger.

Am darauffolgenden Freitag lehne ich mich mittags mit einem Chai-Tee auf meinem Stuhl zurück und rufe eine meiner liebsten Klatschseiten auf. Sie ist der absolute Schund. Schande über mich, das ist meine ganz persönliche Sucht.

Allerdings erstarrt meine Hand ziemlich schnell auf dem Trackpad, als ich ganz oben auf der Seite ein Foto von Dex aufploppen sehe. Zuerst ergibt das alles keinen Sinn für mich. Dex ist im Profil zu sehen, sein Mund, der so schön von seinem vollen Bart eingerahmt wird, wirkt verkniffen. Warum zum Teufel taucht er auf einer Klatschseite auf? Mit klopfendem Herzen beuge ich mich vor und starre auf die dazugehörige Story – und verschlucke mich fast an meinem Gewürztee, an dem ich gerade genippt habe.

»Heilige Scheiße …« Die große Schlagzeile ist widerlich:

Pippa Bloom bietet derjenigen, die beweisen kann, dass sie NFL
Offensive Lineman Ethan Dexter der Jungfräulichkeit beraubt
hat, 1 Million Dollar

Es prickelt heiß in meinen Wangen, meine Fingerspitzen kribbeln. Ich kann es nicht fassen. Ich lese den Artikel, einen kurzen Absatz darüber, dass dieser ominöse Privatklub namens
Pippa Bloom nicht glaubt, dass ein begehrter Junggeselle wie
Dex noch Jungfrau ist. Sie wollen ihn festnageln. Warum? Es
gibt keine Erklärung dafür, außer dass sie jede Menge Publicity bekommen, indem sie die öffentliche Aufmerksamkeit auf
meinen Freund lenken.

Ich bin wahnsinnig wütend, kann den Blick aber trotzdem
nicht vom Bildschirm lösen. Mit zitternden Fingern klicke ich
auf diverse Links zu Seiten, auf denen das Angebot diskutiert
wird. Die Leute reden über Dex, als wäre er ein trauriger Fall.

Mein erster Impuls ist, ihn anzurufen. Aber ich würde vermutlich nur rumkreischen und es damit nicht besser machen.
Ich könnte stattdessen Ivy kontaktieren, aber ich schätze, dass
sie dann nur rumkreischen würde. Damit käme ich jetzt nicht
klar. Also rufe ich meine Freundin Violet an.

Violet und ich haben uns im ersten Collegejahr ein Zimmer
geteilt. Obwohl ich ziemlich schnell ausgezogen bin, um vom
zweiten Jahr an im Gästehaus meines Vaters zu wohnen – denn
auch wenn ich gerne unter Menschen bin, mag ich doch meine
Privatsphäre –, sind wir enge Freundinnen geblieben.

»Was geht, Fi-Fi?«, meldet sie sich.

Ich verdrehe die Augen, muss aber lächeln. »Miss Day.«

Ihre Eltern haben sie tatsächlich Violet Day genannt. Andererseits heißt ihre Mutter Sunny, könnte also sein, dass das so
eine Art Motto in der Familie ist.

»Was darf's sein, Fi?«

»Weißt du was, du musst echt aufhören, wie dein jüngerer Bruder zu reden. Das wird langsam peinlich.« Ich lache, als sie flucht, doch die widerliche Schlagzeile auf meinem Bildschirm ernüchtert mich schnell wieder. »Also, ich habe da einen Typ kennengelernt.«

»Uuh, erzähl mir alle Einzelheiten.«

Ich kann mir genau vorstellen, wie sie mit angezogenen Beinen auf ihrem großen Bürostuhl hockt, die grauen Augen weit aufgerissen, während sie sich eine Strähne ihres honigbraunen Haars um den Finger wickelt.

»Sein Name ist Ethan. Er ist ein Freund von Gray. Sie haben auf dem College im selben Team gespielt. Inzwischen ist er Center in der NFL.«

»Ein Footballspieler … Uiuiui.«

»Ich weiß, ich bin auch überrascht.«

Violet kennt mein ›Du sollst keinen Sportler daten‹-Gebot ganz genau.

»Aber mit ihm ist es irgendwie anders. Überraschend. Ich … mag ihn richtig gerne.«

»Das hört man schon an deiner Stimme«, sagt sie sanft.

»Ja. Das Ding ist nur …« Ich drehe mich um und scrolle noch einmal durch den grässlichen Artikel. »Hast du heute schon die News gelesen?«

»Ja …« Vi holt hörbar Luft. »Heilige Scheiße, sprichst du etwa von Ethan Dexter?«

Ich hasse den sensationslüsternen Unterton in ihrer Stimme. Ich weiß, sie meint es nicht so, aber ich ärgere mich trotzdem darüber.

»Genau der.«

»Du datest eine Jungfrau?«, kreischt sie durchs Telefon.

So viel zum Thema laute, schrille Unterhaltungen vermeiden.

»Weißt du was«, fahre ich sie an, »ich werde jetzt auflegen …«

»Sorry!«, unterbricht mich Violet. »Das war unverschämt. Und es geht mich auch gar nichts an.«

»Genau.«

»Aber stimmt es denn?«, bestürmt sie mich trotzdem weiter, als könnte sie nicht anders.

Den Kopf auf der Lehne meines Stuhls abgelegt, schneide ich der Zimmerdecke eine Grimasse. »Sagen wir einfach, sie sind mit ihrer Jagd ein bisschen spät dran.«

Sie kichert vor Freude. »Gut gemacht, ich guck mir nämlich gerade sein Foto an und, heiliger Bimbam, er ist echt heiß. Nicht die Sorte, auf die du sonst stehst. Aber definitiv heiß. Genau genommen sogar noch viel heißer.«

Ich kann mir ein Lächeln nicht verkneifen. »Ja, das ist er. Im Moment mache ich mir allerdings mehr Sorgen wegen dieses Aufrufs. Wer zum Teufel ist Pippa Bloom?«

Einen Moment lang herrscht Stille in der Leitung. Anscheinend hat sich Violet inzwischen so weit eingekriegt, dass sie lesen kann, worum es in dem Artikel eigentlich geht.

»Pippa Bloom«, sagt sie nach einer Minute fast höhnisch, »ist sowohl der Name eines Klubs als auch der der kleinen Scheißerin, die ihn gegründet hat.«

»Erzähl mir mehr darüber.«

»Die Frau hat als Heiratsvermittlerin für die Reichen und Mächtigen angefangen. Aber bald kam raus, dass ihre Kunden, diese sogenannten *Gentlemen*, in Wirklichkeit alle nur auf der Suche nach lockeren Affären waren. Sie wollten weder eine Beziehung noch verbotenerweise für Sex bezahlen.«

»Waren Männer nicht schon immer so?«

»Doch, aber Pippa hatte die Idee, Geld damit zu verdienen, indem sie einen unkomplizierten, hochklassigen Vermittlungsservice für schnellen Sex einrichtete. Sie gründete einen Klub, der wie Tinder für Wohlhabende funktioniert. Die Mitglieder werden vorab gründlich überprüft, nur attraktive Männer und Frauen können sich anmelden. Und alle Beteiligten wissen von vornherein, was Sache ist.«

»Ich möchte mich ja nicht auf jemandes Seite schlagen, der es darauf angelegt hat, Dex wehzutun, aber ich verstehe immer noch nicht, was so schlimm daran sein soll.«

Violet gibt einen genervten Laut von sich. »Der Klub wirbt fürs Fremdgehen. Sie spielen dort mit dem Tabu, den Ehepartner zu betrügen. Das Marketing richtet sich hauptsächlich an Männer. Und sie bringen billige Werbegags wie den mit Dex, um möglichst viel Publicity zu kriegen.«

»Schön, Pippa Bloom ist eine Ranzwurst.«

»Eine was?« Violet lacht.

»Eine ätzende Person. Eine Idiotin.«

»Ich liebe es, wenn du mit komischen Schimpfworten um dich wirfst.«

Während meiner Sommeraufenthalte in London hatte ich genügend Gelegenheiten, meinen Wortschatz dahingehend zu erweitern.

»Das passiert mir immer, wenn ich total angepisst bin. Sie ist ein Schmierlappen, eine Drecksau, such dir gerne eine Bezeichnung aus.«

»Sie zu beschimpfen mag ja für den Anfang ganz unterhaltsam sein, aber ich würde diese ätzende Kuh und ihren Klub an deiner Stelle richtig fertigmachen.« Violet klingt fest entschlossen.

»Ich wüsste nicht wie.« Ich tippe mit einem Stift auf den Tisch und starre vor mich hin. »Eigentlich ist es auch nicht wichtig. Dex ist wichtig. Ich muss unbedingt mit ihm sprechen.«

»Mir ist es aber wichtig. Dieser bescheuerte Klub hat die Ehe meiner Eltern zerstört. Und jetzt haben die auch noch deinen Freund im Visier. Genug ist genug. Die Frau ist so gut wie erledigt.«

Ich weiß, dass Violet in der Lage wäre, sie zu erledigen. Hinter dem heiteren Lächeln und ihrem losen Mundwerk verbirgt sich ein Computergenie. Sie hat sich schon von klein auf für alles Technische interessiert. Heute, mit einundzwanzig, ist sie eine hoch bezahlte Sicherheitsberaterin.

»Na schön, dann hinterlass aber bitte keine verbrannte Erde. Pass bloß auf. Ich möchte dich kein Gefängnisorange tragen sehen. Ist mir egal, ob Orange the new Black ist.«

»Ich würde einen Weg raus finden.«

Ihr Selbstvertrauen trägt nicht gerade zu meiner Beruhigung bei. Ich fahre mir mit einer Hand durchs Haar und seufze. »Ich muss auflegen ...«

»Fahr zu deinem Freund und tröste ihn, Fi-Fi. Um die Schadensbegrenzung kümmere ich mich.«

Ich möchte mir wirklich nicht genauer ausmalen, was Violet damit meint. Besser, man stellt sich dumm, wenn einem potenzielle Straftaten angekündigt werden. Im Moment muss ich mich auf meine eigene Art der Schadensbegrenzung konzentrieren.

26

Dex

Ich habe noch nie zuvor im Rampenlicht gestanden und kann jetzt, da es so weit ist, nur sagen, dass es einfach ätzend ist, plötzlich in diesen grellen Schein gezerrt zu werden.

Zuerst begreife ich gar nicht, was vor sich geht. Ich habe keine Ahnung, warum plötzlich alle Welt Kameras auf mich richtet. Gelegentlich schießt die Presse mal ein Foto von mir, aber ich bin ein Center, und damit normalerweise kein wirklich gutes Newsmaterial. Ich mache meinen Job und unterstütze das Team. So etwas wie das Blitzlichtgewitter, das mich blind macht, als ich vom Training komme, habe ich noch nie erlebt.

Und dann ertönen die Rufe.

»Dexter? Dexter! Hier!«

»Dexter! Was halten Sie von der Jungfrauenjagd?«

»Dexter! Sind Sie wirklich noch Jungfrau?«

Für einen langen Augenblick bleibe ich wie angewurzelt stehen und versuche blinzelnd, etwas zu sehen. Ein einziges Wort hämmert durch das laute Dröhnen in meinem Schädel: *Jungfrau*. Es fühlt sich an wie ein Schlag in den Magen. Ich bekomme kaum noch Luft. Alle reden davon, dass ich Jungfrau bin. Vor Scham wird mir ganz heiß. Als hätte man mir die Kleider vom Leib gerissen und mich in der Wüste ausgesetzt.

Ich ziehe den Kopf ein und schiebe mich in dem vollen Bewusstsein durch die Menge, dass meine Teamkollegen alles mitbekommen und mir nachsehen. Dann setzt die Wut ein.

Ich sollte mich nicht schämen. Mein Leben geht nur mich etwas an. Ich brauche tatsächlich fünf Schritte, bis mir klar wird, dass ich außerdem gar keine Jungfrau mehr bin. Die Meute hat mich dermaßen kalt erwischt, dass ich Fi tatsächlich einen Moment lang vergessen habe. Ich bin keine Jungfrau. Aber offensichtlich geht alle Welt davon aus. Wieso?

»Dex.« Jemand berührt mich am Ellbogen. Ich zucke zusammen und will die Person abschütteln, als ich merke, dass es Rolondo ist, der mich mit einem ernsten Ausdruck in den dunklen Augen ansieht.

»Komm schon, Mann. Ich fahre uns.«

Uns fahren? Die Leute schreien immer noch, bedrängen mich. Die Kameras befinden sich genau vor meinem Gesicht. Ich kann keinen klaren Gedanken fassen.

Londo fasst mich am Oberarm und bugsiert mich sanft in Richtung seines SUVs.

Jetzt fällt es mir wieder ein. Wir sind mit Drew und Johnson zum Essen verabredet. Wir spielen morgen gegen ihr Team. Ich glaube allerdings nicht, dass ich was runterkriege. Viel lieber würde ich mich übergeben.

Wie betäubt steige ich in Rolondos Wagen. Das dumpfe Geräusch, als die Tür zufällt, ist eine Erlösung.

Londo springt auf den Fahrersitz. »Wir hängen bei mir ab, bis es Zeit ist loszufahren. Diesen Scheiß hier musst du dir echt nicht geben.«

Als er den Zündschlüssel dreht, schallt ohrenbetäubender Rap durch den Wagen. Seine Anlage ist so laut gestellt, dass mein Hintern vibriert. Er grinst breit, fährt schwungvoll vom Parkplatz und lässt die Presseleute zurück. Wir fahren einen Block weit, bevor er die Stereoanlage runterdreht.

»Wie schade, dass ich keinen dieser verdammten Blutsauger überfahren habe.« Ich weiß, dass er es nur halb als Scherz meint. Mit grimmiger Miene fasst er in seine Hosentasche und holt sein Handy raus. »Google dich selbst und finde raus, was zum Teufel hier abgeht, D.«

Ein Teil von mir will es gar nicht wissen. Doch Wissen ist Macht, und außerdem kann man nichts bekämpfen, was man nicht kennt.

Die Schlagzeile wird als erstes Suchergebnis angezeigt, und wieder fühlt es sich an wie ein Schlag in die Magengrube. Ich bin als Jungfrau gebrandmarkt? Mit einem Kopfgeld, das auf meinen Schwanz ausgesetzt wurde? Wenn mir nicht gerade schlecht werden würde, müsste ich wahrscheinlich laut lachen.

Als ich Rolondo die Story vorlese, stößt er einen langen, leisen Pfiff aus. »Scheiße, Mann. Das ist mal …« Er zuckt zusammen und fährt sich mit einer Hand über die kurzen Dreads. »Das ist mal 'ne richtige Scheiße, Dex.«

»Wer zum Teufel ist Pippa Bloom?«

Er wirft mir einen Blick zu. »Nie davon gehört?«

»Davon? Für mich hört sich das eher nach einer Frau an.«

»Pippa Bloom ist eins von diesen Seitensprungportalen. Nur dass es sich an besonders reiche Kerle wendet. Du weißt schon, solche, die auf exzentrischen Mist stehen. Ehrlich gesagt glaube ich, da geht's um viel mehr als nur Sex. Ihr Slogan lautet: ›Was ist Ihre Leidenschaft?‹. Das kann alles bedeuten. Und ich meine wirklich *alles*.«

»Wieso kennst du die Seite?«

Rolondo windet sich auf seinem Sitz. »Da … äh … Da suchen Männer nicht nur nach Frauen.«

»Du bist Mitglied?«

»Jetzt nicht mehr«, gibt er schnell zurück. »Nachdem sie meinen Kumpel verarscht haben, will ich nichts mehr mit denen zu tun haben.«

»Danke.« Ich fahre mir mit einer Hand durchs Haar. »War übrigens nicht wertend gemeint.«

»Ja genau, Mann. Ich habe nicht die geringste Wertung in deiner Stimme gehört.«

Ich kann praktisch fühlen, wie er die Augen verdreht. Ich schaue zu ihm rüber. Als wir unseren Abschluss gemacht haben, hat Rolondo seinen besten Freunden gestanden, dass er schwul ist. Ich hatte es bereits vermutet, aber nie etwas gesagt. Es war schwer für ihn, aber wir halten zu ihm. Immer. Öffentlich gemacht hat er es noch nicht, und ich weiß, dass ihm das zusetzt.

»Ich meine es ernst«, sage ich. »Leben und leben lassen. Aber ja, im Moment finde ich diese Seite einfach nur zum Kotzen. Das verdammte Kopfgeld auf meinen Hintern hat all meine Gutmütigkeit gekillt.«

Rolondo lacht. »Sieh es mal so, nach dieser Nummer wirst du berühmt und berüchtigt sein.«

Ich weiß, dass er nur Witze macht, aber im Moment habe ich dafür keinen Sinn. Ich kann schon jetzt das Gelaber hören, das gerade auf dem Sportkanal abgeht. Die fiesen kleinen Scherze. Während ich hier festsitze, bloßgestellt, angepisst, gedemütigt und außerdem noch mal besonders angepisst.

»Wieso haben die sich ausgerechnet auf mich eingeschossen, verdammt noch mal?« Bis Rolondo mit den Schultern zuckt, merke ich nicht mal, dass ich den Satz laut ausgesprochen habe.

»Du hast eben diesen ›Großer, grüblerischer Kerl mit Man Bun und Tattoos‹-Look. Weißt du, wie viele Frauen darauf stehen? Und dann sollst du auch noch Jungfrau sein? Verdammt, das wirkt auf die weibliche Bevölkerung wie Katzenminze.«

Ich ziehe die Augenbrauen hoch. »Man Bun? Du hörst dich wie ein Mädchen an, weißt du das?«

Er wird rot, schüttelt aber gleichzeitig den Kopf, als wäre ich hier der Verrückte.»Alter, ich habe jüngere Schwestern. Da ist es unmöglich, solche Ausdrücke nicht mitzukriegen.«

Ich massiere mir die Nasenwurzel. Ich spüre die Kopfschmerzen schon kommen.

»Die wahre Frage ist, wie kommen die darauf, dass du Jungfrau bist?«

»Bin ich nicht.«

Ich weiß, dass er versteht, was ich meine. Eigentlich sollte ich es gar nicht erwähnen. Doch es irritiert mich, dass mich dieses Datingportal zum obersten Objekt der Begierde gemacht hat, weil die Leute denken, dass ich es noch bin.

»Ich meine, ich war's. Bis ... Ach, vergiss es.«

»Na ja«, sagt Rolondo gedehnt, »bis zu einem gewissen Zeitpunkt waren wir alle jungfräulich, D.«

Ich will nicht lächeln. »Du weißt schon, was ich meine. Ich will damit sagen, dass es nicht total abwegig ist, anzunehmen, ich wär's noch. Ich habe nie ein Geheimnis daraus gemacht. Aber ich habe es auch nicht an die große Glocke gehängt. Und das ist jetzt auch egal, denn ...«

»Du bist es nicht mehr, ich habe es kapiert.« Rolondo biegt in die Einfahrt zu seinem Wohnhaus. »Du brauchst mir nicht alles zu erklären. Aber mach dich auf 'ne Menge Mist gefasst. Diese Drecksagentur bietet eine Million Dollar für den Beweis, dass man es in deine Hose geschafft hat?« Ihm entweicht ein tiefes, freudloses Glucksen. »Oh Mann, Alter, jetzt werden plötzlich von überallher irgendwelche Frauen auftauchen, die es auf deinen Hintern abgesehen haben.«

Ächzend sacke ich auf meinen Sitz zusammen. »Verdammt!«

Ich muss mit Fi reden, sie darauf vorbereiten, was passieren wird. Mir wird schon wieder schlecht. Ich habe ihr Privatsphäre versprochen, Normalität. Aber das hier ist alles andere als normal.

Sobald ich in Rolondos Wohnung bin, versuche ich, Fi zu erreichen, aber mein Anruf wird direkt auf die Mailbox umgeleitet. Ich gerate immer wieder an ihren Anrufbeantworter, bis es Zeit ist, zum Abendessen loszufahren. Und ich habe das niederschmetternde Gefühl, dass gerade alles kaputtgegangen ist.

Die Aussicht auf ein Abendessen mit den Jungs muntert mich auf.

Sie klopfen mir kräftig auf den Rücken und reißen belanglose Witze, während wir in eine ruhige Sitzecke im hinteren Teil des Restaurants geführt werden.

Aber sobald wir sitzen, beugt sich Johnson mit seinen gelben Haaren, der leicht rötlichen Gesichtsfarbe und jener grimmigen Miene, die ihm bei der Presse den Spitznamen »Der Wikinger« eingebracht hat, zu mir. »Ernsthaft, Dex, warum zum Teufel fallen die so über dich her? Ich meine«, er wird noch röter, »wir haben alle irgendwie gedacht, du wärst …« Er klappt den Mund zu, weil er es nicht aussprechen will. Was ziemlich ironisch ist, denn über jeden anderen Menschen unter der Sonne würde er jetzt den letzten Mist labern.

Ich frage mich, ob sie mich bemitleiden und denken, ich wäre ein trauriger Fall. Das kotzt mich an. Ein Teil von mir möchte ihnen einfach erzählen, was ich schon Rolondo gesagt habe. Dass ich keine Jungfrau mehr bin und es mir scheißegal ist, was ich früher alles nicht gemacht habe, denn mit Fi zusammen zu sein ist das allerbeste Gefühl der Welt. Aber was ich mit Fi treibe, ist privat. Und darüber werde ich jetzt, da sie sich über zweitausend Kilometer weit entfernt von mir befindet und ich sie geradezu schmerzhaft vermisse, bestimmt nicht mit den anderen reden.

Ja, der Schmerz. Er hat sich in meiner Brust festgesetzt. Ich reibe über die Stelle und hasse, dass sie sich kalt und leer an-fühlt. Es kommt mir vor, als laste ein Druck auf meinem Rück-grat, als würde mich eine kräftige Hand unablässig in ihre Rich-tung schieben. Der Drang, einfach aufzustehen und zu ihr zu fliegen, wird immer stärker.

Warum geht sie nicht ans Telefon? Ich habe inzwischen Dutzende von Nachrichten auf der Mailbox. Von Ivy und Sean Mackenzie, die fragen, ob es mir gut gehe und ob ich einen Schlachtplan mit ihnen aufstellen wolle. Und Anrufe vom PR-Agenten meiner Mannschaft, der dasselbe will. Anrufe von fast jedem außer Fi.

Johnson wartet immer noch auf eine Antwort.

»Ich habe keine Ahnung.« Ich reibe mir den schmerzenden, steifen Nacken. »Ich halte mich sonst eher im Hintergrund.«

»Mann, das würde ich nicht sagen«, wirft Rolondo kopf-schüttelnd ein. »Nicht wenn du in Bars singst und so was.«

Johnson krümmt sich vor Lachen. »Oh Mann! Ich habe mir fast in die Hose gemacht, als ich das Video gesehen habe. To-tal abgefahren, D. Ich kann nicht fassen, dass du das gebracht hast.«

Ich auch nicht. Andererseits bringt Fi Seiten an mir zum Vorschein, von deren Existenz ich bisher nichts geahnt habe. Zuerst habe ich es nur gemacht, um sie für mich zu gewinnen, aber dann hatte ich richtig Spaß dabei. Ich war so gelöst wie sonst nur auf dem Spielfeld.

»Das Video ist schon eine ganze Weile im Umlauf. Es ist durch die sozialen Medien gegangen und hat auf dem Sport-kanal ordentlich für Lacher gesorgt, aber das war's auch.«

»Ich glaube, es ist wegen eures Kalenders. Sie haben die Fo-tos veröffentlicht.« Drew hält uns sein Handy hin. Im Browser-fenster wird ein Foto angezeigt.

Alle grapschen gleichzeitig nach dem Telefon, um es genauer anzusehen. Doch ich bin am schnellsten und stoße Johnson weg, während ich hinunter auf das Display starre.

»Verdammt, das hatte ich ganz vergessen.«

»Sexy Dexy«, singt Rolondo lachend und erntet von mir dafür einen Ellbogencheck.

Die Kalenderfotos meiner Mannschaft. Nacktfotos. Ja, ich habe es getan. Hauptsächlich, weil die Fotografin eine heiße junge Frau war, die etwas an sich hatte, das bewirkte, dass wir vor lauter Angst die Hosen runtergelassen haben – im wahrsten Sinne des Wortes. Sie hat eindeutig Talent und das Ganze nicht als Gratis-Strippershow betrachtet. Auch wenn die anderen Jungs sicher nichts dagegen gehabt hätten.

Es sind geschmackvolle Bilder in so kräftigen, gesättigten Farben, dass es wirkt, als würde man ein Ölgemälde betrachten. Mein Foto ist eine Aufnahme von der Seite vor einem tiefroten Hintergrund. Ich knie, mein Helm liegt neben mir auf dem Boden, ich beuge den Kopf vor und mein Arm liegt auf dem Oberschenkel. So eine Art Footballversion von »Der Denker«, hat die Fotografin in einem fort behauptet. Außer meinem Hintern von der Seite sieht man nichts von meiner Ausstattung, auch wenn ich vermute, dass da ein bisschen gephotoshoppt worden ist – was hängen soll, hängt nun mal und so. Ich wirke erschöpft, aber dennoch unbesiegt, mein Gesichtsausdruck ist nachdenklich.

»Das Foto ist gut«, murmele ich geistesabwesend. Als Drew grinst, funkele ich ihn böse an. »Was? Es ist künstlerisch wertvoll.«

»Es ist ein Hottie-Foto«, bemerkt Johnson. »Guck dich doch mal an. Ganz nachdenklich und mit angespannten Muskeln. Hast du den Arsch auch angespannt?«

»Nicht nötig. Das ist seine natürliche Form.« Ich werfe ihm einen langen Blick zu. »Neidisch?«

Rolondo lacht. »Ja, ist er.« Er deutet auf das Display. »Ich werde mir meins vergrößern lassen und übers Bett hängen.«

»Typisch«, sagt Johnson. »Wie hast du für deins posiert? Hast du eins deiner Tänzchen vollführt?«

»Er hält sich in einer seiner Angeberposen einen Football vor den Dödel«, sage ich trocken.

»Total megaheiß«, versichert Rolondo.

»Die darf Anna auf keinen Fall sehen. Sonst nervt sie mich damit, dass ich auch eins machen lassen soll.« Drew schüttelt den Kopf. »Aber sieh mal, Alter, hier gibt es einen Artikel dazu.« Er tippt aufs Display und eine andere Website wird aufgerufen. »Sie nennen dich den ›heißen, tätowierten, sensiblen Jahrhundertmann des Footballs‹. Offenbar hat dein Foto die meisten Klicks.«

»Was? Sexy Dexy hat mehr Likes als ich? Verdammt!« Rolondo guckt mürrisch und holt sein Handy raus. Offenbar will er die Berichte lieber noch mal selbst checken.

Ich verdrehe die Augen.

Während er liest, wird Drews Gesichtsausdruck immer finsterer. »Dieses Arschloch Randolph Norris hat gesagt, du wärst noch Jungfrau.«

Norris war Nose Tackle in dem College Football Team, das wir in unseren letzten beiden Conference Championships geschlagen haben. Er und ich standen uns mehrfach als Konkurrenten gegenüber, und er hat dabei jedes Mal am Ende wie ein Trottel ausgesehen. Wenn man behaupten würde, wir mögen einander nicht, wäre das noch milde ausgedrückt. Da er für ein College gespielt hat, das nur gut fünfzehn Kilometer von unserem entfernt lag, hat er den Klatsch vor Ort natürlich mitgekriegt.

»Verdammt«, murmelt Johnson. »Ich habe den Kerl gehasst.«

»Er wurde dieses Jahr von New Orleans gedraftet«, sage ich. »Aber unser Coach hat ihn in der letzten Runde des Trainings-camps rausgenommen. Es hieß, ihm habe Norris' Einstellung nicht gefallen.«

»Weil sie scheiße ist«, murmelt Rolondo. »Er hätte Finn bei einer lockeren Trainingsübung fast mal den Kopf abgeris-sen.«

Die Gesundheit des Quarterbacks der Stammmannschaft aufs Spiel zu setzen, weil man im Training angeben muss, ist kein cleverer Schachzug.

»Er ist also verbittert und hasst Dex«, fasst Drew zusammen. »Er hatte anscheinend jede Menge zu erzählen. Hier steht, dass Dex weder je mit einer Frau ausgegangen ist noch mit einem Mann. Dass er auf unserem College der Schutzheilige des Footballs genannt wurde, und dass die Leute Wetten da-rüber abgeschlossen haben, wann er seine Unschuld verlieren würde.«

»Haben sie?«, frage ich.

Die Jungs werfen mir zögerliche Blicke zu. Schätze also, es stimmt. Ich bin nicht wirklich sauer auf sie, aber es ärgert mich trotzdem, im Nachhinein zu erfahren, dass die Leute offenbar die ganze Zeit über mich geredet haben. Und jetzt tut es auch noch die ganze restliche Welt.

Seufzend lehne ich mich zurück. »Pack das Handy weg. Ich bekomme sonst noch eine Magenverstimmung, bevor ich über-haupt was essen konnte.«

»Und wir alle wissen, dass man sich besser nicht zwischen Dex und seine Mahlzeiten stellt.« Jackson reckt drohend einen Zeigefinger in die Luft.

»Ich würde sagen, das trifft eher auf dich zu«, kontere ich.

»Stimmt.« Rolondo grinst breit.

»Alter, du solltest bei so 'ner Sendung wie *Der Bachelor* mitmachen«, schlägt Johnson vor. »Ich sehe es schon vor mir.« Er senkt die Stimme. »Dieses Jahr, in einem ganz besonderen NFL Spezial …«

»Das ist deine Lieblingssendung, oder?«, fragt Drew mit einem Grinsen. »Ich wette, du guckst sie jeden Abend und flennst rum, wenn er eins von diesen armen Mädchen nach Hause schickt.«

Wir alle lachen, als Johnson schon wieder rot anläuft. Bei seiner hellen Haut bleibt einfach nichts verborgen. »Das tue ich nicht.«

»Hervorragend gekontert«, bemerke ich spöttisch.

»Wie dem auch sei«, sagt Drew. »Dex kann nicht bei dieser Show mitmachen. Er hat schon eine Freundin.«

»Im Ernst?« Johnson starrt mich an, als wären mir gerade zwei Köpfe gewachsen.

»Jep«, antwortet Drew für mich. »Fiona Mackenzie. Ivys kleine Schwester.«

»Die süße Blonde, die bei der Hochzeit ihr Kleid ausgezogen hat?« Johnsons Miene ziert inzwischen ein anzügliches Grinsen.

»Hey«, warne ich ihn. »Streich das verdammt noch mal sofort aus deinem Gedächtnis.«

Drew schüttelt den Kopf. »Seht ihr? Er fährt voll auf sie ab.«

Ich trinke mein Wasser und lasse eine Runde Knutschgeräusche über mich ergehen. »Seid ihr Kindsköpfe jetzt fertig?«

Johnson verdreht obszön die Zunge. »*Jetzt* bin ich fertig.«

»Ein Haufen Teenies«, murmele ich, aber ich bin nicht sauer. Ich habe das hier vermisst. Ich habe meine Jungs vermisst.

Rolondo runzelt die Stirn. »Wenn du jetzt mit Fiona zusammen bist, ist diese ganze Jungfrauenjagd doch sowieso vom Tisch.«

»Nein«, widerspreche ich ihm. »Fi soll nichts mit der Sache zu tun haben. Die Presse wird nicht das Geringste über sie erfahren.«

»Verstehe«, sagt Rolondo. »Aber dir muss klar sein, dass das, was du willst, und das, was die Öffentlichkeit sich nimmt, zwei verschiedene Paar Schuhe sind, mein Freund.«

Damit hat er leider recht. Ich hasse es, wie mir in diesem Augenblick die Angst über die Schultern kriecht. Es gibt Dinge, vor denen ich Fi nicht beschützen kann, und das frustriert mich.

Endlich kommt unser Essen, und wir reden über andere Themen. Ich gebe offen zu, dass das meiste davon der reinste Klatsch ist. Wer was Schwachsinniges angestellt hat, welche Trainer mies sind und welche nicht. Und natürlich Kriegsgeschichten. Wie wir im Angesicht von Schmerz und Not unseren Mann gestanden und spektakuläre Spielzüge gebracht haben, die beim Nacherzählen immer noch zehnmal beeindruckender sind. Als würden wir uns nicht alle die Spiel-Highlights im Fernsehen ansehen und deshalb genau wissen, wann jemand mal wieder wahnsinnig übertreibt.

Als der Kellner ein Dessert, das aus Schokolade in fünf verschiedenen Formen besteht, vor mich hinstellt, fühle ich mich fast wieder normal.

Johnson wirft einen missmutigen Blick auf seinen Teller. »Ist das winzig. Alles hier ist so wahnsinnig winzig.«

»Das nennt sich Gourmetküche«, erklärt Rolondo und schnappt sich seinen Löffel.

»Wer hat das Restaurant überhaupt ausgesucht?«, beschwert sich Johnson.

»Ich.« Ich schiebe mir einen Löffel voll dunkler Schokoladenmousse in den Mund und stöhne vor Genuss beinahe laut auf. Ich muss unbedingt mit Fi hierher kommen. »Es ist göttlich. Bestell einfach noch ein Dessert, wenn du danach noch Hunger hast.«

Rolondo lacht nur und isst, während Johnson irgendwas davon murmelt, dass ich ziemlich metrosexuell sei.

»Lumbersexual, also holzfällermäßig«, kontere ich und ernte dafür einen entsetzten Blick von Johnson. »Das sagt Fi jedenfalls.«

»Wieso sollte sie behaupten, dass du auf Holzfäller stehst?«, fragt Johnson und runzelt irritiert die Stirn.

Rolondo wirft ihm eine Serviette an den Kopf. »Mann, du bist echt dumm wie Brot.«

»Holzfällerbrot?«

Wir stöhnen gesammelt auf.

Bis auf Drew, der kein Wort sagt. Er nimmt nicht mal von seinem Dessert Notiz, sondern sitzt nur stumm da und klebt am Display seines Handys, was normalerweise nicht seine Art ist.

»Warum guckst du die ganze Zeit auf dein Handy?«, frage ich ihn. »Gibt es etwa noch mehr schlechte Presse? Bin ich jetzt für beide Geschlechter zu haben?«

»Ich würde dich nehmen«, wirft Rolondo mit einem Grinsen ein.

»Du bist mir zu anstrengend.«

»Stimmt.« Londo nickt und mustert mich. »Ich würde dich definitiv diesen Bart abrasieren lassen. Ich steh nicht auf Gesichtsbehaarung.«

Ich zucke mit den Schultern. »Es sollte halt nicht sein mit uns.«

Johnson verdreht die Augen. »Mir egal, ob ich mich jetzt wie ein Blödmann anhöre, aber diesen Wortwechsel finde ich ziemlich merkwürdig.«

»Du hörst dich *immer* an wie ein Blödmann. Wir sind daran

gewöhnt«, sagt Rolondo und duckt sich dann schnell vor einem Stück Brot weg, das Johnson nach ihm wirft.

Das ältere Paar am Nebentisch dreht sich um und wirft uns böse Blicke zu.

»Ladys«, verkünde ich mit mildem Tadel in der Stimme, »denkt an eure Manieren. Das hier ist keine Collegebar.«

»Ja, Mom.« Johnson lehnt sich zurück und sieht sich um. »Apropos, wieso sind wir eigentlich nicht in einer Bar? Ich meine, auch wenn wir inzwischen die Kohle dafür haben, fühle ich mich in Läden wie diesem hier unwohl.«

»Ich wollte das Restaurant auschecken«, erkläre ich. »Es steht zum Verkauf, und Gray, Drew und ich überlegen, in die Gastronomie zu investieren.«

»Im Ernst?« Johnson sieht überrascht aus.

»Wir suchen nach einer Absicherung für später. Schließlich werden wir nicht ewig Football spielen.«

Da wir alle drei Essen lieben, hat uns die Idee, Geld in ein Restaurant zu stecken, gut gefallen. Gray und Drew haben sich jeweils schon Objekte an der West- und Ostküste angesehen.

Ich werfe Drew einen Blick zu. »Wenn ein gewisser QB mal die Nase von seinem Handy nehmen könnte und das Essen probieren würde, kämen wir mit unseren Überlegungen allerdings weitaus schneller voran.«

Drew hebt den Kopf. »Es wirkt ein bisschen spießig, aber das Essen ist gut und der Laden außerdem rappelvoll.«

»Genau.« Ich nicke bestätigend. »Voll ist er eigentlich immer. Ich würde hier drin allerdings ein bisschen was verändern.«

Drew nickt und beschäftigt sich dann wieder mit seinem Handy.

Rolondo wirft einen Blick in die Runde. »Wollen wir noch woanders hingehen? Solange wir nicht in eine von Johnsons Stripbars weiterziehen, ist mir alles egal.«

»Würdest du lieber in eine von *deinen* Stripbars gehen?«, fragt Johnson.

»Nein. Ich möchte nicht, dass du einen Minderwertigkeitskomplex entwickelst, Alter.«

»An mir ist rein gar nichts minderwertig. Und wenn ich es einer Lady besorge, dann dauert das die ganze Nacht.«

»Du brauchst die ganze Nacht, um es ihr zu besorgen? Das glaube ich gerne.«

Während sich Rolondo und Johnson gegenseitig aufziehen, sehe ich wieder zu Drew, der immer noch auf sein Handy starrt und furchtbar still ist. »Im Ernst, Baylor, ich konfisziere das Teil gleich.«

Er zieht eine Augenbraue hoch und schenkt mir sein typisches unschuldiges Grinsen – auf das ich nicht hereinfallen werde. »Du benimmst dich echt wie eine Mom.«

»Wenn ich mich richtig erinnere, hast *du* immer die Mutter gespielt. Ich war der Dad.«

»Heißt das nicht, dass wir gerade ein Date haben? Und ich krieg nur dieses lausige Abendessen?« Drew stützt die Arme auf den Tisch. »Wo bleiben meine Blumen?«

»Zur Wiedergutmachung flüstere ich dir nachher süße Worte ins Ohr. Und jetzt beantworte meine Frage, Battle. Was zum Teufel soll das mit dem Handy?«

Als hätte ich es mit meinen Worten aktiviert, leuchtet das verdammte Teil im selben Moment auf, und Drew schaut wieder auf das Display. Er muss sich ein Lächeln verkneifen.

»Was soll ich sagen? Meine zukünftige Frau hat mich an der Kandare. Ja, richtig gehört, ich tausche euch gegen Anna aus.« Er stützt die Handflächen auf den Tisch und schiebt seinen Stuhl zurück. »Gentleman, Schluss für heute. Ich habe noch ein Telefondate.«

Seltsamerweise benehmen sich die Jungs nicht wie sonst und

verarschen ihn deswegen. Sie sehen erst mich an und dann einander – nicht besonders unauffällig, aber sie glauben, sie wären es.

»Was ist jetzt schon wieder los?«, frage ich und blicke finster in die Runde.

»Nichts, Mann«, versichert mir Rolondo. »Sei nicht so verspannt. Es geht nicht immer nur um dich, D.«

Seine Miene sagt etwas anderes, aber ich hake nicht weiter nach.

Johnson holt ein paar Geldscheine hervor. »Heute geht die Rechnung auf mich.«

»Entschuldigung, diesen Moment muss ich genießen«, verkündet Rolondo überschwänglich und breitet die Arme aus. »Johnson, der miese, kleine Geizhals Johnson, lädt uns ein.«

»Alter, halt's Maul«, sagt Johnson lachend. »Treffen wir uns morgen früh auf einen Kaffee?«

»Ja, Mann«, stimmt Rolondo zu. »Den bezahle ich dann.«

»Und wer ist jetzt bitte geizig?«

»Das Frühstück ist die wichtigste Mahlzeit des Tages, Junge.«

»Und die billigste.«

»Ich bezahle sämtliche Essen bei unseren Treffen in dieser Saison, wenn ihr zwei jetzt endlich die Klappe haltet«, wirft Drew genervt ein.

Seit dem Abschluss versuchen wir, uns regelmäßig zu treffen. Meistens dann, wenn wir gegeneinander spielen. Wir vom Red-Dogs-Team vom College werden immer wie Brüder füreinander sein.

Nachdem die Rechnung bezahlt ist, treibt Drew uns an und schiebt dabei Johnson fast zur Tür hinaus.

Ich habe Drew immer um seine Beziehung zu Anna beneidet. Nicht um den Sex, sondern um das Wissen, dass er jemanden hat, zu dem er gehört. Selbst als er total gelitten hat, als sie gerade frisch zusammen waren, habe ich ihn beneidet, denn seine Gefühle für sie waren echt. Aufrichtig.

Mein ganzes Leben kommt mir wie ein ewiger Nebel aus Taubheit vor, der nur von Schmerz durchbrochen wurde. Die Tattoos, die Piercings, harte Zusammenstöße auf dem Spielfeld – all das diente nur dazu, mich etwas anderes spüren zu lassen als diese nüchterne Gleichgültigkeit. Doch mit Fi fühle ich mich lebendig. Ich freue mich über jede Sekunde, die verstreicht, weil damit der Moment, in dem ich wieder bei ihr bin, jedes Mal ein Stück näherrückt.

Während ich den Jungs nach draußen folge und in Gedanken bei Fi bin, wird mir das Herz noch schwerer. Ich vermisse sie so sehr, dass ich zuerst glaube, ich würde fantasieren, als ich sie auf dem Bürgersteig an eine schwarze Limousine gelehnt stehen sehe. Eine sanfte, warme Brise weht über die Straße, wirbelt ihre goldblonden Haarsträhnen durcheinander und hebt den Saum ihres Kleids. Sie trägt ein weißes Sommerkleid mit leuchtend roten Kirschen darauf und einer neckischen kleinen Schleife genau unterhalb der Brüste. Dieses Kleid hat mich eine gefühlte Ewigkeit verfolgt. In den letzten Jahren habe ich davon geträumt, auf die Knie zu sinken und es anzuheben, um zu sehen, welche Belohnung mich darunter erwartet. Und heute trägt sie es nur für mich.

Ich bin wie vom Donner gerührt stehen geblieben und gaffe sie mit offenem Mund an, während die Jungs an mir vorbeigehen. Aus den Augenwinkeln bemerke ich ihre selbstzufriedenen Gesichter. Drew nickt Fi zu.

»Danke, Drew Beeee«, ruft sie ihm zu und zieht dabei den Anfangsbuchstaben seines Nachnamens liebevoll in die Länge.

»Jederzeit, Fi-Fi.« Er lächelt breit und zufrieden.

Mir fällt wieder ein, dass sie sich kennen und öfter was zusammen unternehmen, weil sie in derselben Stadt wohnen. Sofort bin ich deswegen eifersüchtig auf Drew. Aber er hat offensichtlich dabei geholfen, dieses Treffen mit meinem Mädchen zu arrangieren, ich kann ihm also nichts vorwerfen. Und meine Aufmerksamkeit ist jetzt sowieso von Fi gefangen, von ihrem zögerlichen Lächeln und dem glücklichen Leuchten in ihren Augen.

Sie hebt den Arm und hält eine Plastiktüte mit irgendetwas Klumpigem darin hoch. Ihre leicht rauchige Stimme weht zu mir herüber. »Jungs bringen Mädchen Blumen mit, aber ich habe mir gedacht, du würdest dich mehr über was zu essen freuen. Also habe ich dir Kirschen mitgebracht ...«

Sie unterbricht sich selbst mit einem Kreischen, als ich die Arme um ihren schlanken Körper schlinge und sie hochhebe. Ich küsse sie, ohne zu zögern, öffne ihren Mund mit meinem und lasse die Zunge über ihre gleiten. Sie schmeckt nach Kirschen und nach Fi und sie duftet nach Glück. Mein Glück. Meine Fi. Mit einem Mal bin ich vollkommen überwältigt. Ich fühle mich beinahe ein wenig weinerlich. Und ich falle mitten auf der Straße praktisch über sie her.

Als ich mich von ihr löse und lächelnd auf sie hinuntersehe, klingt meine Stimme rau. »Hast du etwa von meinen Kirschen gegessen?«

Sie rümpft die Nase. »Ich musste doch probieren, ob sie gut sind. Schließlich will ich dir kein minderwertiges Obst schenken.«

»Du hast hier ja ein richtiges Motto am Start.«

»Subtil sein ist nicht mein Ding, Ethan«, sagt sie mit einem albernen Grinsen. »Gewöhn dich lieber gleich daran.«

»Verändere dich bloß niemals.«

Ich halte sie immer noch, ihre Füße baumeln auf Höhe meiner Schienbeine und ihre süßen Brüste drücken gegen meine Brust. Ich kann nicht anders, als sie noch einmal zu küssen, auf die warme Stelle genau unter ihrem Ohr und auf den Mundwinkel, was sie immer zum Erschauern bringt. Verdammt, ich kann nicht aufhören, sie zu küssen – Punkt.

Sie fährt mit den Fingern über meinen Nacken und massiert die angespannten Muskeln dort, als wüsste sie, wie dringend ich das brauche.

»Fi …« Ich bringe keinen geraden Satz heraus.

»Zeig mir dein Zuhause, Großer.«

Das Problem ist, ich glaube nicht, dass ich sie je wieder gehen lassen können werde, wenn sie erst einmal dort ist.

27

Fiona

Ethan besteht darauf, dass wir zu Fuß gehen. Es ist ein ange-
nehmer Abend, die Luft ist fast schon lau. Obwohl wir No-
vember haben, herrschen um die zwanzig Grad – warm genug,
um dieses alberne Sommerkleid mit den Kirschen und eine
Strickjacke darüber zu tragen. Aber für das Lächeln, das sich
auf Dex' Gesicht ausgebreitet hat, als sein Blick auf mich fiel,
hat sich der Aufzug gelohnt. Er hat sofort gewusst, dass ich das
Kleid für ihn angezogen habe. Und er hat vor Freude gestrahlt.
So. Was. Von. Gelohnt.

»Hast du gar keine Angst, entdeckt zu werden?«, frage ich,
während wir nebeneinander herschlendern. Er hat seinen Arm
um mich gelegt und ich lehne den Kopf an seine warme Brust.

Er bleibt stehen und küsst mich – sanft, tastend. Ein Lächeln
liegt auf seinen Lippen, als er sich wieder löst. »Nicht wirklich. Hier ist niemand. Und ich habe meine Cap auf.« Er zupft
am Schirm seiner grauen Mütze und zwinkert. »Und außerdem
sehe ich gar nicht aus wie sonst.«

Er trägt nicht wie üblich Jeans und T-Shirt, sondern eine locker fallende schwarze Stoffhose und einen dünnen Strickpull-
over, der seine charakteristischen Tattoos verdeckt. So sieht er
eher wie ein eleganter Gentleman als wie ein Footballspieler
aus.

Drew und seine Freunde haben jede Menge Lärm gemacht,
als sie losgefahren sind, was wohl die Aufmerksamkeit auf sie

und weg von Ethan lenken sollte. Sie sind wirklich gute, loyale Freunde. Ich weiß, dass sie alles tun würden, um ihn zu beschützen. Und trotzdem spüre ich, dass es da eine Mauer zwischen Ethan und, na ja, jedem anderen außer mir gibt.

»Deine Freunde nennen dich nie Ethan. Immer nur Dex oder Dexter. Wieso?«

Er zuckt mit den Schultern. »Für sie war ich schon immer Dex. Ich bin mir bei einigen von ihnen nicht mal sicher, ob sie überhaupt meinen Vornamen kennen. Ich bin nun mal einfach nur Dex.«

Dass er diese Tatsache so gelassen hinnimmt, stört mich. Ich möchte schreien, die Faust in die Luft recken, irgendetwas tun. Deshalb ist mein Tonfall auch forsch und ungehalten, als ich sage: »Du bist mehr als das. So viel mehr.«

»Nur für dich.« Er berührt mein Gesicht, fährt mit seinen rauen Fingerspitzen über meine Schläfe, während er mich so zärtlich ansieht, dass es mir im Herzen wehtut. »Niemand sonst kriegt alles von mir, Kirsche.«

Dieser Mann. Ich weiß, dass er es nicht darauf anlegt, aber er schafft es, immer genau den einen Satz zu sagen, der meine Welt auf den Kopf stellt. Die Wut, die ich stellvertretend für ihn empfunden habe, verraucht, und zurück bleibt nur ein angenehm warmes Gefühl der Zufriedenheit.

Lächelnd schmiege ich meine Wange an seine Handfläche. »Nur damit du's weißt, niemand sonst darf mir alberne Früchte-Spitznamen geben.«

Umschattet von seinem dunklen Bart blitzen seine weißen Zähne auf. »Ich weiß.« Mit dem Daumen streichelt er meine Wange. »Ich habe dein Gesicht vermisst.«

»Und ich habe … alles an dir vermisst.« Es sind zwei Wochen vergangen, seit wir uns das letzte Mal gesehen haben. In Anbetracht meiner Sehnsucht nach ihm ist das eine Ewigkeit.

Er küsst mich noch einmal, als wir weitergehen, und mir wird ganz schwindelig. Ich kichere albern an seinen Lippen. Betrunken von Ethan.

Ihm scheint es genauso zu gehen, wir lachen beide grundlos, vor lauter Glück darüber, zusammen zu sein, und bleiben alle paar Meter stehen, um uns zu küssen und das Gesicht des anderen zu berühren, einfach nur, weil es möglich ist.

Regen setzt ein, ein leichter Niederschlag, der die Düfte der Stadt hervorbringt. Es riecht nach aufgeheizten, mit Ziegelsteinen gepflasterten Gehwegen und warmem Essen. Darunter mischt sich ein leicht modriger Geruch nach Schimmel und Fäulnis, der der Stadt einen spürbar alten Hauch verleiht, wie ihn sich New York einfach nicht zulegen will. Beschwingte Jazzkaskaden, harte Rockbeats, näselnde Countrymusik und unzusammenhängende Popmelodien dringen aus den Klubs und Bars um uns herum und vermischen sich zu einem ganz eigenen Lied. Der Regen fühlt sich weich an, wie er warm und feucht über unsere Haut rinnt.

Wir überqueren die Bourbon Street und gehen weiter ins French Quarter hinein, weg vom Fluss. In einer ruhigen Nebenstraße drückt mich Ethan gegen eine glänzend schwarze Flügeltür, die durch einen mit Stuck versehenen Torbogen vor dem Regen geschützt ist. Er legt die Hände an meine Wangen und küsst mich, als sehnte er sich schmerzhaft danach. Seine Küsse sind gleichzeitig träge, erregt und innig. Sanft leckt er über meine Oberlippe, um anschließend an meiner Unterlippe zu knabbern.

Es fühlt sich dermaßen gut an, dass ich erschauere, gegen ihn sinke und die Fäuste in seinen Pulli kralle.

Er ist so groß, dass er mich komplett vom Licht der Straße abschirmt, und ich weiß, dass ich in diesem feuchten kleinen Schlupfwinkel ganz hinter ihm versteckt bin. Seine Hände hat er seitlich an meinen Kopf gelegt, mit dem Daumen an meinem Kiefer fixiert er mich genau in der Position, in der er mich haben will.

Ich kann nur wimmern, mich an ihn klammern und seinen Kuss aus tiefstem Herzen erwidern.

Er lässt eine seiner großen Hände an meinem Dekolleté hinabgleiten, legt sie um meine Brust und drückt sie besitzergreifend, bevor er tiefer gleitet, über meine Rippen, meine Hüfte. Er beugt sich weiter vor, sodass seine Brust meine berührt, als er hinunterfasst und mein Kleid hochzieht.

»Weißt du was«, murmelt er fast schon im Plauderton an meinen Lippen. »Immer wenn du ganz atemlos wirst und dieses leise Wimmern ausstößt.« Er streift mit den Fingern über die Kurve meiner Hüfte und fährt am Saum meines Höschens entlang, »dann stelle ich fest, dass«, er lässt sie unter den Stoff gleiten, »du feucht bist.« Ein Schauer geht durch seinen Körper, als er mit einer rauen Fingerspitze über meine glitschige Haut reibt. »Immer total feucht für mich.«

»Ja.«

»Gott, wie du dich anfühlst. Du tropfst ja regelrecht.« Ein leichtes Zittern geht durch seinen Arm, als er flatternd die Lider schließt und mich erneut küsst. Und wieder. Und wieder.

Er verzaubert mich, sorgt dafür, dass sich meine Glieder schwer und heiß anfühlen. Meine Mitte pulsiert, ich will mehr von seinen Berührungen.

Als seine Finger meine Öffnung finden, wimmere ich erneut auf. Er taucht sie gerade so weit hinein, dass ich auf der Stelle mehr will, gleitet dann wieder hinaus, streichelt mich, lässt die Finger kreisen, eine gemächliche, träge Erkundungstour.

»Ethan …« Ich wackle mit den Hüften hin und her. Ich habe das Gefühl, verrückt werden zu müssen, wenn ich ihn nicht bald tiefer in mir spüren kann. »Hör auf, mit mir zu spielen.«

Er leckt mir kurz über die Oberlippe, während er mich sanft weiter befummelt. »Es gefällt dir.«

Ja. Sehr. Aber ich bin im Moment nicht in der Lage zu sprechen. Ich kann nur weiter wimmern und die Hüften vor und zurück bewegen.

Doch er hält mich fest und gibt nicht nach. »Sag es, Kirsche! Sag mir, wie sehr es dir gefällt, dann gebe ich dir, was du brauchst.«

Ich lecke mir über die geschwollenen Lippen und sehe zu ihm hoch. Im Dämmerlicht wirken seine Züge wie eine Ansammlung von Schatten. »Ich liebe es, Ethan. Besorg es mir mit deinen langen Fingern und dann steck deinen dicken Schwanz in mich.«

Er atmet zitternd aus. »Guter Spielzug, Süße.« Und mit einem Ruck taucht er tief hinein.

Mehr braucht es nicht, um mich explodieren zu lassen. Der Orgasmus überkommt mich so plötzlich, dass ich nach Luft schnappe, als würde ich ertrinken.

Ethan bewegt seine Finger langsam und gleichmäßig, mit der anderen Hand hält er meinen Nacken umfasst. Er lässt die Lippen über meine gleiten, als wollte er meine Lust aufsaugen.

Als ich schließlich schlaff gegen ihn sinke, zieht er seine Finger heraus und hebt sie an seinen Mund, um sie sauber zu lecken. »Das Süßeste, was ich heute Abend gekostet habe.«

Ein schwaches Lachen entweicht mir. »Ich habe ein Monster erschaffen.«

Doch Ethan grinst nur noch breiter, bevor er sich dem kleinen Schaltkasten neben meinem Kopf zuwendet. »Pass jetzt gut auf.«

Er setzt an, eine Nummer einzugeben, aber ich unterbreche ihn mit einem Kieksen. »Das ist dein Haus? Wir haben's direkt vor deinem Haus gemacht?«

Er sieht lächelnd auf mich hinab. »Du klingst sauer.«

»Also …« Ich bin fassungslos. »Warum sind wir nicht reingegangen? Du weißt schon …« Hitze steigt mir in die Wangen. »*Davor.*« Ich weiß nicht, warum ich plötzlich so prüde reagiere. Eigentlich hat es mir nichts ausgemacht.

Ein Lachen rumort in seiner Brust, und er sieht mich an, als würde er dasselbe denken. »So war der Plan. Aber dann habe ich deinen süßen Körper an meinem gespürt und es war vorbei.«

Während er sich auf die Unterlippe beißt, als wollte er sich vom Grinsen abhalten, tippt er den Code ein. Elf-fünfundfünfzig-achtundachtzig. Mit einem Klicken öffnet sich die Tür.

»Hast du dir die Kombination gemerkt?«

»Ja.« Ich mache mich gerade.

»Gut. Merk sie dir. Wenn du herkommen möchtest, steht dir mein Haus jederzeit offen. *Jederzeit*, Fi. Und so lange, wie du willst.«

Es kitzelt hinten in meiner Kehle. Ich starre zu ihm hoch, bin sprachlos und lediglich in der Lage, seine große Hand mit meiner viel kleineren zu drücken. Was er da gerade getan hat, fühlt sich bedeutsam an, nach etwas ganz Großem. Nach der Art von Verbindung, die von Dauer ist. Es ist zugleich Angst einflößend und wunderschön. Und das Einzige, was mir einfällt zu sagen, ist: »Irre ich mich, oder hatte Gray auf dem College die Trikotnummer achtundachtzig?«

Ethan blinzelt. Er hat eindeutig eine andere Reaktion erwartet, doch er nickt. »Jep. Drews war die Elf. Meine war und ist immer noch die fünfundfünfzig.«

»Ooooh! Was bist du süß.«

Er ist perfekt. Und er gehört mir.

»Die kann ich mir eben leicht merken«, sagt er barsch. »Jetzt lass uns endlich reingehen.«

Fiona

Die Tür zu Ethans Haus führt in eine schmale Toreinfahrt, die von einer schmiedeeisernen Laterne an der Decke beleuchtet wird. Wir folgen dem Weg in einen geschlossenen Innenhof mit Garten.

»Wow«, sage ich. »Das ist wunderschön.«

Kugellampen aus Milchglas hängen überall im Hof. Kleine Lichter blinken in den efeuumrankten Mauern, die den sich anschließenden, mit Kreppmyrte und verschiedenen Palmen bewachsenen Garten umgeben. In der Mitte plätschert ein reich verzierter Springbrunnen.

»Das war schon so angelegt, als ich eingezogen bin«, sagt Dex.

Er schaut sich um, als würde er die Szenerie mit meinen Augen noch einmal ganz neu betrachten. In einem von Bougainvilleen umrankten Laubengang steht eine extrabreite Sonnenliege. Ein riesiger Traktorreifen lehnt an einer Seite des Hofs. Soll heißen, das Teil ist so breit, wie ich groß bin.

Ethan grinst beim Anblick des Reifens. »Na ja, abgesehen von dem da.«

»Verrätst du mir, was es damit auf sich hat?«

Er zieht den Kopf ein und kratzt sich am Nacken. »Ich dresche mit einem Vorschlaghammer auf ihn ein. Manchmal werfe ich ihn auch.«

»Oh, na klar. Wieso denn auch nicht?«

»Das ist ein wirklich gutes Training, aber eher außerhalb der Saison.« Er kann sein selbstzufriedenes Grinsen kaum verbergen.

»Was wiegt der?«

Er zuckt mit den breiten Schultern. »Fünfhundert Kilo.«

Lachend schüttele ich den Kopf. »Erzähl keinen Scheiß.«

Dex blinzelt. »J. J. Watt trainiert damit, also tue ich es auch. Auf gar keinen Fall werde ich mich einfach aufs Spielfeld stellen und davon überraschen lassen, dass mich ein Defensive Lineman wie ein Panzer niederwalzt.«

So zurückhaltend Dex sein mag, er ist auch extrem ehrgeizig.

Ich drücke seinen Arm. Kein Zentimeter gibt nach. »Mein großer, starker Mann.«

»Ja, das bin ich«, sagt er, ohne zu zögern, und begutachtet dann wieder den Innenhof. »Der schmale Bau an der Seite ist ein Gästehaus, und das da hinten ist eine ehemalige Remise, in der sich inzwischen die Garage und darüber mein Malatelier befinden. Du kannst dir das morgen alles genau ansehen.«

Er zieht mich zum Haupthaus. Seine Hand liegt warm in meiner. Über eine Außentreppe gelangen wir direkt in den ersten Stock. Wir kommen an einem großen, offenen Wohnbereich vorbei – freigelegte Backsteinwände, breite, abgenutzte Holzpaneele – und durchqueren eine Luxusküche mit noch mehr Backstein, einer riesigen Kochinsel in der Mitte, Edelstahlgeräten und Arbeitsplatten aus weißem Marmor.

Ich möchte das alles in mich aufnehmen, doch Dex hat anscheinend eine Mission. Entschlossenen Schritts zieht er mich weiter hinter sich her.

»Gar keinen Hunger?«, necke ich ihn, als wir die Küche verlassen.

Er wirft mir einen gierigen Blick über die Schulter zu. »Nicht auf Essen.« Dann rümpft er die Nase. »Oh Mann, das war ziemlich geschmacklos, oder?«

Ich lache. »Es war süß.«

»Süß«, wiederholt er. »Eine Beschreibung, auf die jeder Mann abfährt.« Doch dann bleibt er zögernd stehen. »Hast du Hunger? Ich hätte fragen sollen. Ich habe …«

»Nicht auf Essen«, teile ich ihm mit. Ich kann mindestens genauso geschmacklos sein wie er.

Daraufhin gibt Dex Gas. Hastig steigen wir eine Treppe zur obersten Etage hinauf. Sein Schlafzimmer geht zum Innenhof hinaus. Das schummrige Licht der Laternen fällt von draußen durch die riesigen Sprossenfenster herein, vor denen die Fensterläden nur halb zugeklappt sind. Bis auf einen Klubsessel, eine Kommode und ein großes Bett mit einem lederüberzogenen, gepolsterten Kopfteil ist der Raum leer.

Ich rieche das Pinienaroma der Holzdielen und den würzigen Duft von Ethans Haut. Es ist warm und still hier oben. So still, dass ich seinen sanften Atem und meinen gleichmäßigen Herzschlag höre. Er steht vor mir, groß und sehr präsent. Und obwohl wir uns noch nicht berühren, spüre ich die Wärme, die von ihm abstrahlt.

Langsam hebt Ethan eine Hand und streift meine feuchte Strickjacke ab. Mit sanften Fingern schiebt er die Träger meines Sommerkleids nach unten. Als meine Brust zum Vorschein kommt, widmet er sich der anderen Seite, zieht den Träger herunter, bis auch die zweite entblößt ist.

Er hat mich bereits nackt gesehen, hat jeden Zentimeter meines Körpers erkundet, daran geleckt und gelutscht, aber jetzt so vor ihm zur Schau gestellt zu sein macht mich unglaublich an. So sehr, dass ich Schwierigkeiten habe, Luft zu holen. Mein Atem geht unregelmäßig, als er leise und zufrieden summt, während er mit den Fingerspitzen über meine Nippel streicht. Hin und her, eine hauchzarte Berührung. Ich kämpfe den Drang nieder, den Rücken durchzudrücken, um mich ihm entgegenzubiegen, denn es ist noch tausendmal heißer, sich zurückzuhalten und von ihm befummeln zu lassen, während meine Brustwarzen hart und empfindlich werden.

Er umkreist und bearbeitet die Spitzen mit rauen Fingerkuppen, um dann ohne jede Warnung hineinzuzwicken. Vorsichtig zieht er an ihnen, sodass meine Brüste gedehnt werden, ehe er wieder loslässt.

Ich wimmere. Meine Knie werden weich.

»Ich hatte vor, dich nach Strich und Faden zu verführen«, flüstert er, während er mit mir spielt, mich streichelt und kneift. Wie er mit mir umgeht, ist fast schon anstößig, als wäre ich sein Spielzeug. Doch gleichzeitig hat es auch etwas Ehrfurchtsvolles. »Aber ich glaube, ich kann es nicht abwarten.«

Ich lecke mir über die trockenen Lippen. Ich bin jetzt schon kurz davor, zu kommen, dabei berührt er nur meine Brüste. »Warte nicht ab«, sage ich.

Unsere Blicke begegnen sich. Im Dämmerlicht wirkt er ernst, fast schon grimmig. Doch ich kenne diesen Ausdruck. Es ist sein Verlangen, das stark und rein ist, genau wie er selbst.

Ich ziehe ihm den feuchten Pulli über den Kopf und schlinge die Arme um seinen Nacken. Als seine warme Haut auf meine trifft, stöhnen wir beide auf. Seufzend küsse ich die Kuhle an seinem Hals.

Mehr braucht es nicht. Im nächsten Moment umgibt mich weiches Bettzeug und Ethans schwerer Körper liegt auf mir. Jetzt wird nicht mehr geredet.

28

Fiona

Schweißgebadet und erschöpft liege ich wie hingegossen auf Ethans nacktem Körper. Ich finde es herrlich, dass er so groß ist, dass nicht ein Zentimeter von mir über ihn hinausragt. Er hat einen Arm locker um meine Taille geschlungen und hält mich fest, als hätte er Angst, ich könnte fallen. Mit den Fingern malt er Muster auf meinen Rücken.

»Wie willst du die Sache aus der Welt schaffen?«, frage ich.

Als er sich versteift, weiß ich, dass er meine Frage verstanden hat.

»Es gibt nichts aus der Welt zu schaffen. Ich werde den Schwachsinn nicht kommentieren, dann erledigt sich das von selbst.«

Ich hebe den Kopf, sodass ich das Kinn auf seine Brust stützen kann. »Es gefällt mir nicht, das zu sagen, aber ich bin mir nicht sicher, ob sich die Sache so schnell erledigen wird. Vielleicht … Wieso sagst du denen nicht einfach, dass du mit mir zusammen bist?«

»Nein!« Er schreit es praktisch heraus und presst die Lippen zu einer schmalen Linie zusammen.

Mein Herz fällt in sich zusammen, als hätte jemand die Luft herausgelassen. »Du willst also niemandem von uns erzählen?«

Augenblicklich legt er eine Hand an meine Wange und reißt die Augen weit auf. »Oh nein, Fi, ich meinte nicht, dass ich mich dafür schäme oder es verheimlichen will. Sondern dass ich dich auf gar keinen Fall in diesen verdammten Medienrummel reinziehen will.«

»Das sollte ich selbst entscheiden dürfen. Besonders wenn es dir helfen würde. Und ich möchte dir helfen, Ethan.«

Seufzend lässt er den Kopf wieder auf die Kissen sinken und starrt an die Decke, während er weiter meine Wange streichelt. »Danke, Kirsche. Aber ich kann nicht …« Er holt stockend Luft. »Bitte mich nicht, damit einverstanden zu sein. Ich könnte es nicht ertragen zuzusehen, wie sie dich zerreißen.« Als er mich ansieht, schimmern seine Augen im Lampenschein goldgrün. »Bitte.«

»In Ordnung«, sage ich wiederstrebend. »Vorerst. Aber ich schwöre, wenn ein Haufen irrer Weiber anfängt, dich zu stalken, dann greife ich ein.«

Sein straffer Mund verzieht sich langsam zu einem Lächeln. »Irgendwie gefällt es mir, wenn du besitzergreifend wirst, Fi.«

Ich schnaube, gebe ihm aber ein Küsschen auf die Brust. »Es tut mir leid. Ich meine die ganze Sache mit der Jungfrauenjagd.«

»Ja«, sagt er seufzend. »Mir auch.«

Wir schweigen eine Weile und hängen unseren Gedanken nach. Während Dex mir übers Haar streicht und *6 Underground* von den Sneaker Pimps leise aus den Lautsprechern neben dem Bett erklingt, drifte ich in einen angenehmen Halbschlaf ab.

»Ich habe dich nie gefragt, wie es eigentlich kommt, dass du Trip-Hop magst«, murmele ich, zu entspannt, um lauter zu sprechen.

»Fragst du mich jetzt?« Ein Lächeln liegt in seiner Stimme.

»Klugscheißer.« Ich knuffe ihn leicht in die Rippen. Mir gefällt, dass er sich dabei windet, als hätte ich ihn gekitzelt. »Ja, das tue ich. Ich habe dir schon, als wir uns das erste Mal geküsst haben, gesagt, dass ich nicht gedacht hätte, dass du solche Musik magst. Und ich finde es immer noch überraschend.« Als er tief Luft holt und sich seine Brust dabei hebt, werde ich mit angehoben. »Okay, aber lach nicht.«

»Damit ist quasi sicher, dass ich auf jeden Fall lachen werde.«

»Na schön. Dann tu dir keinen Zwang an«, sagt er. »Schuld ist eine Autowerbung. Ich habe den Song immer wieder gehört und …« Er reckt den Hals, um gespielt böse auf mich hinabzusehen. »Du lachst jetzt schon?«

Ich versuche, es mir zu verkneifen. »Es ist nur, weil es bei mir genauso war.«

Seine Lippen zucken und seine Augen leuchten goldbraun. »Welchen Song?«

»Um genau zu sein, waren es zwei. *Crimson* von Morcheeba und *Paradise Circus* von Massive Attack. Und bei dir?«

»*In the Waiting Line* von Zero 7.«

»Ich liebe diesen Song. Den haben sie auch in *Sex and the City* verwendet.«

»Wenn du das sagst.« Ächzend rollt er sich herum, sodass ich mit dem Rücken auf dem Bett liege und er über mir ist. Sein warmer Körper drückt leicht auf meinen. Seine Lippen landen auf meinem Hals. »Gott, ich liebe es, wie du duftest.«

Mit den Fingern kämme ich ihm die offenen Haare aus dem Gesicht. »Wonach rieche ich denn?«

»Nach glücklichen Träumen und ordentlich durchgevögelter Frau.«

Ich lache laut auf und ziehe ihn näher an mich, während er sich an meinem Schlüsselbein hinabarbeitet und gleichzeitig eine Hand zu meiner Brust hinaufgleiten lässt. Seine Erektion drückt wie eine dicke Stange gegen meinen Oberschenkel und bringt mich in Versuchung, doch zuerst genieße ich die Vorfreude.

»Ich liebe deinen Geruch auch.«

Er hält inne, seine Lippen streifen meine Schulter, sein Bart kitzelt an meiner Brust. »Wonach rieche ich denn?«

»Nach …« Ich schaue lächelnd an die Decke, während ich überlege. »Pfannkuchen und Mitternacht.«

»Hä?« Seine Stimme klingt gedämpft, da er wieder angefangen hat, meinen Hals zu erkunden und mit der stumpfen Fingerkuppe seines Daumens meinen Nippel zu reizen.

Ich winde mich und versuche, die Beine weiter zu spreizen, damit er sich dazwischenlegen kann.

Er tut es mit einem tiefen Stöhnen, dringt jedoch nicht in mich ein. Er wartet auf eine Erklärung.

Abgelenkt davon, dass er mit den Lippen über mich wandert, sage ich atemlos: »Kennst du das«, ich küsse ihn auf die Schläfe, auf die Wangenknochen, »wenn man die ganze Nacht lang heißen, schweißtreibenden Sex hatte«, ich streife zärtlich mit der Nase an seinem Kiefer entlang, »es so lange getrieben hat, dass man sich kaum noch bewegen kann und davon einen Mordshunger gekriegt hat, den nur ein großer Stapel Pfannkuchen und noch mehr heißer Sex befriedigen können?«

Ethan hebt den Kopf, und auch wenn er ansonsten träge und schläfrig wirkt, liegt etwas Wachsames in seinem Blick. »Hattest du viele solcher Nächte?«

Langsam dämmert mir, was ich da eben gesagt habe. Die Finger fest in sein Haar verwoben, zwinge ich ihn, mich anzusehen, als ich ihm die absolute Wahrheit gestehe. »Nur mit dir, Ethan. Deshalb ist es auch *dein* Duft.«

Oh Gott, dieses Lächeln, es entfaltet sich wie ein frisches grünes Blatt im Regen. »Gute Antwort.«

Leider hat auch mein Magen eine Antwort darauf. Ein erbärmliches Grummeln, als hätte sich das ganze Gerede vom Essen augenblicklich auf meinen Appetit ausgewirkt.

Ethan grinst breit und prustet dann heraus: »Was war das denn? Kann ich den letzten Teil noch mal hören, den habe ich nicht ganz verstanden.«

»Klappe!« Ich verpasse ihm einen Schlag auf die Schulter, während ich knallrot anlaufe. »Wir treiben es seit Stunden und noch mehr Stunden miteinander.«

»Und noch mehr Stunden«, bestätigt er ernst, auch wenn seine Miene vor Selbstzufriedenheit geradezu glüht.

Bevor ich noch ein Wort sagen kann, ist er aufgesprungen und zieht mich mit sich.

Ich kreische, als er mich mit einem Arm hochhebt. »Ethan, was zum Teufel hast du vo…« Ich schlinge die Beine um seine Taille, und er marschiert mit mir aus dem Schlafzimmer. So viel zum Thema ausgelaugt sein. Seine Ausdauer ist geradezu Ehrfurcht einflößend.

»Was glaubst du denn? Dir Pfannkuchen machen natürlich. Ich muss meine Süße doch bei Kräften halten.«

Dex

Gute Absichten hin oder her, meinen Plan, Fi mit Pfannkuchen zu füttern, muss ich schnell wieder aufgeben, als sie mir erklärt, dass wir dafür Mehl bräuchten.

»Mist«, sage ich und bleibe mitten in der Küche stehen. Fi klammert sich an mich wie ein kleiner Krebs, die Beine hat sie um meine Taille geschlungen, ihre heiße, süße Mitte drückt gegen meine Bauchmuskeln. Ich bin kurz davor, die Kocherei sausen zu lassen und stattdessen schnurstracks ins Schlafzimmer zurückzukehren.

Fi lächelt mich mit schläfrigem, aber lustvollem Blick an. »Du hast noch nie Pfannkuchen gemacht, oder?«

»Ich bin kein großer Koch. Aber warte mal.« Ich gehe mit ihr rüber zum Kühlschrank. Während ich sie mit einem Arm festhalte, öffne ich die Tür und beuge mich vor, um darin herumzustöbern.

Als wir uns zusammen nach unten neigen, quiekt Fi erneut auf diese hinreißende Weise, aber ich habe sie fest. Solange ich auf sie aufpasse, wird sie nicht fallen. Sie wiegt so gut wie nichts. Vage Fantasien davon, wie ich mit ihr auf dem Rücken Drills mache, spuken mir durch den Kopf, während ich nach einer Schachtel mit Essen vom Imbiss greife. Als ich sie anschließend auf der Arbeitsfläche absetze, ernte ich dafür ein weiteres Quieken.

»Verdammt ist das kalt am Po«, sagt sie lachend, während sie einen Arm hinter sich aufstützt und mich frech angrinst. Ihr goldblondes Haar steht wild in alle Richtungen vom Kopf ab.

Sie ist umwerfend. So verdammt perfekt, dass es mir den Atem raubt. Süße, kecke Brüste mit prallen Nippeln, die immerzu darum zu betteln scheinen, dass man an ihnen lutscht. Eine wahnsinnig schmale Taille und runde Hüften. Mehr als eine Handvoll Hintern. Ein richtiger Tinkerbell-Körper. Auch wenn ich sie niemals Tink nennen würde wie Ivy und Gray. Sie mag vielleicht winzig sein, aber für mich ist sie zugleich auch überlebensgroß.

Ich umfasse ihre Knie und spreize ihre Beine so weit, dass ich ihre hübsche rosa Mitte sehen kann, die feucht für mich glänzt. Für mich der schönste Ort auf der ganzen Welt. Ich stelle mich zwischen ihre Schenkel und reibe über ihre herrlich kurvigen Hüften.

»Ich wärme dich auf.«

»Da bin ich mir sicher«, murmelt sie und lässt den Blick auf eine so besitzergreifende Weise über meine Brust wandern, dass es mich mit Stolz und Dankbarkeit erfüllt.

»Aber erst mal habe ich versprochen, dich zu füttern.« Ich greife nach der Schachtel und nehme einen Dumpling heraus.

Fi zieht die Augenbrauen hoch. »Kalte Dumplings?«

»Der beste Mitternachtssnack ever.« Ich halte die chinesische Teigtasche vor ihre Lippen. »Vertrau mir.«

Sie macht ein zweifelndes Gesicht, nimmt dann aber trotzdem einen Bissen und stößt sofort einen kleinen, zufriedenen Seufzer aus.

»Gut, oder?«

Statt zu antworten, schluckt sie und öffnet gleich wieder den Mund, um mehr zu bekommen.

Ich füttere sie, bis sie mir sagt, dass sie satt ist. Dann reiche ich ihr ein Glas Wasser. »Alles gut?«, frage ich und küsse ihren Mundwinkel.

»Ja.«

Gut. Ich lecke mir das Fett von den Fingern und sehe ihr in die Augen. »Tut mir leid, dass ich dir keine Mitternachtspfannkuchen machen konnte.« Ich lasse meine Hände ihre weichen Oberschenkel hinaufstreichen. Ein Ruck an ihrem Po und sie sitzt auf der Kante der Arbeitsplatte.

Fi kneift leicht die Augen zusammen und verzieht die prallen Lippen zu einem anzüglichen Grinsen.

Ich lächle zurück, sage jedoch kein Wort, sondern streiche nur mit der Spitze meines Schwanzes über ihren Spalt. Sie ist feucht und warm und hat meine gesamte Aufmerksamkeit.

Ein leichter Schauer geht durch ihren Körper. »Dumplings sind eine ziemlich gute Alternative.«

»Mhmm.« Ich stupse sie ganz leicht an und fasse sie bei den Hüften, um sie zu stabilisieren. »Dumplings und tiefes Schwanztauchen.«

Sie lacht. »Tiefes Schwanztau... Oh!«

Ohne Vorwarnung habe ich in sie hineingestoßen.

»Oh!«, keucht Fi noch einmal und drückt den Rücken durch, als ich mich tiefer in sie schiebe. Ihre Brüste heben sich, als würden sie sich mir anbieten.

Ich beuge mich blitzschnell hinunter und umfange mit dem Mund eine ihrer rosigen Spitzen.

»Oh Gott«, wispert sie und keucht. »Oh Gott, Ethan ...«

Ich lasse ihr keine Sekunde zum Erholen, sondern ziehe sie noch weiter auf meinen Schwanz. Ich liebe es, wie sie wimmert und sich windet, als sie Schwierigkeiten hat, mich aufzunehmen, währenddessen aber eindeutig jeden Zentimeter will, den ich ihr geben kann. Sie ist eng, ihre warme, feuchte Umklammerung so fest, dass ich es in meinen Eiern und bis in die Oberschenkel spüre. Als ich gegen ihre hintere Wand stoße, halte ich einen Augenblick inne, weil es einfach zu gut ist.

Aber Fi packt mich bei den Haaren und schiebt eine Brust in meinen Mund, als müsste sie sterben, wenn ich nicht fester daran sauge. Dabei windet sie sich unter meinen Händen, als bräuchte sie immer mehr.

Ich kann mich nicht zurückhalten. Wir stöhnen beide, während ich sie in einem entspannten, wogenden Rhythmus und ohne Pause nehme. Es ist himmlisch, Fi zu vögeln. Der reinste, perfekte Himmel. Jeder meiner Stöße ist ein bisschen härter und geht ein bisschen tiefer. Wenn mein Piercing über diesen bestimmten Punkt in ihr gleitet, keucht sie jedes Mal ein wenig lauter auf.

Ich nehme ihren Nippel in den Mund und lasse die Zunge darübergleiten. Heiße Schauer laufen meine Schenkel hinauf und meine Wirbelsäule hinunter. Ich stöhne, während ich wieder und wieder hart in sie pumpe.

Und sie liebt es. Sie packt meine Schultern und schlingt die Beine fest um meine Taille, als sie nach hinten auf die marmorne Arbeitsplatte sinkt. »Ethan … Ethan …« Ein schwacher, aber begieriger Aufschrei.

Ich beuge mich über sie, klettere beinahe zu ihr auf die Platte und stoße in blindem Verlangen zu. Sie ist wunderschön, wie sie ausgebreitet vor mir liegt, mit einem Ausdruck trägen Verlangens im Gesicht.

»Hör nicht auf«, flüstert sie.

Das werde ich nicht. Ich könnte es gar nicht. Das hier ist, was ich will. Ich brauche diese Verbindung mit Fi, in jeder nur möglichen Variante, solange ich nur kann.

Sie kommt mit einem Schluchzer, der mich innerlich zerreißt. Wie soll ich sie je wieder gehen lassen?

Mein eigener Orgasmus raubt mir den Atem. Ich ergieße mich in ihr, gebe ihr mein Ein und Alles, doch es wird nicht ausreichen, um sie hier zu halten. Es reicht niemals.

29

Fiona

Schon wieder ein Flughafen. Wieso riechen die alle gleich?

Als Dex mich zum Sicherheitscheck bringt, fühle ich mich, als würde ich zu meiner Hinrichtung geführt. Meinem ganzen Körper widerstrebt es, sich vorwärtszubewegen.

Dex geht es vermutlich genauso, denn er treibt mich nicht zur Eile an, obwohl mein lahmes Tempo ihn zwingt, unnatürlich kleine Schritte zu machen. Als wir in Sichtweite der Warteschlange kommen, krallt er die Finger in meine Jacke, als würde er mit dem Gedanken spielen, mich zu packen und zusammen mit mir wegzulaufen.

Ich würde nicht protestieren.

Mit einem tiefen Seufzen zieht er mich in seine Arme. Dabei erhasche ich einen Blick in seine Augen. Der Ausdruck darin ist ernst und gequält. Er schmiegt seine warmen Hände an meine Wangen und küsst mich. Es ist ein inniger, verzweifelter und genussvoller Kuss, als würde er sein ganzes Herz in jede Berührung, jeden Zungenschlag legen. Als versuchte er, sich jede einzelne Sekunde davon einzuprägen.

Ich bin verloren. Vollkommen verloren. Alle Geräusche um uns herum verklingen. Es gibt nur noch Ethan. Wie gut er sich anfühlt, wie gut *ich* mich durch ihn fühle. Ich stehe auf den Zehenspitzen, die Arme um seinen Nacken geschlungen und erwidere seinen Kuss, während ich vollkommen in meinem Verlangen nach ihm aufgehe.

Ich weiß nicht, wie lange wir so dastehen, aber als er seinen Mund von meinem löst, um meinen Kiefer zu erkunden und mich dort sanft mit den Zähnen zu zwicken, sind meine Lippen ganz geschwollen und empfindlich. Mit seinen großen Händen streichelt er über meinen Rücken, meine Seiten, gleitet hinunter zur Rundung meines Pos und hinauf bis knapp unter meine Brüste. Es sind keine unanständigen Berührungen und trotzdem macht er mich damit ganz verrückt.

»Denk daran, genug Wasser zu trinken«, murmelt er und küsst meinen Hals, mein Kinn, meinen Mund, die Wange.

»Okay.« Ich lasse meine Hände auf Wanderschaft gehen, erreiche die harten Rundungen seiner breiten Schultern und fahre dann über seine festen Brustmuskeln.

Er zieht mich enger an sich, sein Atem streift warm über meine Haut. »Wenn ein komischer Typ versucht, dich anzuquatschen, sag ihm, er soll sich verziehen.«

Darüber muss ich lachen.

Ethan nicht. Er knabbert zart mit den Zähnen an meinem Hals, wobei mich sein Bart kitzelt. »Achte darauf, die Beine genug zu bewegen.«

»Ethan.« Ich fahre mit den Fingern durch sein seidiges Haar. »So lange ist der Flug doch gar nicht.«

»Er ist zu lang«, murrt er.

Ich weiß, dass er damit nicht die Dauer, sondern die Entfernung meint. Mir stockt der Atem, als ich einen stechenden Schmerz in der Herzgegend spüre.

Ethan tritt einen Schritt zurück und löst die Hände von mir, als würde es ihm wehtun, mich noch länger zu berühren. Mit verdächtig glänzenden, glasigen Augen starrt er auf mich hinunter.

»Guten Flug, Fi.«

»Bis bald, Ethan.«

Sein Nicken ist kaum wahrnehmbar.

Es kostet mich Mühe, mich aus meiner Starre zu lösen und den Griff meines Rollkoffers zu umfassen. Als ich mich gerade abwende, um auf die Schlange vor der Sicherheitskontrolle zuzugehen, murmelt er einen Fluch und packt mich. Eine Wand aus Muskeln und Arme aus Stahl umschließen mich. Er umarmt mich fest, beugt sich zu mir herunter und vergräbt die Nase an meiner Halsbeuge.

Ich schlinge die Arme um seine Taille und kralle die Finger in sein locker sitzendes T-Shirt.

Er atmet tief ein und stößt dann zittrig die Luft aus. »Ich hasse das. Ich hasse es so sehr.« Seine Umklammerung wird so fest, dass meine Rippen protestieren. Seine Stimme klingt rau. »Ich fühle mich, als würde ein lebenswichtiges Organ aus mir herausgerissen.«

Meine Augen brennen und es schnürt mir die Kehle zu. Ich muss schwer schlucken, um etwas herauszubringen. »Ethan …«

Doch er schüttelt den Kopf und lässt mich los. Seine Miene wirkt beinahe wütend, sein Kiefer unter dem dichten Bart ist angespannt. »Zeit zu gehen, Kirsche. Nur … dreh dich nicht noch mal um, okay? Sonst schaffe ich es nicht, dich gehen zu lassen.«

Mir verschwimmt die Sicht. Schniefend nicke ich. »In Ordnung.« Doch ich kann mich nicht rühren.

Mit einem traurigen Lächeln fasst er mich bei den Schultern und dreht mich in Richtung der gefürchteten Warteschlange. »Jetzt geh schon.« Er gibt er mir einen Klaps auf den Po. »Na los.«

Ich zucke leicht zusammen und werfe ihm einen bösen Blick über die Schulter zu. »Du hast dich gerade schrecklich nach Südstaatenmacho angehört, Mister.«

Ein Lächeln erscheint auf seinem Gesicht. »Ich bin auf eine

Südstaaten-Uni gegangen. Schätze, da habe ich mir so manches angewöhnt, Ma'am.« Das Lächeln verschwindet. »Und jetzt geh schon, Kirsche. Dreh dich nicht noch mal um.«

»Werde ich nicht.« Ich kann es nicht. Sonst würde ich niemals gehen.

Mein Rollkoffer wiegt gefühlte tausend Kilo, jeder Schritt bringt mich weiter von Ethan weg. Ich sehe mich nicht um, doch ich spüre seinen Blick im Rücken. Ich weiß, dass er erst gehen wird, wenn ich außer Sichtweite bin. Ich hole tief Luft, um die Tränen, die in meinen Augenwinkeln lauern, wegzublinzeln. Er darf mich nicht weinen sehen.

Nachdem ich die Kontrolle passiert habe, piept mein Handy. Als ich auf das Display schaue, kann ich mich erneut fast nicht mehr zusammenreißen.

FürchteDenBart: <3 <-- meins ist bei dir. Immer.

30

Dex

Monday Night Football. Die Zuschauer machen nicht solchen Lärm wie auf dem College. Die Fans schreien eher mal: »Du bist scheiße«, als einem ihre bedingungslose Liebe zu verkünden. Hier geht es ums Gewinnen. Sicher, das war auf dem College auch nicht sehr anders. Aber letztendlich wogen dort die Verbundenheit mit der Mannschaft und der Stolz auf sie mehr als die Statistik. Aber hier? Wenn ich nicht liefere, steht mein Job auf dem Spiel.

Das Stadion ist nicht besonders groß. Das muss es auch nicht sein. An allen möglichen Stellen sind Kameras angebracht, die jede noch so kleine Bewegung von uns für ein Publikum aufzeichnen, das von Jahr zu Jahr größer wird. Eine riesige, unersättliche Masse von Fans, die man nicht sieht. Irgendwann habe ich deswegen angefangen, das Ganze eher als eine Theateraufführung denn als eine Sportveranstaltung zu betrachten. Wir liefern die Show, und die sollte zu unserem eigenen Besten einiges zu bieten haben.

Im Moment stehe ich einem großen Idioten von Nose Tackle gegenüber. Emmet Sampson. Wir haben schon auf dem College gegeneinander gespielt, und ich kenne seine Art gut. Er redet gerne viel und provoziert. In Letzterem ist er sogar ein richtiger Meister. Ich bin mir sicher, dass er seine Gegner vor einem Spiel genau unter die Lupe nimmt, um so viel fiesen Dreck wie nur möglich über sie auszugraben.

Emmet kann mich nicht ab, weil ich bei seinem dämlichen Gelaber noch nie auch nur mit einer Wimper gezuckt habe. Trotzdem versucht er es immer wieder.

»Sieh an«, sagt er, als wir aufs Spielfeld gehen, »der Holzfäller kommt. Wo hast du denn deine Pfeife gelassen, Mann?«

Bei deiner Mom zu Hause, und die zieht grade einen durch. Das spreche ich jedoch nicht laut aus. Nichts zu sagen ist viel effektiver.

Ich gehe in die Hocke, wobei meine Quadrizepse gedehnt werden, sodass ich mich wieder aufs Körperliche konzentriere.

»Stimmt dieser Mist, Dexter?«, lässt Emmet nicht locker. »Du wurdest noch nicht entjungfert? Verdammt, Mann.« Er schüttelt den Kopf. »Was für 'ne erbärmliche Bilanz.«

Ich hole tief Luft. Achte auf mein Team. Sein Team. Beobachte. Warte. Lausche.

»Ich fass es wirklich nicht. Was ist das Problem, Dexter? Hast du Angst vor Muschis?« Emmet miaut wie eine Katze.

Der Laut tritt in den Hintergrund, als ich mich auf die Line of Scrimmage konzentriere. Die Kuppen meiner behandschuhten Finger liegen auf dem Ball, seine Form zu spüren erdet mich. Ich hole noch einmal tief Luft und öffne meinen Blick, bis ich das ganze Bild in mir aufgenommen habe – meine Jungs, die Defense, die Aufstellung der beiden Mannschaften. Ich rufe eine Spielzuganpassung, und meine Teamkollegen hasten umher und wechseln die Positionen. Die Verteidigung irrt durcheinander, um ihnen zu folgen.

In dem Augenblick, als Finn das Signal gibt, snappe ich den Ball und stürze explosionsartig los. Als Emmet und ich gegeneinanderprallen, fühlt es sich an wie ein Donnerschlag. Unsere Helme knallen aneinander, ich spüre die Erschütterung bis in die Knochen. Meine Oberschenkel wölben sich, als ich mich nach vorn drücke, und meine Fußballen graben sich in den weichen Boden, während ich ihn zurückdränge.

Er hämmert mit den Fäusten gegen meine Handgelenke, sodass ein stechender Schmerz durch meine Arme geht und hinauf direkt bis ins Hirn. Aber ich lasse nicht locker und drücke ihn zur Seite, um den Weg für meine Jungs freizumachen.

Emmet stürzt taumelnd zu Boden.

Als der Spielzug beendet ist, beuge ich mich über ihn. »Wenn dein Arsch genauso flink wäre wie dein Mundwerk, hätte ich eventuell Schiss vor dir, Arschloch.«

Ich trotte zurück in den Huddle und gebe Finn einen Klaps auf den Helm. »Lassen wir sie hochgehen, Rook.«

Er grinst mich an. »Gebongt.«

Und den Rest des Spiels tun wir genau das. Wir spielen clever, ausgefuchst, lassen sie hochgehen wie Böller an Silvester. Meine Jungs spielen wie eine gut geölte Maschine. Finn nimmt die Defense mit einem Gespür auseinander, das man nicht erlernen kann. Es ist ihm einfach angeboren, und es macht verdammt viel Spaß, ihm zuzusehen.

Aber die Sticheleien hören nicht auf, sondern nehmen ganz im Gegenteil sogar noch zu. Ganz egal, wie gut ich spiele. Es geht nicht mehr allein um meine Leistung. Die Welt reißt die Mauern ein, die ich zum Schutz um mich herum errichtet habe, und stellt mich bloß.

Fiona

Ich liebe Partys. Ich liebe den Lärm und das Geplauder und die Möglichkeit, sich mit neuen Leuten zu unterhalten. Ich liebe Drinks und nette kleine Häppchen. Ich liebe es, mich schick zu machen und mir die Kleider der anderen Frauen anzugucken. Am Ende beneide ich immer mindestens eine um ihr Outfit.

Aber diese Party sprengt alles, was ich bisher erlebt habe. Das Essen ist galaktisch gut, der Champagner fließt in Strömen, und die Deko ist genauso beeindruckend wie die Aussicht. Janice Marks' Penthouse ist unglaublich. Es bietet einen Ausblick über die ganze Stadt, die sich im Abendlicht glitzernd und funkelnd unter uns ausbreitet wie eine paillettenbesetzte Abendrobe. Angesichts all dessen müsste ich die Veranstaltung eigentlich lieben. Es sind Dutzende Top-Innenarchitekten hier, was mir die Gelegenheit zum Netzwerken gibt. Und es herrscht eine immense Energie unter den Gästen. Nur dass ich sie einfach nicht spüre – weil Ethan nicht dabei ist. Dabei bin ich mir sicher, dass er diese Party hassen würde. Ich kann ihn mir genau vorstellen, wie er sich am Kragen zupfen und eine nette Wand zum Anlehnen suchen würde.

Sobald ich an ihn denke, stürmen Erinnerungen an ihn aus der Zeit, bevor wie zusammen waren, auf mich ein. Er stand bei allen Feiern immer nur in der Ecke rum, nuckelte an einer Flasche Wasser und redete mit ein paar Leuten, die er kannte. Oder er hörte zu, während die anderen ihm etwas erzählten. Wenn er etwas sagte, schien es immer bedeutsam. Ethan wählt seine Worte mit Bedacht, gibt nie sinnlose Phrasen von sich. Das hat mich schon immer an ihm fasziniert, vor allem weil ich selbst gewöhnlich genug für zwei rede.

Ich weiß noch, dass er mich immer aus diesen tief liegenden haselnussbraunen Augen beobachtet hat. Damit hat er damals allerdings noch keinen großen Eindruck auf mich gemacht. Ich war immer eine der Lautesten und gewohnt, dass mich die Leute ansahen, wenn ich einen Raum betrat. Es hat mich nie wirklich gestört, und ich nahm damals an, Ethan würde dasselbe machen wie die anderen – die verrückte Fi Mackenzie einmal kurz mustern, bevor er sich wieder seinem eigenen Leben zuwendete.

Heute weiß ich, dass mehr dahintersteckte. Beim Gedanken daran wird mir ganz warm. Er hat mich gesehen, als ich weder besonders aufgedreht war noch versucht habe, ihn zu beeindrucken, sondern einfach nur ich selbst gewesen bin. Und er wollte mich trotzdem.

Doch jetzt ist er gerade in New Orleans, und ich stecke fünfzig Etagen über Manhattan fest, umgeben von der Sorte Menschen, in deren Gesellschaft ich aufgewachsen bin. Trotzdem fühlt sich alles fremd und unpassend an. Nichts stimmt mehr.

»Fabelhafte Party, nicht wahr?« Jackson ist eine strahlende Erscheinung in einem glänzenden saphirblauen Zegna-Anzug, der an den meisten Männern lächerlich aussehen würde, doch er zieht den Look souverän durch.

»Ja.« Er hat recht. Obwohl ich gerade lieber woanders wäre, muss ich so viel eingestehen. »Ich frage mich, warum Felix nicht hier ist.« Mein Chef wäre ganz hin und weg von der Veranstaltung.

»Wie schon gesagt, Janice, unsere reizende Gastgeberin, ist eine Todfeindin seiner aktuellen Auftraggeberin Cecilia. Schon allein der Gedanke, einen Spion in ihrem Heim zu haben, würde Janice rasend machen. Apropos …« Er senkt die Stimme. »Lass uns lieber keinem sagen, dass du für Felix arbeitest, hm?«

Ich verziehe die Mundwinkel zu einem Grinsen. »Du möchtest wohl nicht in deinem Designeranzug vor die Tür gesetzt werden, was?«

»Wag es ja nicht, Witze darüber zu machen.« Er fummelt an den Manschetten seines Seidenhemds herum. Es hat ein Pfauenmuster, das aus irgendeinem seltsamen Grund zum Rest seines Outfits passt.

»Na schön.« Ich stelle das Glas Champagner ab, das ich seit

einer halben Stunde in der Hand halte. Der Inhalt ist inzwischen schal und warm. »Ich halte dicht.«

»Was ist los?« Jackson betrachtet mich stirnrunzelnd. »Vermisst du deinen Footballspieler?«

Ich werfe ihm einen fragenden Blick zu. »Woher weißt du das?«

»Weil gerade Benedict Cumberbatch vorbeigelaufen ist und du nicht mal mit einer Wimper gezuckt hast.«

»Was?« Ich reiße den Kopf herum und suche den Raum ab. »Wo?«

»Ich mache nur Spaß.« Er lacht, als ich ihn böse anfunkele. »Du hättest dein Gesicht sehen sollen.«

»Blödmann.« Ich knuffe ihn mit dem Ellbogen in die Seite.

»Das war mieser als mies.« Jackson weiß, dass ich eine Schwäche für den Schauspieler habe – wegen seiner tiefen Stimme und der ruhigen Art, die einem verrät, dass er im Schlafzimmer total versaut sein kann.

Jackson wehrt meinen Versuch ab, ihm das perfekt gefaltete türkisblaue Einstecktuch aus der Brusttasche zu ziehen, damit ich ihn damit schlagen kann. »Na, na, Elfe, Vorsicht mit dem Outfit. Ich geb's ja schon zu. Das war gemein.«

»Und wie«, schnaube ich. »Ich wüsste zu gerne, wie du reagieren würdest, wenn ich behaupten würde, ich hätte Michael ›Fassy‹ Fassbender vorbeischlendern sehen.«

Er sieht mich mit gespieltem Entsetzen an. »Das würdest du nicht wagen. Meine Leidenschaft für Fassy geht weit über deine Schulmädchenschwärmerei für Sherlock hinaus.«

»Eigentlich hat er mir als Khan besser gefallen.«

»Oh, mir auch. Ich glaube, wenn ich ihn je treffen würde, müsste ich es rausschreien wie Captain Kirk.« Jackson macht ein Gesicht, als würde er stumm »Khaaahhnn« schreien, und ich muss lachen.

Lächelnd lehne ich den Kopf an Jacksons Schulter, woraufhin er einen Arm um mich legt und mich an sich drückt. »Du vermisst also deinen Kerl?«

»Ernsthaft, Jax, woher weißt du das?«

»Ich bin mir ziemlich sicher, dass ich mit demselben Gesichtsausdruck rumgelaufen bin, als ich Hal kennenlernte und er kurz darauf beschloss, dass er *unbedingt* einen Sommer in Mailand verbringen muss, um sich in Sachen Textilien fortzubilden, der Mistkerl.« Jackson trinkt einen Schluck von seinem Weißwein, während er mit mir zu der Fensterfront hinüberschlendert, von der aus man auf Downtown blickt. »Es war die reinste Qual. Aber wenigstens konnte ich mich damit trösten, dass es ihm nicht anders ging.«

»Ein schwacher Trost. Ich möchte nicht, dass Dex unglücklich ist.«

Jackson drückt mir einen Kuss auf den Scheitel. »Goldig.«

»Es tut weh, Jax. Ich leide richtig.« Ich presse meine Faust auf die Stelle an meiner Brust, wo der Schmerz sitzt. »Das gefällt mir überhaupt nicht.«

Er schaut mit ernstem Blick auf mich hinunter. »Was wirst du dagegen unternehmen?«

Ich seufze tief und starre aus dem Fenster. Mein altes Ich wäre weggelaufen, hätte das lästige Gepäck abgeworfen und einfach weitergemacht, ohne zurückzublicken. Doch inzwischen bin ich eine andere geworden. Ich denke nicht, dass es Dex als Person ist, der mich verändert hat, sondern vielmehr das Zusammensein mit ihm und das Gefühl, mich um ihn zu sorgen. Mein neues Ich läuft nicht davon, so viel weiß ich. Aber leider wurde keine Anleitung mitgeliefert, wie ich ansonsten mit einer Fernbeziehung klarkommen soll. Das wäre wirklich einfacher gewesen. Was werde ich also dagegen unternehmen?

»Etwas Drastisches«, höre ich mich selbst sagen. Ich hole tief Luft und sehe Jackson in die Augen. »Etwas Verrücktes.« Schon allein beim Gedanken daran fängt mein Herz vor Erwartung an, wie wild zu rasen. Ja, etwas Riskantes und Gewagtes und Richtiges. Zum ersten Mal seit Tagen habe ich das Gefühl, wieder frei atmen zu können.

Jackson fängt an zu grinsen, als hätte er nur darauf gewartet, dass ich etwas in der Art sage. »Übrigens«, er greift in die Innentasche seines Jacketts und holt einen Zettel hervor, »ich habe neulich deinen Tisch verkauft.«

»Wirklich?«, kreische ich beinahe, schaffe es aber gerade noch so, mir einen Funken Würde zu bewahren.

»Ja, Ma'am.« Er reicht mir das Stück Papier. »Hier ist dein Scheck.«

Mir klappt die Kinnlade herunter, als ich daraufschaue. »Ach du heiliger Puffreis!« Ich starre erst Jackson und dann wieder den Scheck mit offenem Mund an. »Ist der echt?«

»Ich werde mal so tun, als wäre das eine rhetorische Frage gewesen.«

Na ja, nicht wirklich. Ich kann einfach nicht glauben, was ich da sehe. »Ich habe dreißigtausend Dollar mit einem Esstisch verdient?«

Jackson sieht mich gelangweilt an. »Schätzchen, das hier ist Manhattan. Wenn du solche Möbelstücke entwirfst und sie an die richtigen Leute verkaufst, solltest du dreißig Riesen dafür kriegen. Mindestens.«

Meine Lippen fühlen sich taub an. »Ich hatte ja keine Ahnung. Ich meine, ich weiß, wie viel wir beim Einkauf für die Möbel unserer Kunden ausgeben, aber ich hätte nicht gedacht, dass ich selbst so viel damit verdienen kann. Ich bin wohl kaum das, was man einen namhaften Designer nennen würde.«

»*Noch* nicht. Ich dagegen schon, und ich weiß, wie man Dinge verkauft. Was dich angeht, ist das erst der Anfang, Fi-da-lee«, flötet Jackson, bevor seine Miene ernst wird. »Schätzchen, ich werde niemals Kinder haben, also wirst du als Ersatz herhalten müssen.«

Lächelnd gebe ich ihm einen Kuss auf die Wange. »Dad Jackson. Darf ich dann jetzt meinen Weihnachtswunschzettel schreiben?«

Er gibt mir einen Klaps auf die Schulter. »Ich war noch nicht fertig, du freches Ding. Fang bei uns an, Fiona. Bau deine Möbel und wir verkaufen sie. Später, wenn du dich etabliert hast, kannst du dich selbstständig machen.«

Einen Augenblick lang kann ich ihn nur anstarren. »Du meinst es ernst.«

»So ernst wie ein Personal Trainer an Neujahr.« Er lächelt sanft. »Sei dein eigener Boss und geh deinen eigenen Weg.«

Hinter Jackson sehe ich die Lichter von Manhattan glitzern. Der Anblick ist mir so vertraut wie mein eigenes Gesicht, trotzdem fasziniert er mich immer wieder aufs Neue. Aber ich will mehr.

»Muss ich dafür in New York leben?«

»Wenn du woanders dein Lager aufschlagen willst, macht es das kniffliger, aber Schätzchen, wir kriegen das hin.« Jacksons Grinsen wird breiter. »Und es gibt da eine ganz bestimmte Stadt im Süden, die reif für mein Verkaufstalent ist, besonders wenn man dort unten Kontakte hat.«

31

Fiona

Ich sitze allein im Büro und lasse mich von der Stille erden. Alles ist ruhig, die Geräusche von Manhattan sind nur ein entferntes Rauschen. Ich schaue aus dem Fenster in das gräuliche Licht. Ich liebe diese Stadt. Von ganzem Herzen. Aber ich war auch schon an anderen Orten glücklich. Und hier bin ich es im Moment einfach nicht. Ist das Elenas Schuld? Ja und nein. Sie hat mir das Leben schwer gemacht, aber das hätte keine Rolle gespielt, wenn ich voll und ganz in meinem Job aufgegangen wäre. Ich weiß, dass die Welt voller Elenas ist. Ich werde ihnen hin und wieder begegnen. Die Frage ist: Worum würde ich hier kämpfen wollen? Um Felix' Anerkennung? Ganz bestimmt nicht, dafür respektiere ich ihn inzwischen viel zu wenig.

Ich drehe mich auf dem Stuhl um und streiche mit der flachen Hand über das glatte Leder meiner Arbeitsmappe. Ein kleines Lächeln umspielt meinen Mund. Ein bittersüßes Lächeln. Vielleicht bin ich im Begriff, die falsche Entscheidung zu treffen. Ich weiß es nicht. Ich hatte immer geglaubt, mit dem Collegezeugnis in der Tasche ein besseres Gespür für meinen weiteren Lebensweg zu bekommen. Ich war mir sicher, mit dem Abschluss wäre alles klar. Ich habe das College geliebt. Das Leben war eine einzige große Party, nur unterbrochen von einigen fieberhaften kurzen Lernphasen dazwischen. Ich habe nichts allzu ernst genommen, und das war okay so. Ich hatte

Zeit. Denn seien wir mal ehrlich, zu studieren ist eine sichere Sache – ein bisschen wie Schule, nur ohne die elterliche Aufsicht.

Aber danach war plötzlich nichts mehr sicher. Inzwischen hänge ich ohne Sicherheitsnetz unter mir an einem dünnen Seil in der Luft – und es fühlt sich überraschend gut an. Aufregend. Stimmt, ich könnte es kolossal verbocken. Es könnte sein, dass ich in Sachen Beruf nie das Richtige für mich finde. Aber eine Sache habe ich sicher – Ethan. Er gehört mir. Nur mir. Es überrascht mich, wie zufriedenstellend und gleichzeitig Furcht einflößend die Vorstellung ist. Wenn ich, was ihn angeht, abrutsche und falle, werde ich mir alles brechen, zerschmettert am Boden liegen bleiben. Aber zumindest möchte ich vorher um ihn gekämpft haben.

Ich habe immer gedacht, dass mich ein Mann eventuell heilen könnte. Aber das stimmt nicht wirklich. Ich muss meine Probleme allein lösen, doch mit Ethan an meiner Seite lässt sich der Kampf leichter ertragen. Wenn alles vorüber ist, wartet er zur Belohnung auf mich.

Mit diesem Ort hier bin ich fertig. Es gibt nur noch eine Sache zu erledigen.

»Fiona?« Wie aufs Stichwort biegt Elena um die Ecke und bemerkt, dass ich an ihrem Schreibtisch sitze. »Was machst du hier?«

Reflexartig drücke ich meine Hand auf das kühle Leder der Arbeitsmappe. »Ich habe auf dich gewartet.«

Als sie ihre Schritte verlangsamt, frage ich mich, ob sie mich durchschaut.

Ich setze das gleiche strahlende Lächeln auf, das sie mir monatelang geschenkt hat. »Ich wollte dich um deine Meinung bitten.« Meine Hand ist ruhig, als ich den Deckel der Mappe aufschlage und einen Stapel Zeichnungen herausnehme.

Sie zögert, eine Hand hängt unbestimmt in der Luft, eine Falte erscheint zwischen ihren Brauen. »Ach ja?«

»Ja. Ich habe heute Morgen gekündigt und überlege, ob ich die hier für meine Bewerbungsmappe verwenden sollte.«

»Du hast gekündigt?« Bizarrerweise schwingt in ihrer Stimme ein Hauch Panik mit. »Wieso das denn?«

»Ich weiß nicht …« Ich zucke mit den Schultern. »Ich passe hier nicht wirklich gut rein. Felix hat eine ganz bestimmte Vision …« Ich zucke erneut mit den Schultern.

»Oh, aber das kriegst du hin!«, sagt Elena entschieden. »Ich werde dir helfen.«

Am liebsten würde ich angesichts der Ironie der Situation laut loslachen. »Hilf mir lieber hiermit. Meine Kündigung ist beschlossene Sache.«

Und das ist sie tatsächlich. Das Kündigungsschreiben liegt auf Felix' Schreibtisch. Ich werde mich nicht mal an die zweiwöchige Frist halten. Das mag nicht gerade die feine Art sein, stimmt. Aber er wird's überleben. Abgesehen davon brauche ich kein Zeugnis von ihm, ich habe andere Pläne.

Ich schiebe Elena die Entwürfe hin.

Endlich nimmt sie sie hoch und betrachtet interessiert die Seiten. »Die sind toll. Sie gefallen mir sehr.«

Genauso ging es der Hälfte der Manhattaner Oberschicht, als sie Janice Marks' Penthouse bewunderte. Fühle ich mich schuldig, weil ich Elena im Grunde nur Zeichnungen des Apartments zeige? Das sollte ich vielleicht, aber ich verspüre kein bisschen Reue.

Ich richte mich auf und klappe die Mappe zu. »Kann ich sie übers Wochenende bei dir lassen? Ich möchte nicht hier sein, wenn Felix ins Büro kommt.« Ich mache eine bedeutungsschwangere Pause. »Er hat die Entwürfe nicht gesehen und das soll auch so bleiben, okay?«

Wir werden sehen, wenn sie diese Ideen klaut, ist sie selbst schuld.

Elena zuckt nicht mal mit einer Wimper, als sie mir ernst zunickt. »Ich werde gut auf sie aufpassen.«

Ich nicke ebenfalls. Aber als sie die Blätter an sich nehmen will, halte ich sie mit der flachen Hand fest. »Weißt du was? Ich kann das nicht. Ich wollte dir die hier geben, obwohl sie richtig schlecht sind. Weil ich wusste, du würdest sie als deine eigenen ausgeben. Aber ich kann nicht einfach hier rausgehen und so tun, als wäre das, was du die ganze Zeit gemacht hast, nicht total daneben.«

Sie wird blass, während sie mich mit offenem Mund anstarrt. Dann läuft sie dunkelrot an und kneift die Augen zu wütenden schmalen Schlitzen zusammen. »Das schon wieder? Herrgott, Fiona, du musst damit aufhören. Es ist erbärmlich. Ich habe deine Entwürfe nicht kopiert, sondern immer nur besser gemacht.«

»Was auch immer du dir selbst einreden musst, um morgens in den Spiegel sehen zu können, Elena.« Als ich mich vorbeuge, ist das Bedürfnis, sie zu schlagen, so groß, dass ich die Finger zur Faust balle. »Ich will gar nicht erst von dem Mist anfangen, den du bei den Vorhängen abgezogen hast. So zu tun, als hätten wir vorher zusammen über den Stoff geredet, war echt das Letzte. Und das war nur eine von vielen Lügen, die du erzählt hast. Also wag es ja nicht, so zu tun, als würde ich mir das alles nur einbilden.«

»So läuft das Geschäft nun mal. Man tut, was man tun muss, um voranzukommen.«

»Auf die Art möchte ich es nicht schaffen.«

Sie verzieht den Mund zu einem fiesen Lächeln. »Eilmeldung für Fi: Du hast es ja auch nicht geschafft.«

Einmal zuzuschlagen wäre doch sicher okay?

Ich reiße mich mit Müh und Not zusammen. »Nicht nur ich weiß, was für Spielchen du treibst.«

Sie zuckt zusammen. »Was?«

»Felix weiß es auch. Schon die ganze Zeit. Es ist ihm bloß egal, weil deine Mom Kontakte hat, die nützlich für ihn sind.« Ich atme einmal tief durch. »Das ist auch der Grund dafür, dass ich kündige. Ich kann nicht für einen Mann ohne Moral arbeiten und schon gar nicht mit einer Frau, die andere Leute als Quell der Inspiration ausnutzt.«

Elena ballt ebenfalls die Fäuste. »Ich habe Talent …«

»Das ist ja das Tragische. Du hast tatsächlich was drauf. Echtes, ehrliches Talent. Doch statt es zu fördern, verschwendest du deine Zeit damit, anderer Leute Ideen zu klauen.«

Elena verzieht wütend das Gesicht und läuft knallrot an. »Ich dachte immer, du wärst nett. Dabei bist du nichts weiter als ein verbittertes Miststück.«

Ich muss lachen. »Wenn das heißt, dass ich nicht länger als dein Karrieresprungbrett herhalten muss, nehme ich den Titel gerne an.« Ich stehe auf. »Ich wünsch dir ein schönes Leben, Elena.«

»Du weißt gar nicht, wie das ist«, sagt sie plötzlich ganz leise. »Dieser Druck. Meine Mom. Jeder kennt sie …«

»Ich weiß nicht, wie das ist?« Ich glotze sie an. »Machst du Witze? Mein Dad war schon ein Superstar, bevor ich auf die Welt kam. Meine Mutter führt ein eigenes Unternehmen. Meine Schwester ist dabei, Stammgast im Sportfernsehen zu werden. Verdammt noch mal, ich schwimme in einem Pool überragend erfolgreicher Familienmitglieder.«

»Das ist nicht dasselbe. Du arbeitest nicht in derselben Branche wie sie.« Sie bohrt sich einen Zeigefinger in die Brust. »Ich muss mir in diesem Geschäft erst meine Sporen verdienen.«

Beinahe verstehe ich sie. Verdammt, ich habe sogar fast ein

bisschen Mitgefühl. Aber eben nur fast. »Nicht unsere Eltern machen uns zu dem, was wir sind, Elena, sondern unsere Taten. Und deine sind zum Kotzen.«

Eben noch knallrot, wird sie jetzt kalkweiß. »Fick dich, Fiona.«

Ich schüttele den Kopf, lächle jetzt aber. »Du hast mich gefickt. Und trotzdem bin ich diejenige, die hier erhobenen Hauptes rausspaziert.«

Und genau das tue ich. Ich lasse meine Entwürfe, Elena und ihren ganzen Mist hinter mir.

Auf dem Flur liegt ein leicht fischiger Geruch in der Luft. Ich möchte nicht mehr hier sein, wenn er stärker wird. Denn ich habe auch ein Geschenk für Felix dagelassen. Operation Gammelfisch, wie Ivy die Aktion gerne nennt. Wir haben unserer gehässigen Sommercampbetreuerin einmal denselben Streich gespielt und Fischöl auf ihr Bett und das Innenfutter ihres Koffers geschmiert. Eine Rache dafür, dass sie meinen Kopf unter Wasser gedrückt hatte, als ich noch nicht schwimmen konnte, und Ivy als Bohnenstange beschimpft hatte, obwohl meine Schwester so schon genug Probleme damit hatte, das größte und dünnste Mädchen im Camp zu sein. Am Ende der Ferien war der Gestank so schlimm gewesen, dass sie ihren Bungalow ausräuchern mussten. Aber der Koffer blieb und damit auch der Geruch.

Obwohl ich mir gerne einbilden würde, dass ich seitdem erwachsen geworden bin, erfasst mich doch eine Woge der Zufriedenheit, als ich an das ganze Fischöl unter Felix' Schreibtisch und auf dem Tisch in Elenas Büro denke. Vielleicht wird ein Teil von uns nie erwachsen. Ich finde das überraschenderweise ganz in Ordnung so.

Dex

»Dexter, Mann, du lebst den Traum!« Shockey, einer meiner Linemen, haut mir kräftig auf die Schulter, als wir zu unseren Autos gehen.

»Nicht *meinen* Traum«, murre ich.

Der »Traum«, den Shockey meint, ist der Schwarm Frauen, der mir im Moment auf Schritt und Tritt folgt. Höschen in meinem Spind. Tweets, in denen mir Blowjobs angeboten werden, Handjobs, After-Jobs, »Keine Ahnung, was die Hälfte von diesem Scheiß überhaupt sein soll«-Jobs. Frauen tauchen vor meinem Haus auf, warten vor dem Training auf mich. Das ist nicht unbedingt etwas Neues. Alle Spieler erleben solche Dinge. Was mich verrückt macht, ist die schiere Anzahl und die Penetranz.

»Dex.« Eine hübsche Brünette kommt auf mich zugeschlendert. Sie trägt mein Trikot beziehungsweise das, was noch davon übrig ist, denn sie hat die Ärmel abgeschnitten und es in der Taille zusammengeknotet, sodass es kurz über dem Bauchnabel endet. »Du siehst müde aus. Ich gebe dir liebend gerne eine Massage.«

Ich schüttele den Kopf und drehe mich zur Seite, um ihre Hände abzuwehren, während ich weitergehe.

Shockey dagegen wird langsamer. »Süße, verschwende deine Zeit nicht mit ihm. Wieso kommst du nicht mit und leistest mir nach dem Work-out unter der Dusche Gesellschaft?«

Das Mädchen beäugt mich, als versuchte es herauszufinden, ob ich noch nachgebe. Doch ich halte nicht an. Ich krame meinen Schlüssel raus und sitze eine Sekunde später in meinem Auto. Shockey und das Mädchen verschwinden um die nächste Ecke.

Ich lehne mich zurück und atme tief den Duft nach edlem

Leder ein. Es ist vollkommen egal, wie man vorher drauf war, wenn man unter Vertrag genommen wird und seinen ersten großen Scheck erhält, dreht jeder Kerl ein bisschen durch. Es wäre schon fast übermenschlich, der Versuchung komplett zu widerstehen. Einige übertreiben es, kaufen alles, was sie sehen, und legen kein Geld auf die hohe Kante. Andere machen ein paar teure Anschaffungen, bekommen es anschließend aber hin, sich zurückzuhalten. Ich für meinen Teil habe mir ein Stadthaus und ein neues Auto gekauft – das war's.

Meine Freunde dachten, ich würde mir einen Truck zulegen, vielleicht auch einen SUV. Sie lagen falsch, ich habe mich in einen schönen kleinen blauen Aston Martin Vanquish verguckt. Als Drew ihn gesehen hat, wollte er auch sofort einen, aber Anna hat ihn davon überzeugt, dass man in New York City kein Auto braucht. Jetzt muss er meins aus der Ferne bewundern. Armer Trottel.

Ich bin vermutlich zu groß für diesen Schlitten, aber das ist mir egal. Ich liebe ihn. Und im Moment ist er mein Zufluchtsort. Okay, zumindest wird er es wieder sein, wenn ich die zahllosen parfümierten Zettelchen und winzigen Fetzen von Höschen, die wie Schneeflocken auf der Windschutzscheibe verteilt sind, runtergepflückt habe. Dass irgendwelche Leute mein Auto angegrapscht haben, macht mich richtig wütend.

Ich atme einmal tief durch, steige aus, werfe den ganzen Mist auf den Beifahrersitz – weil ich verdammt noch mal keinen Müll auf der Straße zurücklasse – und knalle die Tür zu. Damit muss Schluss sein, und zwar bald. Ich bin es nicht gewohnt, dermaßen verfolgt zu werden. Es gefällt mir nicht. Überhaupt nicht. Das Schlimmste daran ist, dass es nicht etwa nachlässt, sondern ganz im Gegenteil immer mehr wird. Ich bin zurzeit die Pointe jedes einzelnen bescheuerten Sexwitzes der Sportwelt. Vielleicht sollte ich mich deswegen nicht schämen, doch ich tue es. Meine Haut spannt und kribbelt, und mein Magen fühlt sich bleischwer an. Jedes Mal, wenn eine Frau auf mich zukommt, um ihr Glück bei mir zu versuchen, komme ich mir wieder vor wie in der Highschool.

Ich reibe mir den Nacken, starte den Wagen und fahre los. Sobald ich auf dem Highway bin, genieße ich einfach nur die Fahrt, verliere mich im Schnurren des Motors und in der Art, wie der Wagen auf jedes kleinste Antippen von mir reagiert.

Viel zu schnell komme ich zu Hause an – nur um festzustellen, dass meine Straße von Reportern und mehreren Grüppchen verrückter Weiber blockiert wird. Es sind sogar einige Kerle darunter, die wohl annehmen, ich hätte mich nur noch nicht geoutet.

Ich fahre zur Rückseite des Grundstücks und parke in der kleinen Garage in der Remise. Der Motor tickt, während ich dasitze und nachdenke. Der PR-Abteilung meiner Mannschaft gefällt diese ganze hässliche Angelegenheit. Ich bekomme Aufmerksamkeit, und das nicht etwa aufgrund von Drogen oder Gewaltausbrüchen, sondern weil ich tugendhaft bin, was für die praktisch so ist, als wären sie auf eine Goldmine gestoßen. Höhere Kartenverkäufe, mehr Presse.

Ivy sagt mir ständig, ich solle einfach Farbe bekennen und gestehen, dass ich mit Fi zusammen bin. Zumindest hat sie das, bis ich sie geradeheraus gefragt habe: »Glaubst du ehrlich, sie würden sie danach nicht verfolgen, so wie sie es jetzt bei mir tun?«

Ich denke an Fi, das Einzige in meinem Leben, was perfekt ist. Ich möchte sie von diesem ganzen Trubel abschirmen. Sie einfach bei mir behalten. Für immer. Sie gehört mir. Ich muss sie beschützen. Und mir ist scheißegal, ob ich mich jetzt anhöre wie ein Höhlenmensch. Denn offen gestanden bringt Fi den Höhlenmenschen in mir zum Vorschein. Doch je länger ich darüber nachdenke, desto klarer wird es mir. Die einzige Person, vor der Fi bei dieser ganzen Geschichte beschützt werden muss, bin *ich*.

32

Fiona

Ich treffe mich mit meinem Dad bei unserem Lieblingschinesen in der Mott Street. Er und ich haben fast nichts gemeinsam, aber wir teilen eine tiefe, ungebrochene Leidenschaft für Suppendumplings und haben deshalb viel Zeit investiert, um die Besten der Besten in der Stadt ausfindig zu machen.

Trotz meiner Nervosität rutsche ich mit einem erwartungsfrohen Summen in die mit rissigem roten Kunstleder bezogene Sitzecke.

»Was ist bei dir so los, mein Schatz?«, fragt Dad mich, als er sein Handy weglegt. Er hat eine Flasche Tsingtao neben sich stehen und den Bestellzettel bereits fertig ausgefüllt.

Ich protestiere nicht, denn er weiß, was ich hier am liebsten esse. Wie zum Beweis stellt die Kellnerin mir ebenfalls ein Bier hin. Sie nimmt unseren Bestellzettel entgegen und geht, ohne ein Wort zu sagen.

»Jede Menge«, antworte ich, bevor ich einen großen Schluck trinke. Das Tsingtao ist eher lauwarm als kühl, aber wir kommen nicht wegen des Service her.

Dad schnaubt und konzentriert sich auf sein Getränk. Er ist ein großer Kerl. Nicht so breit und muskulös wie Dex, sondern groß im Sinne von hoch aufgeschossen und mit langen Gliedmaßen. Ich weiß nicht, wie lange er schon in der Stadt ist. Ich frage ihn nie danach. Dad ist irgendwie immer auf der Durchreise, ihm scheint sein Leben so zu gefallen. Wenn er in New

York ist, übernachtet er in einem piekfeinen Exklusivhotel nur für Mitglieder in Downtown.

Ich habe nichts dagegen. Ich liebe meinen Dad. Wirklich. Nur dass wir uns, abgesehen von unserer gemeinsamen Liebe für Dim Sum, in der Gegenwart des anderen immer schrecklich unwohl fühlen. Ich weiß nicht mal warum, aber die Unsicherheit im Umgang miteinander hängt über uns wie eine riesige Stinkwolke, die niemand erwähnen will. Und dann ist da noch die Tatsache, dass er mich nie so akzeptiert hat, wie ich bin.

Ich stütze die Ellbogen auf den abgenutzten Tisch und hole tief Luft. »Ich habe heute meinen Job gekündigt.«

Dad stellt sein Bier ab. »Wieso?«

»Spielt das eine Rolle?«

»Natürlich. Wenn du sexuell belästigt wurdest, geh ich los und bring den Kerl zur Strecke. Der wird bereuen, dass er je gelebt hat. Wenn du dich gelangweilt hast, sage ich dir, hak es ab und such dir nächstes Mal eine interessantere Stelle aus.« Er zuckt mit den Schultern. »Der Grund macht einen Riesenunterschied.«

Dass mein Dad jemanden für mich zur Schnecke machen würde, wärmt mir das Herz. »Ich schätze, du hast recht.« Ich erzähle ihm, warum ich gekündigt habe, und zittere dabei die ganze Zeit tief im Innern. Ich hasse es, zugeben zu müssen, dass ich versagt habe. Aber den Job habe ich noch mehr gehasst.

Während ich rede, stellt die Kellnerin einen Dämpfkorb mit frischen Dumplings vor uns hin.

Dad nimmt sich eine der zarten, blassen kleinen Teigblüten. Der Duft von Hühnerbrühe und Ingwer erfüllt die Luft, als er hineinbeißt und die darin eingeschlossene Suppe schlürft.

»Na dann«, sagt er, »hast du ja wieder was gelernt. Vertraue keinen neuen Freunden, die es auf denselben Posten abgesehen haben wie du.«

Ich habe eine Teigtasche im Mund, deshalb brauche ich einen Moment, um zu schlucken, bevor ich ihn mit offenem Mund anstarren kann. »Du hast gar nichts zu meckern?«

»Wieso sollte ich?« Er zieht die Augenbrauen zusammen, wodurch sich die Falten in seinem Gesicht noch vertiefen.

»Äh, weil du sonst immer wegen meiner«, ich halte die Finger hoch, um Anführungszeichen in die Luft zu malen, »›flatterhaften Art‹ meckerst.«

Er runzelt die Stirn, als verstünde er nicht, was ich meine.

»Ach, komm schon, Dad«, sage ich, inzwischen ein wenig ungeduldig. »Du nennst mich ›flatterhafte Fi‹, seit ich klein war.«

»Moment mal. Das war ein Spitzname. Ein liebevoller Kosename.«

»Deine Kosenamen sind ätzend, Dad.«

Aus seinem Stirnrunzeln wird ein finsterer Blick. »Okay, na schön. Tut mir leid, wenn dir der Name nicht gefällt, aber …« Er zuckt mit den Schultern. »Du bist eben ziemlich flatterhaft.«

Seine Bemerkung sollte mich nicht verletzen, doch das tut sie. So sehr, dass ich blinzeln muss, um die wütenden Tränen zurückzudrängen, die sich in meinen Augenwinkeln sammeln.

Ich schiebe meinen Teller beiseite. »Hast du auch nur die geringste Vorstellung, wie es sich für mich anfühlt, dass du so über mich denkst?«

Dad hält inne und legt die halbe Teigtasche, die er sich gerade in den Mund schieben wollte, zurück auf den Teller. »Kleines …« Er stockt, als suchte er nach irgendeiner Plattitüde, die mich beschwichtigen könnte.

Am liebsten würde ich auf der Stelle das Restaurant verlassen, aber hiervor kann ich jetzt nicht weglaufen. »Es ist verletzend. Mom und du, ihr seid beide so stolz auf Ivy. Und ich bin der traurige Fall, der euch immer wieder enttäuscht.«

Einen kranken Augenblick lang habe ich tatsächlich Mitgefühl mit Elena, die ebenfalls damit kämpft, dem Erwartungsdruck ihrer Mutter gerecht zu werden. Wodurch sich der Stachel nur noch tiefer ins Fleisch bohrt. Ich will ganz sicher keine Gemeinsamkeiten mit ihr entdecken.

Dad wirft seine Essstäbchen auf den Tisch, wo sie klappernd herumrollen. »Du enttäuschst uns doch nicht. Du bist nur … Du hast so viel Potenzial. Wir möchten einfach nur, dass du es ausschöpfst.« Als er sich vorbeugt, knarzt die alte Lederbank unter ihm. »Fiona, du bist meine Tochter. Jeder Vater möchte, dass sein Kind den Weg geht, der ihm liegt.«

Ich hole zittrig Luft, ein dicker Kloß sitzt in meiner Kehle. »Mich meinen Weg gehen sehen zu wollen und daran zu zweifeln, dass ich in der Lage bin, mein eigenes Leben zu führen, sind zwei verschiedene Paar Schuhe. Ich weiß, ich bin nicht wie Ivy …«

»Nein«, unterbricht er mich. »Du bist wie ich.«

»Wie du?«

»Guck nicht so entsetzt«, sagt er trocken.

»Es ist nur … Du bist erfolgreich, Dad. Die Leute eifern dir nach.«

Er läuft tatsächlich rot an. Ohne mir in die Augen zu sehen, kratzt er sich am Hinterkopf. »Ich bin ein verdammter Glückspilz, der zufälligerweise groß genug war und ausreichend Koordinationsvermögen hatte, um in der Profiliga zu spielen. Die Arbeit als Agent …« Er zuckt erneut mit den Schultern, nimmt seine Essstäbchen wieder auf und stochert damit in einer Teigtasche herum. »Irgendwann kannte ich mich in dem Geschäft ganz gut aus, also habe ich die Gelegenheit beim Schopf gepackt.«

Ich kann nicht fassen, dass er seinen Status so herunterspielt. »Du bist wirklich wie ich«, fährt er leise fort. »Ich habe auch ewig nach etwas gesucht, das mich erfüllt und begeistert.«

Ich starre ihn vollkommen entgeistert an. Wie zum Henker kann es sein, dass er so genau weiß, wie es mir ergangen ist? Ich war bisher der festen Überzeugung, dass er sich nicht sonderlich für mich interessiert.

»Mein Problem war, dass meine Suche darin bestand, deine Mom zu betrügen, zu oft zu trinken und zu viele Partys zu feiern. Du dagegen?« Er sieht mir in die Augen, aber ich merke, dass es ihm schwerfällt, denn sein Blick zuckt immer wieder hin und her. »Du bist konstruktiver. Du suchst nach einem Sinn im Leben. Das macht mich stolz, Fi. Ich war schon immer stolz auf dich.«

»Dad …« Ein kleines Lachen kommt über meine Lippen. »Verdammt, deinetwegen verschlucke ich mich noch an einem Dumpling.«

»Verschwende niemals gute Dumplings, Fiona.«

Ich lache wieder und er schenkt mir ein knappes Lächeln. Entspannt mit meinem Dad herumzuwitzeln ist etwas Neues für mich. Mir kommt der Gedanke, dass er mir gegenüber vielleicht manchmal genauso unsicher ist, wie ich mich oft mit ihm fühle.

Ich strecke eine Hand über den Tisch und boxe ihn spielerisch gegen den Oberarm. »Ich bin auch stolz auf dich, Dad.«

»Merk dir das mit den Dumplings«, sagt er, aber er ist wieder rot geworden. »Und noch eine Sache vergiss niemals. So sehr ich mir deinen Respekt auch wünsche, du solltest dein Leben niemals darauf ausrichten, jemand anderen glücklich zu machen. Verstanden?« Er fixiert mich mit einer so ernsten Miene, wie ich sie noch nie bei ihm gesehen habe.

Mit einem Kloß im Hals nicke ich. Er erwidert die Geste.

Eine Weile essen wir schweigend und bestellen dann noch einen Teller gedämpfte Schweineklößchen. Um uns herum unterhalten sich chinesische New Yorker und schlürfen derart geschickt ihre Dumplings aus, dass Dad und ich dagegen wie schusselige Amateure aussehen. In einer Ecke vorn am Fenster stellt ein alter Mann die erstaunlichen kleinen Bündel essbarer Kunst her und schreit der Kellnerin an der Kasse gelegentlich etwas auf Mandarin zu.

Ich nehme die Atmosphäre in mich auf und genieße das Essen. Vier Jahre lang habe ich im Süden gelebt und das Collegepartygirl gespielt. Es hat Spaß gemacht, aber hier in New York fühle ich mich zu Hause. Ich liebe diese Stadt. Sie vibriert in meinen Adern und lässt mein Herz höherschlagen. Doch ich werde sie verlassen, weil es etwas anderes gibt, dass ich noch mehr möchte als all dies hier. Ich will gerade den Mund öffnen, um meinem Dad davon zu erzählen, als er wieder das Wort ergreift.

»Ich … äh … Es gibt da jemanden in meinem Leben.« Er läuft knallrot an. »Genevieve. Sie macht die PR für die Hawks.«

Ich muss einfach grinsen. »Scheint ja was Ernstes zu sein.«

Dad legt wie zur Bestätigung den Kopf schief, bevor er noch einen Dumpling ausschlürft. »Sie ist bei mir eingezogen«, fügt er einen Moment später hinzu.

»Gut. Mir gefällt die Vorstellung nicht, dass du allein in diesem großen Haus herumgeisterst. Nur bitte sag mir, dass sie nicht in meinem Alter ist.«

Dad verdreht die Augen. »Wirklich nett, Fi. Und du wirfst mir vor, ich würde *dich* fertigmachen.«

»Sorry.« Ich gebe zu, das war ein Schlag unter die Gürtellinie.

»Sie ist nur fünf Jahre jünger als ich. Ist das akzeptabel?« Er lächelt nicht, aber ich merke, dass er es gerne tun würde.

»Ja. Natürlich. Das eben war wirklich nicht nett von mir.«

»So kenne ich meine Tochter.«

Jetzt bin ich diejenige, die vor Beschämung rot anläuft.

»Also, was nimmst du als Nächstes?«, fragt Dad.

»Dex.«

Dad zuckt zusammen. »Wie bitte?«

»Äh, verdammt, nein. Ich meine …« Ich beiße mir auf die Unterlippe. »Ich wollte sagen, ich habe auch jemanden kennengelernt. Ethan Dexter.« Das war die schlimmste Überleitung, die man sich nur vorstellen kann, auch wenn es stimmt, dass ich es kaum erwarten kann, ihn wieder zu *nehmen*. Und wieder. Mist, jetzt werde ich noch röter.

Dad starrt mich für einen langen Augenblick mit kritisch zusammengezogenen Augenbrauen an, bis er laut schnaubt und sagt: »Dexter, was? Ich habe irgendwie immer gedacht, du würdest dich in einen Koch verlieben oder vielleicht in irgend so einen künstlerischen Typ …«

»Danke, Dad«, sage ich, ohne mir dir Mühe zu machen klarzustellen, dass Dex tatsächlich künstlerisch begabt ist.

»Er ist eine gute Wahl.«

Ich blinzele überrascht. »Ehrlich? Findest du?«

»Wieso denn nicht? Du magst ihn, oder?«

»Natürlich.«

»Er ist ein ruhiger, gefestigter Kerl, und er ist ehrlich.« Dad reibt sich mit einer Hand übers Gesicht. »Ich bin nicht sonderlich begeistert von der Vorstellung, dass du ihn ›nimmst‹, aber wir tun jetzt einfach mal so, als hättest du das nie gesagt.«

Ich vergrabe den Kopf in den Händen. »Ich weiß. Oh Mann, ich bin echt schlecht darin, mich mit dir zu unterhalten.«

Dad lacht. »Das kann man wohl sagen.«

»Können wir dann jetzt bitte über was anderes reden?«, frage ich aus der Sicherheit hinter meinen Händen heraus.

»Sicher.« Doch als er daraufhin schweigt, hebe ich den Kopf und sehe, dass er mich aufmerksam mustert. »Dann ist er also der einzig Wahre?«

»Ja, Dad, das ist er. Deshalb werde ich ihn mir auch krallen.«

Ich zucke wieder zusammen. Ich meinte es im übertragenen Sinn, aber solche Worte will mein Dad in Bezug auf den Freund seiner Tochter wahrscheinlich lieber nicht hören. Ich sollte mir besser den Mund mit Dumplings vollstopfen und ansonsten die Klappe halten.

Doch zum Glück nickt Dad nur. »Eine Sorge weniger.«

Allerdings bin ich mir nicht ganz sicher, ob er damit recht hat, denn ich muss Dex auch noch so einiges sagen, und ich weiß nicht, was er davon halten wird.

33

FürchteDenBart: Können wir skypen?
KirschBombe: Jabadabaduuuuu!
FürchteDenBart: Das verstehe ich jetzt mal als ein Ja.
KirschBombe::-*

Ich gestehe, dass ich mir die Haare mache und etwas Lipgloss und Mascara auflege, bevor ich mit Dex skype. Okay, ein anderes Top ziehe ich auch an. Auf keinen Fall werde ich mein altes, knielanges T-Shirt mit dem Aufdruck *Äußerlich Prinzessin, innerlich Oger* anlassen. Vielen Dank, Gray, für ein weiteres Fiona-Geburtstagsgeschenk, das kein Mensch braucht. Stattdessen streife ich mir ein sportliches weißes Tanktop über und verzichte auf den BH darunter. Wenn ich Dex schon nicht jeden Tag sehen kann, muss ich dafür sorgen, dass jeder Kontakt, den wir haben, Eindruck hinterlässt.

Ein nervöses Flattern breitet sich in meinem Bauch aus, als ich mich auf mein Bett setze und den Laptop auf einem Kissen platziere. Dex auf diese Weise zu sehen ist Vergnügen und Folter zugleich. Es ist so schön, mit ihm zu reden, aber nachdem wir uns verabschiedet haben, werde ich den Laptop zuklappen und mich noch einsamer als vorher fühlen.

Trotzdem grinse ich wie eine Irre, als sein Gesicht auf dem Bildschirm erscheint. Er sieht wahnsinnig gut aus. Sein Teint ist vom Training unter der Südstaatensonne leicht gebräunt, goldblonde Strähnen durchziehen seine braunen Haare. Dex wird nie der *hübsche* Junge sein, dafür sind seine Gesichtszüge zu ausgeprägt, sein Körper ist zu groß und massig. Aber seine Augen sind umwerfend schön, und wie immer leuchten sie, als er mich sieht. Die Art, wie er mich anschaut, macht süchtig. Sie bedeutet mir alles.

Meine Stimme ist atemlos, als ich ihn begrüße. »Hey, Großer.«

Sein voller Mund verzieht sich zu einem schiefen Lächeln. »Hey, Kirsche.« Er klingt müde und angespannt, und es tut mir weh, nicht bei ihm sein zu können.

»Wie läuft's?« Ich weiß ganz genau, dass er von der Presse gejagt und von einem Haufen verrückter Frauen gestalkt wird – ein Gedanke, der mich dermaßen wütend macht, dass ich mit den Zähnen knirsche. Aber ich frage ihn trotzdem danach, weil ich möchte, dass er weiß, dass er all seine Probleme bei mir abladen kann.

Er schluckt sichtlich und sein ganzer Körper scheint in sich zusammenzusacken. »So wie immer, Fi.« Er hebt so langsam den Kopf, als wöge er eine Tonne. »Im Moment habe ich null Privatsphäre.«

»Baby.« Ich kann nicht anders, als die Kanten des Bildschirms zu umfassen, weil ich jetzt so gerne seinen sanften und zugleich rauen Kiefer berühren würde. »Es wird bald wieder besser werden.«

Sein Nicken ist vage, sein Blick geht ins Leere.

»Hey.« Ich beuge mich vor. »Ich habe dir jede Menge zu erzählen.«

Wieder nickt er, aber er hört eindeutig nicht zu. Dann holt er tief Luft und strafft die Schultern. Als er mit großen Augen direkt in die Kamera schaut, ist sein Blick gequält. »Fi … Ich glaube …« Ihm stockt der Atem. »Ich glaube, wir sollten uns eine Weile nicht sehen.«

Ein Klingeln setzt in meinen Ohren ein, und alles Blut

weicht mir aus dem Gesicht, sodass es sich seltsam taub anfühlt. »Was?«

Dex beugt sich vor, seine Augen sind rot gerändert. »Sie sind
die ganze Zeit hinter mir her.«

»Dann lass es uns ihnen einfach sagen!« Meine Stimme
klingt viel zu hoch, panisch. Mein Herz rast und ich kann nicht
richtig atmen. »Erzähl ihnen von mir, dann hat sich die Sache
erledigt.«

»Nein.« Er hebt das Kinn. »Nein, Fi. Ich habe dir schon mal
gesagt, dass ich das nicht tun werde.«

»Wieso? Weil du mich beschützen willst? Das ist Schwachsinn, Ethan.«

Seine Wangen laufen rot an. »Sieh mich an und sag mir,
dass die dich nicht auseinandernehmen werden. Sag mir das,
Fi, denn ich weiß mit Sicherheit, dass es so sein wird. Und du
auch.«

»Gut, vielleicht wird es so laufen.« Meine Kehle schmerzt,
ich kriege einfach keine Luft. »Aber ich werde damit fertig.«

Dex schüttelt den Kopf. »Ich aber nicht. Ich habe dir Normalität versprochen, zumindest soweit sie möglich ist. Ich werde dich auf keinen Fall in diesen Mist mit reinziehen.«

»Also …« Ich schlucke ein Schluchzen hinunter. »Also
machst du stattdessen lieber Schluss mit mir?«

Er beugt sich so weit vor, dass ich erkennen kann, wie Tränen in seine Augen treten. »Nein, Kirsche … Ich denke nur,
wir lassen es für eine Weile sein und besuchen einander nicht,
bis …«

»Wir verbringen doch so schon kaum Zeit miteinander. Was
soll es bitte bringen, wenn wir uns noch weniger sehen?« Ich
blinzele heftig, um meine eigenen Tränen zurückzudrängen.
Ich werde es nicht tun. Ich werde ihn nicht anflehen. »Bitte,
Ethan. Tu das nicht.«

»Ich muss«, krächzt er. »Du kannst dir nicht vorstellen, was hier los ist, Fi.«

Mir stockt der Atem. »Das war's dann also? Du stößt mich einfach weg?«

Er wird bleich. »Bitte versteh mich nicht falsch. Ich versuche nur, dich zu beschützen, Kirsche. Auch wenn das bedeutet, dich vor *mir* zu beschützen. Es liegt nicht an dir ...«

»Du sollst mich nicht beschützen, Ethan. Du sollst mich wollen.«

»Ich will dich. Du bist der wichtigste Mensch in meinem Leben.«

Ein fieser, zynischer Laut dringt aus meiner Kehle. »Du hast eine komische Art, das zu zeigen, Dexter.«

»Du bedeutest mir ...«, sagt er voller Gefühl und seine Wangen laufen dunkelrot an. »Du bedeutest mir alles.«

»Dann stoß mich nicht weg!«

Er lehnt sich auf seinem Stuhl zurück. Als er mich wieder ansieht, ist sein Blick voller Schmerz. »Ich weiß, dass du mir nicht glaubst, Fiona. Aber mir ist niemand, wirklich *niemand* wichtiger als du. Ich kann nicht zulassen, dass diese verdammten Aasgeier auf dich losgehen. Verstehst du das? Ich. Kann. Es. Nicht.« Eine einzelne Träne rollt seine Wange hinab. Anstatt sie wegzuwischen, sieht er mich nur flehend an.

Auf einmal bin ich so zornig, dass ich nichts mehr sagen kann. Ich bohre die Fingernägel in die Oberschenkel, während ich versuche, die Wut wegzuatmen.

»Fi ...« Dex' Stimme dringt wie aus weiter Ferne an mein Ohr. »Fi?«

Ich presse die Lippen zusammen, um einen Schrei zu unterdrücken. Als ich ihm schließlich in die Augen blicke, ist alles, was ich sehe, der rote Schleier meines eigenen Frusts. »Ich kann jetzt nicht mit dir reden.«

Er nickt benommen. »Okay. Das verstehe ich. Ich ruf dich später wieder an.«

Die Wut kocht erneut in mir hoch.

»Nein.« Ich ziehe scharf die Luft ein, um nicht zu brüllen. »Ruf mich nicht an. Schreib mir nicht. Lass es ... einfach bleiben.« Mit Wucht knalle ich den Laptop zu und stelle das Handy aus.

Lange bleibe ich auf meinem Bett liegen, starre blind an die Decke und denke nach.

34

Dex

Ein weiterer Tag. Ein weiteres Training. Mir ist alles scheißegal. Und das macht sich bemerkbar. Mein Offensive Coach
reißt mir den Arsch auf, weil meine Beinarbeit und meine lang-
same Reaktionszeit, durch die schon wieder ein Defense End
an meinen QB rangekommen ist, eine absolute Katastrophe
sind. Wenn das hier gerade ein offizielles Spiel wäre, säße ich
längst auf der Bank. Doch unter den gegebenen Umständen
werde ich an die Seitenlinie geschickt, um dort Leiterläufe zu
machen. Ich bin froh darüber. Komplizierte Schritte zu üben
beschäftigt meinen Kopf und meinen Körper.

Ich trainiere, bis ich der Einzige bin, der sich noch auf dem
Spielfeld aufhält. Ich treibe mich so lange weiter an, bis sich
meine Gliedmaßen anfühlen wie warmer Wackelpudding.
Denn wenn ich aufhöre, droht sich eine riesige Leere in mir
aufzutun und mich zu verschlucken.

Fi.

Ich habe es versaut. Ich hätte ihr das alles nicht über Skype
sagen sollen wie irgend so ein blöder, dahergelaufener Idiot.
Statt sie davon zu überzeugen, dass es für sie im Moment am
sichersten ist, sich von mir fernzuhalten, habe ich ihr wehgetan. Ich hätte damit warten sollen, bis ich es ihr persönlich hätte
sagen können, wenn ich sie dabei in den Arm nehmen und ihr
hätte zeigen können, dass es mir nur darum geht, sie glücklich
zu sehen. Nur ist das alles Schwachsinn. Ich hätte sie nicht un-

glücklicher machen können, wenn ich ihr eine Faust ins Gesicht gerammt hätte. Ich habe mit angesehen, wie sich ihr lächelndes Gesicht vor Schmerz verzogen hat. Es war meine Schuld, ich habe ihr das angetan. Meiner süßen Fi. Es zerreißt mich. Ich muss es unbedingt wiedergutmachen. Nur fürchte ich, dass der Schaden, den ich angerichtet habe, ein bleibender ist.

Stöhnend lehne ich mich nach dem Training gegen die Trennwand der Dusche, während das Wasser auf meinen Schädel prasselt. Ich wollte immer eine Freundin haben. Jemanden, der mir gehört, mir allein. Aber in Wahrheit habe ich nicht die leiseste Ahnung, wie man eine Beziehung führt.

Als ich schließlich aus der Dusche trotte, ist die Umkleide beinahe leer, nur ein paar wenige Jungs ziehen sich noch an. Keiner von ihnen beachtet mich. Devon, ein Safety, schimpft darüber, dass seine Lieblingssocken mit dem Grinch weg seien und dass sich das schlecht auf sein Mojo auswirke. Ryder erklärt Morgan, wie man einen guten Brotpudding zubereitet, wozu man offenbar ein Dutzend Eier und einen Haufen Sahne braucht. Ich wende mich ab, als er anfängt, darüber zu schwadronieren, welche Brotsorte man am besten verwenden sollte.

Finn bemerke ich erst, als er mir auf die Schulter klopft. »Was ist los, Big D? Du hast heute echt beschissen gespielt.«

»Du bist ein richtiger Meister darin, das Offensichtliche festzustellen, was?«

Er grinst. »Du fandest es also auch offensichtlich? Gut. Eine Sekunde lang hatte ich mich nämlich tatsächlich gefragt, ob du gar nichts mehr checkst.«

Ich rubbele mir mit dem Handtuch über die Haare und lasse es dann fallen. Ich bin versucht, ihm zu sagen, er solle sich verpissen, aber er spricht nur die Wahrheit aus, deshalb kommt etwas viel Schlimmeres über meine Lippen.

»Sind eigentlich alle Männer ahnungslos im Umgang mit Frauen? Oder habe nur ich das Talent dazu, es kolossal zu verbocken?«

Finn sieht mich an, als hätte ich ihm gerade erzählt, dass ich eine Geschlechtskrankheit habe, dann schüttelt er sich ungläubig.

Es könnte sein, dass ich ebenfalls zusammenzucke. Ich will nicht, dass alle in der Umkleide von meinen Problemen erfahren.

»Keine Ahnung«, sagt er schließlich. »Vielleicht ist es einfach unser Part, es zu verbocken.«

Ryder, der auf der anderen Seite des Gangs steht, schnaubt verächtlich. »Zuallererst mal hat man keinen ›Umgang‹ mit einer Frau. *Sie* hat Umgang mit *dir*. Euer Part«, er deutet auf uns beide, »ist es, euch gut festzuhalten, die Fahrt mitzumachen und zu beten, dass ihr es nicht verbockt.«

»Und was genau macht dich zum Experten?«, fragt Finn. »Letztes Mal, als ich mit dir über Frauen geredet habe, warst du ungefähr … nicht mehr als eine Nacht mit demselben Mädchen zusammen gewesen.«

»Vier Schwestern, du Idiot«, antwortet Ryder, während er in den kleinen Spiegel sieht, den er an seinem Spind angebracht hat. Er fährt sich mit einer Hand durch die feuchten Haare. »Und aufgezogen von einer alleinerziehenden Mutter. Ich kenne mich mit Frauen aus.« Er erwidert meinen Blick im Spiegel. »Was hast du angestellt?«

Ich streiche über meinen Bart und überlege, ob ich ihm von der Sache erzählen soll – und beschließe, dass ich schon zu viel gesagt habe, um jetzt noch einen Rückzieher zu machen. »Ich habe Fi gesagt, dass wir den Ball flach halten sollten, bis dieser ganze Bullshit vorbei ist.«

Die Jungs in der Umkleide stöhnen wie aus einem Mund.

Mir hätte klar sein müssen, dass sie lauschen. Neugierige Schweinehunde.

»Alter«, sagt Ryder. »Hattest du dir vorgenommen, das Dämlichste überhaupt zu sagen? Denn das hast du verdammt gut hingekriegt.«

»Ja«, wirft Jones, ein Defensive End, der sich gerade seine Jogginghose anzieht, ein. »Das hättest du nur noch mit dem ›Es liegt nicht an dir‹-Satz toppen können.«

»Ich habe ihr gesagt, dass es nicht …«

Wieder ertönt ein tiefes Stöhnen, das diesmal noch gequälter klingt.

»Schlechter Schachzug, Mann.«

»Toll gemacht, du Schwachmat.«

»Schick ihr Blumen.«

»Auf keinen Fall, das ist ein verdammtes Klischee. Stell dich mit einem dieser altmodischen Gettoblaster unter ihr Fenster.«

»Dann jagt sie dir die Bullen auf den Hals.«

Ich verdrehe angesichts ihrer Vorschläge die Augen. »Als Nächstes erzählt ihr mir noch, ihr wärt alle Single aus Überzeugung.«

Ich weiß nicht, ob sie das Filmzitat verstehen, aber einer bewirft mich mit einer schweißfeuchten Socke. Ich glaube, es war Ryder, sicher bin ich mir aber nicht. Ich sehe mich mit finsterem Blick in der Umkleide um, während das niederschmetternde Gefühl, das schon die ganze Zeit in mir wütet, noch schlimmer wird.

»Dex«, sagt Finn gedehnt und mit einem Kopfschütteln. »Wir dachten, du wärst der Kerl, der alle Antworten parat hat. Was soll der Mist, Mann?«

Ächzend lehne ich die Stirn gegen die Kante meines Spinds. Der Schmerz tut gut. »Ich weiß es nicht.«

Er hat recht. Ich bin derjenige, den sie sonst um Rat fragen, und nicht irgendein Volltrottel, der nichts auf die Reihe kriegt. Wie eine richtig ätzende Lektion fürs Leben lautet? Anderen einen Rat zu erteilen ist sehr viel einfacher, als es selbst richtig zu machen. Was eine noch ätzendere Lektion fürs Leben ist? Wenn man diese Tatsache erst begreift, nachdem man es bereits verbockt hat.

»Ich möchte sie nur beschützen.«

Das Argument klingt schwach, genau wie meine Stimme. Aber ich rede sowieso gar nicht wirklich mit den Jungs, sondern eher mit mir selbst. Ich *wollte* Fi beschützen, aber auch mich selbst. Weil ich mich schäme. Wegen dieser ganzen Geschichte fühle ich mich wie eine Witzfigur. Eine Sache, die ich mein ganzes Leben lang zu vermeiden versucht habe. Und ich will nicht, dass Fi es aus nächster Nähe miterlebt. Ich möchte nicht, dass sie weniger von mir hält. Aber alles, was ich damit erreicht habe, ist, ihr wehgetan zu haben.

Als mir jemand gegen die Schulter boxt, hebe ich den Kopf.

Finns Miene ist ausdruckslos. »Ry und ich gehen Krebse und Austern am See essen. Komm mit. Trink ein Bier und vergiss diesen ganzen Medienrummel mal für eine Weile.«

Während ich mir den Nacken reibe, versuche ich, ein munteres Gesicht aufzusetzen, um wenigstens den Anschein eines Kerls zu vermitteln, der nicht gerade durchdreht. »Danke. Vielleicht beim nächsten Mal.« Jetzt muss ich mir erst mal ein Flugticket kaufen und überlegen, wie ich ordentlich zu Kreuze krieche.

Als ich nach Hause komme, ist es bereits dunkel. Mühsam schleppe ich meinen Hintern die Treppe hoch. Mein linkes Knie pocht und mein Rücken fühlt sich an, als wäre eine heiße Eisenstange durch meine Wirbelsäule gestoßen worden. Und das ist nur die Spitze des Eisbergs meiner diversen Wehwehchen und ernsthaften Schmerzen. Ich bin vierundzwanzig Jahre alt und humpele wie ein Rentner auf dem Weg zum Nachmittagstee. *Vorzeitig gealtert*, denke ich, als ich die Haustür aufschließe, den Schlüsselbund auf den Konsolentisch werfe und das leere Haus betrete.

Eine dunkle Sekunde lang ist das Gefühl der Einsamkeit so überwältigend, dass ich Mühe habe, Luft zu bekommen. Wie ein Schraubstock legt sie sich schwer um meine Brust. Ich starre zu Boden, während ich versuche, das Handy aus meiner Hosentasche zu fischen. Ich muss Fis Stimme hören. Sofort. Das Bedürfnis, sie zu sehen und zu berühren, ist so groß, dass ich vor lauter Verlangen mit den Zähnen knirsche. Aber ihre Stimme wird reichen müssen.

Doch dann bemerke ich es – eine gewisse Wärme, den Geruch nach Kaffee und darunter den Duft von frischen Blumen. Ich spüre sie. Hier. Fi ist hier.

Meine Tasche landet mit einem dumpfen Poltern auf dem Boden und ich stürze in den Wohnbereich.

Sie gießt sich gerade eine Tasse Kaffee ein. Im Licht der Küchenlampe glänzt ihr Haar blass goldfarben. Als ich hereinkomme, sieht sie auf, ein angespanntes Lächeln legt sich auf ihre zarten Gesichtszüge.

»Hey.«

Ich bleibe auf der gegenüberliegenden Seite der massiven marmornen Kücheninsel stehen und presse die Hände auf die kalte Platte, um mich zu erden.

»Sag mir, dass du wirklich hier bist.«

Ihr Lächeln wird wärmer, breiter. »Meinst du, du halluzinierst, Großer?«

»Könnte sein. Ich träume oft von genau dieser Szene.« *Jede verdammte Nacht, um genau zu sein.*

Sie stellt die Porzellantasse mit einem Klirren ab und geht um die Insel herum.

Ich beobachte, wie sie näherkommt, wie ihre Hüften unter einem dieser sexy kurzen Röcke, die sie so gerne trägt, hin und her wiegen. Meine Brust zieht sich zusammen, als sie mit ihren zierlichen Händen daran hinaufstreicht und mir damit leise Schauer über die Haut jagt. Sie bleibt vor mir stehen und fährt mit dem Daumen über den Rand meines Barts und an meiner Unterlippe entlang. Ich kann mich gerade so beherrschen, ihr nicht in den Finger zu beißen, ihn in den Mund zu nehmen und daran zu nuckeln.

»Fühlt sich das echt genug für dich an?« Ihre Stimme klingt heiser.

Ich atme Fis Duft ein und lehne mich gegen sie. »Weiß nicht. Ich glaube, ich brauche mehr.« Ich brauche alles. Alles von ihr.

Und sie weiß es. Mit einem sanften Ruck zieht sie mich zu sich herunter.

Ich folge bereitwillig. Als ihr süßer, weicher Mund meinem begegnet, seufzt alles in meinem Innern erleichtert auf.

Keine Ahnung, wie lange ich sie küsse, aber es reicht nicht. Viel zu schnell löst sie sich von mir, behält die Arme jedoch um meinen Nacken geschlungen, und ich drücke sie fest an mich. Erst da merke ich, dass ihr Körper angespannt ist und ihr Blick vorsichtig.

»Ich habe beschlossen«, sagt sie, »dass du nicht einfach über unser Schicksal bestimmen darfst, ohne vorher mit mir darüber zu sprechen.«

»Einverstanden.«

Meine prompte Antwort scheint ihr zu denken zu geben, und sie legt den Kopf schief, als verstünde sie nicht ganz. Ihre Stimme ist zittrig, aber kräftig, als sie sagt: »Gut. Ich war nämlich stinksauer auf dich, Ethan.«

»Ich weiß.« Ich sollte mich zerknirschter zeigen, aber ich bin so verdammt glücklich, dass sie hier ist. Weder kann ich mein Lächeln verbergen noch es mir verkneifen, ihre Wange zu berühren.

Sie schlägt meine Hand weg. »Ich meine es ernst. Du … Du hast mich verletzt. Wenn du mich nicht willst, dann sag es jetzt. Versteck dich nicht hinter der lächerlichen Behauptung, du müsstest mich beschützen, denn …«

Ich lege eine Hand an ihre zarte Wange und küsse sie. Fis Lippen bewegen sich an meinen, formen Worte. Vermutlich versucht sie, mir zu sagen, ich solle das lassen. Doch ich höre nicht auf, sie sanft zu küssen, bis sie sich unter einem Seufzen entspannt. Vorsichtig schiebe ich die Finger in ihr Haar und schaue auf sie hinab.

»Du hast recht, ich war ein Idiot. Es tut mir leid.« Ich reibe die Nase an ihrer Wange. »Ich wollte noch heute Abend ein Ticket buchen, um zu dir zu fliegen und mich bei dir zu entschuldigen.« *Und darum zu betteln, noch eine Chance zu bekommen.*

Sie rümpft die Nase, als sie zweifelnd zu mir aufsieht. Ich küsse sie auf die Nasenspitze, doch sie lässt sich nicht ablenken. »Wie konntest du das machen? Und dann auch noch per Skype, Ethan!«

»Ich bin ein Arsch.« Mein Blick ruht fest auf ihr. »Ich habe mich geschämt, Fi. Ich wollte nicht, dass du mich so siehst.«

Ihr Tonfall wird weicher. »Dass ich dich *wie* sehe?«

Meine Haut spannt unangenehm, und es fühlt sich an, als würde ein bleischweres Gewicht durch meinen Magen kullern, aber ich schulde ihr eine Erklärung. »Im Moment sind unglaublich viele Frauen wegen des Gelds hinter mir her. Dabei tragen sie mitleidsvolle Mienen zur Schau und Dollarzeichen in den Augen.«

Fi schweigt einen Moment. »Ich bin froh, dass sie nicht wissen, was ihnen entgeht«, sagt sie schließlich leise und kämpferisch. »So habe ich dich ganz für mich allein.«

Ich schließe die Augen und presse meine Stirn auf ihren Scheitel. »Gegen dich hat keine andere eine Chance, Kirsche.« Als ich sie an mich drücke, entspannt sich alles in mir. »Ich habe Panik bekommen und dir wehgetan. Du ahnst nicht mal, wie leid mir das tut.«

»Also gut.« Mit einer Hand streicht sie mein Shirt glatt. »Ich bin froh, dass wir darüber geredet haben.«

Ich kann es mir nicht verkneifen, ihr rasch noch einen Kuss zu geben. Auch wenn ich bei ihr in Ungnade gefallen bin, es fühlt sich einfach zu gut an. »Können wir jetzt zum Versöhnungssex übergehen?«, frage ich und will sie damit zum Lachen bringen. »Ich habe nur Gutes darüber gehört.«

Zum Glück antwortet Fi mit einem Lachen und boxt mir dabei spielerisch gegen die Brust. »Ja, das möchte ich wetten.« Doch von einer Sekunde auf die andere verschwindet ihr Lächeln wieder. »Aber zuerst muss ich dir noch etwas erzählen.«

Selbst wenn sie mir jetzt gestehen würde, dass sie eine Bank ausgeraubt hat, würde ich ihr vermutlich sagen, dass das kein Problem für mich ist. Mühsam versuche ich, ein ernstes Gesicht zu machen und nicht wie ein Depp zu grinsen. Sie ist hier. Sie gehört immer noch mir. Das ist alles, was zählt.

»Okay. Erzähl mir, was du angestellt hast, Kirsche.«

Sobald sie sich von der Seele geredet hat, was sie bedrückt, werde ich sie vögeln, bis mein Schwanz kapituliert.

35

Fiona

Ethan versucht eindeutig, sich ein selbstzufriedenes Grinsen zu verkneifen. Er sieht aus, als ginge er im Kopf gerade diverse unanständige Arten durch, mich zu vögeln. Was ich noch heißer finden würde, wenn ich nicht so nervös wäre, dass ich das Gefühl habe, mich jeden Moment übergeben zu müssen.

Trotzdem versuche ich, diesen Moment mit ihm zu genießen. Er fühlt sich so gut an. Fest und warm. Am liebsten würde ich die Nase an seiner Brust vergraben und ihn einfach nur einatmen. Doch die herrliche, immer größer werdende Beule in seiner Jogginghose lenkt mich ab. Ich habe seinen großartigen Schwanz vermisst. Ohne nachzudenken, drücke ich mich dagegen. Er stöhnt und hält mich noch fester.

Solange er mich berührt, schaffe ich es nicht, auch nur einen klaren Gedanken zu fassen. Also drücke ich einen Kuss auf seinen massigen Bizeps, löse mich aus seiner Umarmung und trete einen Schritt zurück.

Ethan runzelt die Stirn, lässt mich aber los. »Okay«, sagt er und fährt sich mit einer Hand durchs Haar, sodass sich einzelne Strähnen lösen und ihm ins Gesicht fallen. »Jetzt machst du mir langsam Angst. Was ist los, Fi?«

Mir gefällt, dass er mich nicht fragt, warum ich eigentlich hier bin, sondern nur wissen will, weshalb ich mir Sorgen mache. Ich klammere mich an diesen Gedanken, während ich mit einem Finger eine Ader in der marmornen Arbeitsplatte nachzeichne.

»Ich habe meinen Job gekündigt.«

Ich liebe die Art, wie er nur mit den Augen lächelt. Und ich liebe die Zärtlichkeit, die jetzt in seinem Blick liegt.

Er legt eine große Hand knapp neben meine. »Du hast etwas getan, wovor du Angst hattest, was aber sein musste. Ich bin stolz auf dich, Fi.«

Zittrig atme ich aus. »Danke. Ich bin auch stolz auf mich. Es fühlt sich richtig gut an. Ich werde als Möbelbauerin anfangen und meine Stücke im Laden von Freunden von mir in New York verkaufen. Und irgendwann später mache ich mich vielleicht als Einrichtungsberaterin selbstständig.«

Ethan blinzelt, ohne eine Miene zu verziehen, und ich weiß, dass er sich fragt, warum ich so nervös wirke, wenn ich doch eindeutig glücklich mit meiner Entscheidung bin.

Ich laufe jetzt ernsthaft Gefahr, in Panik zu geraten. Während ich nach den richtigen Worten suche, breitet sich ein Zittern von meinem Magen langsam in meinem ganzen Körper aus.

Als Ethan es bemerkt, macht er sofort einen Schritt auf mich zu und reibt mir mit seinen warmen, schwieligen Händen über die Oberarme. »Kirsche ...«

»Ich weiß, dass gerade alles in der Luft hängt. Ich habe einfach gekündigt, ohne eine Garantie, dass das, was ich mir vorgenommen habe, auch klappt. Und wir sind noch nicht lange zusammen. Aber ich will nur ... Ich weiß nicht ... Es ist so ...«, stammele ich. »Ich dachte mir, ich besuche dich vielleicht für eine Weile. Ich habe ein paar Sachen mitgebracht und ...«

»Bleib«, unterbricht er mich und legt die Finger um meine Arme, als wollte er mich hier, an Ort und Stelle festhalten, damit ich ihn nie wieder verlasse. Doch anscheinend genügt ihm das nicht, denn er hebt mich wie immer mühelos hoch.

Ich quieke vor Überraschung und schlinge die Arme um seinen Hals, als er mich mit drei großen Schritten ins Wohnzimmer trägt. Im nächsten Augenblick sitzt er auf der Couch und ich auf seinem Schoß.

Mit großen, leuchtenden Augen streicht er mir über die Wange. »Bleib bei mir.«

»Also«, sage ich und streichle seinen Nacken, »das war der Plan. Ich möchte länger bei dir sein als nur für ein trauriges, kurzes Wochenende. Ein Monat oder so wäre viel besser.«

Er verzieht den vollen Mund zu einem verhaltenen Lächeln. Mit einem fast schon schüchternen Ausdruck sieht er mir fest in die Augen. »Nein, nicht für einen Monat, Kirsche.« Mit der Daumenspitze berührt er meine Unterlippe. Mir entgeht nicht, dass er genau wie ich erschauert. »Zieh ganz bei mir ein. Leb mit mir zusammen.«

Seine Worte machen uns beide sprachlos. Ethan guckt, als könnte er selbst nicht ganz fassen, was er mir da gerade für ein Angebot gemacht hat. Seine Schenkel zucken unter mir und werden dann ganz hart, er hält die Luft an.

Vielleicht habe ich unbewusst dasselbe getan, denn ich atme mit einem tiefen, stockenden Stöhnen aus, bevor ich flüstere: »Meinst du das ernst?«

Er schluckt. »Sonst hätte ich dich nicht darum gebeten.«

»Ethan …«

Ich bin unfähig zu sprechen. Stattdessen vergrabe ich die Finger in seinem Haar und halte es fest. Das alles ist ein wenig zu viel auf einmal. Ich möchte gegen ihn sinken und mich einfach ganz lange an seinen starken Körper lehnen, ihm niemals wieder von der Seite weichen.

»Wir haben gerade erst angefangen, uns zu treffen. Wir kennen uns kaum.« Das alles stimmt, und doch weiß ich bereits in dem Moment, in dem ich die Worte ausspreche, dass ich es trotzdem will. Ich möchte bei ihm sein, nichts anderes zählt.

»Das ändert nichts an meinen Gefühlen«, sagt er. »Ohne dich bin ich unglücklich. Ich brauche dich, Fi.«

Ein kleiner Schluchzer steigt in meiner Kehle hoch und meine Stimme bricht. »Ich brauche dich auch, Ethan.«

Es fühlt sich an, als würden wir etwas anderes, noch viel Bedeutsameres sagen. Aber das ist egal, denn jetzt küsst er mich innig und forsch, beinahe wild, als wollte er sich selbst davon überzeugen, dass es wahr ist.

Ich erwidere seinen Kuss ebenso drängend.

Ethan hält meinen Kopf fest und neigt seinen Mund so, dass er tiefer mit der Zunge in mich eintauchen kann.

Oh Gott, er schmeckt so gut und er fühlt sich so wahnsinnig toll an.

Zärtlich berührt er meine Wangenknochen und fährt sie mit den Fingern nach. »Wie kann es sein«, flüstert er, »dass ich, bis du mich in dem Klub geküsst hast, kein Problem damit hatte, allein zu sein?«

Ich schlucke schwer, mein Gesicht fühlt sich heiß an. Ein Kloß hat sich in meinem Hals gebildet, sodass meine Stimme belegt klingt, als ich antworte: »Ich weiß es nicht.« Ich kann es nicht erklären, aber mir ging es genauso. Eine Mutprobe wegen seines Barts, und schon war ich verloren.

Mit den Fingern fährt er seitlich an meinem Hals hinab und dann wieder hinauf. »Du hast mich verdorben, Fiona. Ich weiß nicht, wie ich jemals wieder ohne dich leben soll.«

Bevor ich etwas erwidern kann, zieht er mir mein Oberteil aus. Mein BH folgt, während er Küsse auf meinem Hals verteilt. Dann fummelt er am Reißverschluss meines Rocks herum.

»Zieh zuerst dein Shirt aus«, verlange ich, denn ich will ihn unbedingt sehen, seine nackte Haut spüren.

Ohne zu zögern, greift er hinter sich und zieht sich sein Shirt über den Kopf. Seine hart erarbeiteten Muskeln spielen im gedämpften Licht, wölben sich unter der glatten Haut, als er es auf den Boden wirft. Und weil er kein Mann ist, der halbe Sachen macht, setzt er mich vorsichtig neben sich ab und steht auf, um seine Jogginghose abzustreifen. Dann steht er vor mir, in seiner ganzen nackten Herrlichkeit, sein dicker, langer Schwanz ragt stolz gerade und hart hervor, das silberne Piercing glänzt im Licht.

Während ich ihn anstarre, tritt Ethan einen Schritt zurück und betrachtet mich abwartend und mit einer hochgezogenen Augenbraue.

Ich stehe auf und stelle mich vor ihn. Als ich den Reißverschluss aufziehe, ist ein lautes Ratschen zu hören. Ich wackele mit den Hüften hin und her, bis der Stoff an meiner Haut hinabgleitet und der Rock auf dem Boden landet.

Für einen langen Augenblick starrt Ethan mich nur an. Seine Brust hebt und senkt sich bei jedem Atemzug und sein Schwanz zuckt, als könnte er es kaum erwarten. Dann sinkt er auf die Knie. Ich rechne mit einem Kuss, dass er mit dem Mund meinen Körper erkundet. Doch er tut nichts dergleichen. Ethan Dexter schlingt die Arme um meine Taille und drückt seine Wange zwischen meine Brüste. Als er mich fest umarmt, geht ein Seufzer durch seinen ganzen Körper. »Ich liebe dich.«

Mir stockt der Atem, während er mit einem ernsten und entschlossenen Ausdruck in den haselnussbraunen Augen zu mir hochsieht.

»Ich meine es ernst. Ich liebe dich so sehr. Jede Stunde jedes Tages. Denk niemals, es wäre anders.«

Erleichterung und Glücksgefühle durchströmen mich wie eine warme Flüssigkeit. Mit den Fingern fahre ich durch sein seidiges Haar und halte ihn dann fest an mich gedrückt. »Ich liebe dich auch, Ethan.«

Ein Schaudern geht durch seinen Körper und er atmet langsam aus, bevor er mich noch fester umarmt.

»Gut. Denn ich werde dich nicht wieder gehen lassen, Fi.« Seine Stimme ist ein gebrochenes Krächzen, als wäre er nach einer langen Reise endlich am Ziel angelangt.

Ich muss lächeln. »Also tun wir es wirklich? Wir ziehen zusammen?«

Als er mein Lächeln erwidert, kitzelt mich sein Bart. »Verdammt, ja, das machen wir.«

Für den Rest des Abends gibt es nur Ethan und mich. Mit jeder Berührung versichern wir uns dessen, was wir vermisst haben, dessen, was wir von diesem Tag an miteinander haben werden. Zusammenleben, das kriegen wir hin. Was soll schließlich schon Schlimmes passieren?

36

Fiona

Da ich noch nie mit einem Mann zusammengelebt habe, mache ich mir Gedanken, wie es wohl sein wird. Schwierig? Erdrückend? Werden wir die Sache gegen die Wand fahren? Denn egal, wie sehr ich Ethan will, bislang haben wir nur ein paar Tage in Gegenwart des anderen verbracht.

Doch er lässt mir keine Zeit, mir weitere Gedanken darüber zu machen. Er versucht am Nachmittag möglichst früh nach Hause zu kommen, damit wir anschließend gemeinsam New Orleans erkunden können. Wir gehen in einen Jazzklub, wo ich Ethan zum Tanzen überrede, und besuchen ein Restaurant, das so gut ist, dass ich mich arg zusammenreißen muss, um nicht bei jedem Bissen laut zu stöhnen. Im Herzen bin ich New Yorkerin, daher bin ich gutes Essen gewöhnt. Aber New Orleans bedeutet definitiv harte Konkurrenz.

Wir verheimlichen nicht, dass wir zusammen sind. Es tauchen einige Fotos von uns beiden auf, gepaart mit Spekulationen über Ethans neue Freundin. Aber die Hexenjagd auf die Jungfrau ist damit nicht beendet. Hauptsächlich deswegen, weil Ethan sich stur weigert, mit unserer Beziehung an die Öffentlichkeit zu gehen.

»Das geht die verdammt noch mal nichts an«, grummelt er, wenn ich ihn darauf anspreche. Gegenüber der Presse verhält er sich weniger emotional und sagt normalerweise nur: »Wenn es nicht um Football geht, kein Kommentar.«

Trotz dieser hässlichen Geschichte bin ich glücklich. Es gibt so vieles, worauf ich mich inzwischen freue und was ich liebe. Zum Beispiel der Ausdruck, den Ethan im Gesicht trägt, wenn er nach Hause kommt. Er strahlt vor Glück und sein Blick ist voll heißem Verlangen. Sobald die Tür hinter ihm ins Schloss fällt, drängt er mich gegen die nächste Wand oder beugt mich über die Sofalehne und vögelt mich, als müsste er alles nachholen, was er jahrelang versäumt hat.

Und ich kann genauso wenig die Finger von ihm lassen. Wenn ich ihn dabei überrasche, wie er gerade Sit-ups macht, setze ich mich rittlings auf seinen Schoß, bevor er noch einen weiteren Crunch machen kann. Wenn ich dann seinen festen Körper mit Küssen bedecke und ihn von oben bis unten ablecke, seine Shorts herunterziehe, um diesen herrlichen, dicken Schwanz herauszuholen, nach dem ich lechze, dann geht sein Lachen jedes Mal ziemlich schnell in einem erstickten Stöhnen unter.

Ethan ist oft unterwegs, was nicht gerade toll ist, aber andererseits auch nicht so schmerzlich, wie ich es mir vorgestellt hatte. Denn ich weiß, dass wir in den Nächten, in denen er zu Hause ist, gemeinsam in sein riesiges Bett fallen, uns unter der Decke aneinanderkuscheln und über alles und jeden reden, bis eine Berührung oder ein Blick unsere Lust aufeinander entfacht und wir wie in einem Feuersturm übereinander herfallen, bis wir selbst in heißen Flammen aufgehen. Erst wenn wir total erschöpft sind, schlafen wir ein.

Doch was noch viel wichtiger ist, ist das Wissen, dass er mich liebt. Und ich ihn. Diese Sicherheit zu haben macht mich wahnsinnig glücklich, und erst jetzt merke ich, dass ich bereits mein ganzes Leben danach gesucht habe. Ich werde schon vollkommen übertrieben euphorisch, wenn ich nur Ethans große Schuhsammlung – zu der eine lächerliche Anzahl an Sneakers gehört – auf einem Haufen mit meinen sehe oder bemerke, dass meine Duschgels und Haarprodukte langsam aber sicher sein einsames Shampoo und die Seife verdrängen.

Als wir gemeinsam mit Ethans Eltern telefonieren, bin ich überrascht, wie herzlich, nett und normal sie sind. Ich hatte mir das Gespräch unter den gegebenen Umständen viel unangenehmer vorgestellt. Ethans Dad dankt mir dafür, dass ich seinen Sohn glücklich mache, und seine Mom versichert mir, dass ihr Sohn einen guten Geschmack hat. Wenn er mich möge, werde es ihr ganz sicher nicht anders ergehen. Angesichts ihrer netten Worte werde ich rot und stammele nur, dass ich sie auch sehr gerne kennenlernen würde, wenn sie zurück in Kalifornien sind. Ethans kleiner Bruder ist strenger als seine Eltern. Er fragt mich, ob ich Minecraft mag. Doch als ich beichte, dass ich im College eine Enderman-Figur auf dem Schreibtisch stehen hatte, werde ich für cool befunden.

Vollkommen unumkehrbar und Hals über Kopf verliebe ich mich noch mehr in Ethan, als er mich an einem sonnigen Morgen an die Hand nimmt und mit einem geheimnisvollen Lächeln bittet, mit in sein Atelier zu kommen.

Ich bin schon einmal mit ihm in diesem hellen, luftigen Raum gewesen. Seine alten Arbeiten hängen zum Teil an den Wänden, andere sind in einer Ecke aufgestapelt. Einige Bilder sind erst halb fertig und warten auf Staffeleien darauf, vollendet zu werden. Ethan hat sich auf Fotorealismus spezialisiert. Er verwendet intensive Farben und fertigt Detailstudien an. Die meisten seiner Motive haben etwas mit Football zu tun. Derzeit arbeitet er an einem Bild von Drew in seinem Trikot, sein Helm liegt neben ihm auf dem Boden und er stemmt die Hände auf die schmalen Hüften, während er in die Ferne blickt. »Anna hat mich darum gebeten«, hatte Ethan mir erklärt. »Es soll ein Hochzeitsgeschenk werden. Allerdings glaube ich, dass sie selbst sich mehr darüber freuen wird als er.«

»Bist du mit dem Porträt fertig?«, frage ich deswegen auf dem Weg zu seinem Atelier, obwohl ich nicht wüsste, wann er Zeit gehabt haben sollte, daran zu arbeiten. Wir haben den ganzen letzten Monat über praktisch aneinandergeklebt.

Er schüttelt den Kopf. »Nope.«

»Wieso guckst du dann so zufrieden?«

Sein Grinsen wird noch breiter. »Wirst du schon sehen.«

»Sag's mir.« Ich ziehe an seiner Hand.

»Nein.«

»Sag's mir, sag's mir, sag's mir!« Ich ziehe noch mal und lasse seinen Arm schlackern, während ich lächelnd zu ihm aufschaue.

Er lacht und hebt mich schwungvoll hoch. »Du kleine Nervensäge. So was von ungeduldig.« Er küsst mich auf die Nase und trägt mich die Treppe hoch.

Der beißende Geruch nach Farbe und Terpentin vermischt mit einem angenehmen Duft nach Pinie steigt mir in die Nase, als er die Tür öffnet. Ethan setzt mich ab, und als ich mich herumdrehe, klappt mir die Kinnlade runter. Vor Überraschung schlage ich eine Hand vor den Mund.

Die Leinwände und Staffeleien sind verschwunden. Stattdessen steht mitten im Raum der Traum eines jeden Schreiners: eine Werkbank inklusive Kreissäge, Bandsäge, Tischsäge und Exzenterschleifer, eine Drechselbank, eine Gehrungsfräse, eine Flachdübelfräse, Bohrer – einfach alles, was ich brauche, um Möbel zu bauen.

»Ich dachte mir, vielleicht solltest du lieber heute als morgen loslegen«, sagt er und spricht damit genau das aus, was ich mir beim Anblick der Werkzeuge gedacht habe.

»Oh ja«, murmele ich, gehe herum und sehe mir alles genau an.

Arbeitstische, ein Staubsauger, Stapel mit verschiedenen

Sorten Holz. Die Gefühle, die in mir aufwallen, schnüren mir die Kehle zu, als ich mich zu Ethan umdrehe, der mit den Händen in den Hosentaschen im Türrahmen lehnt und einen neugierigen, fast schon bangen Ausdruck in seinem schönen Gesicht trägt.

»Wo sind deine Malsachen?«, krächze ich.

»Die habe ich ins Gästehaus gebracht«, antwortet er mit einem Schulterzucken. »Ich brauche sowieso nicht so viel Platz.«

Ich schlucke krampfhaft. »Wie … Ich meine, wann …«

Er stößt sich vom Türrahmen ab. »Ich habe einen Kerl ausfindig gemacht, der gerade in Rente gegangen ist, und habe ihm alles abgekauft. Ein Umzugsservice hat die Sachen gestern geliefert.« Er sieht sich um und dann wieder zu mir. »Gefällt es dir?«

»Ob es mir gefällt?« Ein gurgelndes Lachen steigt in meiner Kehle auf. »Ich *liebe* es! Ich liebe dich.«

Ohne ein weiteres Wort springe ich in seine Arme, und er fängt mich auf, hält mich fest, als ich die Beine um seine Taille schlinge und ihn auf den Hals küsse. »Danke, Ethan. Das ist die beste Überraschung überhaupt.«

Er küsst mich auf die Nasenspitze und zwickt mich dann mit den Zähnen hinein. »Ich liebe dich auch. Herzlichen Glückwunsch zum Geburtstag, Kirsche.«

Bei seinen Worten halte ich erstaunt inne. »Woher wusstest du das?«

Ethan schenkt mir einen intensiven Blick. »Ivy wollte nicht zu unserem letzten Spiel um die Division Championship kommen, weil du Geburtstag hattest. Das war vor zwei Jahren.«

»Du hast dir das gemerkt?«

»Glaubst du etwa, ich könnte auch nur das kleinste Detail in Bezug auf dich vergessen?« Seufzend legt er seine Stirn an meine. »Ich möchte viel lieber wissen, warum du mir nicht erzählt hast, dass du Geburtstag hast.«

Ich weiche seinem Blick aus und zucke mit den Schultern. »Ich weiß nicht. Ich glaube, ich bin einfach nicht daran gewöhnt, jemand anderen auf solche Sachen aufmerksam zu machen.«

Mit einem festen, aber sanften Griff dreht er mein Gesicht wieder zu sich. Zärtlich sieht er mich an. »Du brauchst mich nicht auf solche Sachen aufmerksam machen, Fi. Das ist ab jetzt mein Job. Mein Privileg.«

Ich lächle. »Okay.«

Er küsst mich auf den Mund, löst sich aber gleich wieder von mir. »Ich habe übrigens am zweiten Juni Geburtstag.«

Ich lache, schlinge die Arme um seinen Hals und schmiege mich enger an ihn. »Ist notiert. Rechne mit Möbelstücken. Vielleicht eine Konsole für diesen Koloss, den du Fernseher nennst.«

Ethan kneift mir in den Po und trägt wieder seine selbstzufriedene Miene zur Schau. »Hört sich perfekt an.«

Perfekt. Zum ersten Mal in meinem Leben ist tatsächlich alles perfekt.

Dex

Arizona ist verdammt trocken. Ich kippe ein Gatorade hinunter, als ich in den Aufzug steige und auf den Knopf für meine Etage drücke. In der Hoffnung, dass Fi mich begleiten würde, habe ich mein Zimmer auf eine Suite upgegradet. Doch gestern Abend hat sie mir zu verstehen gegeben, dass sie »auf der roten Welle surft« und auf keinen Fall verreisen wird. Ich habe einen Moment gebraucht, um zu schnallen, was sie damit meinte, nur um das Bild, als ich es verstand, sofort wieder auszublenden.

Zumindest habe ich das versucht. Manches kann man sich leider nicht *nicht* vorstellen. Trotzdem gefällt es mir, dass sie so selbstbewusst ist, mir unverblümt mitzuteilen, was bei ihr los ist. Mir gefällt, dass BHs zum Trocknen in meiner Wäschekammer hängen, und mir gefallen die diversen Flaschen Shampoo, Spülung und Duschgel – du lieber Gott, Frauen haben wirklich unglaublich viele Duschgels –, die sich in meiner Dusche stapeln. Mir gefällt sogar, dass inzwischen Tamponschachteln im Schrank unter dem Waschbecken stehen. Und mir ist scheißegal, ob mich das zu einem komischen Kerl macht. Denn das alles bestätigt mir immer wieder, dass Fi tatsächlich bei mir wohnt, dass sie mein Zuhause und mich für sich beansprucht.

Deshalb habe ich gestern, als sie mich ganz gequält angeguckt hat, meinen Mann gestanden und sie gebeten, mir eine Liste mit den Dingen zu schreiben, die sie braucht, um anschließend in den nächsten Laden zu stiefeln und Brownies, ein Mittel gegen Krämpfe und, ja, noch mehr Tampons sowie Binden zu kaufen. Was zum Teufel es mit den »Flügeln« auf sich hat, möchte ich ehrlich gesagt gar nicht so genau wissen. Ich habe meinen Job ohne zu murren durchgeführt und bin anschließend als zufriedener Mann zu meinem Spiel gereist.

Jetzt werde ich schlafen gehen und mich darauf freuen, morgen wieder nach New Orleans zu fahren. Zum ersten Mal seit einer gefühlten Ewigkeit denke ich an mein Haus als ein Zuhause. Ein tolles Gefühl.

Während mich der Fahrstuhl auf meine Etage transportiert, ziehe ich lächelnd mein Handy heraus, um nachzusehen, ob ich neue Nachrichten erhalten habe.

KirschBombe: Ich habe heute mein erstes Stück fertiggestellt. Bin müde, gehe also gleich schlafen. Gutes Spiel, Baby. Du warst toll! Bis bald. XOXO

Ich kann immer noch nicht glauben, dass sie sich meine Spiele anguckt. Fi hat nie ein Geheimnis daraus gemacht, dass sie Football eigentlich nicht mag, und trotzdem sieht sie es sich inzwischen nicht nur im Fernsehen an, sondern schläft sogar in meinem Trikot – wenn ich es ihr nicht vorher ausgezogen habe.

Ich öffne die Tür zu meiner Suite und bin überrascht, dass das Licht brennt. Vielleicht haben es die Zimmermädchen angemacht? Doch aus irgendeinem Grund stellen sich mir die Haare im Nacken auf.

Als ich ein Geräusch höre, verstehe ich auch, warum. Ich bin nicht allein. Von einem Moment auf den anderen ist jeder Muskel in meinem Körper zum Zerreißen gespannt und meine Wahrnehmung befindet sich in höchster Alarmbereitschaft.

Dann bemerke ich den BH auf dem Fußboden. Das Teil aus blasslila Spitze liegt da wie ein Häufchen verstreuter Blütenblätter. Mir bleibt das Herz stehen. So einen BH habe ich schon mal gesehen. Ist Fi hier? Vielleicht will sie mich überraschen.

Ich lege mein Handy auf einen kleinen Beistelltisch und gehe durch den Raum auf die Schlafzimmertür zu. Ein winziges Höschen baumelt am Türknauf. Ein Lächeln breitet sich auf meinem Gesicht aus, in zwei Schritten habe ich das kleine Wohnzimmer durchquert.

Doch das Lächeln vergeht mir, als ich das Schlafzimmer betrete. »Was zur Hölle …«

Das nackte Mädchen in meinem Bett zuckt zusammen, hat ansonsten aber eine unerschrockene Miene aufgesetzt. »Hallo, du. Ich … äh …"

»Wie zur Hölle bist du hier reingekommen?«

Ich versuche angestrengt, nicht zu brüllen oder komplett

auszurasten. Ich bin ein großer Kerl, und diese sehr nackte Frau ist mit mir allein. Im Gegensatz zu ihr sind mir ihre Verletzlichkeit und ihre blanke Dummheit mehr als bewusst. Woher zum Teufel weiß sie bitte, dass ich nicht jemand bin, der darauf steht, Frauen zu schlagen? Als mir mit einem Mal bewusst wird, dass sie diese Situation im Nachhinein hindrehen kann, wie sie will, habe ich plötzlich Angst vor ihr. Und vor dem, für das sie steht.

Ich weiche zurück, bis meine Schultern gegen die Wand stoßen. »Raus. Sofort!«

Das Mädchen lehnt sich ans Kopfende des Betts, sodass ihre Brüste in provokanter Pose direkt auf mich zeigen. Doch bei ihrem Anblick verspüre ich nichts weiter als frustrierte Entrüstung.

»Aber Dex, Süßer, es ist okay. Ich *will* hier sein! Ich will dir helfen.«

Ich lache freudlos. »Du kapierst es nicht. Ich will dich nicht hier haben, und helfen kannst du mir nur, indem du dich anziehst und gehst.«

»Ich teile das Geld mit dir«, sagte sie und spreizt die Beine.

Ich starre einen Punkt an der Wand über ihrem Kopf an. »Ich lehne mich jetzt mal weit aus dem Fenster und behaupte, dass es irgendwann deine Seele auffressen wird, Geld in der Horizontalen zu verdienen.«

»Bezeichnest du mich etwa als Hure?«, kreischt sie entsetzt.

Jetzt würde ich wirklich gerne laut lachen. Nur ist mein Drang, gegen die Wand zu schlagen, noch größer. Ich atme einmal tief durch und lockere die Fäuste. »Raus hier. Sonst rufe ich die Polizei.«

Ich höre ein Schnauben, dann steht sie vom Bett auf und sammelt ihre Sachen ein. »Bist du schwul? Ist es das?«

Da ist er, der Schlag unter die Gürtellinie. Ich mache mir gar nicht erst die Mühe, darauf zu antworten. Als sie an mir vorbeistapft, blicke ich auf den Boden. Zum Glück ist sie inzwischen angezogen. Sofern man den pinkfarbenen Stretchschlauch, der gerade so ihren Hintern bedeckt, als Kleidung bezeichnen kann.

»Wenn du jemals wieder in meine Nähe kommst, rufe ich die Bullen.«

Ihr Gesicht läuft rot an. »Ich würde dich nicht mal mehr ficken, wenn du auf Knien darum betteln würdest, Arschloch.« Genau, deswegen steht sie auch mit wildem, verzweifeltem Blick vor mir.

Ich deute zur Tür, und sie schnaubt noch einmal, bevor sie davonstürmt.

Ich möchte einfach nur auf mein Bett sinken und schlafen. Doch diese Laken werde ich garantiert nicht mehr berühren. Stattdessen greife ich zum Telefon, um den Hotelsicherheitsdienst zur Schnecke zu machen.

Nachdem ich in einer neuen Suite untergebracht bin – die mir nach wortreichen Entschuldigungen vom Hotelmanagement kostenlos zur Verfügung gestellt wurde –, müde unter die frischen Laken gekrochen und fast eingeschlafen bin, reiße ich mit einem Mal vor Schreck wieder die Augen auf.

Die kleine Hexe hat mein Handy geklaut.

37

Fiona

Erwarte das Unerwartete ist eine der nervigsten Phrasen überhaupt. Ich meine, wenn man etwas erwartet, wie kann es dann
noch unerwartet kommen? Und trotzdem geht mir dieser däm-
liche Satz durch den Kopf, als ich mir am Morgen in der Küche eine Tasse Kaffee einschenke, wie jeden Tag meinen Web-
browser öffne – und mir mein eigenes Gesicht entgegenlächelt.

Es ist total schräg. Ich stehe da und starre mich selbst an. Dasselbe Gesicht, das ich jeden Tag im Spiegel sehe, doch ich kann
nicht so recht fassen, dass ich es wirklich bin. Warum prangt ein
Foto von mir mitten über meinem Twitter-Feed? Dann erst fällt
mir meine Pose auf. Man sieht nicht bloß mein Gesicht.

Vor blankem Entsetzen beginnt es, heiß in meinem Gesicht
zu kribbeln, an meinen Armen, meinem gesamten Körper. Galle steigt mir die Kehle hoch, während ich das Bild genauer betrachte beziehungsweise verschiedene Bildausschnitte dessel-
ben Fotos, das überall durch die sozialen Medien geistert. Es
zeigt mich grinsend, während ich die Zunge herausstrecke und
damit über einen wohlbekannten, gepiercten Nippel lecke. Es
ist das Foto, das ich im Bett mit Dex gemacht habe. In meiner
ganzen nackten Pracht liege ich quer über seiner Brust und
spiele mit seiner Brustwarze. Wir haben gelacht, als wir dieses
Selfie gemacht haben. Wir hatten Spaß. *»Das hier ist eindeutig
eins fürs Familienalbum.«*

»Scheiße«, flüstere ich, obwohl niemand hier ist, der mich hören könnte. »Scheiße!« Aus irgendeinem Grund befindet sich dieses Foto samt meinen nackten Brüsten, die ich direkt in die Kamera halte, jetzt da draußen im World Wide Web.

Ich möchte nicht mehr existieren. Nicht sterben, sondern einfach aufhören zu existieren. Der Ekel breitet sich wie ein hässlicher Fleck auf meiner Haut aus, so schwer und kratzig wie eine Pferdehaardecke. Er krallt sich in meiner Brust fest, gräbt sich tiefer hinein und zerrt an meinem Brustbein. Mich zusammenzukauern bringt nichts. Egal, wie fest ich mich auch einrolle, mein Körper fühlt sich dennoch bloßgestellt und missbraucht an.

Ich habe entdeckt, dass noch ein weiteres Foto veröffentlicht wurde. Eines, auf dem ich nur einen BH trage. Ich habe darauf wie ein Pin-up-Girl posiert und es Ethan geschickt, um ihn damit aufzuziehen, dass er mir meine Unterwäsche nicht zurückgeben wollte. Ich weiß noch, dass ich mich vollkommen sicher dabei gefühlt habe, Ethan dieses Foto zu senden. Ich habe mich sexy und begehrenswert gefühlt. Doch von diesem Gefühl kann jetzt keine Rede mehr sein.

Das Netz quillt über vor Scheußlichkeiten. Endlose Tweets, Facebook-Nachrichten, Instagram Messages, in denen ich als Hure beschimpft und gefragt werde, ob ich auch auf einen Fick bei jemand anderem vorbeikommen will. Beiträge, in denen über meinen Körper gelästert oder anzüglich geredet wird. Ich versuche, dem allen keine Bedeutung beizumessen, doch angesichts der Flutwelle aus widerlichem Hass und abwertenden Meinungen, die über mich hinwegschwappt, ist es unmöglich, die Sache zu ignorieren.

Inzwischen habe ich mein Handy ausgeschaltet und mich in eine Ecke des Schlafzimmers verkrochen. Ich weiß, dass ich wenigstens mit Dex reden sollte. Aber ich kann nicht. Ich kann mich nicht mal rühren.

Als ich wie durch dichten Nebel wahrnehme, dass die Haustür geöffnet wird, verspanne ich mich augenblicklich. Dex ist in Arizona. Selbst wenn er es geschafft haben sollte, den ersten Flieger zu nehmen, kann ich mir nicht vorstellen, dass er jetzt schon hier wäre. Mit Dex werde ich fertig, das glaube ich zumindest. Das Foto stammt definitiv von seinem Handy. Wie ist es an die Öffentlichkeit gelangt? Ich habe Angst, dass ich ausflippe, wenn ich ihn danach frage. Ich weiß, dass er es nicht war, aber trotzdem bleibt die Frage nach dem Wie.

Das dumpfe Echo schneller Schritte hallt zu mir hinauf. Hoffentlich ist es nicht Dad. Allein bei dem Gedanken daran, dass meine Eltern die Fotos sehen könnten, wird mir schlecht. Dabei ist klar, dass zumindest Dad sie entdecken wird. Das ist so unausweichlich wie der Sonnenuntergang, immerhin bin ich nicht die einzige Person, die das Internet nutzt. Dad dürfte eigentlich nicht den Zugangscode für Dex' Haus haben, aber ich würde mich nicht wundern, wenn er trotzdem irgendwie drangekommen ist. Wie ich ihn kenne, könnte er auch einfach die Tür eingetreten haben.

»Fi? Fi, Süße?« Ivys Stimme.

Ich wende mich ab, drehe das Gesicht zur Wand. Vielleicht bemerkt sie mich nicht.

In diesem Moment wird die Tür zum Schlafzimmer geöffnet und ihre große, schlanke Silhouette zeichnet sich vor dem von draußen hereinfallenden Licht ab. Mehr braucht es nicht, dass sich ein Schluchzer aus meiner Kehle löst.

»Oh, Fi.« Ivy ist sofort an meiner Seite.

Mit ihren starken Armen zieht sie mich an sich, während ich weine und mich an sie klammere wie ein Ertrinkender an ein Floß.

»Süße.« Sie streichelt mir über den Kopf und murmelt unsinnige Worte, wie es unsere Mom immer getan hat, als wir noch klein waren.

Ich habe keine Ahnung, wie lange ich weine. Lange genug, dass mir schlecht wird und mein Bauch sich schmerzhaft zusammenkrampft.

Ich spüre, wie jemand anderes ins Zimmer kommt. Eine Sekunde später streicht eine große Hand über meinen Rücken. Es ist Gray.

»Fi-Fi, wir stehen das mit dir gemeinsam durch.« Er spricht so leise, dass ich ihn kaum verstehe, doch ich höre die unbändige Wut heraus, die in seinen Worten mitschwingt.

Ich weiß sein Mitgefühl zu schätzen, aber er irrt sich. Niemand kann mir helfen, das hier durchzustehen. Die Welt hat mich als habgierige Hure abgestempelt, die für eine Belohnung mit Ethan Dexter gevögelt und dabei sogar Beweisfotos geschossen hat. Mit einem Klick haben sie all das, was wir hatten, zu etwas Verdorbenem und Ekelhaftem gemacht.

Ivy weicht zurück und Gray beugt sich herunter, um mich hochzuheben.

Aus irgendeinem Grund muss ich deswegen noch mehr heulen. Ich liebe Gray für seine Fürsorglichkeit, aber ich will jetzt von Ethan getragen werden.

Gray legt mich aufs Bett, und Ivy zieht mir die Decke bis unters Kinn, bevor sie sich zu mir legt. Ihr leises Gemurmel streicht sanft über mich hinweg, als ich mich in die Kissen kuschele.

Gray lässt uns allein.

»Ich schäme mich so«, wispere ich.

»Ich weiß. Aber ich verspreche dir, wir finden raus, was passiert ist. Und dann werde ich jemandem so richtig in den Arsch treten.« Ihr Tonfall hat etwas Hartes, Vorwurfsvolles, das mir nicht gefällt.

»Ethan war das nicht.«

Sie verspannt sich. »Ich weiß. Aber jetzt ist es raus und wir müssen über Möglichkeiten der Schadensbegrenzung nachdenken.«

Wieder verkrampft sich alles in mir. »Der Schaden ist schon angerichtet, Ivy.«

Sie drückt mir ein Küsschen auf die Schulter. »Schlaf ein bisschen. Wir sind für dich da.«

Der Gedanke tröstet mich wenig. Zum ersten Mal in meinem Leben fühle ich mich richtig hilflos.

38

Dex

Gab es schon jemals einen so verdammt langsamen Flug? Als wir landen, bin ich kurz davor durchzudrehen. Normalerweise sehe ich mich wegen meiner Größe vor und achte darauf, niemanden aus Versehen umzustoßen. Doch heute nutze ich sie ohne Rücksicht zu meinem Vorteil und rempele mich an den langsamer gehenden Passagieren vorbei.

In meinem Innern rumort es so heftig, dass ich mehrmals schlucken muss, um mich nicht übergeben zu müssen. Dass ich meinen Telefonanbieter kontaktiert und mein Handy als gestohlen gemeldet habe, hat nichts gebracht. Der Schaden war bereits angerichtet. Weil ich blöder, fauler Idiot keine Passwortsperre eingerichtet hatte. Ich habe irgendein boshaftes, verzweifeltes Mädchen mit meinem Handy aus meinem Zimmer entkommen lassen, und sie hat die gespeicherten Fotos an die Boulevardpresse verkauft.

Es geht nicht nur um die Bilder, sondern auch um die Textnachrichten zwischen Ivy und mir. Unsere intimsten Gedanken werden vielleicht bald schon zum gefundenen Fressen für die ganze Welt. Fi, meine Süße, die wichtigste Person in meinem Leben, wird zur Schau gestellt, als wäre sie bloß ein Objekt. Das Ganze macht mich so wütend, dass ich nicht mehr klar denken kann. Es spielt keine Rolle, dass ich Anwälte an meiner Seite habe, die mit Klagen drohen und Haftbefehle fordern. Die Fotos sind veröffentlicht und das Internet vergisst so schnell nichts.

Ich hasse die Vorstellung wie die Pest, dass die ganze Welt Fiona nackt gesehen hat, dass andere Männer sie so – ohne ihre Einwilligung – sehen. Ein verzweifelter Laut dringt aus meiner Kehle. Ich schaffe es gerade so, nicht laut zu schreien oder verdammt noch mal loszuheulen. Das alles ist meine Schuld. Ganz allein meine Schuld.

Der Taxifahrer macht es noch schlimmer, als er mich erkennt und anspricht. »Hey, Mann! Sie sind Ethan Dexter!«

Als würde ich meinen beschissenen Namen nicht selbst gut genug kennen. Ich balle die Hände zu Fäusten und drücke sie fest auf meine Oberschenkel. So fest, dass meine Beinmuskeln zucken.

Fahr los. Fahr einfach. Bring mich zu Fi.

»Mann, Sie sind echt noch Jungfrau?« Der ahnungslose Idiot, der gleich was aufs Maul kriegt, gluckst amüsiert. »Na ja, inzwischen nicht mehr, wie? Ist ein süßes Ding …«

»Noch ein Wort, und Sie haben keine Zunge mehr«, fahre ich ihn an.

Der Taxifahrer wird bleich, vor Angst scheinen seine Augen aus den Höhlen zu treten.

Verdammt, wenn er mich jetzt aus dem Wagen schmeißt, steh ich auf dem Highway am Straßenrand und komme nicht weg, während Fi leidet. Ich zwinge mich, einmal tief durchzuatmen. »Sie reden hier über mein Mädchen, klar?«

Der Taxifahrer nickt. Sein Blick zuckt zwischen mir und der Straße hin und her. »Ja, Mann. Das ist cool. Äh … war nicht respektlos gemeint.«

Ich mahle mit den Zähnen, um mich zu beruhigen. »Wenn Sie mich einfach so schnell wie möglich nach Hause fahren könnten.«

»Sicher, Mann. Sicher. Kein Problem.«

Daraufhin gibt der gesprächige Taxifahrer endlich Gas.

Ich hatte schon erwartet, Ivy und Gray bei mir zu Hause anzutreffen. Gray kennt den Zugangscode. Als die ganze Sache losging, konnten die beiden schneller bei Fi sein. Gray hatte ein Spiel in Atlanta, und Ivy war mit dem Baby zu Besuch bei ihrem Dad. Womit ich jedoch nicht gerechnet habe, obwohl ich es mir zugegebenermaßen hätte denken können, ist, dass Fis und Ivys Dad, Sean Mackenzie – neben Ivy mein zweiter Sportagent –, auch hier sein würde. Und er sieht nicht gerade sonderlich erfreut aus.

Sean, oder Big Mac, wie ihn viele nennen, hat früher als Point Guard in der NBA gespielt. Er ist um die zwei Meter groß, hat endlos lange Gliedmaßen und ist hager wie eine Art moderner Abraham Lincoln. Außerdem hat er einen stechenden Blick, der mir jetzt gerade sagt, dass er mir nur zu gerne den Arsch aufreißen würde. Das wäre mir im Augenblick ziemlich egal, wenn er nicht Fis Vater wäre. Wenn es nach mir geht, wird er, solange es uns gibt, zu meinem Leben gehören, was bedeutet, dass ich mich besser gut mit ihm stellen sollte.

Er wartet nicht mal ab, bis ich meine Tasche abgestellt habe, bevor er auf mich losgeht. »Was zur Hölle hast du gemacht, Dexter?« Er kommt einen Schritt auf mich zu, als würde er mir gleich eine verpassen.

Gray geht dazwischen. »Ganz ruhig, Sean.«

Sean mustert ihn finster, bevor er den Blick wieder auf mich richtet. »Ich habe dich was gefragt.«

»Ich habe Mist gebaut.« Und es frisst mich von innen her auf.

»Was du nicht sagst, Sherlock.«

Ich lasse den Blick zu Ivy hinüberwandern, die blass und ungewöhnlich still hinter ihm steht. »Fi? Ist sie da? Ist sie …« Verdammt. Ich bekomme kein vernünftiges Wort heraus. Meine Brust krampft sich vor Reue qualvoll zusammen.

Sie nickt mir zu und deutet nach oben. »Sie schläft.«

Meine Tasche fällt zu Boden und ich haste in Richtung Treppe.

»Wohin willst du, verdammt noch mal?«, faucht mich Sean an.

»Dorthin, wo ich am meisten gebraucht werde.« Ich drehe mich nicht um. »Sie können mich nachher immer noch zusammenstauchen.«

39

Fi

Im Schlafzimmer ist es schummrig und kühl, die Bettdecke ist schwer und warm. Ich liebe dieses Bett. Es ist groß, die Matratze fest, aber trotzdem gemütlich, das Bettzeug kuschelig und strahlend weiß. Ethans Bett. Unser Bett, das nach ihm riecht, würzig und vertraut.

Ich umarme ein Kissen, drücke es an mich und seufze. Doch als die Tür mit einem Klicken aufgeht, verspanne ich mich automatisch wieder. Ein Lichtstrahl fällt aufs Bett, verschwindet jedoch gleich wieder, als die Tür vorsichtig geschlossen wird. Ich drücke das Kissen fester an mich und versuche, mich zu beherrschen, während ich Ethan auf mich zukommen höre. Ich muss ihn nicht sehen, um zu wissen, dass er es ist. Ich habe ihn jetzt im Blut. Seine Gegenwart ist mir genauso bewusst wie meine eigene Atmung.

Das Bett quietscht, als er sich darauflegt, das Kissen wegnimmt und mich in seine Arme zieht. Ich rutsche in seine Umarmung, und obwohl ich mir die größte Mühe gebe, entweicht mir doch ein Schluchzen.

»Ethan.« Ich schlinge Arme und Beine um ihn und klammere mich fest.

»Kirsche, Baby.«

Er drückt mich so fest, dass es wehtut. Ich liebe das. Er hält mich, als wollte er mich zu einem Teil von ihm machen. Er ist stark und belastbar, eine Schutzmauer gegen den ganzen

Dreck, mit dem die Welt uns beworfen hat. Mit beiden Händen streicht er über mein Haar, meinen Rücken, über jede Stelle, an die er herankommt.

»Süße«, flüstert er. »Kirsche … Ich …« Er atmet stockend aus und erschauert. »Verdammt! Es tut mir so leid. Es tut mir so wahnsinnig leid.«

Ich klammere mich an ihn, die Fäuste in seinem Haar vergraben. »Ist schon gut.«

»Das ist es nicht«, faucht er leise und wütend. Dann atmet er tief durch. »Es ist meine Schuld. Ich habe dich enttäuscht.«

Er klingt so geknickt, dass ich meinen Kopf drehe und ihm einen sanften Kuss auf seine verschwitzte Halsbeuge drücke, wobei ich spüre, wie sich sein Adamsapfel bewegt, als er schwer schluckt.

»Was ist passiert?«, frage ich.

Ethan schluckt noch einmal und wieder geht ein Zittern durch seinen ganzen Körper. Er presst die Lippen auf meinen Kopf, während er angestrengt ein- und ausatmet.

Langsam bekomme ich Angst. Was hat er getan? Doch als er anfängt, mir zu erzählen, was geschehen ist, weicht das ängstliche Gefühl und wird durch Wut ersetzt. Heißer Zorn erfasst mich wie ein Lauffeuer, bringt mein Blut zum Kochen und mein Herz zum Rasen.

Als er fertig ist, gibt er ein unterdrücktes Stöhnen von sich und lässt den Kopf in die Kissen sinken, als könnte er ihn nicht länger halten.

Ich lehne mich zurück, um ihm ins Gesicht sehen zu können, und berühre seine Wange, damit er den Kopf wieder hebt. Seine trostlose Miene ist ein schmerzlicher Anblick.

»Willst du was Verrücktes hören?«, frage ich.

Er runzelt die Stirn. »Was denn?«

»Mein Hirn hat sich an der Tatsache aufgehängt, dass eine nackte Frau in deinem Bett war.«

Ein trauriges Lächeln huscht über sein Gesicht. »Das war das Unwichtigste an der ganzen Geschichte, Kirsche.«

»Ich weiß. Trotzdem habe ich den irren Drang, sie ausfindig zu machen und ihre Brüste zusammenzuschlagen.«

Ethan kann sich ein Lachen nicht verkneifen. »Nur ihre Brüste? Das ist … seltsam spezifisch.«

Ich zucke mit den Schultern. »Ich bin im Moment nicht besonders rational. Schätze, ich habe nur Brüste im Kopf.« Und als würde bei dem Wort »Brüste« ein Schalter in mir umgelegt, fange ich an zu weinen.

Ethan flucht und zieht mich wieder fest an sich. »Fi … Engel, Baby …« Während er weiter Koseworte murmelt, streichelt er meinen Rücken, fährt mit den Fingern durch mein Haar und wiegt mich sanft hin und her. »Du machst mich fertig, Fi«, flüstert er mit gebrochener Stimme.

»Ich weiß.« Ich hole stockend Luft. »Ich kann irgendwie nicht aufhören.«

Ich will mich zusammenreißen, mein Leben weiterleben und diesen Mist einfach vergessen. Aber so funktioniert das nicht. Anscheinend verfüge ich über einen unerschöpflichen Vorrat an Tränen und Wut, die sich zuerst einen Weg aus meinem Innersten heraus bahnen müssen, bevor ich wieder an etwas anderes denken kann.

Seine Umarmung wird fester, fast schon schmerzhaft, aber es ist mir recht so. Ich möchte, dass er mich für immer hält. Er drückt die Nase an meine Schläfe. »Dann weine, solange du willst. Ich gehe nirgendwohin.«

Komischerweise beruhige ich mich ausgerechnet in dem Moment, in dem er mich auffordert, mich einfach gehen zu lassen. Nach einer Weile höre ich auch auf zu zittern, mein

Körper ist vor Müdigkeit bleischwer. Ich drücke die Nase in die Kuhle an seiner Brust, atme Ethans Duft ein und klammere mich an seinem Shirt fest.

Ethan streichelt mich ununterbrochen weiter. Als er wieder etwas sagt, klingt seine Stimme rau und krächzend, als hätte auch er geweint. »Gray hat mir gestern einen Witz getextet. Willst du ihn hören?«

»Eigentlich nicht, so schlecht, wie Grays Witze normalerweise sind. Aber gut.«

Er reibt sich den Nacken. »Was ist schwarz-weiß, steht auf der Weide und macht ›Quak‹?«

Ich streichle seinen Bauch, wo sich die harten Muskeln wölben. »Was?«

»Eine Kuh mit Fremdsprachenkenntnissen.«

Wie sind beide einen Augenblick lang still, dann lache ich schallend los. »Oh Gott, der ist einfach nur schlecht.«

»Er ist furchtbar.« Ethan dreht sich auf die Seite und berührt meine Wange. »Aber er hat dich zum Lachen gebracht. Und nur das zählt.« Schmerz und Reue verdunkeln seinen Blick. »Ich möchte das wieder hinbiegen, Fi. Aber ich weiß nicht, wie. Ich weiß nicht, was ich tun soll.«

Für einen Kerl wie Ethan muss es merkwürdig sein, sich so hilflos zu fühlen. Ich spüre es an der Art, wie seine Muskeln immer wieder zucken, als würde sich sein ganzer Körper gegen die Ungerechtigkeit zur Wehr setzen, als könnte er etwas damit ausrichten, dass er um sich schlägt.

Ich lasse den Blick an ihm vorbei ins Leere schweifen. Meine Stimme klingt dumpf, als ich sage: »Der Punkt ist, dass du nichts tun kannst.«

Ich weiß, dass ihm das nicht passt. Er sieht immer noch so finster drein, als wollte er auf etwas einschlagen. Ich kann seine Wut nachempfinden. Doch zum ersten Mal, seit die Sache ins

Rollen gekommen ist, rege ich mich nicht mehr darüber auf. Wie es scheint, bin ich nicht mehr in der Lage dazu.

Dex

Als ich Fi sage, dass ihr Dad hier ist, schießt sie in die Höhe und macht große Augen. Einzelne Haarsträhnen stehen ihr in seltsamen Winkeln vom Kopf ab. Sie sieht zugleich herzzerreißend schön und komplett durchgeknallt aus.

»Heilige Scheiße.« Sie hievt ihren kleinen Hintern aus dem Bett, tapst ins Bad und wäscht sich das Gesicht. »Verdammt, ich will meinem Dad jetzt nicht unter die Augen treten.«

Ich stehe auf und gehe zu ihr, als sie anfängt, mit geübten Handgriffen Make-up aufzulegen. Ich habe keine Ahnung, wie sie es schafft, sich nicht mit diesem Mascara-Stab-Dings in die Augen zu piksen. Trotz der unglücklichen Situation ist es faszinierend, Fi dabei zuzusehen, wie sie sich fertigmacht. Es ist ein sehr intimer Akt, an dem sie mich, ohne zu zögern, teilhaben lässt.

»Er ist aber hier, und ich glaube nicht, dass er vorhat, so schnell wieder wegzugehen«, sage ich, während sie sich irgendeine elfenbeinfarbene Creme unter die Augen tupft. »Wieso schminkst du dich überhaupt? Du siehst perfekt aus.«

Sie schnaubt. »Ich bin das reinste Schreckgespenst. Ich werde meinem Dad auf keinen Fall unter die Augen treten, solange ich aussehe, als hätte ich geheult.«

Der Stein, der auf meinem Herzen liegt, wird noch ein wenig schwerer. »Aber das hast du. Du musst dich nicht dafür schämen.«

Verdammt, mir ist genauso nach Weinen zumute. Vorhin im Bett musste ich mich wahnsinnig zusammenreißen, um nicht mit ihr loszuschluchzen. Ich fühle mich im Moment so verdammt hilflos, dass ich am liebsten mit bloßen Händen ein Loch in die Wand schlagen würde. Ich verschränke die Arme vor der Brust und balle die Hände zu Fäusten, um mich genau davon abzuhalten.

Fi huscht an mir vorbei und geht zur Kommode, um ein sauberes T-Shirt herauszuholen. »Ich schäme mich aber.« Sie verzieht das Gesicht. »Wie es aussieht, hat mein Vater Nacktfotos von mir gesehen, Ethan.«

Ich ziehe den Kopf ein und folge ihr aus dem Zimmer.

Wie erwartet sitzt Sean im Wohnzimmer. Er springt auf, als wir hereinkommen, seine Aufmerksamkeit richtet sich allein auf seine Tochter.

»Fiona, Süße …« Er macht zwei Schritte nach vorn, als wollte er sie umarmen, doch Fis Körpersprache ist so ablehnend, dass er abrupt stehen bleibt.

Fi weicht zurück, wobei sie gegen mich stößt.

Ich bleibe stehen, damit sie sich gegen meine Brust lehnen kann, lege ihr aber keine Hand auf die Schulter. Es ist offensichtlich, dass getröstet zu werden das Letzte ist, was sie gerade will.

»Hey, Dad.« Ihr gequälter Blick zuckt zu Ivy und Gray, die ebenfalls aufgestanden sind. Baby Leo ist sicher an Grays Brust in einem Tragetuch verstaut. »Hey, ihr beiden.«

Ivy sieht sich geschäftig um. »Ich mach uns mal einen Kaffee. Gray, hilfst du mir?«

»Für später habe ich eine Suppe gekocht«, teilt Gray uns mit, räuspert sich und folgt Ivy in die Küche. Oder besser gesagt, rennt er ihr hinterher. Ich kann es ihm nicht verdenken.

Fi sieht aus, als wünschte sie sich, es würde sich ein Loch im Boden auftun, in dem sie verschwinden kann.

Sean schaut jetzt mich an. Ich bin mir ziemlich sicher, wenn es nach ihm ginge, würde ich in diesem Moment tot umfallen.

»Ich will genau wissen, was verdammt noch mal passiert ist, Dexter«, verlangt er. »Wie ist irgend so ein Häschen an dein Handy gekommen?«

Aus der Küche höre ich, wie Gray wiederholt: »Häschen?«, und dann ächzt. Ich bin mir ziemlich sicher, dass Ivy ihm einen Ellbogen in die Seite gestoßen hat.

Ich widerstehe dem Drang, mir mit einer Hand über den Bart zu fahren, und erzähle Sean genau, was passiert ist.

Obwohl sie die Geschichte schon gehört hat, versteift sich Fi immer stärker, während ich rede. Ich weiß, dass ich sie noch mehr in Verlegenheit bringe, und verfluche innerlich die hinterhältige Goldgräberin, die mein Handy gestohlen und unsere Privatsphäre verkauft hat.

Nachdem ich fertig bin, sieht Sean wieder seine Tochter an. »Es tut mir leid, Kleines. Ich habe bereits eine Unterlassungsaufforderung rausgeschickt.«

»Was total sinnlos ist«, erwidert Fi mit kalter Stimme. »Der Schaden ist angerichtet, daran lässt sich nichts mehr ändern.«

»Ganz genau«, faucht Sean und funkelt mich böse an. »Von allen total schwachsinnigen, idiotischen, dummen, hirnlosen …«

»Dad, hör auf«, unterbricht Fi ihn barsch. »Ethan anzuschreien wird nicht helfen.«

»Doch, danach werde ich mich bedeutend besser fühlen.« Sean starrt mich unverwandt finster an. »Ich habe darauf vertraut, dass du sie beschützt.«

»Ich weiß«, bringe ich trotz des Kloßes in meinem Hals heraus. »Ich mache mir schon die ganze Zeit denselben Vorwurf.«

»Es war nicht seine Schuld«, sagt Fi. Ihr Tonfall ist distanziert, ihr Blick getrübt. »Dieses opportunistische *Häschen* hat das getan. Also lass es gut sein, Dad.«

Sean fährt sich mit einer Hand durchs Haar. »Hör zu, wieso packst du nicht deinen Koffer und kommst mit mir zurück nach New York, bis Gras über die Sache gewachsen ist.«

Jetzt lege ich doch eine Hand auf Fis Schulter. »Na klar, eine wirklich tolle Idee.«

»Du hast hier nicht mehr mitzureden, Dexter. Nicht nachdem du ihr das Leben versaut hast.«

Die Wahrheit hinter seinen Worte versetzt mir einen üblen Schlag, doch er ist nicht stark genug, um mich zum Schweigen zu bringen. »Ich verstehe, dass Sie aufgebracht sind, Sean, aber ich lasse Sie Fi nicht von hier wegbringen. Ich lasse sie damit auf keinen Fall allein fertigwerden.«

Er brummt angewidert. »Weil du bisher so einen tollen Job gemacht hast, sie zu beschützen?«

Fi schüttelt meine Hand ab und tritt einen Schritt vor. Sie hätte mir genauso gut die Hände abreißen können. Sie wirft nicht einmal einen Blick in meine Richtung, während sie einen Schritt auf ihren Dad zugeht. Weg von mir. Am liebsten würde ich sie am Arm packen, sie aus diesem Zimmer und zurück in unser Bett ziehen.

»Dad«, sagt Fi mit einem leisen Seufzen. »Ich will, dass du nach Hause fährst.«

Er blinzelt irritiert, als hätte sie in einer fremden Sprache mit ihm gesprochen.

Ivy und Gray kommen aus der Küche, als könnten sie sich das hier nicht entgehen lassen.

Sean bemerkt sie nicht einmal. »Fiona …«

»Es tut mir leid«, unterbricht sie ihn. »Ich weiß, du möchtest mir helfen. Aber dass du hier bist und solche Sachen zu

Ethan sagst, macht alles noch realer. Noch … demütigender.«
Ihre kleine Hand zittert, als sie sich auf genau die gleiche Art
wie ihr Dad mit einer Hand durch die Haare fährt. »Mit der
Realität komme ich gerade nicht besonders gut klar, okay? Ich
möchte allein sein.« Fi lässt den stumpfen Blick hinüber zu Ivy
und Gray gleiten. »Dasselbe gilt für euch. Ich bin euch wahnsinnig dankbar, dass ihr meinetwegen hergekommen seid, aber
ich möchte, dass ihr jetzt geht.«

Ivy nickt, auch wenn sie ziemlich geknickt aussieht. »Okay,
Fi. Wir lassen dir deinen Freiraum.«

»Moment mal …«, setzt Sean an, nur um erneut von Fi unterbrochen zu werden.

»Bitte, Daddy, ich kann das jetzt nicht.« Ihr Kinn bebt, aber
sie bewahrt die Fassung. »Ich brauche Zeit. Bitte geht.«

Langsam tut mir der Mann leid, er sieht aus, als wäre er am
Boden zerstört.

Einen Augenblick lang stehen wir alle nur wie angewurzelt
da und keiner gibt einen Mucks von sich.

Dann seufzt Sean. »In Ordnung, Fiona. Ich werde gehen.«
Er schleppt sich wie ein schwer Verwundeter zum Esstisch und
steckt sein Handy ein.

Gray räuspert sich. »Wir begleiten dich, Sean.«

Ivy sieht aus, als wüsste sie auf einmal nicht mehr, wo die
Tür ist. »Ich werde nur schnell … Der Kaffee ist fertig und ich
habe dir einen Pekannuss Pie gebacken und …« Sie sieht Fi
an, macht jedoch keine Anstalten, sie zu umarmen, als sei sie
sich sicher, dass ihre Schwester das jetzt nicht will. »Ruf mich
an, okay?«

»Okay.« Fi starrt zu Boden, ihre Haltung ist steif und sie hat
die Arme um ihre Mitte geschlungen. Sie wirkt so klein und erledigt, dass es mich erneut bis ins Innerste erschüttert.

Ich murmele den anderen ein Auf Wiedersehen zu, lasse

Fi dabei jedoch nicht aus den Augen. Erst als wir in dem stillen Haus allein sind, bewege ich mich auf sie zu, um sie in die Arme zu nehmen.

Doch sie reißt eine Hand hoch und hält sie zwischen uns. »Ich habe es so gemeint, wie ich es gesagt habe«, sagt sie. »Ich möchte eine Weile allein sein.«

Alles in mir sträubt sich dagegen, sie allein zu lassen, es geht schlicht gegen meine Instinkte. Aber ich überwinde mich, um ihr die Zeit zu geben, die sie braucht. Ich würde Fi alles geben, was auch immer sie will.

40

Dex

Den dunklen Tunnel von der Kabine in Richtung des gleißenden Lichts auf dem Spielfeld entlangzugehen ist etwas, das ich
schon immer sehr bewusst getan habe. Ich glaube, vielen anderen Spielern geht es ähnlich. Es hört sich vielleicht albern
an, aber das Bild drängt sich einem einfach auf – der Anbruch
eines neuen Spiels, eine Chance, sein Schicksal zu beeinflus-
sen, zu gewinnen. Zur Halbzeit ist es etwas ganz anderes, man
fühlt sich entweder unschlagbar oder wie der letzte Dreck.
Während dieser Minuten, während dieser wenigen Schritte
zwischen kühler Dunkelheit und grellem Licht trifft man eine
Entscheidung ganz für sich allein – aufgeben oder weiterkämp-
fen. Die ganzen Motivationsreden, die Standpauken und das
Abklatschen können dir diese Entscheidung nicht abnehmen.
Es ist etwas, was jeder Spieler in sich selbst finden muss. Sicher, wir sind ein Team, aber das besteht nun mal aus Indivi-
duen und ist immer nur so stark wie sein schwächstes Glied.

In Bezug auf Fi habe ich den Tunnel beinahe ganz durchquert. Ich kann das Licht bereits am anderen Ende schimmern
sehen. Aber im Augenblick ist es verdammt dunkel. Diese ganze Geschichte hat sie übel mitgenommen, und ich weiß nicht,
wie ich es wieder in Ordnung bringen soll. Ich möchte sie beschützen, sie vor diesen ganzen Abscheulichkeiten abschirmen.
Sie einfach bei mir behalten. Für immer. Sie ist mein. Mein
Schatz, den ich bewahren muss.

Trotzdem lasse ich ihr den Freiraum, um den sie gebeten hat. Ich hasse dieses verdammte Wort. Es bedeutet, dass ich allein in meinem Innenhof hocke, während Fi sich in unserem Zimmer verkriecht und schläft. Das ist im Moment nämlich alles, was sie tut: schlafen. Und ich schaffe es nicht, sie aus ihrem Zustand zu befreien. Dass sie nicht rausgehen will, kann ich ihr nicht verdenken. Viel zu viele Leute erkennen sie jetzt aus den völlig falschen Gründen. Und vermutlich würde ich jeden, der eine Bemerkung macht, sofort zu Brei schlagen – damit hätten wir dann noch mehr ungewollte Aufmerksamkeit.

Ich versuche immer wieder, sie dazu zu überreden, wenigstens aus dem Zimmer zu kommen und sich einen Film mit mir anzusehen oder mit mir Sport zu treiben, irgendetwas, was sie ablenkt. Sex steht natürlich nicht zur Debatte. Abends zieht sie sich im Badezimmer um und krabbelt unter die Decke, bevor ich auch nur in ihre Nähe gelange. In der Nacht kuschelt sie sich fest an mich, aber wenn ich sie auf eine Art anzufassen versuche, die irgendwas mit Sex zu tun haben könnte, erstarrt sie. Wenn ich sie frage, was nicht stimmt, schüttelt sie den Kopf und antwortet jedes Mal: »Ich muss einfach immer daran denken, wie viele Leute mich nackt gesehen haben. Davon wird mir ganz schlecht, Ethan.«

Ich sitze auf meinem Traktorreifen und starre hinauf zu unserem Schlafzimmer. Ich sehne mich nach Fi.

Als das Handy in meiner Hosentasche vibriert, werde ich aus meinen Gedanken gerissen. Es ist Drew.

»Hey, Mann«, sage ich, als ich rangehe.

»Hey. Wie geht's Fi?«

Ich kneife mir in die Nasenwurzel. »Nicht besonders. Sie ist lustlos, interessiert sich für nichts. Es ist, als würde sie mir … entgleiten. Verstehst du, was ich meine?«

»Hört sich an, als wäre sie depressiv.«

»Das weiß ich auch, Battle«, fahre ich ihn an und seufze dann. »Ich habe nur keine Ahnung, was ich dagegen unternehmen soll.«

Ich habe eine Pressemitteilung rausgegeben, in der stand, dass Fi meine feste Freundin ist, dass ich sie bewundere und sie mir viel bedeutet. Ich hatte gehofft, damit den ganzen Fi-Hassern das Maul zu stopfen, aber es hat rein gar nichts gebracht.

»Du musst dafür sorgen, dass sie aus dem Haus geht«, sagt Drew mit leiser Stimme.

»Sie will aber nicht.«

»Sei hart, aber herzlich, Dex. Sei wieder der Typ, der mir jedes Mal in den Hintern getreten hat, wenn ich mich hängen gelassen habe. Du bist der Anker, unser Big Daddy und so weiter.«

Ich lache freudlos. »Ich habe echt keine Lust, bei Fi den Big Daddy zu spielen.«

Er stimmt in mein Lachen ein. »Ja, okay, den vielleicht nicht. Aber den ganzen anderen Kram.«

Ich werfe erneut einen Blick zum Fenster hoch. »Sie ist gerade sehr zerbrechlich. Ich möchte ihr nicht noch mehr wehtun.«

»Wirst du nicht. Das ist ja gerade die Kunst am ›Hart, aber herzlich‹-Sein, oder? Man tut, was man tun muss. Komme, was wolle.«

Komme, was wolle.

Ich drücke mich von dem Reifen hoch. »Ich muss einiges regeln«, sage ich zu Drew. »Ich ruf dich später wieder an.«

»Viel Glück, Alter.«

Das werde ich ganz sicher brauchen.

Ich lege auf und gehe ins Haus.

362

Fiona

Die meiste Zeit über vermeide ich es, ans Telefon zu gehen. Aber ich nehme ab, als Violet anruft, weil ich weiß, dass sie ohnehin nicht aufgeben wird. Und außerdem wäre es nicht nett, sie sich Sorgen um mich machen zu lassen.

»Ich werde diese bescheuerte Firma so was von auseinandernehmen«, verspricht sie mir und brüllt dabei durchs Telefon, als wäre sie der gesamte wütende Mob in einer Person.

»Nein, wirst du nicht«, widerspreche ich ihr streng. »Ich werde nicht zulassen, dass du meinetwegen riskierst, im Gefängnis zu landen. Rache bringt mir meinen Stolz auch nicht zurück.«

»Es wäre aber ein Anfang.«

»Nein, Violet«, wiederhole ich. »Versprich mir, dass du nichts unternimmst. Wenn ich vermuten muss, dass du was Gesetzeswidriges anstellst, rege ich mich nur noch mehr auf und mache mir zusätzlich Sorgen um dich.«

Sie schnaubt laut. »Okay. Na gut. Aber irgendetwas muss ich tun.« Ich kann hören, wie sie mit den Fingernägeln auf den Tisch klackert. »Ich weiß! Ich schicke dir eine megatolle Tasche.«

»Eine Tasche?«

»Mit einer neuen Handtasche fühle ich mich immer gleich besser. Oh, da fällt mir ein, Prada hat eine supersüße türkisfarbene Clutch. Die bekommst du von mir. Meine Cousine arbeitet bei Vogue. Sie kann *alles* besorgen.«

Wir quatschen noch ein bisschen, doch das Gespräch strengt mich schnell an und ich entschuldige mich damit, dass Ethan nach Hause gekommen sei. Eine Lüge. Aber immer noch besser, als ihr zu sagen, dass ich einfach nicht mehr reden kann.

Kurz nachdem wir aufgelegt haben, bekomme ich eine Nachricht von meiner ehemaligen Kollegin Alice.

AliceW: Dachte, das heitert dich vielleicht auf: Elena ist gefeuert worden. Felix hat sie heute Morgen rausgeschmissen.

Ich: Ich glaube, mich knutscht ein Elch! Warum?

AliceW: Offenbar hat sich herausgestellt, dass ihre Entwürfe für Cecelia Robertsons Apartment eine exakte Kopie von Janice Marks' neuem Penthouse waren. Cecilia war vollkommen gedemütigt und Felix damit auch. Er sitzt jetzt richtig in der Scheiße.

Mit offenem Mund starre ich auf mein Handy. Oh Mann, Elena hat die Entwürfe benutzt, obwohl ich ihr extra gesagt hatte, dass sie mies sind – wenn auch ohne genauere Erklärung, warum.

Ich warte darauf, dass die Schuldgefühle einsetzen, doch das tun sie nicht. Ich kann bloß mit dem Kopf schütteln. Ein Teil von mir hofft, dass es ihr eine Lektion war. Dem anderen Teil ist es herzlich egal, was aus ihr wird. Einmal Diebin, immer Diebin, schätze ich.

Ich tippe schnell eine Antwort an Alice.

Ich: Ich bin baff.

AliceW: Pass auf dich auf, Süße. Wir (und damit meine ich uns niedere Angestellte) zeigen Bloom für dich den Stinkefinger.

Ich: Danke. Grüß alle (und damit meine ich euch niedere Angestellte) lieb von mir.

Nach der überraschenden Enthüllung dämmere ich für eine Weile weg.

Schlafen und mich unter der schützenden, weichen Decke verkriechen ist alles, was ich im Moment tun möchte, und mir ist klar, dass das nicht gesund ist. Trotzdem schaffe ich es nicht, damit aufzuhören. Ich habe Ethan weggestoßen und dabei seinen gequälten Blick ignoriert. Ich ignoriere alles, sogar die Gedanken, die mir durch den Kopf gehen. Ich habe vom vielen Weinen ganz verklebte Augen und meine Gesichtshaut fühlt sich geschwollen an. Ich weiß, ich bin dramatisch und zerfließe vor Selbstmitleid. So kann es auf keinen Fall weitergehen. Also rufe ich meine Mutter an.

Schon als es klingelt, fange ich an zu schwitzen und frage mich, warum ich ausgerechnet auf die Idee gekommen bin, mich an meine Mom zu wenden. Doch sie hebt ab, bevor ich wieder auflegen kann.

»Fiona, Liebes«, sagt sie zur Begrüßung.

»Hallo, Mom.« Meine Stimme zittert und meine Augen brennen.

»Ich wollte dich gerade anrufen, um dir zu sagen, dass ich einen Flug gebucht habe, um dich besuchen zu kommen.«

Ich umklammere mein Handy. »Nein, tu das nicht. Bitte.« Ich hole tief Luft. »Wenn ich dir in die Augen sehen muss, wird es noch schwerer.«

Einen Augenblick lang herrscht Schweigen in der Leitung.

»Sean hat mir erzählt, dass du ihn rausgeworfen hast. Er war ziemlich verärgert.«

»Ich wollte ihn nicht verletzen, Mom. Ich komme einfach nur nicht mit … dem Ganzen klar.«

»Du willst nicht bemitleidet werden«, sagt sie. »Das verstehe ich. Besser, als du glaubst.«

Eine Erinnerung steigt in mir hoch. Mom, die sich in ihr Schlafzimmer flüchtet, nachdem Dads zahllose Affären bekanntgeworden waren. Auch wenn seine Seitensprünge für niemanden eine große Überraschung darstellten, sie selbst eingeschlossen. Doch die öffentliche Demütigung war zu viel.

»Ich weiß nicht, wie ich darüber hinwegkommen soll«, gestehe ich ihr. Schon wieder steigen mir Tränen in die Augen.

»Du machst es einfach.« Ihr Tonfall ist sanft, beruhigend. »Das Leben geht weiter, und irgendwann wird es leichter.«

»Ich habe versucht rauszugehen, aber da wurde ich nur angeglotzt …«

Beim Gedanken daran, wie der Kerl vom Lieferservice auf meine Brust geschielt hat, als ich an die Tür gegangen bin, um für das Essen zu bezahlen, das Ethan bestellt hatte, krampft sich mein Magen immer noch zusammen. Ethan ist eine Sekunde später zwischen uns getreten, hat mich sanft hinter sich geschoben und den Kerl bezahlt. Er hat kein Wort gesagt, das musste er gar nicht. Dem erschrockenen Lieferanten war auch so klar, dass er ganz kurz davor stand, bald nur noch durch einen Schlauch atmen zu können. Er hat das Geld genommen und ist praktisch davongesprintet.

Es mag sich vielleicht gut anfühlen, dass Ethan mich beschützt wie ein wachsamer Bär, aber er kann nicht die ganze Zeit für mich da sein. Und er kann die Leute nicht davon abhalten zu denken, was sie nun einmal denken wollen.

Irgend so ein blöder Reporter hat die Fotos von mir, wie ich Jaden küsse, zutage gefördert – von diesem dummen Ablenkungstrick, der für mich inzwischen Jahre zurückzuliegen scheint –, und jetzt schreiben sie, ich wäre nur aufs Geld aus, so wie die Frauen, die meine Mom zum Weinen gebracht und meinen Dad zu Fehltritten verleitet haben. Mir sollte egal sein, was fremde Leute über mich denken. Deshalb ist es umso grauenhafter festzustellen, wie wenig es mich kaltlässt.

Mom reißt mich aus meinen Gedanken. »Wieso kommst du nicht nach London?«

»Ich weiß nicht …«

»Hier interessiert sich kein Mensch für American Football.

Du kannst dich entspannen. Wir könnten zusammen Weihnachtseinkäufe machen, Grog trinken und vielleicht in ein Musical gehen.«

Ihr Vorschlag klingt so wundervoll, dass mir schon wieder Tränen in die Augen steigen und ich schniefe. Ich vermisse meine Mom. Ich vermisse es, ein Kind zu sein, das von ihr versorgt wird und dessen größte Sorge es ist, die Hausaufgaben zu schaffen und nach der Schule Plätzchen essen zu dürfen.

Meine Mutter redet mir weiter gut zu, und ich lasse mich von ihrer Stimme einhüllen wie von samtweicher, süßer Zuckerwatte.

»Denk darüber nach, Liebes«, sagt sie, bevor wir auflegen.

Ich schließe die Augen und atme einmal tief durch. »Okay.«

41

Dex

Ich finde Fi in der Küche. Doch sie scheint sich weder etwas zu trinken zu holen, noch etwas zu essen zuzubereiten, was mich beunruhigt. Es sieht ihr nicht ähnlich, einfach herumzustehen und ins Leere zu starren.

Fi bedeutet Leichtigkeit und Liebe. Freude und Lachen. Selbst wenn sie ganz ruhig ist, geht immer ein Strahlen von ihr aus. Doch das Strahlen ist verschwunden. Sie ist blass und still. Ihr Haar hat seinen Glanz verloren und hängt ihr schlaff in das hübsche Gesicht.

Ich möchte zu ihr gehen und sie fest in die Arme nehmen. Aber neuerdings zuckt sie zusammen, wenn ich sie berühre. Und das verletzt mich jedes Mal zu sehr, als dass ich es jetzt riskieren würde.

»Hey, Kirsche.«

Fi blinzelt, als wäre sie tief in Gedanken versunken gewesen. »Hey. Hast du trainiert?«

»Nein, nur eine Weile draußen gesessen.«

Mein von Natur aus neugieriges Mädchen fragt nicht mal, warum. Drew hat recht, ich muss sie dringend aus diesem Zustand rausholen. Selbst wenn das bedeutet, dass ich sie mir über die Schulter werfen muss.

»Ich habe mit Drew telefoniert.«

Sie zuckt zusammen. »Lass mich raten, ihr habt über mich geredet.«

»Er wollte hören, wie es dir geht. Er macht sich Sorgen um dich, Fi.«

Sie schüttelt den Kopf. »Man weiß, dass man richtig im Arsch ist, wenn einem lieber wäre, es würde keinen kümmern.«

»Das meinst du nicht ernst.«

»Doch«, fährt sie mich an. Ihr Blick ist kalt und unnachgiebig. »Ich wäre rundum glücklich, wenn mich nie wieder jemand fragen würde, wie es mir geht.«

Jetzt bin ich derjenige, der zusammenzuckt, denn das frage ich sie jeden Tag. Ich tänzele auf Zehenspitzen um sie herum und gehe ihr mit meiner Besorgnis auf die Nerven. Ihre Miene verrät mir, dass sie genau das gerade denkt.

Mein Kopf fängt an, im gleichen Rhythmus wie mein Herz zu pochen. Müde reibe ich mir mit einer Hand über die Stirn. Ich habe keine Ahnung, was zum Teufel ich noch sagen soll.

Fi fährt mit einem Finger über die Maserung der marmornen Arbeitsplatte. »Ich habe auch telefoniert. Mit meiner Mom.«

Ich habe Fis Mutter zweimal getroffen. Fi hat ihre Haut- und Haarfarbe, aber Ivy hat ihre Gesichtszüge geerbt. Ich freue mich darauf, ihr als Fionas Freund vorgestellt zu werden, doch ich glaube nicht, dass es das ist, worauf Fi in dieser Unterhaltung hinauswill. Instinktiv wappne ich mich innerlich gegen das Schlimmste.

Fis Blick huscht zu mir. »Sie hat mir vorgeschlagen, nach London zu kommen.«

»London. Jetzt?« Mein Herz pocht noch schneller und heftiger.

Fi zuckt mit den Schultern und betrachtet eingehend die Marmorplatte. »Dort könnte ich aus dem Haus gehen, Dinge unternehmen. Ich säße nicht fest.«

Festsitzen, genau das ist es, was sie hier mit mir tut.

Als ich mir mit einer Hand über den Bart fahre, merke ich,

dass meine Finger zittern. »Zum jetzigen Zeitpunkt kann ich dich unmöglich begleiten, Fi.«

Sie sieht nicht auf. »Ich weiß.«

Es sind schon hundertfünfzig Kilo schwere Männer in mich reingelaufen, die mich umnieten wollten, aber keiner dieser Zusammenstöße hat so wehgetan wie diese schlichten zwei Wörter. Sie will nicht, dass ich mitkomme.

Als sie weiterspricht, ist ihr Tonfall sanft, als wollte sie mich nicht kränken. »Du hast doch selbst mal gesagt, dass wir es ruhiger angehen lassen sollten, bis der Sturm vorüber ist.«

»Und du hast mir gesagt, dass ich damit falschliege.« *Sag mir noch mal, dass ich falschliege. Kämpfe um uns.*

»Vielleicht habe ich mich geirrt.«

Mir schnürt es die Kehle zu. Ich muss mich räuspern, bevor ich herausbringe: »Du hast gesagt, du möchtest nicht von mir getrennt sein.«

»Das wollte ich auch nicht. Und ich will es immer noch nicht. Aber so …« Sie macht eine unbestimmte Geste in Richtung Tür und der Welt davor. »So kann man nicht leben.«

»Dann hör auf, dich zu verstecken. Lass uns rausgehen. Es ist doch vollkommen egal, was die Leute denken.«

Ihre Augen blitzen dunkelgrün und wütend auf. »Du hast leicht reden.«

»Es ist überhaupt nicht leicht für mich, Fi. Diese ganze Sache bringt mich verdammt noch mal um.«

»Dann hilf mir«, sagt sie und beugt sich zu mir vor. Ihr schlanker Körper ist gestrafft und angespannt. »Ich ertrage es nicht, Ethan.«

Ich kann sie nicht ansehen, sonst heule ich los.

»Es ist ja nicht für immer.«

Sie hat recht. Es ist nur eine Reise, nicht das Ende. Allerdings fühlt es sich ganz danach an. Ich fühle mich schon jetzt ganz krank vor Angst, dass ich sie in dem Moment, in dem die Tür hinter ihr zufällt, verloren haben werde.

Ich möchte um sie kämpfen. Darauf bestehen, dass sie bei mir bleibt. Aber ich darf nicht selbstsüchtig sein. Wenn ich versuche, sie zu zwingen, verliere ich sie so oder so. Fi ist kein Gegenstand. Sie ist die Frau, die ich liebe. Und wenn sie ihre Mutter braucht, dann muss ich ihr diesen Freiraum geben.

Als ich krampfhaft schlucke, fühlt es sich an, als würde ich Glasscherben herunterwürgen, und beim Gedanken an die Worte, die ich gleich aussprechen werde, dreht sich mir der Magen um.

»Sag mir, wann du losmöchtest. Ich buche dir einen Flug.«

42

Dex

Ich gehe als Erster ins Bett und warte im Dunkeln darauf, dass Fi aus dem Bad kommt. Früher lag ich immer ausgestreckt genau in der Mitte der Matratze, doch das ist inzwischen Geschichte. Jetzt habe ich meine Seite, die linke, die näher an der Tür ist. Ich habe sie mir aus dem tiefen, instinktiven Bedürfnis heraus ausgesucht, Fi vor allen nur möglichen Gefahren zu beschützen, die von außen ins Zimmer gelangen könnten.

Wenn sie nach London geht, kann ich sie nicht mehr beschützen. Ich weiß, dass ich mich damit abfinden sollte. Es ist nur eine Reise. Aber es fühlt sich an wie Scheitern. Sie geht, weil ich es vermasselt habe. Mit einer Hand reibe ich mir über die Brust. Sie fühlt sich wie zusammengeschnürt an, ich habe das Gefühl, nicht richtig atmen zu können.

Ich höre, wie der Wasserhahn abgestellt wird und Fi das Licht im Bad ausschaltet. Dann kommt sie im Dunkeln ins Zimmer getapst.

Ich starre an die Decke. Vorher habe ich es genossen, ihr dabei zuzusehen, wie sie auf das Bett zugegangen ist, mit wiegenden Hüften und einem leichten Lächeln auf den Lippen. Gott, was habe ich diesen Anblick und ihre glühenden Augen dabei geliebt. In den meisten Nächten konnten wir die Hände nicht voneinander lassen. Doch inzwischen kann ich es nicht mehr ertragen, ihr zuzusehen und zu wissen, dass sie nicht mehr von mir angefasst werden will.

Ich spüre, wie sie die Decke anhebt, und wappne mich innerlich gegen den unausweichlichen Moment, in dem sie »Gute Nacht« flüstert und sich zusammenrollt.

Doch heute Abend ist es anders. Statt sich wegzudrehen, rutscht sie zu mir herüber. Das Ganze kommt so überraschend für mich, dass ich mich genau in dem Moment fragend zu ihr umdrehe, in dem sie sich an mich kuschelt. Automatisch schließe ich sie in die Arme. Mein Körper reagiert, bevor mein Hirn die Situation erfassen kann. Als ich ihre glatte, warme Haut an meiner spüre, wird mir urplötzlich klar, dass sie nackt ist.

Verdammt, sie ist seit einer gefühlten Ewigkeit nicht mehr nackt zu mir ins Bett gekrochen. Ein Schauer lässt mich erzittern, als ich mit der Hand über ihren unteren Rücken streiche. Wie sehr ich es vermisst habe, sie einfach nur zu halten. Am liebsten würde ich mich augenblicklich auf sie rollen und in sie hineinstoßen, doch ich halte still, aus Angst, den Zauber zu brechen, der sie endlich wieder in meine Arme getrieben hat.

Sie vergräbt das Gesicht an meinem Hals und umfasst meine Schultern. »Ich danke dir, Ethan.«

Stirnrunzelnd blicke ich hinunter auf ihren Scheitel, wo ihr verstrubbeltes Haar silbern im Dämmerlicht des Zimmers glänzt. »Wofür?«

Fi rückt ein Stück von mir ab und legt den Kopf in den Nacken, um zu mir aufzuschauen. »Dafür, dass du mich gehen lässt.«

Es fällt mir schwer, ihr in die Augen zu sehen. Ich will nicht, dass sie sieht, wie mir die Gesichtszüge entgleisen. Dass sie aus Schuldgefühlen mir gegenüber hierbleibt, kommt überhaupt nicht infrage. Also lenke ich sie – und mich – damit ab, dass ich ihren Arm streiche.

»Geh du nur …« Ich räuspere mich. »Geh du nur und hab

eine schöne Zeit mit deiner Mom. Das wird schon.« Mehr kann ich nicht sagen, sonst laufe ich Gefahr, doch noch einzuknicken und sie anzubetteln, mich nicht zu verlassen.

Fis leuchtende Augen glänzen im Schein der Laternen, deren Licht durch die Fenster hereinfällt. Sie hat eine nachdenkliche Miene aufgesetzt. »Ich weiß, dass du unglücklich bist«, murmelt sie und fährt mit den Fingern durch meinen Bart.

»Ich bin glücklich, wenn du glücklich bist.« So einfach ist das.

Sie seufzt, drückt sich an mich und legt ihre Stirn an meine.

Ich schließe die Augen, atme und sauge so viel von ihr wie nur möglich in mich auf.

Sie tut dasselbe, atmet ruhig und tief, während sie ihre Hand über mich wandern lässt, mich streichelt und liebkost.

Bevor Fi in mein Leben getreten ist, hatte ich keine Ahnung, wie sehr ich es brauche, berührt zu werden. Fis Hände auf meiner Haut zu spüren beruhigt und entspannt mich auf eine ganz elementare Weise und bis ins tiefste Innere hinein. Jede Sekunde, in der sie nicht in meiner Nähe ist, sehne ich mich nach ihrer Berührung. Doch jetzt wird sie mich verlassen. Vielleicht noch nicht morgen, aber viel zu bald. Und ich weiß nicht einmal, ob sie jemals zurückkommen wird.

Sie hat mir gesagt, dass sie mich liebt. Aber ist das genug? Ich möchte die Worte noch einmal aussprechen, doch sie bleiben mir im Hals stecken. Es wäre nur eine andere Art, sie anzubetteln zu bleiben. Das kann ich nicht machen. Nicht jetzt, da sie dadurch, dass ich ihre Reise nach London nicht zu verhindern versucht habe, entspannter ist und wieder mehr sie selbst. Ich spüre wieder den schweren Stein auf meinem Herzen.

Als Fi mit den Händen durch meine Haare fährt, laufen mir leichte Schauer über den Rücken. Es fühlt sich so gut an, dass ich mich der Berührung entgegenbeuge.

»Als wir uns zum ersten Mal begegnet sind«, sagt sie, »hattest du eine verwaschene Jeans und ein weißes Button-down-Hemd an.«

Ich atme stockend aus. »Daran erinnerst du dich?«

Weiche Lippen streifen meine Wange. Sie rutscht näher, küsst mich auf die Schläfe und auf die Stelle knapp neben meinem Ohr.

»Deine Haare waren damals noch kürzer, aber du hattest bereits diesen vollen Bart und deinen freundlichen, wissenden Blick drauf. Beim Abendessen hast du neben mir gesessen und mich die ganze Zeit angestarrt.«

Meine Brust hebt sich unter einem unterdrückten halben Lachen, während ich über ihre Taille streichle. »Gott, du musst doch gedacht haben, ich wäre so eine Art Stalker.«

Ich kann spüren, wie sie lächelt. »Nein. Es hat mich eher angemacht.«

»Echt?« Verdammt, hat sich das gerade wie ein Fiepen angehört? Ich fiepe nicht.

»Na klar. Du warst dieser große, ernsthafte Typ, der mich angeguckt hat, als würde er lieber *mich* als noch einen Bissen von dem Essen vernaschen. Wie hätte mich das bitte nicht anmachen sollen?«

Ich wollte sie wirklich vernaschen.

Am liebsten hätte ich sie damals einfach auf den Tisch gelegt und meine Zunge in ihr versenkt, um herauszufinden, wie sie schmeckt. Hätte ich damals schon geahnt, wie süß sie tatsächlich ist, hätte ich wahrscheinlich aufstehen und mich entschuldigen müssen, um mein bestes Stück unter Kontrolle zu bringen.

Fi redet weiter, während sie jeden Zentimeter meines Körpers, an den sie herankommt, streichelt und küsst. »Aber ich hatte damals einen Freund ...«

Idiot. Wenn er sich von Fi getrennt hat, muss er einer gewesen sein.

»Und ich war zu jung für dich.«

Ich muss lachen. »Ich bin nur ein Jahr älter als du, Kirsche.«

Sie hebt den Kopf. Ihre Haare sind zerzaust, die Wangen gerötet. Sie ist einfach perfekt. Ihr sanfter, zärtlicher Blick trifft mich mitten ins Herz.

»Ich war damals praktisch noch ein Kind, total verwöhnt und noch nicht bereit, erwachsen zu werden. Du dagegen warst ein Mann. Das warst du schon immer, Ethan. Du bist stark und zuverlässig und passt immer auf alle auf. Das habe ich dir gleich angesehen.«

Mit jedem Wort macht sie mich noch ein bisschen mehr fertig. Zärtlich streiche ich ihr eine Haarsträhne aus dem Gesicht.

Doch das war anscheinend noch nicht alles, was sie zu sagen hatte. Sie schmiegt ihre Wange an meine Hand und lächelt. »Bei der Abschlussfeier hast du natürlich einen Talar getragen und dazu eine dunkelrote Krawatte. Du standest neben mir, während ich Fotos von Ivy und Gray gemacht habe. Ein Typ rannte vorbei und wäre beinahe gegen mich gelaufen. Du bist im letzten Moment dazwischengetreten und hast ihn abgefangen.«

Mir fehlen die Worte, aber sie scheint auch nicht zu erwarten, dass ich etwas sage. Sie beugt sich vor und küsst mich auf die Kuhle an meinem Hals. Ich spüre die Berührung tief im Herzen und bis in die Zehenspitzen.

»Beim Draft hattest du einen dunkelgrauen Anzug mit einer himmelblauen Krawatte dazu an. Durch die haben deine Augen eher blau als haselnussbraun geschimmert. Alle anderen waren wahnsinnig nervös. Gray hat die ganze Zeit herumgezappelt, geschwitzt und an seinem Hemdkragen rumgezupft. Aber du saßt vollkommen gelassen am Tisch und hast dein Wasser getrunken.«

Als sie in sich hineinkichert, klingt es wie ein Schnurren, das meine Haut zum Kribbeln bringt.

»Ich habe dich gefragt, ob du gar nicht nervös seist, aber du hast nur abgewunken und gesagt, dass …«

»Dass ich auch nicht schneller unter Vertrag genommen werde, wenn ich mich so verrückt mache wie die anderen«, beende ich den Satz mit heiserer Stimme für sie.

Sie lächelt. »Genau.« Dann drückt sie die Lippen auf mein Brustbein, bevor sie mir wieder in die Augen sieht. »Ich erinnere mich an jede Sekunde mit dir, Ethan. Ich habe bloß ein Weilchen gebraucht.«

Ich hole tief Luft. Dann noch einmal. Es prickelt in meiner Nase und hinter meinen Lidern. »Kirsche …«

Ich küsse sie sanft und zärtlich, während sie die Finger in mein Haar schiebt und damit spielt, als liebte sie nichts mehr, als es zu berühren. Dann haucht sie einen zarten Kuss auf meine Brauen, und als ich die Augen schließe, küsst sie mich auf die Lider. Ihre Stimme dringt wie in einem Traum zu mir durch.

»Ich bin niemand Besonderes, einfach nur ein Mädchen, das versucht, möglichst immer das Richtige zu tun.«

Ich reiße die Augen auf. »Du bist alles«, widerspreche ich ihr heftig. »Du bist perfekt …«

»In deinen Augen bin ich das. Aber genau das ist der Punkt, schätze ich. Niemand hat mich je so angesehen, als wollte er mich genauso, wie ich bin. Bis du kamst, Ethan.«

»Ich wollte dich schon immer.«

»Und ich will keinen anderen als dich. Es ist egal, ob wir Tausende Kilometer voneinander entfernt sind oder nebeneinanderliegen, ich werde dich immer wollen. Denn so ist es eben, wenn man den Richtigen fürs Leben gefunden hat.«

Ich ziehe sie an mich, und dann schlinge ich die Arme so fest um sie, dass sie vermutlich Gefahr läuft, von mir erdrückt zu werden.

Doch ich kann sie jetzt nicht loslassen. Ich vergrabe das Gesicht in ihrem Haar. Beim nächsten Atemzug rolle ich mich über sie und stoße in dem blinden Verlangen in sie hinein, die Enge ihres Körpers um mich zu spüren.

Als sie einen leisen Laut von sich gibt – halb Wimmern, halb Stöhnen –, erstarre ich und merke, dass ich in meinem verzweifelten Bedürfnis gar nicht darauf geachtet habe, ob sie bereit ist. Sie ist zwar feucht, allerdings nicht so sehr wie sonst. Ich will mich zurückziehen, sie zwischen den Schenkeln küssen, damit sich das ändert.

Doch sie streicht mit einer Hand an meinem Rücken hinunter und packt meinen Hintern. »Nicht aufhören«, flüstert sie. »Bitte, hör nicht auf.«

Ein Stöhnen bricht aus mir hervor, und während mein Mund ihren findet, stoße ich erneut zu. Sie gibt sich mir mit ihrem ganzen Körper hin, weich und sinnlich, feucht und eng. Das zu merken jagt mir einen Schauer über die Haut. Ich spüre, wie ich den Po zusammenkneife, wenn ich in sie eindringe, und wie sich meine Bauchmuskeln anspannen, wenn ich mich aus ihr zurückziehe. Meine Haut kribbelt vor Erregung und mein keuchender Atem vermischt sich mit ihrem.

Ich verliere mich darin, Fi zu lieben, mich in einem gleichmäßigen Rhythmus in sie zu schieben und wieder aus ihr herauszubewegen, sodass mein Schwanz pulsiert und sich meine Eier lustvoll zusammenziehen. Ich küsse sie, bis meine Lippen geschwollen und empfindlich sind.

Unter mir bebt Fis kleiner, schlanker Körper. Jedes Mal, wenn sie mir bei meinen Stößen mit den Hüften entgegenkommt, keucht sie leise.

»Gefällt dir das, Schatz?«, murmele ich an ihrem Mund. »Gefällt dir, wie sich mein Schwanz in dir bewegt?«

Sie packt meinen Hintern fester und drängt mich so dazu, noch tiefer in sie hineinzugleiten. »Ja! Ja …«

»Gut, denn er gehört dir, Kirsche. Du bist die Einzige, der dieser Schwanz jemals gehören wird.« Ich pumpe in sie, bis das Bett unter uns zu quietschen beginnt. »Die Einzige, der er je gehört hat.«

Sie wimmert und drückt den Rücken durch. Ihre schweißfeuchte Haut glänzt im Dämmerlicht wie Perlmutt. »Ethan …« Als sie sich hin und her windet, streifen ihre steifen Nippel über meine Brust. »Ethan …«

Sie ist ganz kurz davor. Als ich es erkenne, schießt vor Lust ein heißes Kribbeln die Innenseite meiner Oberschenkel hinauf.

»Lass dich gehen, Kirsche.« Ich stoße weiter zu und ziele dabei auf diesen gewissen Punkt in ihr, weil ich weiß, wie sehr ihr das gefällt. »Lass dich gehen. Ich habe dich.«

Fis ganzer Körper verkrampft sich unter einem stummen Schrei. Sie drückt den Kopf in das Kissen und gräbt die Fingernägel in meine Haut, als sie kommt. Es läuft feucht und warm an meinen Schenkeln hinunter, während sie sich rhythmisch um mich zusammenzieht und meinen Schwanz melkt. Ihr Höhepunkt bringt mich endgültig um den Verstand, und ich komme ebenfalls, stöhne dabei so laut, dass es von den Wänden widerhallt.

Keuchend rolle ich mich danach auf die Seite und ziehe sie an mich. Mein Körper ist vollkommen erschlafft.

Fi liegt still neben mir, und ich kann spüren, wie ihr Herz gegen die Rippen pocht. Eine einzelne Träne rollt ihr über die Wange, aber sie lächelt und sieht entspannt aus. »Das habe ich gebraucht.«

Ich bin mir ziemlich sicher, dass ich es noch nötiger hatte. Mit der Kuppe meines Daumens wische ich die Träne weg und küsse sie auf den Augenwinkel. »Ich gebe dir alles, was du brauchst, Fi.« Selbst wenn es mir das Herz bricht.

43

Fiona

Als ich ins Bad tapse, fühle ich mich leer, aber zugleich auch ruhiger. Die letzte Nacht mit Ethan hat mich daran erinnert, wie toll es zwischen uns sein kann, wie unvermeidlich. Nichts ist perfekt, aber ich fühle mich geerdeter und wieder ein bisschen mehr wie ich selbst.

Unter der Dusche stelle ich das Wasser so heiß, wie ich es nur aushalten kann. Ethans Dusche ist grandios, es gibt mehrere Brausen, aus denen das Wasser mit unterschiedlich starkem Druck schießt. Als ich zum ersten Mal darunterstand, waren sie alle auf seine Größe eingestellt und ich habe einen Wasserstrahl voll ins Gesicht gekriegt. Bei meinem wütenden Geschrei kam Ethan ins Bad gerannt – und hat sich prompt über mich kaputtgelacht. Mit seiner Schadenfreude war es allerdings vorbei, als ihn ein nasser Waschlappen im Gesicht traf. Er hat es wiedergutgemacht, indem er mich gegen die Fliesen gedrückt und gevögelt hat, bis ich um Gnade bettelte.

Ich lächle bei der Erinnerung daran und meine Schenkel ziehen sich lustvoll zusammen, sodass ich mir wünsche, Ethan wäre jetzt hier und würde erneut so heftig und innig Liebe mit mir machen. Aber er ist bereits unterwegs ins Stadion, um sich auf sein heutiges Spiel vorzubereiten.

Ich weiß, dass er nicht möchte, dass ich nach London gehe. Er ist zwar ein Meister darin, seine Gedanken vor dem Rest der Welt zu verbergen, aber ich kann ihn lesen wie ein offenes Buch.

Ich weiß, dass ihm die Vorstellung, dass ich weggehe, wehtut. Und trotzdem war er damit einverstanden – weil ich es wollte.

Ich habe immer geglaubt, ich bräuchte einen Mann, der jede Sekunde für mich da ist. Einen, der förmlich an mir klebt und mir sagt, dass er es nicht ertragen könnte, mich nicht zu sehen. Inzwischen frage ich mich, was zur Hölle ich mir dabei gedacht habe. Ich habe gerne meinen Freiraum, genieße die stillen Momente, in denen ich meinen Gedanken nachhängen und einen Entwurf zeichnen oder an einem Möbelstück arbeiten kann. Ein Mann, der mir dabei ständig an den Fersen klebt, würde mich schrecklich nerven. Gott sei Dank ist Ethan anders. Er hat sein eigenes Leben, und auch wenn es ätzend ist, wenn er zu einem Auswärtsspiel fährt, ist sofort wieder alles perfekt, sobald wir zusammen sind. Dadurch, dass wir ab und zu voneinander getrennt sind, sehne ich mich nur noch mehr nach ihm und weiß die Zeit, die wir gemeinsam verbringen, erst richtig zu schätzen.

Ich sage mir, dass es genauso sein wird, wenn ich nach London gehe, dass unser Wiedersehen nur umso großartiger werden wird. Und dennoch fühlt es sich irgendwie falsch an. Die Vorstellung, von hier wegzugehen, macht mich traurig und weckt in mir das verzweifelte Verlangen, mich an Ethan zu klammern und ihn nie mehr loszulassen. Vielleicht bin ich also inzwischen die Klette.

Stirnrunzelnd stelle ich das Wasser ab und greife nach einem Handtuch. Leider begehe ich den Fehler, mein Handy einzuschalten, während ich mir die Zähne putze. Ich habe die Angewohnheit, gleich morgens meine E-Mails abzurufen und die neuesten Nachrichten im Internet zu lesen. Eine ziemlich blöde Angewohnheit, wie ich mal wieder feststellen muss.

Sie haben mich ausfindig gemacht. Es spielt keine Rolle, dass ich alle meine Accounts und Nummern gewechselt habe, die fiesen Nachrichten und Kommentare erreichen mich trotzdem.

Du Nervst, verfickte Schlampe
Hast ihn nich verdient Nutte!
Ich will Dich ordentlich durchficken.

Mit zitternden Fingern lösche ich sie alle, lege das Handy beiseite und schließe die Augen. Ich habe es nie auf diese ganze Aufmerksamkeit angelegt, und trotzdem gehört sie jetzt zu meinem Leben. Die harte Realität droht mich kaputt zu machen. Ich spüre, wie all die Verurteilungen in mich sickern, sich in mir breitmachen und mich mit Hass und Selbstverachtung erfüllen.

Ich möchte nur noch weglaufen. Weit weg. London scheint die einzige Lösung zu sein. Doch während ich mich an diesen Gedanken klammere, muss ich an Ethan denken. Ich habe solche Angst, dass es unser Ende bedeutet, wenn ich New Orleans verlasse. Er gibt sich sowieso schon die Schuld an der ganzen Geschichte. Wenn ich gehe, bestätige ich damit seine Selbstvorwürfe.

Es heißt immer, Liebe würde alles überwinden. Auch ich habe früher daran geglaubt. Ich war mir sicher, dass alles gut werden würde, wenn mich jemand nur genug lieben würde. Jetzt kenne ich die Wahrheit. Ethans Liebe kann mir nicht dabei helfen, wieder auf die Beine zu kommen, das muss ich allein hinkriegen. Seine Liebe ist kein Heilmittel, aber etwas, für das es sich zu leben lohnt. Ohne ihn würde ich mich vielleicht gar nicht mehr aufrappeln wollen. Ethan Dexter bringt mich dazu, ein besserer Mensch sein zu wollen. Stark sein zu wollen.

Entschlossen wische ich das Kondenswasser vom Spiegel. Eine andere Version von mir selbst starrt mich an. Müdigkeit und Stress haben dunkle Ringe unter ihre Augen gemalt, ihre Wangen sind eingefallen. Während ich mit den Fingern durch mein nasses Haar kämme, bekommt das Gesicht der Fi im Spiegel schärfere Konturen. Ich starre sie an, betrachte sie mit unverwandtem Blick. Sie sieht beschissen aus. Ungepflegt. Erledigt.

Bevor er gegangen ist, hat Ethan dieses Gesicht geküsst, zarte Liebesbekundungen über Wangen, Nase, Kinn und Mund regnen lassen. Ethan hat dieses Gesicht gewürdigt und bei jeder andächtigen Berührung geflüstert: »Du bist wunderschön.«

Ich weiß, dass er damit nicht mein Aussehen meinte, sondern wie er mich als Menschen sieht. Aber was für ein Mensch bin ich denn eigentlich wirklich? Ich bin mir nicht sicher, ob ich mir jemals wirklich im Klaren darüber gewesen bin. Obwohl ich mich nach außen hin anders gebe, habe ich mir nie die Zeit genommen, mit mir selbst ins Reine zu kommen.

In Wahrheit zeigen wir alle der Welt ein falsches Gesicht, peppen unsere Social-Media-Accounts mit originellen Sprüchen und albernen Emoticons auf. Das Leben beschränkt sich auf einhundertvierzig Zeichen, gestellte Selfies und Schimpftiraden über die Meinungen anderer. Wir streben danach, von der Masse akzeptiert zu werden, während wir gleichzeitig vollkommen Fremde wegen des kleinsten Fehltritts fertigmachen.

Wenn man sich von diesem elektrischen Leuchten abwendet, wenn man diese stummen, pixeligen Meinungsäußerungen nicht mehr sieht, wer ist man dann wirklich? Wen erblickt man im Spiegel? Wann ist es zum Sinn unseres Lebens geworden, von dieser unbekannten Masse beachtet zu werden? Von denjenigen, die nie für einen da sein werden, außer um einen zu verurteilen. Wenn ich weglaufe, kommt das einem stummen Eingeständnis gleich, dass jede einzelne hässliche Aussage über mich wahr ist. Schlimmer noch, wenn ich weglaufe, mache ich es mir leicht. Ich lasse diese Leute definieren, wer ich bin.

Während ich in den Spiegel starre, überkommt mich auf einmal heftige Wut. Das alles ist Schwachsinn. Ich habe mich von diesen Fotos runterziehen lassen. Ich lasse die Wut zu, spüre, wie sie mir Kraft gibt. Sie erfüllt mich und bricht sich mit einem Schrei Bahn. Ich habe genug davon, mich zu schämen. Nie wieder werde ich vor dem Leben davonlaufen.

Ethan hat mir einmal gesagt, ich hätte die ganze Zeit über nach etwas gesucht, was mich glücklich macht. Ich habe es gefunden und wieder verloren. Es wird Zeit, dass ich es mir zurückhole.

Die Kanten des Handys drücken in meine Handfläche, als ich es fest packe und wild darauf herumtippe.

»Willkommen bei Bloom«, sagt eine gurrende Frauenstimme. »Was ist Ihre Leidenschaft?«

Ich beiße die Zähne zusammen und umklammere das Telefon so fest, dass ich spüre, wie es knackt.

»Mein Name ist Fiona Mackenzie. Ich bin die Frau, die Ethan Dexter entjungfert hat. Jetzt möchte ich meine eine Million Dollar Belohnung.«

Dex

Ich habe überhaupt keine Lust, heute aufs Feld zu gehen. Aber in der NFL kann man sich nicht einfach einen Tag freinehmen. Sicher nicht, weil man auf seine Freundin aufpassen will. Und ganz sicher nicht, wenn an dem Tag ein Spiel ansteht.

Fi hat mich aus dem Haus gedrängt und mir versichert, es gehe ihr gut. Als würde ich die Schatten unter ihren Augen und die Knitterfältchen um ihren sonst so weichen Mund nicht sehen.

Schlecht gelaunt gehe ich in die Kabine. Der vertraute Mief nach Schweiß, Duschgel und Sportsachen besänftigt mich jedoch ein bisschen.

Keiner sieht mir in die Augen. Die Atmosphäre ist wahnsinnig unangenehm, und im Vorbeigehen sehe ich mehr als einen meiner Teamkollegen zusammenzucken. Die Vorstellung, dass diese Saftsäcke Fi nackt gesehen haben, weckt in mir das Bedürfnis, ihnen die Zähne auszuschlagen.

Ich bin fast an meinem Platz angelangt, als Darren, ein Safety, »Titten« vor sich hinmurmelt. Noch ein Wort kriegt er nicht heraus. Mit einem wütenden Knurren gehe ich ihm an die Gurgel und stoße ihn gegen die Wand. Um mich herum setzen sich die Jungs explosionsartig in Bewegung und zerren an meinen Armen, damit ich den kleinen Scheißer loslasse. Doch ich schüttele sie ab und baue mich dicht vor Darren auf.

»Hast du was zu sagen, Wichser?«

Darren windet sich wie ein Wurm und schlägt auf meine Arme ein. Sein Gesicht läuft unter meinem Griff rot an und er bricht in Schweiß aus. »Lass mich los, verdammt!«

Ich glaube nicht, dass ich das tun werde. Nicht mal, als ich fest gepackt und nach hinten gezerrt werde. Nicht mal, als alle Jungs mich anschreien, dass ich mich beruhigen soll. Ich verpasse Darren noch eine, bevor ich ihn freilasse.

Er stolpert, fängt sich aber gleich wieder und macht einen Schritt auf mich zu. Wenn Blicke töten könnten … Aber es ist mir egal, soll er es doch versuchen.

»Dexter!« Mein Head Coach ist in der Kabine aufgetaucht.

Alle erstarren.

Ich werfe Darren noch einen finsteren Blick zu, bevor ich mich umdrehe. Niemand sieht mir in die Augen.

Der Coach macht ein strenges Gesicht. »In mein Büro, sofort!«

Wortlos folge ich ihm. Es gibt nichts zu sagen. Ich würde es wieder tun, und alle im Raum wissen das.

Ins Büro des Trainers zitiert zu werden fühlt sich immer mies an. Es erinnert einen an die Trainingscamps und den blanken Horror, den man empfunden hat, während man darauf wartete, hereingerufen zu werden, um zu erfahren, ob sie einen rausschmeißen oder einem doch noch eine Chance geben würden. Die Vorstellung ging einem irgendwann so in Fleisch und Blut über, dass man am Ende des Camps schon Angst bekam, wenn man nur am Büro vorbeilief.

Mein Trainer starrt mich von der gegenüberliegenden Seite seines glänzenden Schreibtischs in Grund und Boden. »Wirst du's hinkriegen, dich zusammenzureißen, Dexter?«

»Ja.« *Nein. Vielleicht. Ich weiß es nicht, verdammt noch mal.* Aber diesen ganzen Mist will er nicht hören, also halte ich die Klappe und erwidere sein Starren ruhig und gefasst.

Er legt die Fingerspitzen aneinander und stützt das Kinn auf diese nervige Art darauf, wie es alle Trainer machen, während er mir weiter fest in die Augen sieht, als befänden wir uns beim Showdown in einem Western. Zu seinem Pech hat dieser Mist bei mir aber noch nie wirklich funktioniert. Was ihm langsam auch zu dämmern scheint, denn nach einigen Sekunden lässt er seufzend die Hände in den Schoß sinken und sagt: »Du gehörst zu den cleversten Jungs im Team, Dexter. Aber dir hat immer ein bisschen der Biss gefehlt. Jetzt hast du ihn. Du bist zielorientiert. So gut wie in letzter Zeit habe ich dich noch nie spielen sehen.«

Na toll, meine Wut ist also ein Plus. Nicht dass ich das nicht schon selbst bemerkt hätte, aber es gefällt mir nicht.

Vielleicht weiß der Trainer das auch, denn er beugt sich vor, stützt die Hände auf den Tisch und sieht mir in die Augen. »Dieser ganze Medienrummel wird bald nachlassen. Nutze bis dahin die Gelegenheit, die er dir bietet. Kanalisiere deine Wut, Dex.« Seine Miene ist unerbittlich und todernst. »Aber lass sie verdammt noch mal auf dem Spielfeld.«

»Sicher, Coach.« Was soll ich auch sonst sagen?

Als ich schließlich auf dem Feld stehe, bin ich kein bisschen weniger wütend, aber ich versuche, den Rat meines Trainers zu befolgen. Ich lasse die Wut durch meine Lungen strömen, bis sie wehtun, zwinge sie in meine Muskeln, bis sie vor lauter Drang, jemanden zu bestrafen, anfangen zu zucken. Ich nutze sie, um durch die Defense zu brechen, und sauge den anschließenden Jubel der Zuschauermenge in mich auf. Es fühlt sich gut an, so verdammt gut. Ein Adrenalinrausch, wie ich ihn sonst nur dann erlebe, wenn ich in Fi stoße. Ich liebe Football, das habe ich schon immer getan. Ich lebe und atme dafür. Aber so hat es sich noch nie angefühlt. Diese Wut, die Art, wie sie plötzlich ungehindert durch mich hindurchströmt, ist etwas anderes. Endlich hat sich etwas in mir gelöst. Es gibt kein Zurückhalten mehr. Keine Angst. Aber mein Verstand klinkt sich nicht vollständig aus. Denn ich weiß auch, dass Fis Schmerz diese Seite an mir zum Vorschein gebracht hat, und das fühlt sich beinahe krank an.

Die Verteidigung bewegt sich scheinbar ziellos an der Line of Scrimmage hin und her, und ich ahne, dass als nächster Spielzug ein Zone Blitz kommen wird. Man kann es erkennen, wenn man gut aufpasst. Nicht nur daran, wie sich die Defense aufstellt, sondern auch in den Augen der Spieler und an dem angespannten Zug um ihre Mundwinkel. Ich weiß, dass sie denken, Finn wäre zu unerfahren, um mit ihnen fertigzuwerden, doch sie irren sich.

Ich zeige den Spielzug an und meine Jungs richten sich schnell entsprechend aus. Ich mache den Snap, und wir kontern mit einem Blitz der Offense, bevor die Defense überhaupt begreift, was los ist. Ein wunderschöner Spielzug, der unseren Gegnern eindeutig auf die Nerven geht.

Norris, der Arsch, der mich in der Boulevardpresse geoutet

hat, stößt einen langen Pfiff aus. »Gut drauf, Dexter? Das wäre ich auch, wenn meine Freundin so spitze Titten hätte.«

Alles in meinem Blickfeld färbt sich rot. »Was?« Ich stürze auf ihn zu, laufe jedoch direkt gegen Rolondo, der die Hände gegen meine Brust stemmt.

Er sieht mich mit todernstem Blick an. »Mann, lass es, verdammt noch mal. Er versucht nur, dich aus der Reserve zu locken.«

Hinter ihm höre ich ein Lachen. »An diesen Titten zu nuckeln …«

Ich knirsche mit den Zähnen. Doch meine Jungs stellen sich schützend um mich herum auf.

»Spar dir das für den nächsten Spielzug auf«, sagt Ryder neben mir. »Wir nehmen sie auseinander.«

Jemand klopft mir ermutigend auf den Helm. Ich gehe nach hinten in den Huddle und versuche, mich zu konzentrieren.

Finn wirft mir einen kurzen Blick zu und sagt dann den nächsten Spielzug an.

Atme. Konzentrier dich. Reiß dich zusammen.

Ich versuche es. Wirklich. Doch ich reagiere zu langsam. Als ich den Ball snappe, rauscht ein Defensive End an mir vorbei und wirft Finn zu Boden.

Norris ist wieder an meiner Seite und lacht. »Fiona Mackenzie, hm? Hübsches kleines Ding, D. Wie's aussieht, ist sie von Natur aus blond …«

Ich sehe nur noch das Weiße in Norris' Augen, als ich seinen Helm packe und ihn ihm vom Kopf reiße. Meiner ist auch weg, keine Ahnung, wieso. Egal. Meine Faust landet mit solcher Wucht in seinem Gesicht, dass ich die Erschütterung bis ins Mark spüre.

Pfiffe ertönen. Gelbe Flaggen fliegen aufs Spielfeld. Männer werfen sich auf uns – aus seinem Team und aus meinem.

Schläge treffen meinen Kopf, meinen Rücken, doch ich spüre sie nicht. Blindlings prügele ich weiter auf Norris ein, der unter mir festklemmt.

Mit einem heftigen Schlag, der mir alle Knochen durchrüttelt, lande ich auf dem Rücken. Doch schnell bin ich wieder so weit zu mir gekommen, dass ich mich aufrichte. Ein Schiedsrichter versucht, sich mir in den Weg zu stellen. Ich weiche ihm aus.

»Regt euch ab!«, schreit einer der Unparteiischen.

Finn fasst mich am Arm, hält mich zurück. »Ganz ruhig, Dex.«

Norris kommt auf mich zu, Blut strömt ihm aus der Nase, seine Unterlippe ist aufgeplatzt. »Deswegen hat deine Kleine die Kohle genommen. Weil du so ein jämmerlicher Schlappschwanz bist!«

Ich bin kurz davor, wieder auf ihn loszugehen, als seine Worte langsam zu mir durchdringen und mir plötzlich eiskalt wird.

Hat die Kohle genommen?

Zwischen den Jungs eskaliert die Situation erneut. Jetzt ist es Rolondo, der sich auf Norris stürzt und ihn wild beschimpft. Mühsam zerren die Schiris die beiden auseinander.

Jemand schiebt mich in Richtung Seitenlinie, während das Geschrei auf dem Spielfeld weitergeht. Doch ich bin taub dafür. Meine Ohren klingeln, und alles Blut scheint aus meinem Kopf in den Bauch geflossen zu sein.

Hat die Kohle genommen?

Als der Schiedsrichter Norris und mich des Platzes verweist, bricht das Stadion in einen Chor aus Buhrufen aus.

An der Seitenlinie schreit mich mein Offensive Coach an, dass ich die Sache verbockt habe, und klopft mir gleichzeitig auf die Schulter, um auszudrücken, dass es okay ist, dass ich Norris halb den Kopf abgerissen habe. Mein Head Coach fährt mich an, dass ich ein Vollpfosten sei. Aber ich höre kaum hin.

Ich gehe auf einen der Assistenztrainer zu. »Hast du ein Handy?«

Er sieht sich um, als suche er nach einem Fluchtweg.

»Gib mir dein blödes Handy«, raunze ich.

Blut rinnt mir ins Auge, während einer der medizinischen Betreuer versucht, eine Kompresse auf den Cut an meiner Stirn zu drücken. Ich bedeute ihm mit einer ungeduldigen Geste, dass er mich in Ruhe lassen soll, und greife nach dem Telefon, das mir der Assistenztrainer mit zitternder Hand hinhält.

Ich muss mich nur einmal umsehen, um zu merken, dass alle etwas vor mir geheim halten. Was es ist, finde ich wenige Sekunden später heraus, als mir die Schlagzeile vom Display des Handys entgegenleuchtet.

Fiona Mackenzie will ihre Million Dollar

Darunter befindet sich ein verschwommenes Foto von Fi und mir, das aus einiger Entfernung aufgenommen worden sein muss. Ich habe den Arm um ihre schmalen Schultern gelegt, während wir lachend durch den Jackson Square Park spazieren.

In dem kurzen Text darunter finde ich die Bestätigung, dass Fi heute Morgen bei Bloom angerufen und ihre Belohnung eingefordert hat.

44

Dex

Ich fahre nicht nach Hause. Ich kann nicht.

Rolondo nimmt mich mit in seine Wohnung. Dort gehe ich geradewegs in sein Gästezimmer und unter die Dusche. Ich habe mir nicht die Mühe gemacht, im Stadion zu duschen, sondern saß einfach nur bewegungslos auf dem wenig stabilen Stuhl an meinem Platz, bis die Jungs nach und nach in die Umkleide kamen und Rolondo mich rausgebracht hat.

Jetzt stehe ich unter dem kalten Strahl und lasse das Wasser auf mich herabprasseln.

Einzelne Bilder erscheinen vor meinem inneren Auge: Fis Lächeln. Fi, wie sie weint. Norris, der widerlich grinst, während ihm Blut aus der Nase läuft. Fi, die unter mir liegt und den Rücken durchdrückt, während ich sie nehme. Fi und ich, wie wir auf dem grobkörnigen Foto lächeln. Fi, die mir sagt, dass sie nach London gehen möchte.

Sie hat das Geld verlangt.

Blinde Wut steigt heiß und heftig in mir hoch und raubt mir den Atem. Ein Schrei zerreißt die Luft, als ich beginne, mit der Faust gegen die Fliesen zu schlagen. Schmerz explodiert in meiner Hand, aber ich höre trotzdem nicht damit auf.

Irgendwann sacke ich erschöpft gegen die Duschwand und starre auf meine aufgesprungenen Knöchel. Das Blut rinnt blass und dünn an meiner Hand hinunter und vermischt sich mit dem darauf herabprasselnden Wasser. Ich balle probeweise die Faust. Es brennt, aber sonst scheine ich mich nicht verletzt zu haben.

Dämlich. Verdammt dämlich, eine kaputte Hand zu riskieren. Doch meine Gedanken kreisen nur um dieses eine Foto von Fi, das einmal einen wunderschönen, privaten Moment festgehalten hat und jetzt auf etwas Widerliches und Billiges reduziert wurde. Hasst sie mich so sehr dafür, dass ich dieser Tussi Gelegenheit gegeben habe, mein Handy zu klauen? Es ergibt keinen Sinn. Ich denke an Fi und alles, was sie mir letzte Nacht gesagt hat. Sie würde nicht einfach so etwas tun, um mich zu verletzen. Es muss mehr dahinterstecken.

Mit einem beklemmenden Gefühl in der Brust reibe ich mir mit der verletzten Hand über das nasse Gesicht und den Bart. Wieder wallt zähe, heftige Wut in mir auf, als würde sie mein Innerstes wie heißer Teer überziehen. Schnell stoße ich mich von der Wand ab und drehe das Wasser ab.

Als ich aus dem Bad komme, ist Rolondo nicht da. Wahrscheinlich dachte er sich, ich würde lieber allein sein wollen. Womit er vollkommen recht hat.

Der Schmerz in meinen aufgeplatzten Fingerknöcheln lässt mich klarer denken. Lange Zeit war der Schmerz das Einzige in meinem Leben, worauf ich mich verlassen habe. Spüre den Schmerz, ignoriere alles andere.

Nachdem ich im Schrank unter Rolondos Waschbecken endlich finde, wonach ich gesucht habe, versinkt das Bad im Chaos, doch das ist mir egal. Meine Brust hebt und senkt sich unter heftigen Atemzügen, als ich in den Spiegel sehe. Nur mit Fi habe ich mich wirklich gut und wohl in meinem Körper gefühlt. Ein Gefühl, das die Welt um mich herum zerstört hat. Zum Teufel mit ihr.

Grimmig hebe ich den Rasierer und drücke ihn auf meine Haut.

Weil vor lauter Nervosität jede Menge überschüssige Energie in mir brodelt, beschließe ich, Plätzchen zu backen.

Ivy hat recht, ich kann backen. Ich tue es jedoch nur in Notfällen, und im Moment ist Backen das Einzige, was mir einfällt, um meine zitternden Hände zu beruhigen und mir selbst zu versichern, dass Ethans Zuhause auch meins ist.

Es war ein verrückter Tag – von meinem Anruf bei Bloom, bei dem ich mein Geld verlangt habe, bis zum Arrangieren eines Presseinterviews, in dem ich erkläre, warum genau ich es getan habe. Ivy hat mir dabei geholfen und eine einfühlsame Sportreporterin ausgesucht. Wir haben uns mit Absicht für eine Frau entschieden, in deren Gegenwart ich mich wohler gefühlt habe, als ich das bei einem Mann getan hätte. Wir haben das Gespräch über Skype geführt. Ivy hat sich von San Francisco aus dazugeschaltet und ist als Dex' Agentin und meine moralische Unterstützung aufgetreten.

Ich war so nervös, dass ich, kurz bevor es losging, Angst hatte, mich übergeben zu müssen. Doch von einem Augenblick auf den anderen ist eine seltsame Ruhe über mich gekommen, während ich der Reporterin erzählte, was ich mit dem Geld vorhabe. Ich habe nicht über die Fotos gesprochen oder darüber, wie es sich angefühlt hat, bloßgestellt zu werden. Ivy hat alle Fragen dazu höflich aber bestimmt abgewiegelt.

Die Wahrheit ist, dass das alles nicht wichtig ist. Wichtig ist, dass Blooms schmutziges Geld für einen guten Zweck eingesetzt wird. Eine Million Dollar für Hunger leidende Kinder ohne ein Zuhause. Ich bin sogar so weit gegangen, Bloom den Fehdehandschuh hinzuwerfen, indem ich sie herausgefordert habe, einmal etwas Gutes zu tun und die Summe zu verdoppeln. Ich rechne nicht damit, dass sie auf den Vorschlag eingehen werden, aber es war eine Genugtuung, sie damit in Verlegenheit zu bringen.

Ivy ist der Ansicht, dass es eine hervorragende »Ihr könnt mich mal«-Botschaft an Bloom und all die Hater da draußen ist. Doch inzwischen bin ich einfach nur froh, dass es vorbei ist. Ich möchte mit meinem Leben weitermachen, mich aufs Möbelbauen konzentrieren und vor allem auf Ethan. Ich hatte keine Zeit, ihm zu sagen, was ich tun würde und warum. Er war bei seinem Spiel und ich zu ungeduldig, um zu warten, weil ich Angst hatte, dass ich sonst am Ende doch noch kneifen würde.

Jetzt ist es erledigt. Ich fühle mich erleichtert, befreit. Ich muss es nur noch Ethan erklären und ihm sagen, dass ich hierbleibe, bei ihm, wo ich hingehöre.

Das Glücksgefühl, das ich beim Gedanken daran verspüre, mit ihm zusammen zu sein, und das Wissen, dass er mir gehört, sind so groß, dass es mir Angst einjagt. Ich möchte uns von ganzem Herzen beschützen. Ich möchte den großen, starken Ethan Dexter an mich drücken und ihn vor der Welt beschützen. Das ergibt überhaupt keinen Sinn, er braucht meinen Schutz nicht. Aber trotzdem habe ich das Bedürfnis. Ich möchte nicht, dass er unglücklich ist oder dass die Geier da draußen ihn verletzen. Ich möchte – *muss* – ihm sagen, wie sehr er geliebt wird. Ich weiß, dass er genauso für mich empfindet. Das merkt man jeder Berührung, jedem Wort, jedem Blick und jedem Lächeln an, das er mir schenkt. Mit ihm, hier in diesem Zuhause, das er geschaffen hat, empfinde ich diese Sicherheit.

Allerdings habe ich ein wenig Angst, dass ich es verbockt habe, weil ich ihn nicht vorgewarnt habe. In der Zusammenfassung der Höhepunkte des Spiels wurde gezeigt, wie er des Platzes verwiesen wird, nachdem er eine Schlägerei angefangen hatte. Ich habe mir die Aufnahmen immer wieder mit offenem

Mund angesehen. Ethan prügelt sich nie, er rastet generell niemals aus. Aber auf den Bildern im Fernsehen hat er so wahnsinnig wütend ausgesehen. Blut und Schweiß liefen ihm über das Gesicht, während er den Spieler aus dem anderen Team zu Brei geschlagen hat.

Zuerst dachte ich, er habe sich provoziert gefühlt, weil der Kerl vielleicht eine abschätzige Bemerkung über mich gemacht hat. Aber inzwischen bin ich mir da nicht mehr ganz sicher. Das Spiel ist längst vorbei, und Ethan ist immer noch nicht nach Hause gekommen, was er in dem Fall sicher getan hätte. Als ich versucht habe, ihn anzurufen, habe ich festgestellt, dass sein Handy auf der Kommode liegt. Er hat es heute Morgen vergessen, weil er sich so beeilen musste, um pünktlich zum Spiel zu kommen.

Abgesehen davon, durch die Stadt zu streifen und nach ihm zu suchen, kann ich nur hier herumsitzen, backen und warten.

Ich nehme gerade ein Blech mit Plätzchen aus dem Ofen, als ich ihn hereinkommen höre.

»Ethan?«

Das Geräusch, als er seine Autoschlüssel in die Schale auf der Konsole im Flur fallen lässt, hallt durch die Stille. »Jep«, antwortet er mit tiefer Stimme.

Ein Wort. Ich sollte nichts hineininterpretieren, aber er klingt seltsam.

»Ich hoffe, du hast Hunger«, sage ich beschwingt und versuche, möglichst fröhlich zu klingen. »Ich backe gerade Plätzchen und habe gedacht, ich könnte uns Gumbo von dem Laden am Ende der Straße holen.«

Dumpfe Schritte poltern über die Holzdielen.

Mir fällt ein Plätzchen runter, als ich den Mann im Türrahmen erblicke. Er ist groß, breitschultrig und muskulös, seine Augen leuchten wie Edelsteine. Seine Kieferpartie ist sauber rasiert, sein glattes Kinn wirkt stur, entschlossen und fremd auf mich. Dieser Mann trägt keinen Bart, und auch das ganze schöne braune Haar mit den sonnengebleichten hellen Strähnen wurde knapp über dem Schädel abgeschoren.

Die Hände in die Taschen gestopft steht er einfach nur da. Das graue Button-down-Hemd spannt an seinen Schultern. Er sieht so anders aus, dass ich ihn kaum wiedererkenne. Jünger, verletzlicher. Entblößt.

»Warum?«, frage ich schrill. Das Herz klopft mir bis zum Hals.

Er zuckt mit den Schultern und weicht meinem Blick aus. »Brauchte 'ne Veränderung.« Er hält den Kopf gesenkt, während die Muskeln an seinem kantigen Kiefer zucken, als würde er mit den Zähnen knirschen.

»Ethan.« Ich berühre seine glatte Wange. Sein Bart. Sein voller, glänzender Bart ist weg. Ein stechender Schmerz schießt durch meine Brust. »Warum?«

Er schüttelt den Kopf. Nur ein einziges Mal, eine kurze Bewegung, als wollte er sagen: *Frag mich nicht. Bring mich nicht dazu, es auszusprechen.*

Aber ich weiß, warum. Mit einem Aufschrei werfe ich mich in seine Arme. Und er fängt mich auf und drückt mich an sich, während ich den Kopf an seine warme Halsbeuge schmiege. Er riecht wie immer. Nach Geburtstag, Weihnachten und Pfannkuchen um Mitternacht.

Mir war nicht klar, wie sehr ich es gebraucht habe, seinen festen, kräftigen Körper zu spüren und seinen gleichmäßigen Atem zu hören. Heiße Tränen steigen mir in die Augen, als meine Finger seinen geschorenen Hinterkopf berühren.

Ich muss ihm wehtun, so fest habe ich die Arme um seinen Hals geschlungen. Doch ich kann ihn jetzt unmöglich loslassen. Ich möchte ihm noch näher sein, unter seine Haut kriechen oder ihn am besten unter meine stecken, damit ich ihn so gut beschützen kann, wie es nur geht.

Ein Schluchzen löst sich aus meiner Kehle.

Ethan lockert die Arme um meine Taille und legt eine seiner großen, warmen Hände an meinen Hinterkopf. »Du weinst aus Trauer um meinen Bart.« Er klingt nicht verärgert, sondern eher so, als würde sich für ihn eine lang gehegte Vermutung bestätigen.

Und das bricht mir das Herz. Irgendwie schaffe ich es, ihn loszulassen, um ihm ins Gesicht zu schauen.

Sein Blick ist ernst, traurig, als könnte er es nicht ertragen, mich weinen zu sehen, wüsste aber auch nicht, was er dagegen machen soll. Mit dem Daumen streichelt er über meine feuchte Wange, sagt jedoch nichts, sondern lässt mich nur sein nun glattes Gesicht ansehen.

Ich lege die Finger an seine Wange und drücke die Handfläche gegen die straffe, warme Haut. »Ich weine, weil du dachtest, deine äußere Hülle wäre mir wichtiger als deine inneren Werte.«

Er zuckt vor Überraschung zusammen, aber ich halte ihn fest, lasse ihn nicht los. Als wäre er zu müde, um noch länger den Kopf hochzuhalten, beugt er sich herunter und vergräbt das Gesicht an meiner Halsbeuge.

Zärtlich streichle ich ihn. Das kurz geschorene Haar fühlt sich stoppelig und gleichzeitig weich an. »Du denkst, als ich dich zum ersten Mal geküsst – dich gewollt habe –, war das wegen deines Barts? Baby, du könntest dich nicht mehr irren. Es lag daran, dass du ein verdammt heißer, total smarter und charmanter Typ bist, der meine Aufmerksamkeit erregt und nicht wieder losgelassen hat.«

Sein Atem streicht durch mein Haar, als er leise aufstöhnt.

»Ich meine, sieh dich doch an«, sage ich, obwohl wir uns

immer noch aneinanderklammern und keiner von uns beiden irgendetwas sehen kann. Aber mein Gedächtnis funktioniert wunderbar. Ich denke an seinen ernsten Blick und seinen weichen, breiten Schmollmund. »Ich laufe ernsthaft Gefahr, eine Szene aus *Endstation Sehnsucht* mit dem jungen Marlon Brando nachzustellen. Ich möchte am liebsten an deinem Hemd ziehen und ›Stella!‹ rufen. Oder wohl besser: ›Fiona!‹.«

Ethan schnaubt, aber es klingt eher, als versuchte er, sich ein Lachen zu verkneifen. Trotzdem ist die Anspannung seines starken Körpers nach wie vor spürbar und verrät mir, dass er immer noch aufgebracht ist.

Als er endlich antwortet, klingt seine Stimme rau. »Ich würde lieber hören, wie du *meinen* Namen rufst, Kirsche.«

»Dann bring mich doch dazu.«

Er rührt sich nicht, versteift sich nur noch stärker.

»Ethan, ich habe deinen Bart geliebt, aber dich liebe ich noch unendlich viel mehr.«

Er sieht blinzelnd auf mich hinab. Dann schluckt er einmal schwer, als müsste er die Kehle freibekommen. »Ich liebe dich auch, Kirsche.« Er drückt seine Stirn an meine. »Es fühlt sich an, als hätte ich dich schon immer geliebt. Ich dachte, das wüsstest du.« In seiner Stimme schwingt ein anklagender Unterton mit, kaum merklich, aber doch unbestreitbar.

»Ich weiß es, Ethan. Du warst so gut zu mir.«

Er verstärkt seinen Griff um meine Taille. »Warum hast du es dann gemacht? Wieso hast du das Geld genommen?«

Vor Überraschung erstarre ich. Er sieht mich fest an, nicht länger zärtlich, sondern unnachgiebig. In seinem Blick liegen bittere Verzweiflung und kalte Wut.

45

Fiona

Ethan hat mich noch nie wütend angesehen. Es ist schrecklich, das jetzt zu erleben. »Ich kann das erklären«, sage ich.

Er zieht spöttisch die Augenbrauen hoch. »Genau die Worte, die ein Mann hören möchte, nachdem er von einer Frau, bildlich gesprochen, eine verpasst bekommen hat.«

Ich stoße panisch die Luft aus. »Ich werde nicht nach London gehen.«

Nicht gerade die beste Eröffnung. Und nach dem skeptischen Blick zu urteilen, den Ethan mir zuwirft, denkt er genauso.

»Okay. Und was hat das damit zu tun, dass du die Fick-Prämie von Bloom kassierst?«

Ich zucke zusammen und versuche, ihn zu berühren, doch er weicht zurück und schiebt dabei die Hände tief in die Hosentaschen. Beim Gedanken daran, dass er körperlich auf Abstand zu mir geht, krampft sich alles in mir zusammen.

»Mir ist klar geworden, dass nach London zu gehen nur bedeuten würde, dass ich weglau...«

»Was du nicht sagst«, unterbricht er mich mit ausdrucksloser Stimme, doch in seinem Blick lodert unterdrückte Wut, die langsam anfängt hochzukochen. Er sieht so anders aus ohne den Bart und mit dem fast kahl geschorenen Schädel. Seine Gesichtszüge wirken hart und unnachgiebig.

Mit kalten Fingern zupfe ich unsicher an meinem Rock. »Genau, also ... Das Ding ist, dass ich nicht mehr weglaufen wollte. Ich habe das Geld von Bloom verlangt, weil ich wusste, dass dann Schluss sein würde.«

Wieder stößt er ein fieses Schnauben aus und schüttelt dabei den Kopf. »Also Schluss gemacht hast du damit definitiv …«

»Nein, Ethan«, sage ich und mache einen Schritt auf ihn zu. »So meinte ich es nicht. Ich spende das Geld an eine Hilfsorganisation. Die ganze Million. Ich habe gemeinsam mit Ivy ein Interview gegeben. Ich habe gesagt, dass ich das Geld in deinem Namen spende, weil es wenigstens etwas Gutes haben sollte, wenn Bloom zweifelhafte PR kriegt, indem sie dein Privatleben ausschlachten.«

Ethan erstarrt und kneift die Augen zu schmalen Schlitzen zusammen. »Du hast es für einen guten Zweck gespendet?«

»Natürlich. Hast du wirklich geglaubt, ich würde dieses widerliche Preisgeld für mich haben wollen?« Ich schlucke schwer und versuche, wegen seiner Vermutung nicht beleidigt zu sein. Ich wusste, dass ich ihn hätte warnen sollen.

Ethan strafft die Schultern, sodass sich seine Muskeln wölben. »Nein. Aber ich wusste nicht mehr, was ich denken sollte, Fiona. So ein idiotischer Nose Tackle hat mir ins Gesicht gelacht und mir gesagt, dass meine Kleine das Geld verlangt hat.«

»Baby … das tut mir so leid.« Ich gehe einen Schritt auf ihn zu.

Doch er weicht wieder zurück, seine Miene ist noch immer verschlossen.

Ein Gefühl der Reue durchzuckt mich schmerzhaft.

»Hast du auch nur die leiseste Ahnung, wie ich mich dabei gefühlt habe?«, presst er hervor. »Es von jemand anderem zu hören? Keine einzige Person auf dem Spielfeld wusste, dass du das Geld spendest. Sie haben mich angesehen, als wäre ich die reinste Witzfigur.«

Scheiße. Ich habe den zeitlichen Abstand nicht bedacht, der

zwischen meiner Forderung nach dem Geld und dem Interview liegen würde, das wahrscheinlich gerade erst ausgestrahlt wird.

»Es tut mir so leid, Ethan. Du hast recht, ich hätte dich vorwarnen sollen. Ich habe nicht richtig nachgedacht. Ich wollte nur … dass wir wieder frei sind. Ich musste ihnen den Wind aus den Segeln nehmen, und das so schnell wie möglich. Das Geld einzufordern, um es zu spenden – was können die Leute jetzt noch Schlechtes über uns sagen?«

Ethan seufzt. »Okay, gut. Aber wir hätten die Sache gemeinsam angehen sollen.«

Ich nicke mechanisch, während sich ein elendes Gefühl in mir ausbreitet. »Es tut mir leid.«

Ethan lacht humorlos, legt den Kopf in den Nacken und schaut blinzelnd zur Decke. »Gott. Du hast mich da draußen bloßgestellt, Fi. Ich bin ahnungslos in die Falle getappt.«

»Ethan …«

»Ich weiß«, knurrt er knapp. »Es tut dir leid. Du hast es nicht so gemeint.« Als er mich ansieht, ist sein Blick freudlos. »Glaube mir, ich versuche, es wegzustecken. Aber du warst mein sicherer Hafen, Fi. Die eine Person, wegen der ich mir nie Gedanken zu machen brauchte …« Er stößt einen Fluch aus und wendet sich ab, als könnte er es nicht ertragen, mich noch länger anzusehen.

»Du bist auch mein sicherer Hafen«, sage ich und unterdrücke ein Schluchzen. »Ich habe es vermasselt. Ich wollte dir nie wehtun. Ich habe nicht gedacht …«

»Genau«, schreit er, »du hast nicht gedacht.«

Zu viele Gefühle stürmen auf einmal hart auf mein Herz ein und ich raste aus. »Verdammt noch mal, Ethan! Mir wurde genauso wehgetan wie dir. Es war schließlich kein Nacktfoto von dir, das überall im Internet verbreitet wurde. Du bist nicht derjenige, der als Hure beschimpft wird und über dessen Körper irgendwelche Idioten ihre Kommentare posten!«

»Glaubst du, ich wüsste das nicht?« Er macht einen Schritt auf mich zu, während ihm die Röte den Hals hinaufsteigt. »Glaubst du etwa, es macht mich nicht krank, dafür verantwortlich zu sein? Du weißt ganz genau, dass es mich umbringt.«

»Dann geh nicht auf mich los, weil ich die Sache endlich aus der Welt geschafft habe! Deine ganze ›Kein Kommentar‹-Nummer hat nämlich rein gar nichts gebracht.«

Er erstarrt und schaut mich stirnrunzelnd an, als würde er mich zum ersten Mal richtig sehen. »Scheiße, hast du es etwa nur gemacht, weil du sauer auf mich warst?«

Sämtliche Luft weicht aus meinen Lungen. Ich würge regelrecht, während ich nach hinten stolpere. »Hast du das gerade wirklich gesagt? So was unterstellst du mir?«

Er verzieht das Gesicht. »Werde jetzt nicht selbstgerecht. Ich habe das Recht, deine Gründe zu hinterfragen.«

»Dann werde *du* nicht total selbstgerecht«, fahre ich ihn an und stoße dabei den Zeigefinger in die Luft. »Mir ist klar, dass ich es verbockt habe. Ich verstehe, dass du sauer auf mich bist. Aber du hast kein Recht, mich …«

»Ich habe kein Recht?« Seine Miene ist wutverzerrt, er fletscht die Zähne und seine Muskeln zucken. »Weil ich der ruhige, vernünftige Dex bin? Der Kerl, der die Prügel einsteckt und danach, ohne zu murren, wieder aufsteht? Tja, so ein Pech aber auch. Ich bin *stinksauer*. Tut mir leid, wenn du dich deswegen auf den Schlips getreten fühlst, aber ich werde das nicht einfach so hinnehmen, Fiona!«

Ich hasse, wie er meinen Namen ausspricht – nicht mehr ehrfürchtig, sondern wie einen Fluch.

»Ich wollte dir nicht wehtun«, flüstere ich.

Er reckt das Kinn. »Das weiß ich. Und ich weiß auch, dass du es nicht so gemeint hast, aber … verdammt!« Er fängt an, auf und ab zu gehen, und hebt die Hände an den Kopf, um sich durch die Haare zu fahren, die jedoch nicht mehr da sind. »Ich weiß. Ich bin nur … Ich kann nicht …« Er atmet einmal tief durch. Und dann gleich noch einmal.

Ich kann genau erkennen, in welchem Augenblick er komplett ausrastet – es ist wie bei einem Damm, der der Flut nicht länger standhält. Unter einem langen, zerrissenen Schrei bricht es aus ihm heraus. »Scheiße!« Mit den Fäusten hämmert er wie wild gegen die alte Backsteinwand. »Scheiße, Scheiße, Scheiße!« Jeder Fluch wird durch einen Schlag untermauert.

»Ethan. Beruhige dich …«

»Nein!«, übertönt er mich, den Blick starr auf die Wand gerichtet. Ein dünner Schweißfilm überzieht seine Haut, sodass seine Bizepse glänzen. »Nein. Ich habe es so was von satt, immer der Vernünftige zu sein! Ich bin fertig damit.«

Mit jedem Wort steigert sich seine Stimme mehr zu einem regelrechten Brüllen. »Ich bin sauer. Wegen allem. Ich bin einfach nur … verdammt sauer, Fi!«

Ist angekommen.

Ich beiße mir auf die Lippe, Tränen brennen mir in den Augen. Hierbei geht es nicht nur um heute. Es geht um alles, was davor passiert ist. Es geht darum, dass Ethan sich noch nie gestattet hat, richtig auszurasten.

Mit einem weiteren kehligen Schrei dreht er sich um und reißt eines seiner Bilder von der Wand. Es fliegt durchs Zimmer und dreht sich dabei wie eine Pizzaschachtel in der Luft, bevor es gegen die gegenüberliegende Wand kracht und der Rahmen zerbricht.

Ich kann nur stumm dastehen, während er mit schmerz- und wuterfüllter Stimme herumschreit.

Er schlägt auf die Kante des schweren hölzernen Bücherregals, das als Raumteiler zwischen dem Wohnzimmer und einer kleinen Leseecke steht. »Verdammte Scheiße noch mal!« Bücher segeln durch den Raum, als er sie in schneller Folge umherschleudert.

Ich habe mich immer gefragt, wie es wohl aussehen würde, wenn Ethan total austickt. Jetzt habe ich es mitbekommen, und es bricht mir das Herz. Denn ich weiß, dass seine Wut von Schmerz befeuert wird, seine Seele ist so tief verletzt, dass sie kein anderes Ventil findet als blinde Raserei.

Vor lauter Frust bricht sich ein Schluchzer aus seiner Brust Bahn und er stützt sich am Bücherregal ab.

Einen Moment lang glaube ich, er hätte sich beruhigt.

Doch dann stößt er ein beinahe unmenschliches Gebrüll aus und seine Muskeln wölben sich, als er sich gegen das Bücherregal stemmt, das am Boden festgeschraubt ist. Die ganze Konstruktion knarzt und droht unter seinem Griff umzustürzen.

»Ethan«, schreie ich. »Pass auf …«

Doch es ist zu spät. Das massive Regal kippt und kracht mit einer solchen Wucht zu Boden, dass das ganze Haus wackelt.

Ich springe zurück und drücke mich gegen die Wand, als Scherben, Nippes und Bücher wie Geschosse durch die Gegend fliegen. Das alles jagt mir eine Heidenangst ein. Ich weiß, dass er mir niemals wehtun würde, aber die schiere Gewalt hinter seiner Tat erschüttert mich bis ins Mark.

Ethan steht da, seine Muskeln zucken und seine Brust hebt und senkt sich unter heftigen Atemzügen. Er blinzelt, als versuchte er, einen klaren Gedanken zu fassen, doch dieser irre Gesichtsausdruck ist noch immer da.

»Okay«, sage ich und atme langsam und kontrolliert aus. »Das reicht.« Ich drehe mich um und nehme meine Tasche und den Mantel vom Haken.

»Fi!« Ethans Schrei dröhnt über mich hinweg. »Wenn du jetzt durch diese Tür gehst …«

Den Rest höre ich nicht mehr, denn ich habe sie bereits hinter mir zugeknallt.

Dex

Der rote Nebel, der mir die Sicht genommen hat, löst sich auf, als die Tür zuknallt. Viel zu lange starre ich auf den Fleck, an dem Fiona eben noch gestanden hat, und versuche zu begreifen, was da gerade passiert ist.

Dann trifft mich die Erkenntnis wie ein Tackle von der Blind Side. Ich stoße zischend die Luft aus und habe Mühe weiterzuatmen. »Fi!« Ich taumele los und stolpere über das blöde Bücherregal. »Scheiße. Scheiße!«

Ich bin so ein Arschloch. Ich hatte einen Tobsuchtsanfall wie ein großer kleiner Junge und habe sie zu Tode erschreckt. Sie hat ganz verängstigt geguckt, und das meinetwegen.

Ich reiße die Tür auf und renne die Treppe hinunter.

»Fi!« Ich kann sie nirgendwo sehen, doch sie kann nicht weit gekommen sein.

Es regnet in Strömen. Innerhalb weniger Sekunden bin ich bis auf die Haut durchnässt. Das Wasser läuft mir in die Augen und verschleiert mir die Sicht. Ich wische mir übers Gesicht und suche den düsteren Hof ab. Während ich ihren Namen rufe, laufe ich auf die Garage zu. Sie ist nicht dort. Und auch das Atelier ist leer.

Mein Herz hämmert, Angst und Reue schnüren mir die Brust zusammen. In dem Moment, in dem ich ihre gequälte Miene gesehen habe, wusste ich, dass sie weder mir noch uns Schaden hatte zufügen wollen. Und trotzdem bin ich ausgerastet. Ich habe schreckliche Dinge gesagt und ihr Angst gemacht. Als ich daran denke, wie ich das Zimmer vor ihren Augen verwüstet habe, wird mir schlecht.

Ich stütze die Hände auf die nassen Knie und versuche, wieder zu Atem zu kommen und mir zu überlegen, wo sie sein könnte. Ich schleppe mich zur vorderen Haustür, doch die Straße liegt dunkel und verlassen da; abgesehen von einem einsamen, buckligen Obdachlosen, der sich durch Mülleimer wühlt und dessen Gestalt sich im diffusen Licht der Straßenlaternen nur als schummriger Fleck in der Dunkelheit abzeichnet.

Seufzend lasse ich mich auf die Türschwelle sinken. Alles in mir wehrt sich dagegen, zurück ins Haus zu gehen.

Flüsse aus Dreckwasser rauschen den Rinnstein entlang. Der Regen prasselt so heftig nieder, dass er vom Asphalt hochspritzt. Ich sitze mit angezogenen Knien da und stütze den Kopf in die Hände, als könnte ich auf diese Weise den Schmerz in Schach halten. Ich werde mich hier nicht wegbewegen, nicht bevor Fi zurückkommt.

Aber was, wenn sie gar nicht zurückkommt? Habe ich sie vielleicht schon für immer verloren? Wenn ich mir vorstelle, sie könnte denken, dass ich sie nicht mehr will, krampft sich vor Panik mein Magen zusammen.

»Hey, Kumpel.«

Der alte, obdachlose Mann ist vor mir stehen geblieben. Der zerlumpte Mantel scheint ihn einigermaßen trocken zu halten, doch das Wasser tropft auf sein graues Haar und läuft über sein gerötetes Gesicht.

»Nimm den.«

Er hält mir etwas hin, das einmal ein Regenschirm gewesen sein muss. Die Speichen sind gebrochen und die Bespannung ist an mehreren Stellen gerissen. Die Krücke würde nicht mal vor einem feuchten Nebel schützen, geschweige denn vor einem Wolkenbruch wie diesem. Aber er gehört dem Mann, und er bietet ihn mir vollkommen selbstlos an.

Ich schaue blinzelnd zu ihm hoch. »Schon okay, Mann. Nasser kann ich sowieso nicht mehr werden.«

Er stößt ein heiseres Lachen aus und stopft den Regenschirm wieder in den Einkaufswagen neben sich. »Wahre Worte.« Er nickt in Richtung des Nachthimmels. »Schlechtes Wetter geht vorbei. So ist es immer.«

Ich möchte lachen, bis mir die Tränen kommen, doch ich nicke nur und greife nach der Brieftasche in meiner Hosentasche.

Als er meine Bewegung registriert, hebt er eine Hand. »Nicht nötig. Überhaupt nicht. Ich gehe jetzt nach Hause.«

Ich habe ihn schon mehrmals in der Gegend gesehen und weiß, dass das eine Lüge ist. Doch Stolz ist etwas sehr Machtvolles, deshalb schiebe ich mein Portemonnaie zurück in die Tasche. »Ich wünsche Ihnen noch einen schönen Abend, Mister.«

Daraufhin wendet er sich ab und überlässt mich der Stille und dem Geräusch des auf den Asphalt prasselnden Regens.

Ich lasse mich nach hinten sinken, bis ich den Kopf gegen die Haustür lehnen kann, und schließe die Augen.

Stolz. Ich war der festen Überzeugung, demütig zu sein, über den Dingen zu stehen. Dabei war es mein Stolz, der mich davon abgehalten hat, es bei Fi zu versuchen, als ich sie zum ersten Mal traf. Er hat mich lange davon abgehalten, die Dinge einzufordern, die ich mir im Leben wünsche. Und er hat dafür gesorgt, dass ich um mich geschlagen habe, als ich eigentlich hätte zuhören sollen. Verdammter, bescheuerter Stolz.

»Ethan?«

Ich reiße die Augen auf.

Fi steht ein paar Schritte entfernt, in der Hand hält sie eine

Tüte mit Lebensmitteln. Im Licht der Gaslaterne, die über unserer Tür hängt, wirkt ihre kleine Gestalt in dem gelben Regenmantel fast zwergenhaft.

Meine Sneakers quietschen, als ich hastig aufstehe. »Fi.« Ich mache einen Schritt auf sie zu. »Kirsche, es … Es tut mir leid. Ich wollte dir keine Angst machen.«

»Ich weiß.«

»Dieses ganze dumme Zeug, das ich gesagt habe, war nur …«

Sie tritt ebenfalls einen Schritt vor. »Du musst nichts erklären. Jeder hat das Recht, ab und zu auszurasten. Du hattest einen beschissenen Tag. Genau genommen sogar einen ganzen beschissenen Monat.«

Wir hatten beide eine schlechte Zeit, doch sie hat sich deswegen nicht in den wütenden Hulk verwandelt. »Ich hätte das Zimmer nicht verwüsten sollen. Ich habe dir Angst eingejagt.«

Sie zuckt mit den Schultern. Der Regen läuft wie Tränen ihre Wangen hinunter. »Was mir viel größere Angst macht, ist, dass du glaubst, du müsstest deine Gefühle vor mir verbergen.«

Ich schlucke und blinzele die Regentropfen weg, die mir die Sicht nehmen.

»Was ist es wirklich, was dir so zu schaffen macht?«, fragt sie, als ich nichts sage.

»Es hat mir gefallen«, gestehe ich in angespanntem Tonfall und suche ihren Blick. »Mich gehen zu lassen hat mir gefallen.« Endlich den Druck abzulassen, der sich seit einer gefühlten Ewigkeit in mir angestaut hatte, war unglaublich befreiend.

Sie lächelt. »Es ist okay, wütend oder aufgebracht zu sein, weißt du. Wenn ich in den letzten Jahren eins gelernt habe, dann ist das, dass man sein Leben nicht durchplanen kann. Es passiert einem ganz einfach. Wenn man sich immer zusammenreißt, geht man womöglich irgendwann daran kaputt. Und ich möchte niemals erleben, dass es dir so ergeht, Ethan.«

Ich schaffe es nicht, ihr zu erklären, was für eine schreckliche, grauenvolle Angst ich hatte, nachdem ich gemerkt hatte, dass sie weg war. Wenn die Beherrschung zu verlieren bedeutet, sie zu verlieren, reiße ich mich ab jetzt lieber wieder so gut zusammen, wie ich nur kann. Denn ohne sie würde ich sowieso kaputtgehen.

»Mit dir zusammen zu sein ... Dich zu lieben ... Bei dir empfinde ich alles Mögliche.«

Noch ein Schritt, und sie ist so nah, dass ich sie berühren könnte. »Und das ist etwas Schlechtes?«

»Nein. Bevor es dich in meinem Leben gab, war ich wie betäubt. Ich *möchte* etwas fühlen. Ich habe nur ... Ich will dir keine Angst machen. Ich bin wütend geworden, und du bist daraufhin gegangen. Ich dachte ...« Mir stockt der Atem. »Ich dachte, du hättest mich für immer verlassen.«

Mit ihren grünen Augen starrt sie zwischen verklebten, feuchten Wimpern hindurch zu mir hoch. »Ich musste an die frische Luft, und du musstest dich beruhigen.«

»Du hast mich vorhin nicht ausreden lassen. Wenn du gehst, dann folge ich dir. Ich werde dir überallhin folgen.«

»Das weiß ich. Ich verlasse mich sogar darauf. Aber ich habe genug davon, wegzulaufen. Du wirst mich nicht los, Großer.« Sie hebt den Arm ein Stück, um mir die Tüte zu zeigen, die sie in der Hand hält. »Ich dachte bloß, ich hol dir eine Portion Gumbo. Es ist kalt und regnerisch, und du magst es so gerne ...«

Noch ein Schritt, und ich bin bei ihr, ziehe sie fest an mich, in meine Arme. Meine Lippen landen auf ihren, kalt und nass, aber perfekt. Als ich die Zunge in ihren warmen Mund gleiten lasse, schmeckt es dort nach Regen und nach Fi. Ich lege die Hände an ihre Wangen, um ihre Haut zu wärmen, und küsse sie, bis ich keine Luft mehr bekomme.

410

Sie lehnt sich an mich, wobei ihr Regenmantel quietscht und ihr weicher Busen sich an meiner Brust wölbt. Irgendwie entschuldigen wir uns beide mit dem Kuss, trennen uns voneinander und kommen immer wieder zusammen – zärtlich und innig. Mit jeder Berührung ihres Munds löst sich der feste Knoten in meiner Brust ein Stückchen mehr auf.

Ich habe genug davon, meine Gefühle wegzusperren und sie vor dem Rest der Welt zu verbergen. Dieses Mädchen, das mich dazu angespornt hat, mich auf eine Bühne zu stellen und mir die Seele aus dem Leib zu singen, und das mir Gumbo bringt, nachdem ich ihr meine schlimmste Seite gezeigt habe, vervollständigt mich. Sie hat mir geholfen, zu mir selbst zu finden. Fi hat genug vom Weglaufen, und ich habe genug vom Verstecken. So einfach ist das.

Wir lösen unsere Lippen voneinander. Der Regen lässt die Welt verschwimmen, aber im Kopf bin ich so klar wie schon seit langer Zeit nicht mehr.

Ich sehe Fi in die Augen. »Ich liebe dich. Das sage ich dir nicht oft genug. Eins sollst du wissen: Was auch immer ich tue und wo immer ich auch bin, mein Herz schlägt die ganze Zeit für dich. Du machst mein Leben lebenswert, Fi.«

Sie schaut lächelnd zu mir hoch, ihre Haut glänzt und ihre Augen leuchten. Sanft berührt sie meine Wange. »Ethan, ich mag zwar nicht perfekt sein, aber niemand wird dich je mehr lieben als ich.«

Ich glaube, bis sie die Worte ausgesprochen hat, war mir gar nicht bewusst, wie sehr ich es nötig hatte, sie zu hören. Ich lehne meine Stirn an ihre. Mir ist kalt, aber im Herzen ist mir endlich wieder warm.

Ich schmiege sie enger an mich. »Du *bist* perfekt. Für mich.«

»Für mich bist du auch perfekt, Ethan Dexter.«

Mehr habe ich nie gebraucht.

Epilog

Ein Jahr später ...
Fiona

Das Haus sieht perfekt aus. Immergrüne Girlanden, in die glitzernde weiße Lichterketten gewoben sind, zieren die Türrahmen, die Fensterrahmen und die Umrandung des großen Kamins. Elfenbeinfarbene Stumpenkerzen zieren zusammen mit nelkenbespickten Orangen und Stechpalmenzweigen Tische und Regale. In einer Ecke neben einem der großen Fenster, von denen aus man die Straße überblicken kann, steht ein dreieinhalb Meter hoher Baum. Mir gefällt, dass sogar Ethan sich auf eine Leiter stellen muss, um ihn bis zur Spitze zu schmücken.

Und er tut es mit einem Lächeln im Gesicht. Er hängt kleine, mit Glitter verzierte Footballhelme, dunkelrote Kristallkirschen, Verkehrsflugzeuge aus Plastik und sogar einen mundgeblasenen Glasanhänger in der Form der Golden Gate Bridge in den Baum.

»Fi liebt ihre Mottobäume wirklich«, stellt Gray fest, der Ethan zur Hand geht.

Ethan grinst, bevor er sich wieder darauf konzentriert, ein winziges Mikro an einen Ast zu hängen. Er hat vor Freude ganz rote Wangen. Dieses Jahr erzählt der Weihnachtsbaum unsere Geschichte, und Ethan kennt die Bedeutung jedes einzelnen Teils, das ich dafür ausgesucht habe.

»Was hat es mit dem hier auf sich?«, fragt Ivy und hält einen Anhänger in der Form eines Stapels Pfannkuchen hoch.

Ethan wirft einen Blick darauf und sieht dann mich an. Belustigt zieht er die Augenbrauen hoch, während ein leidenschaftliches Glühen in seine Augen tritt.

Ich bekomme heiße Wangen. Seit unserem ersten Versuch hatten wir inzwischen jede Menge Pfannkuchen um Mitternacht. Ein Mädchen muss schließlich bei Kräften bleiben.

»Insiderwitz«, rät Anna und rümpft die Nase. »Schnell, häng das Ding in den Baum, bevor sie sich noch genötigt fühlen, es uns zu erklären.«

Drew drückt ihr einen Kuss auf den Scheitel, bevor er sagt: »Ich bin mir ziemlich sicher, dass man Dex schlimme körperliche Schmerzen androhen müsste, um ihn zum Reden zu bringen.«

Ich reiche Drew einen Becher heißen Apfelpunsch, bevor ich auch Anna einen gebe. Sie trinkt zurzeit keinen Alkohol – dreimal dürft ihr raten, warum.

Ich schenke den beiden ein breites Grinsen. »Ich erzähle euch gerne alles über diese Pfannkuchen …«

»Nein!«, rufen alle im Chor – bis auf Ethan, der vor sich hin gluckst, während er von der Trittleiter springt und auf mich zukommt.

Er schlingt von hinten die Arme um mich und drückt meinen Rücken gegen seine feste Brust. Sein Atem streicht durch mein Haar. »Du bist unmöglich, Kirsche.«

Ich lehne mich entspannt gegen ihn. »Reingefallen! Als würde ich euch von unserer Mitternachts*leidenschaft* erzählen.«

Als Ethan in sich hineinlacht, spüre ich die Erschütterung an meinem Rücken. Schnell drückt er mir einen liebevollen Kuss auf die Wange, bevor er mich loslässt, um die Leiter zusammenzuklappen und wegzuräumen.

»Wie läuft der Laden, Fi?«, fragt Anna.

Letzten April habe ich meinen ersten Kunden in New Orleans gewonnen – Ethans Teamkollegen Rolondo Smith. Er hat mich erst seine Wohnung hier und dann sein Strandhaus in Florida umgestalten lassen. Als er herausfand, dass ich vorhabe, ein eigenes Unternehmen zu gründen, bot er mir an, mich finanziell zu unterstützen. Und obwohl Ethan mehrfach darauf bestanden hat, Kapital beizusteuern, konnte ich ihn letztendlich doch davon überzeugen, dass ich es ohne die Hilfe meines Freunds schaffen muss. Im Oktober habe ich einen Möbelladen auf der Royal Street eröffnet.

»Echt gut«, antworte ich Anna. »Ich komme langsam an den Punkt, an dem ich einen Assistenten einstellen muss.«

»Wohl eher zwei«, wirft Ethan ein. »Damit meine Süße mehr Zeit in ihrer Werkstatt verbringen kann.«

Ich liebe es, dass er versteht, wie befreiend es für mich ist, an meinen eigenen Stücken zu arbeiten, und auch, dass er meiner Arbeit so viel Beachtung schenkt.

»Stimmt«, sagt Anna. »Definitiv zwei Assistenten.«

Ich arbeite immer noch mit Jackson und Hal zusammen und verkaufe Möbel an ihre New Yorker Kunden, die Höchstpreise dafür bezahlen. Zu behaupten, dass das Geschäft floriert, wäre noch eine Untertreibung.

Während Ivy nach oben geht, um nach Leo zu sehen, der im Schlafzimmer schlummert, helfen mir Drew und Ethan, den Tisch zu decken.

Anna und Gray veranstalten einigen Wirbel in der Küche. Offenbar setzen sie eine Diskussion von heute Morgen fort, in der es darum ging, ob man den Truthahn besser in Salzlake einlegt oder immer wieder mit Butter übergießt. Gray brachte eine komplizierte mathematische Erklärung samt Statistiken und Wasserhaltekapazitäten an, bei der wir alle trübe Augen bekamen. Obwohl er letztlich seinen Willen durchgesetzt hat und bestimmen durfte, wie der Truthahn zubereitet wird –

hauptsächlich, weil keiner mehr sein nerviges Gequatsche hören wollte –, streiten Anna und er jetzt wieder darüber. Anna besteht weiterhin darauf, dass Salzlake die bessere Wahl gewesen wäre.

Ethan setzt der Diskussion ein Ende, indem er einwirft, dass der verdammte Vogel durch sei und ob wir jetzt bitte endlich essen könnten?

»Du wirst sehen«, verspricht Gray, als er den goldbraunen Truthahn hereinträgt, der ein Gemälde von Norman Rockwell zieren könnte, »wenn man ihn einfach nur mit Butter bestreicht, kriegt man einen ausgezeichnet schmeckenden Vogel hin.«

»Einen trockenen Vogel«, kontert Anna.

Trotz ihres Gezankes freuen wir uns alle aufs Essen, als wir uns an den Tisch setzen – eines der ersten Stücke, die ich in meiner neuen Werkstatt gebaut habe. Ich habe ihn aus recyceltem Zypressenholz hergestellt, und er ist breit und lang genug, dass zwölf Leute bequem daran sitzen können. Wir sechs haben also genug Platz, um uns auszubreiten, was auch gut so ist, denn der Tisch ist mit Essen geradezu überladen. Footballspieler essen gerne, und zwar viel. Aber ich will mich nicht beschweren. Besonders nicht, da ich täglich mit Ethans großem, starken Körper spielen darf.

Ich schaue ihm zu, wie er sich über den Tisch beugt, um die Kerzen anzuzünden. Er trägt eine Jeans und ein dunkelblaues Button-down-Hemd, das sich eng an seine breite Brust schmiegt. Die Ärmel hat er bis zu den Ellbogen hochgekrempelt, sodass die bunten Tattoos auf seinen Unterarmen zu sehen sind. Mit diesen Armen kann er Traktorreifen durch die Gegend schleudern, ohne in Schweiß auszubrechen, und mich so vorsichtig halten, als bestünde ich aus mundgeblasenem Glas. Ein Bart – nicht so voll wie früher, aber deswegen nicht weniger sexy – überschattet seinen Kiefer. Auch sein Haar lässt er wieder wachsen. An den Seiten ist es immer noch ziemlich kurz, und oben steht es in breiten, dunkelbraunen Stacheln vom Kopf ab. Er ist so heiß, dass es mir jedes Mal den Atem verschlägt, wenn ich ihn ansehe. Ich habe absolut keine Ahnung, warum ich ihn nicht schon auf dieser ersten Weihnachtsparty besprungen habe.

Als er meinen Blick bemerkt, zwinkert er mir zu und setzt sich neben mich. Unter dem Tisch legt er eine warme Hand auf mein Knie, während er mit der anderen sein Weinglas hebt.

»Also dann – frohe Weihnachten!«

Wir prosten uns zu.

Gray stellt sein Glas ab und sieht sich fragend in der Runde um. »Müsste Fi jetzt nicht eigentlich ›Gott segne uns alle‹ sagen?«

»Willst du damit etwa andeuten, dass ich in diesem Szenario hier Tiny Tim aus Dickens' Weihnachtsgeschichte bin, Schwanzgesicht?«

»Schwanzgesicht?« Gray macht ein gespielt empörtes Gesicht. »Wenn ich nicht zufällig einen ganz wunderbaren Schwanz hätte, wäre ich jetzt beleidigt.«

»Du stimmst also zu, dass dein Gesicht Ähnlichkeit mit deinem Schwanz hat?«, fragt Drew lachend.

»Ich meine, wenn mein Gesicht schon einem Schwanz ähnelt, dann ja wohl dem umwerfenden Stück, das ich mein eigen nennen darf«, kontert Gray und wackelt anzüglich mit den Augenbrauen.

Ich beuge mich vor. »Wenn du dich über umwerfende Schwänze unterhalten willst …«

»Nein!«, rufen alle unisono.

Ich zucke mit den Schultern und verberge mein Grinsen, indem ich einen Schluck Wein trinke.

»Was bin ich froh, dass es Würstchen gibt«, sagt Ethan ausdruckslos, während er das auf seinem Teller durchschneidet.

Drew und Gray zucken zusammen, aber Anna und Ivy lachen sich kaputt.

Die Fröhlichkeit ist ansteckend, und mir wird ganz warm ums Herz. Ich bin nicht mehr das rastlose Mädchen von früher. Endlich habe ich meinen Platz gefunden. Und als ich Ethan auf die Schulter küsse, zwinkert er mir zu, als wüsste er genau, wie ich mich fühle.

Sehr viel später knien Ethan und ich auf unserem großen Bett, und der goldene Schein der Laternen taucht sein kantiges Gesicht in Schatten. Unendlich zärtlich legt er die Hände seitlich an meinen Hals, während er mein Gesicht mit Küssen bedeckt. Seine weichen Lippen und der kitzelnde Bart jagen mir leichte Schauer über die Haut, sodass ich laut seufze.

Seine Stimme ist ein leises Rumoren, als er sagt: »Was hältst du also jetzt von Bärten?«

Ich lächle, als ich mich daran erinnere, wie er mich zum ersten Mal dazu gebracht hat, ihn zu küssen. »Ich bin ein Riesenfan. Man könnte mich sogar als Groupie bezeichnen.«

Er grinst, bevor er leicht an meiner Oberlippe saugt. »Und von Footballspielern?«

»Von einem ganz bestimmten bin ich völlig hin und weg.«

Er brummt zufrieden. »Gut. Er liebt dich nämlich von ganzem Herzen.«

Diesmal bin ich diejenige, die seinen Mund erobert. Ich küsse ihn so leidenschaftlich, dass ihm die Luft wegbleibt. »Ich liebe dich auch.«

Sein warmer Atem streift über meine Lippen. »Dann verrate mir doch«, murmelt er und küsst dabei weiter jedes Fleckchen Haut an meinem Gesicht, »was du vom Heiraten hältst.«

Mir bleibt das Herz stehen, und ich stoße ein leises Keuchen aus.

Ethan löst sich gerade so weit von mir, dass er mir in die Augen sehen kann. Er schenkt mir diesen ernsten, festen Blick, den ich inzwischen so sehr liebe und mit dem er bis in meine Seele schaut, weil er sie für immer in seiner Obhut behalten möchte.

Tränen schnüren mir die Kehle zu, sodass meine Stimme belegt klingt, aber auf meinen Lippen liegt ein zittriges Lächeln. »Ist das deine Art, mich zu fragen, ob ich dich heiraten will?«, ziehe ich ihn auf, obwohl mein Herz wie wild gegen meine Rippen hämmert.

Mit den Daumen streichelt er meine Wangen. »Willst du?«

Ich lache, doch der Laut wird von einem Schluchzen erstickt, als ich vor Glück in Tränen ausbreche. »Ja, Ethan Dexter. Ja!« Ich werfe mich in seine Arme.

Lachend plumpst er nach hinten aufs Bett und zieht mich mit sich. »Warte«, sagt er, als ich sein Gesicht mit Küssen bedecke, »du hast mir gar keine Gelegenheit gegeben, dir den Ring anzustecken.«

»Den Ring! Den habe ich ganz vergessen. Gib ihn mir, gib ihn mir!«

Er lacht erneut. »Dann lass mich kurz los, damit ich drankomme.«

Sobald ich mich zurücklehne, grinst er, greift in seine Hosentasche und zieht eine kleine Schatulle daraus hervor.

Es ist ein großer, runder rosafarbener Diamant in einer Einfassung aus Roségold. Schlicht, elegant und doch wunderbar mädchenhaft. Als er ihn auf meinen Finger schiebt, verliebe ich mich sofort in das Schmuckstück.

»Den hast du angefertigt, oder?«, frage ich, sehe ihm in die Augen und dann wieder auf den Ring.

»Nicht angefertigt, aber ich habe ihn entworfen, ja. Woher weißt du das?«

»Weil ich dich kenne.« Ethan plant immer alles bis ins Detail.

»Gefällt er dir?« Er betrachtet den Ring stirnrunzelnd, als suchte er nach irgendwelchen Makeln.

Ich schmiege eine Hand an seine Wange und lehne mich gegen seinen starken, warmen Körper. »Er ist absolut perfekt. Genau wie du.«

Daraufhin wird er rot. Also küsse ich ihn noch ein bisschen, bis er vergisst, verlegen zu sein, und sich darin verliert, meine Küsse zu erwidern. Er gehört jetzt voll und ganz mir. Er hat es mit einem Ring besiegelt, und ich werde dasselbe tun, wenn ich ihm das Jawort gebe.

»Lass uns in San Francisco heiraten«, sage ich, stütze mein Kinn auf seine Brust und bewundere, wie der rosafarbene Diamant im schwachen Licht der Nachttischlampe funkelt.

Er nickt. »Am Ort des Verbrechens.«

Als ich ihn kitzle, greift er nach meiner Hand, um mir leicht in die Fingerspitzen zu beißen.

»Sei gewarnt«, sage ich. »Ich könnte den Drang verspüren, mein Kleid auszuziehen und in den Pool zu springen. Aber diesmal reiße ich dich mit mir.«

In seinem Lächeln liegt ein Versprechen für die Ewigkeit. »Klingt nach einem Plan, Kirsche.«

Danksagung

Ein riesiges Dankeschön an all die tollen Leute, die mir Feedback gegeben, NFL- und Footballtrivia geschickt und mir im Grunde genommen während des gesamten Schreibprozesses die Hand gehalten haben: Jen, Elyssa, Sarina, Tessa, Monica, Carolyn und Jill. Danke an euch, ihr überragenden Beta-Leserinnen Katie und Sahara. Danke, Nina, für dein präzises Knowhow und deine Ratschläge in Sachen PR.

Grays schrecklichen Witz verdankt ihr einem Trinkabend mit meinen Schwestern Liz und Karina. Ich glaube, er kam von Karina. Danke dir dafür.

Danke an meinen Ehemann, der die Stellung gehalten hat, während ich schrieb, und an meine Kinder, die mich dabei unterstützt haben.

Danke, ihr tollen Leser und Blogger – ohne euch gäbe es dieses Buch nicht.

Und ein besonderes Dankeschön an die Mitglieder des Locker Room, den besten Ort den ich kenne, um rumzuhängen und sich über Sportlerromanzen auszutauschen, (Teufel noch eins, über ALLE Romanzen). Wenn du gerne mit ihnen abhängen und regelmäßigen Kontakt mit mir halten möchtest, dann gehe auf www.facebook.com/groups/lockerroomromance/, um dich anzumelden.

SARINA BOWEN
Never Let Me Down

1

Als ich in der dritten Klasse war, fand ich heraus, dass der Mann aus dem Autoradio, der »Wild City« sang, derselbe war, der meiner Mutter jeden Monat einen Scheck schickte. Die Namen waren nicht völlig identisch; auf den Schecks stand Frederick Richards, und die Radiomoderatoren nannten ihn Freddy Ricks.

Aber schon damals hatte ich ein gutes Gehör. Der Seufzer, den meine Mutter ausstieß, wenn sie seine Umschläge öffnete, war genau der gleiche, wie wenn sie das Radio ausschaltete.

Sie redete nie über ihn, obwohl ich sie anflehte. »Er ist ein Fremder, Rachel. Er hat dich nicht zu interessieren.«

Aber alle anderen interessierte er brennend. Als ich zehn Jahre alt war, war Freddy Ricks für einen Grammy nominiert, und sein zweites Album führte monatelang die Charts an. In meiner Kindheit hörte ich seine Songs in Werbespots für Luxusautos oder wenn ich im Drogeriemarkt in der Kassenschlange wartete. Ich las seine Interviews in *People* und im *Rolling Stone*.

Ich lernte seinen Wikipedia-Artikel auswendig. Mein Name kam nicht darin vor. Der meiner Mutter auch nicht.

Und dennoch war mein Interesse ungebrochen. Von dem Geld, das ich als Babysitterin verdiente, kaufte ich seine CDs und sammelte alle Artikel über ihn, die ich in die Finger bekam. Ich war sein größter Fan, und da kannte ich kein Pardon.

Jedes Mal, wenn ich mit meiner Mutter stritt, hängte ich ein weiteres Poster von ihm an meine Zimmerwand. Oder ich stopfte mir die Kopfhörer in die Ohren und ignorierte den Elternteil, der neben mir saß, um dem zu lauschen, den ich nie kennengelernt hatte.

Ihr Schweigen machte mich so zornig. Heute würde ich alles dafür geben, noch einmal ihr Gesicht zu sehen.

Alles.

Aber ich werde nie wieder die Gelegenheit haben, die Musik auszuschalten und stattdessen die Stimme meiner Mutter zu hören. Und so wie es aussieht, sitzt der Kerl, der es fast achtzehn Jahre lang nicht für nötig gehalten hat, sich blicken zu lassen, jetzt vermutlich im Büro der Sozialarbeiterin, um mich zu treffen.

Mir ist schlecht, als der Van vor dem Jugendamt zum Stehen kommt. Meine Hände sind beinahe zu schwitzig, um den Sicherheitsgurt zu lösen. Nachdem ich sie mir an meinem Jeansrock abgewischt habe, fummle ich an dem schmierigen Türgriff herum.

Jedes Mal, wenn ich in diesem klapprigen Fahrzeug sitze, mit dem vermutlich sonst Kinder aus Chrystal-Meth-Küchen abgeholt werden oder was Sozialarbeiter sonst so machen, denke ich: *Das ist nicht mein Leben.*

Und dennoch: Seit einer Woche ist es das.

Es ist schrecklich, in einem kirchlichen Kinderheim zu leben. Aber es ist längst nicht so schlimm, wie den Arzt sagen zu hören, meine Mutter spreche zwar gut auf die Chemotherapie an, aber das sei leider zweitrangig, weil sie sich eine Infektion zugezogen habe, die sie möglicherweise das Leben kosten könne.

Er hatte recht. Sie starb, und nichts wird je wieder so sein, wie es war.

»Ich hole dich in einer halben Stunde wieder ab«, sagt der Fahrer, während ich wie betäubt in die schwüle Orlando-Nachmittagshitze hinaustrete.

»Danke«, murmle ich. Einsilbige Antworten sind das Einzige, was ich dieser Tage herausbringe.

Mit dem Geschmack von Galle in der Kehle sehe ich den Van davonfahren. Aber noch habe ich die Wahl. Auch wenn der Staat Florida in letzter Zeit einige Entscheidungen in meiner Angelegenheit getroffen hat – und einige davon sind echt der Hammer –, bin ich mir ziemlich sicher, dass mich das Gesetz nicht dazu zwingen kann, dieses Gebäude zu betreten.

Ich muss den Mann nicht treffen, der mich schon vor meiner Geburt verlassen hat. Anstatt hineinzugehen, bleibe ich auf dem heißen Bürgersteig stehen und versuche nachzudenken.

Tausende Male habe ich mir vorgestellt, wie es sein würde, Frederick Richards kennenzulernen. Aber niemals hätte ich erwartet, dass es im gleißenden Neonlicht des Jugendamts von Florida sein würde.

Ich drehe mich um und denke über meine Optionen nach. Der angrenzende Parkplatz gehört zu einem Einkaufszentrum. Es gibt eine Smoothiebar, ein Geschäft für Videospiele und ein Nagelstudio. Ich könnte dort hinüberschlendern und mir einen Smoothie und eine Maniküre gönnen, anstatt meinen Vater zu treffen. Wäre ich mutiger, würde ich das tun. *Nimm das, Fre-*

derick Richards. Mein Leben kann weitergehen, ohne dass ich ihn jemals kennenlernen muss. In einem Monat werde ich achtzehn. Damit ist dieser Jugendamt-Albtraum sowieso vorbei.

Dann sitzt er da in Hannahs Büro und schaut alle paar Minuten auf die Uhr, während ich auf der anderen Straßenseite meinen Smoothie schlürfe.

Okay. Ich mag überhaupt keine Smoothies. Getränke sollten nicht so dickflüssig sein.

Während ich also diese kleine mentale Rundreise durch Crazytown mache, brennt die Sonne Floridas auf mich herab. Ein Schweißtropfen rinnt mir über den Rücken. Und am Straßenrand sehe ich einen Mann hinter dem Steuer eines schwarzen Viertürers, der mich beobachtet. Ein nervöses Kribbeln schießt mir durch die Brust. Aber es verschwindet genauso schnell wieder, als mir klar wird, dass der Mann hinter dem Steuer ganz sicher nicht Frederick Richards ist. Es ist ein Latino mit grau meliertem Haar.

Ich werfe ihm einen bösen Blick zu.

Er lächelt breit.

Gruselig. Ich wende mich ab und reiße die Tür zum Jugendamtsgebäude auf. Ein erfrischend kühler Luftzug begrüßt mich. Aber die funktionierende Klimaanlage ist auch das einzig Angenehme hier. Alles im Raum ist grau, inklusive der billigen Büromöbel aus Metall und der schmuddeligen Wände, die vermutlich schon länger einen neuen Anstrich nötig haben, als ich auf der Welt bin.

»Hi, Rachel«, begrüßt mich die faltige Rezeptionistin. »Setz dich. Hannah kommt zu dir, sobald sie so weit ist.«

Ich beäuge argwöhnisch Hannahs Bürotür. *Ist er wirklich da drin?* Ich stelle die Frage aber nicht, denn auf einmal ist mein Mund so trocken wie eine Scheibe Toastbrot. Eine weitere Welle der Übelkeit überkommt mich, als ich mich in den ramponierten Stuhl neben Hannahs Bürotür fallen lasse.

Aus Gewohnheit ziehe ich meinen iPod Classic aus der Tasche. Das Stahlgehäuse liegt kühl in meinen feuchten Fingern. Musik war schon immer die Droge meiner Wahl. In meiner Handfläche halte ich die Welt, geordnet in Playlists für jede Lebenslage. Tausende Beispiele musikalischer Perfektion auf Knopfdruck verfügbar.

Einige der Stücke darauf hat der Mann geschrieben, der nun auf der anderen Seite von Hannahs Tür sitzt. Schon so lange trage ich meinen Vater in der Tasche mit mir herum.

»Du hast Monate deines Lebens damit verschwendet, an ihn zu denken«, beschwerte sich meine Mutter häufig, während sie mit ihrem Laserblick den CD-Stapel in meinem Zimmer betrachtete. »Aber er hat keine fünf Minuten an uns gedacht, das kann ich dir versichern.«

Ich stopfe den iPod zurück in meinen Rucksack und ziehe den Reißverschluss zu.

Mom hatte recht mit alledem, und es tut mir weh, dass ich niemals die Gelegenheit haben werde, mich bei ihr zu entschuldigen. Alles tut weh, die ganze Zeit. Ich bin Angry Rachel. Ich erkenne mich selbst kaum wieder. Selbst jetzt, als ich mich in dem schäbigen kleinen Vorraum umsehe, möchte ich am liebsten alles niederbrennen.

Als neben mir die Tür aufgeht, zucke ich zusammen wie eine von diesen schreckhaften Katzen in so vielen YouTube-Videos. Ich wirble herum, sehe aber nur Hannah, die mich ruhig mit ihren braunen Augen ansieht. Mit einem besorgten Blick tritt sie vor, wobei sie die Tür hinter sich fast zuzieht. »Rachel«, flüstert sie. »Möchtest du Frederick Richards kennenlernen?«

Ja?

Nein.

Manchmal.

Oh Gott!

Beim Aufstehen fühlen sich meine Knie an wie Schwämme. Hannah öffnet die Tür wieder, es sind nur drei Schritte bis in ihr Büro.

Und da sitzt er, nach all den Jahren, auf einem hässlichen Stuhl mit Metalllehnen. Ich würde ihn überall erkennen, das Gesicht, das auf Albumcovern und in den Klatschspalten von Zeitschriften berühmt geworden ist. Ich sehe Videos von ihm vor mir, wie er in Los Angeles oder Rom auftritt. Ich weiß, wie er aussieht, wenn er in New Orleans durch die Straßen schlendert oder in New York in eine U-Bahn steigt. Das können Instagram und ein paar Tausend Stunden YouTube für ein Mädchen tun.

Und jetzt weiß ich auch, wie er aussieht, wenn er ein Gespenst sieht.

Er holt scharf Luft, als ich das Zimmer betrete. Für einen kurzen Augenblick bin ich im Vorteil. Ich starre ihn seit Ewigkeiten an, aber für ihn ist mein Gesicht eine Überraschung. Vielleicht sieht er meine Mutter. Von ihr habe ich die dunkelblonden Haare und die braunen Augen.

Oder vielleicht erinnert er sich auch gar nicht mehr daran, wie meine Mutter ausgesehen hat.

Schließlich steht er auf. Er ist *riesig*. Ich bin verblüfft, wie groß er in Hannahs kleinem Büro wirkt. Wer hätte gedacht, dass Musikvideos die Proportionen nicht naturgetreu wiedergeben?

Ich stehe immer noch wie angewurzelt neben der Tür, mein Mund ist trocken. Er weiß auch nicht, was er machen soll. Er tritt vor, nimmt meine schweißnasse Hand in seine kühlere.

»Das mit deiner Mutter tut mir so leid. Es tut mir leid …« Er räuspert sich. »Tja, mir tut eine Menge leid. Aber vor allem tut es mir leid, dass du deine Mutter verloren hast.«

Ich blicke hinab auf seine große Hand, die meine festhält, auf die langen Finger. Ich bringe kein Wort heraus. Seit einer Woche sagen mir die Leute Variationen dieser Worte, und normalerweise bringe ich immerhin ein »Danke« heraus. Aber diesmal nicht.

»Rachel«, sagt Hannah hinter ihrem Schreibtisch. »Warum setzt du dich nicht?«

Hannahs Stimme ist wie kühles Wasser. Ich lasse die Hand von Mr Frederick Richards los und nehme gehorsam auf einem Stuhl Platz, während er auf seinen zurückkehrt.

»Das ist eine ungewöhnliche Situation«, sagt Hannah und faltet die Hände.

Noch immer starren wir einander an. Er hat Fältchen um die Augen und Mundwinkel. Er hat gerade seinen vierzigsten Geburtstag gefeiert, das weiß ich von Wikipedia. In den zehn Jahren, in denen ich ihm nun schon folge, ist er gealtert, aber er sieht immer noch gut aus. Vor all diesen Jahren hat meine Mutter für ihn geschwärmt. Das war ihr Wort – geschwärmt. Aber sie betonte es genau so, wie ihr Arzt »bösartig« ausgesprochen hat.

»Rachel, Mr Richards möchte dir helfen. Aber er hat kein Sorgerecht für dich. Seine Unterschrift steht nicht auf deiner Geburtsurkunde, was die Sache ein wenig vertrackt macht. Deshalb hat er eine DNA-Probe abgegeben und einen Anwalt hinzugezogen, der ihm vor dem Familiengericht helfen wird. Aber die Mühlen mahlen langsam. Es ist unwahrscheinlich, dass ihm das Sorgerecht zugesprochen wird, bevor du nächsten Monat ohnehin volljährig wirst.«

Offenbar erwartet sie irgendeine Antwort von mir. »Okay«, flüstere ich. Was bedeutet das? Geht er jetzt einfach wieder?

»Hören Sie, kann ich mit Rachel reden?«, fragt er.

»Sie meinen allein?«, konkretisiert Hannah.

»Das meine ich.« Er antwortet knapp, wie ein Mann, der es gewohnt ist, dass man ihm zuhört.

»Heute nicht«, sagt Hannah. »Dies ist ein beaufsichtigtes Treffen zwischen einem Kind in staatlicher Obhut und einem Fremden. Ich verstehe, dass das schwer für Sie sein muss, Mr Richards, und ein Publikum hilft auch nicht gerade. Aber in diesem Büro finden jedes Jahr Hunderte Gespräche statt, und ich kann Ihnen versichern, dass Sie es überleben werden.«

Hannah ist immer geradeheraus. In einer kurzen Zeit musste sie mir eine Menge schlechter Nachrichten überbringen, und immer ohne jedes Blabla.

Hannah hat die Tatsache, dass ich ins Kinderheim musste, nicht schöngeredet. »Es ist nicht das Plaza Hotel«, gab sie zu, »aber es wird von anständigen Leuten geführt, und wenn es irgendwelche ernsten Probleme gibt, rufst du mich sofort an.«

Mr Frederick Richards seufzt auf seinem Stuhl, seine Hände fahrig. Auf den meisten Fotos von ihm hält er eine Gitarre in der Hand.

»Da Sie nun schon einmal nach Florida gekommen sind, um Rachel Ihre Unterstützung anzubieten«, sagt Hannah, »warum erzählen Sie uns nicht, was Sie im Sinn hatten? Wenn ich das richtig verstehe, war Ihre Unterstützung bislang lediglich finanzieller Natur.«

Wer THE IVY YEARS mochte, wird dieses Buch lieben

Sarina Bowen
NEVER LET ME DOWN
Aus dem amerikanischen
Englisch von Wiebke Pilz
und Nina Restemeier
ISBN 978-3-7363-1300-2

Nach dem Tod ihrer Mutter trifft Rachel Kress das erste Mal ihren leiblichen Vater Freddy Ricks – den größten Rockstar der USA. Sie betritt eine völlig neue Welt aus Reichtum und Freiheit. Und er erfüllt ihr ihren größten Traum: das Studium am Clairborne College. Dort verliebt sie sich in Jack. Doch je näher sie sich kommen, desto deutlicher spürt Rachel, dass sie erst wirklich nach vorne blicken kann, wenn sie sich den Fragen ihrer Vergangenheit stellt, die nur ihr Vater beantworten kann ...

»Ich liebe Sarina Bowens Geschichten. Ich werde alles von ihr lesen!« COLLEEN HOOVER

LYX